丸井貴史著

白話小説の時代

——日本近世中期文学の研究——

汲古書院

目次

第二部　初期読本の周辺と白話小説

第三部　初期読本作品論

凡　例

一、資料の引用に際しては適宜句読点と濁点を補い、会話文および心中思惟には鉤括弧を附した。

二、漢字は原則として新字体を用いたが、白話小説の諸本間および白話小説と日本近世小説の表記・表現を比較する場合（第一部第一・二・四章）、原文の表記を可能な限り再現する必要がある場合（第一部第二章）等、必要に応じて底本の字体を保持した箇所がある。また、地の文においても一部正字を用いた。

三、漢文および白話文を引用する際、底本に圏発がある場合はそれを略した。また、合符は適宜取捨した。

四、特に断らない限り、／は改行・改段落を意味する。

五、底本にない文字および訓点等を補う際は、（　）に入れてそれを示した。

六、漢数字の表記は、二桁までは命数法、三桁以上は位取り記数法を用いた。ただし、書誌を示す際はすべて位取り記数法を用いた。

七、古典籍の函架記号は、所蔵機関の後ろに（　）で示した。

八、論文等の引用は、書籍に収録されているものは原則としてそちらにより、初出は明示しなかった。ただし行論の都合上、必要のある場合は初出を示した。

九、研究者の敬称は省略させていただいた。

白話小説の時代

――日本近世中期文学の研究――

序章

中国では古代以来の書記言語である文言に対し、口語のことを白話という。白話小説とは、その白話を用いて書かれた小説のことである。

白話小説の源流は宋代の講談にまで遡る。孟元老『東京夢華録』は北宋の首都開封の繁昌記であるが、その巻五「京瓦伎藝」に、白話小説の原型ともいうべき「講史」（時代物講談）や「小説」（世話物講談）に関する記述があることはよく知られていよう。そして元代に至ると、建安の虞氏によって「全相平話」シリーズが刊行される。(1)これは平易な文言と白話が混在した文体を持つ上図下文形式のテキストで、小松謙によれば「白話小説の元祖」にして、「世界最古の口語小説刊行物」であるという。(2)しかしこの時点においてはまだ、白話小説の出版は決して一般的なことではなかった。

白話小説の刊行数が飛躍的に増加するのは、明代後期の嘉靖（一五二二〜六六）以降のことである。現存する『三国志演義』諸本のうち、最も早い時期のものである嘉靖本や葉逢春本はいずれも嘉靖年間の序を有しており、『水滸伝』が刊行され始めたのもこのころであったとみられている。また、『喩世明言』『警世通言』『醒世恒言』と『拍案驚奇』『二刻拍案驚奇』のいわゆる「三言二拍」が成立したのは、明末の天啓（一六二一〜二七）〜崇禎（一六二八〜四四）年間にかけてのことであった（ただし『喩世明言』の正確な刊年は不明）。中国における「白話小説の時代」は、この時期に幕を開けたのである。

これら白話小説は、日本近世文学にきわめて多大な影響を及ぼした。当初は唐話学の参考書として利用されていたものが、学習者の増加に伴い、次第に文学作品としての価値を見出されていき、その結果、近世期を通じて多くの作家が白話小説の翻案作品を世に送り出したのである。明治以降に至っても、たとえば幸田露伴が処女作「露団々」において「銭秀才錯占鳳凰儔」（『醒世恒言』巻七、『今古奇観』巻二十七）を利用したことなどに顕著なとおり(3)、白話小説の影響力はなお健在であった。

では、なぜ白話小説はこれほどまでに広く受け入れられたのか。当時の人々にとって白話小説とは何だったのか。近世文学において白話小説が果たした役割はいかなるものだったのか。本書はこうした素朴な問いから出発している。

無論、白話小説との関係性が近世文学における重要な問題であることはつとに認識されており、すでに少なからぬ研究の蓄積がある。その先駆者である石崎又造は『近世日本に於ける支那俗語文学史』（弘文堂書房、昭和十五年）において白話小説受容の様相を通史的に描き出し、麻生磯次は『江戸文学と中国文学』（三省堂、昭和二十一年）において近世小説の白話典拠を多く見出した。この分野の基盤は、両氏によって整えられたといってよい。そして中村幸彦はそれらの知見に基づきながら、『中村幸彦著述集』第七巻（中央公論社、昭和五十九年）において近世白話文化の見取図を描いたのである。さらにその後、徳田武は『日本近世小説と中国小説』（青裳堂書店、昭和六十二年）、『近世近代小説と中国白話文学』（汲古書院、平成十六年）、『秋成前後の中国白話小説』（勉誠出版、平成二十四年）などにおいて、白話小説受容の中心および周辺にいた文人たちの営為を網羅的に把握することを試みた。一方で中村綾『日本近世白話小説受容の研究』（汲古書院、平成二十三年）のように、岡島冠山という唐話学者の文事を追究することで白話受容の本質に迫ろうとした研究もある。

これら先行研究の驥尾に付しつつ本書が目指すのは、日本における「白話小説の時代」を描き出すことである。そのためには、何を措いてもまず近世中期という時代に目を向けねばならない。

一般に「近世中期」といえば、およそ享保年間（一七一六〜三六）から天保年間（一七八一〜八九）あたりまでを指すが、ここではもう少し広く幅を取り、十八世紀およびその前後十年ほどを含むものとして捉えておきたい。近世文学を論ずるに際して西暦の概念を用いることには異論もあろうが、それでもやはり、十八世紀という時代は白話小説受容史においてきわめて大きな意味を持つ時期であったと言わねばならない。その理由を、以下、簡潔に示しておこう。

白話小説の受容形態のひとつに通俗物というものがある。これは白話小説を平易な日本語に翻訳したものであるが、その嚆矢である『通俗三国志』が刊行されたのは、十八世紀に足が半分かかった元禄四年（一六九一）のことであった。そして読本の嚆矢として知られ、収録作品九篇のうち七篇が白話小説の翻案である都賀庭鐘『英草紙』は、十八世紀のほぼ中間点にあたる寛延二年（一七四九）に刊行された。以後、上田秋成や伊丹椿園をはじめとする上方の作家たちがそれに続き、白話小説を利用した読本を生み出すようになる。これら上方出来の読本を「初期読本（前期読本）」と称するが、その勢いが次第に衰え、読本の主流が江戸に移るのは、十八世紀最末期のことであった。江戸の後期読本においても白話小説は利用され続けるが、初期読本のように作品全体の筋を白話小説に借りるような例は、ほとんど見られなくなっていく。

すなわち日本近世文学にとって、十八世紀とはまさに「白話小説の時代」であったのである。近世文学にとって白話小説とは何だったのか、という問いへのアプローチのあり方は幾通りもあろうが、本書は如上の理由によって、白話小説をめぐる十八世紀の文学状況を検討するという方法を採る。

では、そのためにはいかなる観点からの検討が必要となるのか。以下、それについて述べることで、本書の基本姿勢も合わせて示しておこうと思う。

まずは当然のことながら、諸本・本文をはじめとして、白話小説そのものの調査・分析を精細に行うことが不可欠である。従来の典拠論が白話小説受容研究において大きな役割を果たしたことは言うまでもないが、現在の研究水準からすれば、さらに緻密な検討を行う必要があろう。版権の確立していた近世中期の日本に対し、そのような概念の稀薄だった明清の中国では、同一作品が複数の書肆から刊行され、本文に手が加えられることも少なくなかった。したがって典拠研究に際しては、どの作品が利用されたかということのみならず、その作品のどの刊本が利用されたかというところまで追究することが必要となる。

また、作品論において原話と翻案作品を比較するに際しても、従来は表現・措辞やプロットがいかに改変されたかという点にばかり注意が払われていたきらいがあり、白話小説を作品論的に分析した上で、その本質が翻案によっていかに変化したかという問題にまで踏み込んだ研究は多くなかった。しかし、異なる文化的背景を持つ国の作品を翻案する以上、そこにはおのずと両者の文化的差異が反映されるはずであり、そこに目を向けずして作品論が完成することはありえない。白話小説は、単に読本に素材を提供するだけの存在ではないのである。

一方で、白話小説の受容を読本とばかり結びつけて考えるのも適切ではないだろう。読本が白話小説と密接な関係を有していることは確かだが、その印象があまりに強すぎるためか、白話小説を利用した読本周辺領域の作品については、これまであまり研究が進められてこなかった。通俗物や訓訳本の研究が少ないのは、これらが白話小説の単なる翻訳や和刻本であるとばかり認識されていたためであろうか。確かにジャンルの性格からしても、通俗物や訓訳本に独創性を見出すことは難しい。しかし、白話小説が多くの読者を獲得したこの時代の実相を明らかにするには、白話小説がどのように読まれていたのかという、ごく一般的な受容のあり方を確認しておくことも必要であろう。また、白話小説との関わりが薄いと見られていた浮世草子にも、白話小説の影響は看取される。読本以外のジャンルにおける白話小説受容のあり方は、重要な検討課題である。

そして最後に、語学と文学の両側面から検討を進める重要性について主張しておきたい。前述のとおり、白話小説ははじめ唐話学の教材として利用された。長崎や薩摩における唐話学習について詳細な調査を行った武藤長平によれば、「鹿児島には唐通事の頭目ともいふべき家があつて、藩内各地の唐通事を集めて時々唐話の講習を開催するといふ風で、唐通事中熱心なものは長崎まで留学して、其の唐通事に就きて支那語を稽古するといふ有様であつた。（略）而して其の教科書用としては『二字話』『三字話』『長短話』『小学生』『請客人』『要緊話』『苦悩子』『訳家必備』『瓊浦通』『三才子』『三折肱』『養児子』『鬧裏鬧』等を読習ひ『小説精言』『小説奇言』『三国志』『水滸伝』『今古奇観』『唐話試考』等を卒業するを常例とした」[4]という。言うまでもないことであるが、白話小説に関心を持つ人々にとっては、それをいかに読解するかということが最初の大きな課題であった。前述した通俗物・訓訳本研究の重要性とも関わるが、唐話の専門家でない人々による白話小説の読み方を窺うことは、近世中期という「白話小説の時代」を研究する上で欠くべからざることなのである。白話小説を利用した作品は、いずれも言語の壁を乗り越えた上で書かれたものに他ならず、文学としての分析は、その前提を踏まえた上でなされなければならない。

近世の人々は白話小説をいかに受容し、自らの文学へと結実させていったのか。その営為の現場にできる限り近づいてみることが、本書の大きな目的である。

それではここで、本書の構成を示しておこう。

第一部「日本近世文学と『今古奇観』」は、近世期において広く享受された短篇白話小説集『今古奇観』について、その諸本と、近世日本における受容の様相を検討するものである。

第一章「『今古奇観』諸本考」では、『今古奇観』諸本の系統を整理する。従来、短篇白話小説集の板本研究は「三言二拍」が主な対象であったが、実際に流布したのはその選集『今古奇観』であった。したがって、「三言二拍」所収作品の受容について検討するには、『今古奇観』の諸本研究が不可欠なのである。

第二章「「三言」ならびに『今古奇観』の諸本と『英草紙』」では、都賀庭鐘が『英草紙』において利用した『今古奇観』の刊本について検討する。また、「三言」と『今古奇観』の校合の実態を明らかにし、庭鐘にとって白話小説を利用することにはいかなる意味があったのかを考察する。

第三章「上田秋成と『今古奇観』」では、従来不明とされていた、上田秋成の史論『遠駝延五登《おだえごと》』に見える「古今奇観と云聖歎外の作文」という一節が指しているものを明らかにする。また、秋成にとって『今古奇観』ひいては白話小説がいかなる意味を持つものであったかについて検討する。

第四章「『通俗古今奇観』における訳解の方法と文体」では、『今古奇観』の通俗物である『通俗古今奇観』について、訳者である淡斎主人の白話読解能力を窺うとともに、訳解の方法と文体の特徴について分析する。通俗物は近世期における主要な白話小説受容形態のひとつであり、『今古奇観』の享受を考える際、本作の検討は不可欠のものといえる。

第五章「式亭三馬『魁草紙』考」では、『今古奇観』所収作品四篇の翻案である『魁草紙』の分析を通して、三馬が白話小説の翻案によって目指したものが何であったのかを探る。そもそも文政年間に短篇白話小説の翻案が試みられたということ自体、興味深い事例である。

第二部「初期読本の周辺と白話小説」は、初期読本の周辺領域において白話小説がいかに受容されていたかを検討するものである。

第一章「『太平記演義』の作者像――不遇者としての実像と虚像――」では、唯一の日本演義小説である岡島冠山『太平記演義』について、守山祐弘の序文において言及される冠山の不遇意識を踏まえつつ、成立の背景や叙述の方法を考察する。また、唐話学の第一人者として知られる冠山のこの営為が、読本に影響を与えた可能性についても検討する。

第二章「白話小説訓読考――「和刻三言」の場合――」では、「和刻三言」における訓読の方法について検討する。白話の文法構造がいかに把握されていたかを明らかにすることで、白話小説の読み方の実態を浮き彫りにすることを目指す。また、訓読文体と『英草紙』の文体との関係性についても論じる。

第三章「吉文字屋本浮世草子と白話小説」では、浮世草子における白話小説の翻案方法を検討する。従来、白話小説の翻案は読本の基本的な創作手法と認識されていたが、吉文字屋本浮世草子にも同様の方法を用いた作品があり、その具体的な事例について論じる。

第三部「初期読本作品論」は、白話小説を原話に持つ初期読本を作品論的に分析するものである。

第一章「方法としての二人称――読本における「你」の用法をめぐって――」では、白話小説で多用される二人称表現の「你」が、読本においていかに利用されているかを論じる。特に庭鐘はこの二人称の用法に対してきわめて自覚的であり、登場人物の造型に際して効果的に用いていたことを指摘する。

第二章「庭鐘読本の男と女――白話小説との比較を通して――」では、『英草紙』『繁野話』における男女の描かれ方に、原話の白話小説といかなる相違があるかを検討することにより、庭鐘の翻案が原話をいかに変質させたかを明らかにする。また、庭鐘の翻案手法の一端に迫ることをも試みる。

第三章「『垣根草』第六篇の構想」では、『垣根草』所収「鞆晴宗夫婦再生の縁を結ぶ事」における原話改変の方法を分析し、作品の主題が原話とは異なっていることを明らかにする。また、庭鐘作者説の当否や、初期読本と白話小説の関係性の本質についても論じる。

以上の各章において論じ得るのは、「白話小説の時代」のほんの一側面にすぎないかもしれない。しかし近世文学における白話小説の影響については、早くからその重要性が指摘されていながらも、見過ごされてきた問題は意外なほどに多くあるというのが現状である。今はそれらをひとつずつ検討の俎上に載せながら、実態の解明に迫りたい。

注

（1）現存する「全相平話」のひとつに『至治新刊全相平話三国志』があり、少なくともこの書が至治年間（一三二一〜一三二三）の刊行であることが知られる。

（2）小松謙「元代に何が起こったのか」（『中国白話文学研究――演劇と小説の関わりから――』、汲古書院、平成二十八年）。

（3）山口剛校訂『明治文学名著全集』第二篇（東京堂、大正十五年）解題において『今古奇観』の利用が指摘されたが、後に二瓶愛蔵「露伴小説の中国原話考」（『文学・語学』第六十号、昭和四十六年六月）が、露伴の依拠テキストが『醒世恒言』であったことを明らかにした。

（4）武藤長平「鎮西の支那語学研究」（『西南文運史論』、岡書院、大正十五年）。

第一部　日本近世文学と『今古奇観』

第一章　『今古奇観』諸本考

『今古奇観』諸本研究の意義と目的

近世小説に多大な影響を及ぼした短篇白話小説集として、「三言二拍」の名はよく知られている。「三言二拍」は馮夢龍編『喩世明言』（明末刊）・『警世通言』（天啓四年〈一六二四〉刊）・『醒世恒言』（天啓七年〈一六二七〉刊）と、凌濛初編『拍案驚奇』（崇禎元年〈一六二八〉刊）・『二刻拍案驚奇』（崇禎五年〈一六三二〉刊）の総称で、各作品とも四十巻四十篇を収める。(1) もっとも、現時点において『喩世明言』の完本は発見されておらず、その原型と目されている『古今小説』（明末刊）をもってそれに代えることも多い。(2)

ただし「三言二拍」そのものは、全体で二百篇にも及ぶという分量があまりに膨大であったためか、実際にはさほど流布したわけではない。それに代わって広く読まれたのは、「三言二拍」から四十篇を採録した、抱甕老人編の選集『今古奇観』である。したがって「三言二拍」を受容史の側面から考えるに際しては、『今古奇観』の流布の様相を把握する必要があり、そのためには『今古奇観』諸本の問題を避けて通ることはできない。

それにもかかわらず、従来『今古奇観』の諸本研究はほとんど行われてこなかった。オリジナルの「三言二拍」に比して、選集の『今古奇観』が軽視されていたというのが大きな理由ではあろうが、それとは別に、諸本の全体像を把握するのが容易ではなかったということも要因のひとつであろう。なぜなら、大塚秀高や崔溶澈・朴在淵の調査によれば、書肆が明らかなものに限っても、『今古奇観』の伝本は三十種を超えるのである(3)。そこでまず、本章では『今古奇観』諸本の概略的な整理を行い、全体の見取図を描くことを試みたい。

『今古奇観』の書型　附、初期刊本諸本書誌

前述のとおり『今古奇観』には多くの伝本が存するが、その外形はおよそ縦二十四～二十六糎・横十五～十七糎前後の大型のものと、縦十六～十八糎・横十一～十二糎前後の小型のものとに大別できる。まずはこの書型の違いの意味について検討することから始めたい。

一般的に、同一作品の刊本は刊行の時期が下るほど書型が小さくなり、毎半葉あたりの文字数が増加する(4)。その原則に従えば、大型刊本の成立が小型刊本に先行していると考えられよう。

その傍証となるもののひとつに、序文の体裁がある。『今古奇観』の成立年時について確たることは不明だが、笑花主人の手になる本作の序文には、「迄於皇明、文治聿新、作者競爽」という一節があり、大型刊本の大半は「皇明」の「皇」字を擡頭させている。これは本作の成立が明代であることを示す指標の一つであり、巻五「杜十娘怒沈百宝箱」において明の歴代皇帝が列挙される際、皇帝の名の直前が空格になっていることなども、それを裏付けるものであるとの指摘がある(5)。したがって「皇」を擡頭させている刊本は、明刊本あるいは明刻清印本である可能性が高い（ここに言う「明」には南明を含む）。それに対し小型刊本の中には、「皇」を擡頭させるものがないばかりでなく、「皇」

の字を削除したものや、「皇明」を「明朝」に改めているものもある。これは小型刊本の成立が清代に入ってからであることを示すものに他ならず、やはり大型刊本が小型刊本に先んじていることは疑い得ない。以上の点に鑑みて、以後は大型刊本を「初期刊本」、小型刊本を「後期刊本」と称する。

それでは、これまでに調査し得た初期刊本の書誌をここで整理しておこう（封面の字体は底本に従う）。なお、本章では諸本の呼称について、以下にゴシック体で示すものを用いる。

宝翰楼本

フランス国立図書館所蔵（CHINOIS 4259-4262）。合四冊。二三・〇×一四・一糎（ただし天を若干裁断のうえ洋装）。封面「墨憨齋手定／今古奇觀／呉郡寶翰樓」、欄外上辺「喩世名言《ママ》二刻」。口絵四十丁（各巻二図、毎半葉一図。円図）。毎半葉十行×二十字。匡郭二〇・〇×一四・〇糎。

東大本

東京大学総合図書館所蔵（A00-5950）。十六冊。二五・六×一六・八糎。封面「墨憨齋手定／今古奇觀／本衙藏板」。口絵①二十丁（各巻二図、毎半葉二図）、②八丁（毎半葉一図）、③十丁（各巻一図、毎半葉二図）。口絵②と③は手書きで、③は会成堂本ａの口絵の模写。毎半葉十一行×二十三字。匡郭二一・二×一四・七糎。

上海本

上海図書館所蔵。『古本小説集成』（上海古籍出版社）に影印所収。原本未見。封面欠。口絵二十丁（各巻二図、毎半葉二図）。毎半葉十一行×二十三字。匡郭二一・一×一四・六糎。

金谷園本ａ

九州大学文系合同図書室所蔵（支文/37B/11）。二十四冊。二五・七×一七・二糎。封面「墨憨齋手定／今古奇観／金谷園藏板」。口絵二十丁（各巻二図、毎半葉二図）。毎半葉十一行×二十三字。匡郭二一・一×一四・五糎。

文盛堂本

北京大学図書館所蔵（MX/813.26/40484）。十五冊（巻三十八～四十欠）。二五・七×一六・〇糎。封面「墨憨齋手定／繡像今古／奇観　文盛堂藏板」、欄外上辺「乾隆五十二年重鐫」。口絵二十丁（各巻二図、毎半葉二図）。毎半葉十一行×二十三字。匡郭二一・〇×一四・四糎。

同文堂本a

北京大学図書館所蔵（MX/813.26/40481）。十六冊。二四・三×一五・六糎。封面「墨憨齋手定／重訂今古／奇観　同文堂藏板」、欄外上辺「繡像全本」。口絵十六丁（各巻二図、毎半葉二図。巻五～八欠）。毎半葉十一行×二十三字。匡郭二〇・九×一四・四糎。

崇文堂本(6)

京都大学文学研究科図書館所蔵（D/VIa/9-3）。十六冊。二七・七×一七・三糎。封面「墨憨齋手定／繡像今古／奇観　崇文堂藏板」、欄外上辺「嘉慶十七年新鐫」（ただし「繡像今古奇観」以外は手書き）。口絵二十丁（各巻二図、毎半葉二図）。毎半葉十一行×二十三字。匡郭二〇・九×一四・六糎。

文徳堂本

国立国会図書館所蔵（100.23）。十六冊。二七・九×一七・三糎。封面「墨憨齋手定／繡像今古／奇観　文徳堂藏板」。口絵四十丁（各巻二図、毎半葉一図。円図）。毎半葉十一行×二十三字。匡郭二一・七×一四・八糎。

国家本

中国国家図書館所蔵（18217）。十六冊。二八・四×一七・四糎。封面欠。口絵四十丁（各巻二図、毎半葉一図。円図）。毎半葉十一行×二十三字。匡郭二一・八×一四・八糎。

会成堂本a

早稲田大学図書館所蔵（へ21/02747/1-16）。十六冊。二五・四×一五・九糎。封面「金聖歎先生評／新鐫繡像今／古奇観／浙省會成堂梓行」、欄外上辺「乾隆丙午重訂」。口絵十丁（各巻一図、毎半葉二図）。毎半葉十一行×二十三字。匡郭二〇・六×一四・五糎。

会成堂本b

清華大学図書館所蔵（庚863/6318）。二十六冊。二六・四×一六・〇糎。封面「墨憨齋評／繡像今古／奇観／道光丙午刊」。口絵十丁（各巻一図、毎半葉二図）。毎半葉十一行×二十三字。匡郭二〇・五×一四・五糎。

同文堂本b

北京大学図書館所蔵（X/813.26/5048）。十二冊。二五・〇×一七・三糎。封面「墨憨齋手定／重訂今古／奇観　同文堂藏板」、欄外上辺「繡像全本」。口絵二十丁（各巻一図、毎半葉一図。円図）。毎半葉十二行×二十七字。匡郭二一・一×一四・二糎。

同文堂本c

首都図書館所蔵（甲三/33）。十二冊。二四・六×一五・七糎。封面「墨憨齋先生手定／繡像今古／奇観」。口絵二十一丁（各巻一図、毎半葉一図。ただし「灌園叟晩逢仙女」と「陳御史巧勘金釵鈿」の図が重複。円図）。毎半葉十二行×二十七字。匡郭二〇・九×一四・一糎。

金谷園本b

宮内庁書陵部所蔵（202-187）。十二冊。二四・九×一五・九糎。封面「墨憨齋手定／今古奇觀／金谷園藏板」。口絵二十丁（各巻一図、毎半葉一図。円図）。毎半葉十二行×二十七字。匡郭二〇・六×一四・五糎。

以下、主に本文の異同に焦点を当てて諸本の系統を検討していくことになるが、全四十巻の本文をすべて比較するのは困難であるので、ここでは岡白駒が『小説奇言』（宝暦三年〈一七五三〉刊）において施訓し、日本近世文学とも関わりの深い、巻三「滕大尹鬼断家私」（原拠は『古今小説』巻十）、巻二十七「銭秀才錯占鳳凰儔」（同『醒世恒言』巻七）、巻三十三「唐解元玩世出奇」（同『警世通言』巻二十六）の三篇を調査対象とした。各篇の本文を、それぞれの原拠である「三言」の本文と比較した結果が、本章末尾の異同一覧表（【表1】～【表3】）である。なお「三言」のテキストは、ゆまに書房から影印が刊行されている国立公文書館内閣文庫所蔵天許斎本『古今小説』、名古屋市蓬左文庫所蔵金陵兼善堂本『警世通言』、国立公文書館内閣文庫所蔵葉敬池本『醒世恒言』を基準とする。ただし、大塚秀高と廣澤裕介の研究(7)に基づき、『古今小説』は尊経閣文庫所蔵本・法政大学図書館正岡子規文庫所蔵本、『警世通言』は佐伯文庫所蔵本・三桂堂本との異同も勘案し、必要に応じて言及する。

宝翰楼本の成立

諸本の比較に入る前に、伝本の中で最も成立が早いと目されている宝翰楼本(8)について検討しておきたい。フランス国立図書館所蔵のこの刊本は、板式が毎半葉十行×二十字で、毎半葉あたりの文字数が初期刊本の中で最も少ない。この板式は「三言二拍」と一致しており（ただし「三言二拍」の伝本のうち、成立の遅い一部の刊本は異なる板式を有する）、両者の成立時期が近いことを窺わせる。封面に「喩世名《ママ》言二刻」とあることからすれば、成立が『喩世明言』刊行後であることは確実と思われるが、正確な年次は不明。また、他の伝本にはない眉批（本文の欄外上層に記された評語）を有していることや、口絵がきわめて精緻であることも、成立が現存諸本に先行していることの傍証である。

さしあたり本章の調査対象である三作について、宝翰楼本と「三言」との異同数を章末の異同一覧表で確認すると、【表1】45、【表2】78（異同番号79を除く）、【表3】33（ただし、佐伯文庫本と比較すると31、三桂堂本と比較すると30）となる。すなわち計156箇所の異同が確認されるのであるが、そのうちの大半は「三言」の誤刻の訂正や、用字の変更にとどまるものである。

一方、【表2】の異同番号121のように、単語を変更する例も認められる。この改変の理由を、該当箇所の文脈を確認しつつ検討したい（／の上が『醒世恒言』、下が宝翰楼本）。

　然後諸親一一相見、衆人見新郎**標致**／**俊美**、一個個暗暗稱羨。

この場面において、「標致」「俊美」は「新郎」の容貌を形容する語として用いられている。しかし白話小説において、「標致」は主に女性の美しさを表現する語であるため、[9] その不適切なることに気づいた宝翰楼本の編者が、これを「俊美」に改めたのであろう。また、同じく【表2】の37では、『醒世恒言』にある「東三西四」という表現を削除しているが、これは「別件是或者有些東扯西拽、東掩西遮、東三西四、不容易説話」と、話に筋道がないことや話をごまかすことなどを意味する類似の慣用表現が、三度も重ねられていることを過剰と判断しての処置と考えられる。さらに、調査対象外の作品ではあるが、巻十九「兪伯牙摔琴謝知音」（原拠は『警世通言』巻一）には、『警世通言』11b7（十一丁裏七行目。以下このように表記する。aが表、bが裏）の「行於樵徑」という一節を、宝翰楼本が「迤逦望馬安山而行」と改めている例が確認される。これは言うまでもなく、具体的な地名を挙げ、描写をより詳細にするための処置であろう。また同じく巻十九の、鍾子期の墓に俞伯牙が弔問に来たということを聞いて村人たちが集まってくる場面では、『警世通言』が「不問行的住的遠的近的、聞得朝中大臣來祭鍾子期、迴繞墳前、爭先觀看」（14ａ7）としているのみであるのに対し、宝翰楼本は傍線部を「聞得哭聲悲切、都來物色、知是朝中大臣來祭鍾子期」と改め、俞伯牙の悲痛な嘆きを表現している。

このように、宝翰楼本は「三言」の誤刻や不適切な表現を訂正するとともに、必要に応じて新たな表現を加えることもしているのである。それは必ずしも作品全体に大きな影響を及ぼすものではないが、ここに宝翰楼本の編者による原話批評が反映されていることは確かであろう。『今古奇観』とは、「三言二拍」の本文をより良質のものに改めようとする営為が結実したものでもあったのである。

そしてその批評態度は、眉批としても表れている。前述のとおり、宝翰楼本は『今古奇観』諸本の中で唯一眉批を有する刊本であるが、それが「三言」の眉批といかなる関係を有しているかを、次に検討してみたい。

まずは『古今小説』から採録された、巻三「滕大尹鬼断家私」を見てみよう。『古今小説』の伝本には、尊経閣文庫本・法政大学図書館正岡子規文庫本・内閣文庫本の三種があり、本作における眉批の数は、尊経閣本と法大本が各9条（内容は共通）、内閣本が7条（内容はすべて尊経閣本・法大本の眉批と共通）である。(10) 一方、宝翰楼本の眉批は全23条で、『古今小説』の眉批はすべてその中に含まれている。(11)

この点に鑑みれば、宝翰楼本が尊経閣本と法大本のうち、いずれかの系統の刊本を参照していたことは明らかであるが、他の巻をも併せて検討してみると、必ずしもどちらか一方にのみ依拠していたわけではなさそうである。たとえば宝翰楼本巻二十三「蔣興哥重会珍珠衫」三十九丁裏の「▲此說便▲曲了」（▲の箇所は裁断により判読不能）という眉批は、尊経閣本の「如此說便委曲多了」によるものと思われるが、これは法大本にはない。一方、巻二十四「陳御史巧勘金釵鈿」十四丁表に見られる「貧儒常事可憐」という眉批は、法大本にあって尊経閣本にはない。両者の眉批を併せ持つ『古今小説』がかつて存在していたのか、あるいは宝翰楼本の編者が複数の『古今小説』を参看していたのか、現時点では不明というほかない。

次に、『警世通言』から採録された巻二十三「唐解元玩世出奇」を検討する。『警世通言』には数種の伝本があるが、そのうち眉批を有するのは、金陵兼善堂本・早稲田大学本・衍慶堂本・佐伯文庫本であり、佐伯本の系統と見られる三桂堂本には眉批がない。そして「唐解元玩世出奇」における眉批の数は、兼善堂本・早大本・衍慶堂本が各8条、佐伯本が9条であるのに対し、[12]宝翰楼本は全14条であった。この作品に限れば、宝翰楼本の眉批は『警世通言』の眉批をすべて含んでいるが、他の作品においては『警世通言』の眉批が採られない場合もある。

では、宝翰楼本が依拠した『警世通言』のテキストはいずれのものであろうか。注目されるのは、宝翰楼本巻二十三の十三丁裏に「善謔」という眉批が見られることである。『警世通言』の諸本中に、これと完全に一致する眉批は確認されないが、佐伯本には宝翰楼本と同じ箇所に「■謔」とある（■は墨格）。また、宝翰楼本巻五「杜十娘怒沈百宝箱」の五丁裏には「十娘精細」、同じく七丁表には「十娘不能忘情、李生只取他一片熱心耳」、八丁裏には「蔣生大有心人、可敬」という眉批があるが、これらは大半の『警世通言』には見えず、佐伯本にのみ、それぞれ「■■精細」「十娘不能■情、李生只取他一■■心耳」、「蔣生大有■人、可敬」とあるのが確認される。ただしこの墨格の多さに鑑みるに、佐伯本は明らかに先行する刊本を踏襲する意図のもと新刻されたものである。すなわちこれらの墨格は、板木の磨滅等の理由により、祖本の段階で読解が困難となっていた箇所に相当しよう。したがって宝翰楼本は佐伯本の祖本を利用した可能性が高いと思われるが、その刊本は、現時点においていまだ発見されていない。

残るは『醒世恒言』から採録された巻二十七「銭秀才錯占鳳凰儔」であるが、『醒世恒言』の原刊本とされる葉敬池本は、この作品に眉批を持たない（他の作品の中には、眉批を有するものもある）。したがって宝翰楼本におけるこの作品の眉批は編者が独自に附したものかと思われるが、『醒世恒言』の未発見刊本に眉批があり、宝翰楼本の編者がそれを参照したという可能性を排除することもできない(13)。

全体的に見れば、宝翰楼本は「三言」の眉批を適宜取捨しつつ、その総数については大幅に増加させている。「三言」の眉批には、難読字の発音を示すものや作品の見所を指摘するものなどもあるが、特に多いのは、「快心快心」「可憐」「説得是」などといった素朴な感想である。これらはおそらく、説話人（講釈師）の講釈を聞く大衆の声を模したものであろう。すなわち宝翰楼本において増補された眉批は、大衆の視点に立った編者の声ともいえるのである。ここに、「三言二拍」の読者・批評家としての宝翰楼本編者の姿を看取することができよう。

初期刊本の系統

次に、初期刊本に分類される諸本の関係性を検討したい。ただし、会成堂本a・会成堂本b・同文堂本b・同文堂本c・金谷園本bは、初期刊本の中でも比較的成立が後れるものと考えられるので、その点をまず整理しておきたい。

会成堂本aは封面に「乾隆丙午重訂」とあり、これを信用すれば、先行する刊本を乾隆五十一年（一七八六）に修訂したものと考えられる。いずれにしても、序文における「皇明」の「皇」が削られ、空格となっていることからすれば、清代に入ってからの成立であることは確実である。会成堂本bは封面に「道光丙午刊」とあり、道光二十六年（一八四六）の刊行とされているが、会成堂本aとの異同の有無をはじめ、詳細な検討にはいまだ及んでいない。

同文堂本bは序文の「皇明」こそ擡頭しているものの、板式は毎半葉十二行×二十七字であり、他の初期刊本に比して毎半葉あたりの文字数が多い。これは毎半葉十一行×二十三字の板式を有する刊本より成立が後れることを意味している。同文堂本cは、同文堂本bの作品の配列を一部改めたもので、口絵に一葉の重複がある。金谷園本bは同文堂本bと同内容の刊本で、封面を付け替えただけのものである。

これら諸本の成立順は即断しかねるが、会成堂本bは詳細な調査に及んでおらず、また同文堂本b・c・金谷園本bがそれぞれ同系統であることは確実であるので、これらの刊本の本文調査は、会成堂本aと同文堂本bについてのみ行った。

それでは具体的な検討に移ろう。本章末尾の【表1～3】に示したとおり、調査対象である『今古奇観』三作の総異同数は497（巻三166・二十七215・三十三116）である。ただし、上海本は巻三の20b6～11にかけて、各行の上部二～九字が改刻されており、さらに第二十一・二十二丁は異板であるので、これら（【表1】の152～166に相当）を検討対象外とすると、検討すべき異同の数は474（巻三143・二十七215・三十三116）となる。これらのうち、「三言」・宝翰楼本・同文堂本bを除く九種の刊本の本文がすべて一致するのは417箇所（巻三122・二十七193・三十三102）にのぼる。この一致率の高さからすれば、これら九種の関係性はきわめて近いと言ってよい。そして、そこから文徳堂本・国家本・会成堂本aを除いた六種の刊本では実に464箇所（巻三142・二十七210・三十三112）が一致し、さらにそこから東大本を除いた五種に限れば、異同は【表1】の102と【表2】の211のみとなる。しかも前者における上海本の空格は、単に刷りが薄かったため影印に反映されなかっただけの可能性があり（影印本の写真も不鮮明）、後者の上海本「府上」は明らかに改刻されたものである。したがって、仮に上海本の本来の本文がそれぞれ「准折」「宅人」であるならば、上海本・金谷園本a・文盛堂本・同文堂本a・崇文堂本の五種は、本章で調査対象とした三作において、本文が完全に一致しているということになる。

しかもこの五種は、序・目録・口絵についても板式や図柄がすべて一致しており、特に口絵最終丁の板心は、「三十九回」「四十回」とあるべきところが、いずれの刊本においても「三十九四」「四十四」と誤刻されている。さらに、管見の限り本文の字体や圏点の位置・角度も一致しているようであり、少なくとも巻三・二十七・三十三と序・目録・口絵に関して、これら五種は同系統といってよい（同板か否かについてはさらなる調査を要する）。したがって、以下、これらの刊本を一括して仮に「上海本系統」と称する。[14]

その上海本系統と最も近い本文を持つのが東大本だが、両者の成立はどちらが先んじているのであろうか。以下、異同の諸相を検討しつつ考えてみたい。両者間の異同は、**【表2】**の異同番号14・15・17・26・211と**【表3】**の45・53・68の八箇所のみであるので、それらをすべて以下に示す（／の上が上海本系統、下が東大本）。

①**【表2】**の14　金蓮窄窄瓣兒輕、行動一天**平韻**／**丰韻**。

→女性の姿の艶やかさを詠んでいる詞の一節であるので「丰韻」が適切。

②**【表2】**の15　有多少**家門**／**豪門**富室、日來求親。

→意味的に「富室」と対にならねばならないので「豪門」がより適切。

③**【表2】**の17　才不壓衆、貌不超群、所以**不會**／**不兮**許允。

→誰にも結婚を許可していない、という文脈であるのでどちらも不自然。特に「不兮」は文法的にも認められない。『警世通言』や宝翰楼本が「不曾」としているのが適切。

④**【表2】**の26　那顔俊有個**好高之疾**／**好高之病**、

→性格・習慣に関する傾向や欠点は、「〜之病」と表現するのが一般的。『警世通言』巻三十八に「傷春之病」、『醒世恒言』巻九に「怕婆之病」などとある。

⑤【表2】の211　不知賢婿**宅上**／**宅人**還有何人。（ただし上海本は「府上」と改刻）

→「家」には誰がいるかと尋ねているので「宅上」が適切。

⑥【表3】の45　先生見公子學問**日進**／**驟進**、

→学習進度の速さを述べているので「驟進」が適切。

⑦【表3】の53　**出細**／**出納**謹愼、毫忽無私。

→私欲を挟まず会計管理をした、という文脈であるので「出納」が適切。

⑧【表3】の68　華安次日將典中**賬目**／**帳目**、細細開了一本簿子、

→「賬」は「帳」の俗字であるのでどちらでも意味は同じだが、他の箇所ではすべて「帳」が用いられているため、この箇所のみ「賬」を用いるのは不自然。

これらを見ると、③⑤以外はすべて東大本の方が適切であることが理解される。一般的に初刊本との距離が近いほど誤刻は少ないものであり、その点に鑑みれば、両者の成立は東大本が先行している可能性が高いといえよう。事実、③を除くすべてにおいて、東大本は伝本のうち最も成立の早い宝翰楼本と一致している。

では、文徳堂本・国家本との関係はどうか。文徳堂本・国家本における誤刻は、上海本系統や東大本に比して多い。そしてその中には、字書に存在しない字が刻されている例もある（【表2】94の「㑀」、122の「㑀」など）。これらは、先行する刊本に基づいて板木を新刻する過程において、刻工の注意不足等により生じたものであろう。そして前述のとおり、宝翰楼本と同文堂本bを除く初期刊本の諸本間に異同が少なく、さらに板式も一致していることからすれば、文徳堂本等が利用した先行刊本は上海本系統か東大本[15]である可能性が高い。したがって、文徳堂本等の成立が上海本系統・東大本より後であることはほぼ確実と考えられる。

その上でこれら諸本の異同を確認すると、上海本系統と東大本との間に異同がある場合、文徳堂本・国家本の本文はすべて東大本に一致する。中でも③の「不兮」が、この三種の刊本にのみ共通していることは注目に値しよう。つまり、文徳堂本・国家本は東大本に基づいて新刻されたものと考えられるのである。

以下、その他の刊本についても簡単に見ておこう。文徳堂本と国家本の本文は非常に近く、両者間の異同は【表2】の212と【表3】の65のみである。しかも、前者における国家本の空格は、他の刊本がすべて「何人」で共通していることからすれば、ここも本来はその二文字が刻されていたと考えるべきであろう。(16) また、後者における文徳堂本の「引之」は明らかに補写されたものであり、本来は国家本と同様「引至」であった可能性が高い（何に基づき「之」の字が補写されたのかは不明）。さらに、序・目録の板式や口絵の図柄・形式（円図）はすべて一致しており、本文部分の板面も酷似している。特に注意したいのは、巻十九「兪伯牙摔琴謝知音」10b1において、上海本系統や東大本の本文が「先生到鍾家要訪何人」となっているのに対し、文徳堂本・国家本では「先生」の二文字が削除され、そのスペースに「老者又／問先生」の六文字が割書されている点である。こうした処理をしている刊本が他にないことからすれば、この二種の刊本の距離はきわめて近く、同板の可能性も考えられる。

会成堂本ａの板面は上海本系統や東大本に酷似しているが、本章で扱った三作に限っても両者との異同の数は二十を超え、同板であるとは考えがたい。その誤刻は、たとえば巻三を例にとれば「収租」を「収相」に（【表1】の13）、「常時」を「當時」に（同33）に、「一軸」を「一輔」に（同90）それぞれ誤るという類のものであり、覆刻の際、刻工の失誤によって生じたと考えるのが自然であろう。そしてその底本は、【表2】の17が、会成堂本ａ「不兮」、上海本系統「不會」、東大本「不兮」であることから、東大本であったと推測される。すなわち文徳堂本・国家本と会成堂本ａは、いずれも東大本を祖本とする刊本ということになる。

最後に残った同文堂本ｂは、板式が異なる以上当然のことながら、これまで論じてきた刊本のいずれの系統にも属さない。しかしその本文は、たとえば【表1】の18のごとく、上海本系統・東大本・文徳堂本・国家本・会成堂本ａとは異なる一方、宝翰楼本と一致する箇所が少なからず存する。同文堂本ｂの本文がいずれの刊本に主に依拠したのかは定かでないが、宝翰楼本あるいはそれに近い本文を持つ別の刊本との校合が行われた可能性は否定できない。先行する初期刊本との異同は多く存するが、それは必ずしも単なる誤刻や恣意的な改変によるものばかりではないのである。

しかし、上海本系統や東大本に比して文徳堂本・国家本・会成堂本ａの誤刻が多かったことからも明らかなように、一般的に成立が後のものほど本文の誤りは多い。そして同文堂本ｂも例外ではなく、やはり誤刻の多い刊本である。こうした特徴の意味するところについては後ほどあらためて検討するが、その前に、同文堂という書肆が関与した『今古奇観』の諸本を整理しておくことにしよう。

同文堂本四種

何らかのかたちで同文堂が関与したと考えられる『今古奇観』の刊本は、現在のところ少なくとも四種確認されている。

そのうち最も成立が早いのは、上海本系統に属する同文堂本ａである。序文の「皇明」が擡頭していることからすれば、板木の作製時期は明朝滅亡以前であると考えられるが、同文堂が明代に活動していたことを示す資料は現在のところ見出せず(17)、同文堂がそれに関与していたとは考えがたい。あるいは他の書肆から板木を買い取り、それに「同文堂藏板」と刻した封面を附して販売したものであろうか。伝本は現在のところ北京大学図書館所蔵の一本しか確認していない。

続く同文堂本bは、封面に「同文堂藏板」とあるのみならず、板心にも「同文堂」の文字が見え、まぎれもなく板木作製と刊行のいずれをも同文堂が担った刊本である。口絵は円図で、宝翰楼本や文徳堂本・国家本と同形式（ただし同文堂本bは図枠の外に巻題を記す）。宝翰楼本や上海本系統の口絵が各巻二図であるのに対し、同文堂本bは各巻一図であるが、図柄は巻一「三孝廉譲産立高名」と巻二十一「老門生三世報恩」のものを除いて、宝翰楼本等の二図のうちいずれか一図と一致する。同文堂本bとすべての図柄が一致するのは会成堂本aであり、巻十九「兪伯牙摔琴謝知音」と巻二十「荘子休鼓盆成大道」の口絵の順序が逆になっていることも共通している。この点に鑑みれば、両者が影響関係にある可能性は十分に考えられよう。[18] 同文堂本bの伝本は北京大学図書館の他、国立国会図書館（923.H644kd）と北京市の首都図書館（甲三/25）に存することを確認している。

同文堂本cは同文堂本bの作品の配列を一部変更した刊本で、本来巻七の「売油郎独占花魁」が巻三十九、巻三十九の「誇妙術丹客提金」が巻二十三、巻二十三の「蔣興哥重会珍珠衫」が巻四十、巻四十の「逞銭多白丁横帯」が巻七にそれぞれ配される。目録や板心、巻頭巻尾の巻数表示は埋木改刻されているが、「売油郎」の巻頭巻尾と「蔣興哥」の巻頭はそれぞれ「巻七」「巻二十三」のままであり、その処理が杜撰であったことを窺わせる。[19] 板面は同文堂本bに酷似しているが異板。板心には「同文堂」の文字が見え、この板木を同文堂が作製したことは確実と考えられる。したがってこれが新刻であるならば、同文堂は二度にわたり『今古奇観』の板木を作製したということになる。なお、同文堂本cの封面からは書肆名が削られており、実際にこの刊本を販売したのは同文堂以外の書肆であった可能性がある。

口絵の図柄は同文堂本bと同様であるが、こちらも異板。また、巻八「灌園叟晩逢仙女」と巻二十四「陳御史巧勘金釵鈿」の挿絵が重複し、全二十一葉となっている。本来はそれぞれの直前に置かれるはずの「売油郎」と「蔣興哥」の口絵の位置が、作品配列の変更に伴い移動したため、その処理の際に錯誤が生じたものであろうか。ただし重複する口絵は、よく似せて描かれているものの異板である。すなわち「灌園叟」「陳御史」については、同じ図柄の絵を二種ずつ新刻し、その双方を口絵に利用したということになる。内容的にも経済的にも何らかの利点があるとは思えず、いかなる意図があったものか不明。ちなみに、この重複まで含めて同文堂本cと同内容の口絵を持ち、封面に「乾隆甲辰重鐫」（乾隆甲辰は乾隆四十九年〈一七八四〉）とある書肆不明の刊本が、東京大学東洋文化研究所（倉石文庫／41798）と九州大学附属図書館高瀬文庫（漢・集部／64）に存する。この刊本の板式は毎半葉十一行×二十四字であり、本文は同文堂本b・cのいずれとも異板であるが、口絵が共通している以上、何らかの関係性があるものと思われる。

一方、大塚秀高は同文堂本b以下三種の関係性について、「ひとまず十一行二十四字本（筆者注：東文研本・高瀬本）、十二行二十七字の挿絵二十一葉本（筆者注：同文堂本c）、二十葉本（筆者注：同文堂本b）の順に刊行されたとみておきたい。なお、二十一葉本の挿絵と二十葉本の挿絵については、二十一葉本の挿絵の第二十一葉を除いたものが二十葉本のように考えている」[20]と述べ、同文堂本cがbに先行するとの見解を示している。しかし、そのように解釈するにはいくつかの疑問が残る。

一点目は、両者の口絵を比較すると、明らかにcの方が粗雑であるということである。bとcの口絵はおそらく一方が一方をかぶせ彫りしたものと思われるが、そうであるならば、言うまでもなく覆刻本の方が低質になる。

二点目は、同文堂本cの封面に同文堂の名が刻されていないということである。仮にcがbに先行しており、成立順がa→c→bであったとすると、二番目に成立したはずのcの封面にのみ書肆名がないという不自然なことになる。

したがってcは、同文堂がbの印行に区切りをつけ、新しい板木を刻したところで、それが別の書肆に移譲あるいは売却され、封面の「同文堂」の文字が削られたものと考えるべきではなかろうか。

三点目は、cの伝本の中にはきわめて低級な料紙を用いているものが少なくないということである。明刊本と清刊本を比較すれば一般的には前者の方が良質であることに示されるとおり、板本は時代が下るにつれて低質化する。この原則に照らせば、やはりcがbに先行しているとは考えがたい。また、bとcの伝本数を比較すると、後者が圧倒的に多い点も注目される。必ずしも残存数と流布状況が一致するわけではないが、これはcの流布した時期がbに比して長期にわたったと考えるのが自然であろう。すなわちbはある時期に刷られなくなり、それ以後は清末に至るまでcが印行され続けたものと思われるのである。

以上の理由から同文堂本はb→cの順で成立したと考えられるが、そうであれば、東文研本と高瀬本の成立は同文堂本cの後である可能性が高くなる。何となれば、いずれも板心に書肆名を明記する同文堂本bとcには直接的な関係があると考えるのが自然であり、両者の間に別の書肆が本文の板木を作製した刊本を介在させる必然性がないからである。したがって上記三種の刊本の成立順は、同文堂本b→c→東文研本・高瀬本、とするのが妥当ではなかろうか(21)。この推測が正しければ、同文堂本b・cの成立は、遅くとも乾隆四十九年以前となる。

同文堂の名を冠する刊本には、さらに東京大学東洋文化研究所倉石文庫所蔵の一本（倉石文庫/41799）がある。これは表紙一八・九×一二・一糎の小型刊本で、板式は毎半葉十二行×三十字、封面には「墨憨齋手定／繡像今古／奇観／同文堂梓行」とある。ここでは、これを仮に同文堂本dと称する。「繡像」とあるにもかかわらず無図本であるが、これは消費者の購買意欲をそそるための虚偽であろう。これに先んじて実際に小型の繡像本を同文堂が刊行し、その際の封面を転用したものと考えられなくもないが、そうした繡像本の存在は、現在のところ確認し得ていない。

このように、同文堂は『今古奇観』の刊行・販売にきわめて積極的であった。この書肆は、他にも『拍案驚奇』『済顛大師酔菩提全伝』『紅楼夢』『鏡花縁』などの通俗小説を多く刊行していたようであるが[22]、その中でも『今古奇観』を数度にわたって刊行したのは、それだけこの作品の売れ行きがよかったためであろう。『今古奇観』が多くの読者を獲得していたことは、このような点からも窺うことができる。

後期刊本をめぐって

本章において「初期刊本」と称している大型の刊本は、同文堂本b・cや会成堂本aの刊行以降、ほとんど新刻されることはなくなる。乾隆年間を区切りとして、初期刊本の時代はほぼ終わったと考えてよいであろう。それに代わって陸続と刊行され始めたのが、小型の書型を持つ「後期刊本」である。その数はきわめて多く、書肆が明らかでないものも少なくない。そこでここでは、調査し得た刊本のうち、書肆が明らかなもののみ書誌を示す。

右経堂本

国立国会図書館所蔵（173.54）。十冊。一六・七×一一・二糎。封面「墨憨齋批點／繡像今古奇觀」。口絵二十丁（各巻二図、毎半葉一図。巻二十一～四十欠）。毎半葉十一行×二十五字。匡郭一一・五×九・五糎。

維経堂本

早稲田大学図書館所蔵（へ 21/2757/1-10）。十冊。一七・一×一一・二糎。封面「道光已酉年重鐫／繡像今古／奇觀　天平街維經堂藏板」。口絵四十丁（各巻二図、毎半葉一図）。毎半葉十一行×二十五字。匡郭一一・九×九・七糎。

芥子園本

京都大学文学研究科図書館所蔵（D/VIa/9-14）。十二冊。一五・四×一一・一糎。封面「墨憨齋評／繡像今古／奇觀／芥子園藏板」。口絵四丁（各巻一図、毎半葉一図。巻一～八のみ存）。毎半葉十一行×二十五字。匡郭一二・四×九・四糎。

萃精英閣本

国立公文書館内閣文庫所蔵（309-41）。十六冊。一五・六×一一・〇糎。封面「今古奇／觀　萃精英閣藏板」、欄外上辺「繡像全圖」。口絵十丁（各巻一図、毎半葉一図。巻一～四、七～二十二のみ存）。毎半葉十一行×二十五字。匡郭一二・四×九・二糎。

筆花軒本

中国国家図書館所蔵（XD4643）。十二冊。一七・六×一一・二糎。封面「墨憨齋手定／繡像今古／奇觀／筆花軒藏板」。口絵四十丁（各巻二図、毎半葉一図）。毎半葉十一行×二十五字。匡郭一二・六×九・五糎。

青雲楼本

首都図書館所蔵（丁/7415）。十冊。一七・〇×一〇・九糎。封面「墨憨齋批點　五雲樓發兌／繡像今古奇觀／青雲樓藏板」、欄外上辺「光緒十二年重鐫」。口絵二十丁（各巻二図、毎半葉一図。巻二十一～四十欠）。毎半葉十一行×二十五字。匡郭一一・六×九・六糎。

崇正堂本

京都大学文学研究科図書館所蔵（D/VIa/9-22）。十二冊。一六・一×一一・九糎。封面「廣東省文瀾書院崇正堂訂正／繡像今古奇觀」、欄外上辺「光緒十七年冬重刊」。口絵二十丁（各巻二図、毎半葉一図。巻二十一～四十欠）。毎半葉十一行×二十五字。匡郭一一・六×九・五糎。

福文堂本

京都大学吉田南総合図書館所蔵（416-18）。十二冊。一六・三×一一・二糎。封面「咸豐丙辰年重鐫／繡像今古奇觀／省城福文堂梓」。口絵四十丁（各巻二図、毎半葉一図）。毎半葉十二行×二十七字。匡郭一二・五×九・三糎。

経元堂本

首都図書館所蔵（丙四/3616）。十二冊。一七・八×一一・五糎。封面「墨憨齋手定／繡像今古／奇觀　經元堂梓行」。無図。毎半葉十二行×二十九字。匡郭一四・七×一〇・六糎。

同文堂本d

東京大学東洋文化研究所所蔵（倉石文庫/41799）。十二冊。一八・九×一二・一糎。封面「墨憨齋手定／繡像今古／奇観　同文堂梓行」。無図。毎半葉十二行×三十字。匡郭一四・三×一〇・五糎。

経文堂本

首都図書館所蔵（已/765）。八冊。一七・六×一一・二糎。封面「繡像今古／奇觀　經文堂藏板」。口絵十九丁（各巻一図、毎半葉一図。一丁分欠）。毎半葉十六行×三十五字。匡郭一二・八×八・六糎。

右には毎半葉あたりの文字数が少ないものから順に並べた。これを見ると、後期刊本は板式が毎半葉十一行×二十五字のものが多いようである。未見の刊本も多いため即断は避けるが、さしあたりこれを後期刊本の基本的な形態とみなし、その中から右経堂本・維経堂本・芥子園本・萃精英閣本の四種を対象に、巻三十三「唐解元玩世出奇」の本文を検討してみたい。ただし、この作品については先ほども初期刊本の分類に際して検討しており、作品全体の異同を掲出するのは煩瑣であるため、ここでは作品の前半部分、すなわち唐寅が華学士に実力を認められて書記となる場面（兼善堂本『警世通言』の六丁裏）までを検討対象とする。また、初期刊本との関係性も合わせて確認するため、兼善堂本『警世通言』・宝翰楼本・上海本・文徳堂本・会成堂本・同文堂本bの本文も併せて示す（【表4】）。[23]

同じ範囲における初期刊本諸本間の異同数が49（【表3】の異同番号1～49）であったのに対し、それに後期刊本四種を加えると異同数は129となる。この数のみを見ると、後期刊本が初期刊本とは異なる独自の本文を有しているように思われるが、異同の大半は単純な誤刻である。すなわち後期刊本とは、初期刊本とは比較にならぬほど多くの誤刻がある拙劣な刊本であるといえよう。

ここで後期刊本諸本の関係性に目を転じると、右経堂本と維経堂本の両者のみに共通する表現が十一箇所（異同番号2・5・11・22・24・26・29・35・38・40・79・127）あり、両者は比較的近い関係にあるものと推測される。板面も、右経堂本にある圏点が維経堂本にないことを除けば、文字の大きさや形にほとんど違いはない。さらに十五箇所ある両者間の異同の大半はよく似た文字の誤刻であり（例外は異同番号55と117）、誤刻の数は維経堂本の方が多いことからすれば、維経堂本が右経堂本を模刻したものである可能性も考えられよう。なお、右経堂本は序の板心に「右經堂」、口絵の板心に「載經堂」とあり、ここでは仮に「右経堂本」と称しているが、実際に刊行した書肆がいずれであるかは明らかでない。維経堂本は道光二十九年（一八四九）の刊行で、他に東京大学総合図書館（E46-74・E46-269）や慶應義塾大学附属研究所斯道文庫（D2/ト 56/10）などに伝本がある。また、国立国会図書館所蔵の書肆不明本（184-49）は、封面にある「天平街維經堂藏板」の文字を削っただけの同板本と思われる。

次に芥子園本と萃精英閣本を見ると、この両者は本文が完全に一致している。板面は文字の濃淡、匡郭の破損、墨格の形状に至るまで酷似しており、少なくとも巻三十三については同板である可能性が高い。板木を所有していた順序は不明だが、後に板木を手にした書肆が、封面と口絵のみを差し替えて再び販売したものと思われる。なお、芥子園本は他に中国国家図書館所蔵本（XD4837）を確認しており、こちらは巻九～十五と巻十九～二十三を欠く[24]。また、右に書誌を示した中国国家図書館所蔵の筆花軒本は、封面に「筆花軒藏板」とあるものの、本文部分の板心には「芥子園」とある。しかしこれは、今回調査に用いた芥子園本とは異板であり、芥子園は少なくとも二種の『今古奇観』に関与しているようである。

　最後の問題は、後期刊本の本文が主にいずれの刊本に依拠しているのかということである。後期刊本には誤刻が多いため特定はしがたいが、**【表4】**の57や81のように、同文堂本bとの関連を窺わせる箇所が確認されることには注意を要する。ただしその一方で同文堂本bとは異同も多く、後期刊本がこれにのみ依拠していたとは考えがたい。したがって、後期刊本の主たる依拠テキストについては不明と言わざるを得ず、同文堂本bあるいはそれとほぼ同内容の本文を持つ同文堂本cが参照された可能性があることを指摘するに留めたい。

　その他の青雲楼本・崇正堂本・福文堂本・経元堂本・同文堂本dについては、青雲楼本・崇正堂本の作品の配列が一般的なものとはやや異なっていることと[25]、福文堂本が「奉憲抽禁」のため巻七・二十八・三十三・三十四・三十五・三十八・三十九を欠巻としていることの他には、特に言及すべきことはない。ただし経文堂本はやや特殊で、笑花主人による序文がなく、代わりに「光緒戊子菊秋慎重思艸堂主人謹識」「光緒戊子歳重陽後一日管■子並書于海上」とそれぞれ署名がある二種の序文が附されている。また、口絵も他の刊本とはまったく異なり、寒碧軒主人の号を持つ陸鵬なる人物の手になるものであることが署名から知られる。なお、経文堂本は早稲田大学図書館にも存するが（へ21/4254/1-12）、こちらは序文の署名が削られている。

　ここまで見てきたとおり、後期刊本の諸本はきわめて雑駁な様相を呈しており、その全体像は容易に把握できるものではない。これは、粗悪な刊本であっても商品として成立するほどに、『今古奇観』の需要があったことを示していよう。「平話小説之最流行者為《今古奇観》」[26]という阿英の言葉は、このことからも十分に裏付けられるのである。

別本系諸本

本来『今古奇観』は四十巻四十篇を収める作品であるが、中にはその規範から逸脱している刊本や、本文に大きく手が加えられている刊本もある（ここでは仮に「別本系諸本」と称する）。最後に、これまでに確認し得たそれら別本系諸本を紹介して、この章を終えることとしたい。

植桂楼本

無窮会図書館平沼文庫所蔵（22881）。三冊。二二・五×一三・七糎。封面「墨憨齋手定／今古奇觀／植桂樓藏板」、欄外上辺「乾隆乙丑重鐫」。無図。毎半葉十行×二十字。

尚志堂本

天理大学附属天理図書館所蔵（923/1155/1-12）。十二冊。東京大学東洋文化研究所所蔵の影印（集：詞曲：稗官：348）を披見したのみで原本未見。封面「墨憨齋手定　内有增補／今古奇觀／依姑蘇原本　泉州尙志堂藏板」、欄外上辺「乾隆乙亥重鐫」。無図。毎半葉十行×二十五字。

成文信本

上田市立上田図書館所蔵（中国文学／54.1-4／花月文庫）。東京大学東洋文化研究所所蔵の影印（集：詞曲：稗官：374）を

披見したのみで原本未見。合四冊。封面「墨憨齋手定／今古奇□《観カ》／烟台　成文信□□」（□の箇所には附箋のようなものが貼付されており、影印では確認不能）、欄外上辺「光緒二十一年新刊」。無図。毎半葉十二行×二十八字。

聚元堂本

北京師範大学図書館所蔵（857.4/301-07）。四冊。二一・二×一三・二糎。題簽「聚元堂／今古奇観」。封面「墨憨齋手定／今古奇観／□□堂梓」。無図。毎半葉十五行×三十二字。匡郭一八・一×一〇・七糎。

奇観纂腋

北京師範大学図書館所蔵（857.4/301-6）。二冊。二三・二×一六・八糎。封面「墨憨齋手定／今古奇観／纂要／本衙藏板」。無図。毎半葉十行×二十字。匡郭縦一八・九糎（横寸未計測）。

植桂楼本は乾隆十年（一七四五）の刊行で、全十一篇を収める。その目録には、巻一「三孝廉譲産立高名　衆父老分業合正道」、巻二「両県令競義婚孤女　県城隍托夢賜男児」、巻三「黄太学遺玅失女　裴晋公義還原配」、巻四「唐秀才持已端正　元公子自敗家声」、巻五「李太白酔草嚇蛮書　唐粛宗教建謫仙祠」、巻六「宋金老団円破氊笠　劉宜春同誦金剛経」、巻七「華瑶琴遺難被騙　売油郎独占花魁」、巻八「銭秀才錯占鳳凰儔　県大尹判合鴛鴦及」、巻九「唐解元玩世出奇　華学士訪人認親」、巻十「蘇小妹三難新郎　秦少游一夜得意」、巻十一「顧阿秀喜捨檀那物　崔俊臣巧会芙蓉屏」とあり、一般的な『今古奇観』の形式とは異なり各篇の章題が二句からなっている。このうち、巻一・二・三・五・七・八・九・十一は本来の『今古奇観』にも収録されている作品であるが、巻四は簡本系『人中画』[27]巻一、巻六は『警世通言』巻二十二、巻十は『醒世恒言』巻十一からそれぞれ採られたものである。植桂楼が『人中画』を刊行したのも乾隆十年であり、巻四に『人中画』の一篇が収められているのは、それと無関係ではなかろう。

尚志堂本は乾隆二十年（一七五五）の刊行で、全二十一篇を収める。そのうち巻一〜十一は植桂楼本と共通しており（ただし目録の一部に誤刻あり）、両者はきわめて近い関係にあるものと思われる。巻十二〜二十一の目録は、巻十二「蔣興哥重会珍珠衫　三巧児再結鸞鳳友」、巻十三「莫司戸推溺団頭女　金玉奴棒打薄情郎」、巻十四「李天造有心托友　伝友魁無意還金」、巻十五「喬太守乱点鴛鴦譜　劉慧娘得諧琴瑟願」、巻十六「李伯陽点破前世因　荘子休鼓盆成大道」、巻十七「商尚書慷慨認螟蛉　柳春蔭始終存気骨」、巻十八「唐明皇好道集奇人　武蕙《恵》妃崇禅闘異法」、巻十九「杜子中識破雌雄　女秀才移花接木」、巻二十「宣徽院仕女鞦韆会　清安寺夫婦笑啼縁」、巻二十一「李克譲竟達空函　劉元晋《普》雙生貴子」となっている。このうち、本来の『今古奇観』にも収められているのは巻十二・十三・十五・十六・十九で(28)、巻十四・十七はそれぞれ簡本系『人中画』巻三・二、巻十八・二十・二十一は『拍案驚奇』巻七・九・二十から採られたものである。表紙には「雲槐堂」という手書きの文字が見えるが、この書肆については不明。

成文信本は所収作品四十篇を八巻に分け、各巻に五篇（五回）ずつを収めるという構成をとる。他の別本系諸本とは異なり、所収作品が一般の『今古奇観』と一致するため、一見、前述の後期刊本に属するように思われるが、この刊本は本文に大幅な省略がある。第四回「裴晋公義還原配」を例にとると、まず冒頭の七言絶句が削られており、さらにそれに続くはずの「當初漢文帝朝中、有個寵臣叫做鄧通、出則隨輦、寝則同榻、恩幸無比」という一文が、「話說漢文帝有一寵臣鄧通、出隨輦入同居、恩幸无比」に改められている。すなわち作品本来の表現を尊重せず、内容を示すことに特化しているといえようが、こうした節略本が作られたという事実が、本作の流行ぶりを物語っているように思われる。ちなみに煙台成文信は濰県成文信の出店であり、毛宗崗本『三国志演義』もここから各地へ輸出されていったという(29)。

聚元堂本は封面の書肆名が削られており、手書きの題簽に「聚元堂」の名が見えるだけであるので、一概に聚元堂から刊行されたものと断ずることはできない。『小説書坊録』によれば、『北京師範大学図書館館蔵目録』はこの刊本を光緒十二年（一八八六）刊としているようであるが、封面には刊年に関する記載がなく、その根拠は不明。成文信本同様、本来の『今古奇観』と同じ四十篇が収められているものの、本文は大きく改変されている。

奇観纂腋は、封面題「今古奇觀纂要」、目録題「奇觀」、柱刻題「奇觀纂腋」で、改装表紙の左肩に「奇觀纂腋」と印字された単辺題簽が貼付されている。内容は『今古奇観』から十六篇を抄出したもので、目録によって収録作品を示せば（冒頭の三字のみ記す）、巻一「両県令」、巻二「滕大尹」、巻三「裴晋公」、巻四「杜十娘」、巻五「女秀才」、巻六「王嬌鸞」、巻七「念親恩」、巻八「蔣興哥」、巻九「喬太守」、巻十「陳御史」、巻十一「銭秀才」、巻十二「徐老僕」、巻十三「崔俊臣」、巻十四「誇妙術」、巻十五「老門生」、巻十六「看財奴」となる。ただし巻六～十六は失われており、現存するのは巻五までを収める二冊のみである。

これら別本系諸本についてはいまだ十分な調査を果たせていないが、こうした刊本の存在が示すのは、『今古奇観』という作品における流布形態の多様性に他ならない。これらが生み出された背景についてはあらためて検討する必要があるが、そのひとつが『今古奇観』の長期にわたる流行であったことは確かであろう。

通俗小説の出版と『今古奇観』

本章では、異同調査を通して『今古奇観』諸本の系統分類を進めてきた。しかしその結果以上に重要なのは、諸本の異同がいかにして生じたのかということである。初期刊本に限って言えば、それが書肆による校訂の結果である可能性が高いということになるのだが、それは『今古奇観』の刊行に際し、各書肆が少なからぬ時間と労力を注いでいたことを意味しよう。しかし、『今古奇観』のような通俗小説の刊行に際し、なぜこれほどまでに手の込んだ作業が行われたのであろうか。

井上進によれば、嘉靖年間（一五二二～六六）の後半あたりから著述業者が出現し始め、万暦年間（一五七三～一六二〇）にはすでに一般的な存在になっていたという。彼らの多くは科挙に合格できない知識人たちであり、「三言」の編者である馮夢龍もその一人であった。そしてそうした状況の中、通俗文学の存在意義を評価する声が士大夫からも挙がるようになったのである。[30] すなわち明末の通俗文学においては、相応の知識を持った人物が、作者の側にも読者の側にもいたことになる。

このことを踏まえれば、『今古奇観』も当初はある程度知的水準の高い読者を対象に刊行されたものと推測される。初期刊本の質の高さは、こうした読者の需要に応えるためのものであり、一方では書肆あるいは校訂者の矜持を示すものでもあったろう。しかし後期刊本を見れば明らかなように、時代が下るにつれてその質は徐々に低下する。低級な料紙を用い、稚拙な口絵を附し、誤刻の多い本文を有する粗悪な刊本が流通するようになったのである。

その背景としては、出版文化の隆盛に伴い、小説の読者が知識人に限定されず、徐々に庶民へと広がっていったことが考えられよう。すなわち本文の校訂は時間と予算の浪費とみなされ、質よりも営利が追求されるようになったのである。『今古奇観』諸本における本文の変遷は、通俗小説の出版と受容のあり方の変遷を如実に示すものでもあった。

注

（1）ただし『拍案驚奇』巻二十三と『二刻拍案驚奇』巻二十三は同一の作品（「大姉魂游完宿願　小妹（姨）病起続前縁」）。

また、『二刻拍案驚奇』巻四十「宋公明鬧元宵雑劇」は戯曲。

（2）これはあくまでも便宜的な処置であり、『喩世明言』と『古今小説』は同一のものではない。詳細は廣澤裕介「尊経閣文庫収蔵『古今小説』の成立問題」（『中国古典小説研究』第四号、平成十年十二月）、同「『古今小説』2種の文字異同一覧及びその先後問題について（稿）」（『中国古典小説研究』第五号、平成十一年十二月）、同「『喩世明言』四十巻本考」（『日本中国学会報』第五十二号、平成十二年十月）、同「『古今小説』諸版本の成立問題」（『中国古典小説研究』第十二号、平成十九年七月）、大塚秀高「『古今小説』の版本について」（『中国古典小説研究』第九号、平成十六年五月）を参照されたい。

（3）大塚秀高『増補 中国通俗小説書目』（汲古書院、昭和六十二年）、崔溶澈・朴在淵「韓国所見中国通俗小説書目」（『中国小説絵模本』、江原大学校出版部、一九九三年）。

（4）高橋智『書誌学のすすめ――中国の愛書文化に学ぶ――』（東方選書、平成二十二年）第五章「善本への道」。

（5）李程「《今古奇観》選輯者〝抱甕老人〟続考」（『明清小説研究』二〇〇九年第三期）。

（6）「崇文堂」という書肆の名は、封面に手書きで記されているのみで、この刊本が実際に崇文堂の発兌にかかるものであることを証明するものは何もない。これを「崇文堂本」と呼ぶのは、あくまで便宜的な処置である。

（7）大塚秀高「『警世通言』版本新考」（『日本アジア研究』第九号、平成二十四年三月）、廣澤裕介「『古今小説』と『今古奇観』のテキストの文字異同一覧表」（『学林』第五十九号、平成二十六年十一月）。『醒世恒言』については、葉敬池本とは異板である衍慶堂本が清刊本と目されており（『増補 中国通俗小説書目』）、宝翰楼本より後の成立と考えられるため、特に異同調査は行わなかった。また、大連図書館写字台文庫旧蔵で現在所在不明の葉敬渓本は、長澤規矩也「三言」「二拍」について」（『長澤規矩也著作集』第五巻、汲古書院、昭和六十年）において、葉敬池本の同板後印本と推定されている。

（8）劉修業『古典小説戯曲叢考』（作家出版社、一九五八年）、胡士瑩『話本小説概論』（中華書局、一九八〇年）。

（9）『中国語大辞典』（角川書店、平成六年）一八五頁。

（10）『古今小説』諸本の眉批については、大塚秀高「『古今小説』の版本について」（前掲）に一覧表が附されている。

（11）ただし、宝翰楼本の全巻が『古今小説』の眉批をすべて利用しているわけではなく、他の巻においては、『古今小説』の眉批が採られない場合もある。
(12)『警世通言』諸本の眉批については、大塚秀高「『警世通言』版本新考」（前掲）に一覧表が附されている。
(13) 宝翰楼本と「三言二拍」諸本の関係性については、大塚秀高「抱甕老人と三言二拍の原刻本について」（『日本アジア研究』第十三号、平成二十八年三月）にも言及があるので、併せて参照されたい。
(14) ただし、これはあくまでも本章で取り上げた三作および序・目録・口絵についてのみ言えることであり、他の巻も同様であることを必ずしも意味しない。たとえば巻二十「荘子休鼓盆成大道」の5ｂ2において、上海本に「去個」とあるところが金谷園本ａ・崇文堂本では「一個」になっている。また10ｂ7にも、上海本・崇文堂本に「而歌」とある箇所が、金谷園本ａでは「而作歌歌曰」となっている例が確認される（文盛堂本・同文堂本ａは未確認）。すなわち巻二十については、上海本・金谷園本ａ・崇文堂本はそれぞれ異板であるか、少なくともいずれか二種の刊本には後修が施されていると考えられる。ちなみに東大本はそれぞれ「一個」「而作歌歌曰」であり、金谷園本ａと一致する。いずれにしても、四十巻すべての本文調査を行った上で諸本の系統は再検討されるべきであろうし、書肆間の関係性についても調査が進められねばならないだろう。なお、崇文堂本の序文（手書き）においては、擡頭している「皇」字の上半分が欠けているが、同文堂本ａの序文もまた「皇」の上半分を欠いており、崇文堂本の序文は同文堂本ａを参照して筆写されたものである可能性が考えられる。ただし序文の署名は、同文堂本ａが「姑蘇笑花主人漫題」であるのに対し、崇文堂本は傍点の字を「顕」に作る。単なる誤写か、あるいは「漫顕」と誤刻する刊本が存したのかは不明。
(15) 無論、これは東大本そのものではなく、東大本と同内容の本文を持つ刊本群のことを指している。以下同様。
(16) 国家本は貴重書に指定されているため原本の実見が許可されず、マイクロフィルムによる閲覧のみであった。したがって、この箇所が空格であるのか、あるいは単に欠損しているだけなのかは判断できなかった。
(17) 楊縄信編『中国版刻総録』（陝西人民出版社、一九八七年）や王清原・牟仁隆・韓錫鐸編『小説書坊録』（北京図書館出版社、二〇〇二年）は、いずれも同文堂を清代の書肆として扱っている。
(18) ただし、会成堂本ａは巻三十三「唐解元玩世出奇」・巻三十四「女秀才移花接木」と巻三十五「王嬌鸞百年長恨」・巻三十六「十三郎五歳朝天」の順序も逆になっており、完全に一致するわけではない。また、会成堂本aの図枠はきわめて独自的なものであり、その点も異なる。両者の影響関係ならびに成立の先後関係については、遺憾ながら現在のところ何も確たることは言えない。

(19) このことは、大塚秀高「『今古奇観』から見た三言二拍」(『和漢語文研究』第十三号、平成二十七年十一月)にも言及がある。

(20) 注19大塚論文。

(21) ただし、これはあくまで現段階における試案である。同文堂本がb→cの順に成立したとすると、前述のとおりcに余分な口絵が一丁あることの意味が十分に説明できない。また、東文研本・高瀬本と同文堂本cの口絵が同板か否かについても精査の必要があり、同文堂本b・cに比して東文研本・高瀬本の方が毎半葉あたりの文字数が少ない点も気にかかる。この問題については、今後さらなる検討を要する。

(22) 王清原・牟仁隆・韓錫鐸編『小説書坊録』(前掲)。

(23) 本文が共通する上海本系統の諸本と東大本、文徳堂本と国家本をそれぞれ一括りにし、上海本と文徳堂本に代表させた。

(24) 口絵は各巻二図、毎半葉一図(巻一〜十のみ存)であり、京大本とは異なる。

(25) 目録には(作品名は最初の三字のみ記す)、巻一・第一回「三孝廉」第二回「両県令」第三回「滕大尹」、巻二・第四回「裴晋公」第五回「李謫仙」第六回「灌園叟」第七回「転運漢」第八回「看財奴」、巻三・第九回「呉保安」第十回「羊角哀」第十一回「沈小霞」第十二回「宋金郎」、巻四・第十三回「盧太学」第十四回「李汧公」第十五回「蘇小妹」、巻五・第十六回「劉元普」第十七回「兪伯牙」第十八回「荘子休」第十九回「老門生」第二十回「鈍秀才」、巻六・第二十一回「陳御史」第二十二回「徐老僕」第二十三回「蔡小姐」、巻七・第二十四回「銭秀才」第二十五回「杜十娘」第二十六回「懐私怨」第二十七回「念親恩」、巻八・第二十八回「呂大郎」第二十九回「金玉奴」第三十回「十三郎」第三十一回「崔俊臣」第三十二回「逞銭多」とあり、さらにその後に「今古奇観目録」が置かれ、第一回「売油郎」第二回「蔣興哥」第三回「喬太守」第四回「唐解元」第五回「女秀才」第六回「王嬌鸞」第七回「趙県君」第八回「誇妙術」と並ぶ。崇正堂本は「売油郎」

「蒋興哥」「喬太守」が「抽禁」となっているが、実際にはいずれも収録されている（ただし「蒋興哥」は「誇妙術」の後に収められており、目録の配列とは異なる）。

(26) 阿英「小説捜奇録」（『小説三談』、上海古籍出版社、一九七九年）。

(27) 『人中画』には繁本系と簡本系があり、前者には嘯花軒本、後者には植桂楼本と尚志堂本が属す。簡本系の二本には巻一「唐秀才持己端正　元公子自敗家声」、巻二「柳春蔭始終存気骨　商尚書慷慨認螟蛉」、巻三「李天造有心托有　傅文魁無意還金」が共通して収められ、尚志堂本にのみ巻四に「杜子中識破雌雄　女秀才移花接木」がある。この巻四は、『二刻拍案驚奇』巻十七・『今古奇観』巻三十四と同一作品である。

(28) ただし巻十九の作品は尚志堂本『人中画』巻四にも収められており、篇名はそちらと一致する。

(29) 上田望「毛綸、毛宗崗批評『四大奇書三国志演義』と清代の出版文化」（『東方学』第一〇一号、平成十三年一月）。

(30) 井上進『中国出版文化史——書物世界と知の風景——』（名古屋大学出版会、平成十四年）第十八章「出版の利用をめぐって」。

異同一覧表

【凡例】

一、「異同箇所」はそれぞれ「三言」のテキストに基づき、丁・表裏の別・行の順に示している。たとえば、５ａ９は五丁表九行目、８ｂ３は八丁裏三行目を意味する。

二、「三言」のテキストは、『古今小説』は国立公文書館内閣文庫所蔵天許斎本、『警世通言』は名古屋市蓬左文庫所蔵金陵兼善堂本、『醒世恒言』は国立公文書館内閣文庫所蔵葉敬池本を用いた。

三、○は「三言」との異同がないことを意味する。

四、「三言」の諸本間に異同がある場合は、各表末に「備考」として注記した。

五、読解不能の字は▲、空格は□、墨格は■で示した。「匕」は畳字を意味する。

六、該当する本文がない場合は「ナシ」と記した。

七、「着」と「著」、「裏」と「裡」、「個」と「个」など、異体字の関係にあるもののうち特に頻出するものは、同一テキストの中で表記に揺れが見られる場合のみ異同に含めた。

八、【表１】の152～166に相当する上海本の本文は、後補されたと考えられる異板に基づくものである。

【表1】『今古奇観』巻三「滕大尹鬼断家私」

異同番号	異同箇所	古今小説	宝輪楼	東大	上海	金谷園	文盛堂	同文堂a	崇文堂	文徳堂	国家	会成堂	同文堂b
1	1a3	三田	○	○	○	○	○	○	○	三日	三日	○	○
2	1a3	簣篪	塤篪	塤篪	塤篪	塤篪	塤篪	塤篪	塤篪	塤篪	塤篪	塤篪	塤篪
3	1a5	枉垂涎	○	○	○	○	○	○	○	○	○	○	垂涎
4	1a9	贅痝	○	贅瘤	贅瘤	贅瘤	贅瘤	贅瘤	贅瘤	贅瘤	贅瘤	贅瘤	贅疣
5	1b5	肥瘠	○	○	○	○	○	○	○	杷瘠	杷瘠	○	○
6	2a2	同去	○	○	○	○	○	○	○	○	○	○	司去
7	2a5	共商	○	○	○	○	○	○	○	其商	其商	○	共謫
8	2a5	共救	○	其救	其救	其救	其救	其救	其救	其救	其救	其救	○
9	2a7	弟兄	○	○	○	○	○	○	○	○	○	○	兄弟
10	2a10	沒得	○	○	○	○	○	○	○	○	○	○	沒有
11	2b3	沒兄弟	○	沒弟兄	沒弟兄	沒弟兄	沒弟兄	沒弟兄	沒弟兄	沒弟兄	沒弟兄	沒弟兄	○
12	2b4	正是	○	○	○	○	○	○	○	正□	正□	○	○
13	2b9	收租	○	○	○	○	○	○	○	○	○	收相	○
14	3b4	美丰	○	○	○	○	○	○	○	美半	美半	○	○
15	3b8	教他	○	叫他	叫他	叫他	叫他	叫他	叫他	叫他	叫他	叫他	○
16	3b8	女子	○	○	○	○	○	○	○	○	○	○	女娘
17	3b8	曾否	○	○	○	○	○	○	○	○	○	○	曾
18	4a10	回覆了	○	回顧了	回顧了	回顧了	回顧了	回顧了	回顧了	回顧了	回顧了	回顧了	○
19	4a10	太喜	大喜	大喜	大喜	大喜	大喜	大喜	大喜	大喜	大喜	大喜	大喜
20	4b1	阻攩	○	阻黨	阻黨	阻黨	阻黨	阻黨	阻黨	阻黨	阻黨	阻黨	○
21	4b4	凄楚	悽楚	悽楚	悽楚	悽楚	悽楚	悽楚	悽楚	悽楚	悽楚	悽楚	悽楚
22	4b8	個轎子	乘轎子	乘轎子	乘轎子	乘轎子	乘轎子	乘轎子	乘轎子	乘轎子	乘轎子	乘轎子	乘轎子
23	4b9	闔宅	○	○	○	○	○	○	○	○	○	○	闔家
24	5a1	議論	議說	議說	議說	議說	議說	議說	議說	議說	議說	議說	議說
25	5a7	拈	玷	玷	玷	玷	玷	玷	玷	玷	玷	玷	玷
26	5a9	撤嬌	撤嬌	撤嬌	撤嬌	撤嬌	撤嬌	撤嬌	撤嬌	撤嬌	撤嬌	撤嬌	撤嬌

27	28	29	30	31	32	33	34	35	36	37	38	39	40	41	42	43	44	45	46	47	48	49	50	51	52	53	54	55
5b5	6a6	6b2	6b4	6b6	6b9	7a3	7a4	7a5	7a6	7b1	7b4	7b4	7b7	7b8	7b8	7b11	8a4	8a4	8a5	8a9	8b2	8b9	9a1	9b1	9b5	9b6	9b8	9b8
叫衆人	小孩兒	萃盤	陪着	又狼	不明白	常時	四年	頑要	菓酒	叫慣了	大令郎	另	由他	拌着	牀上	麻木	不起	么	只得	照管	飢寒	垂涙	教	守志	一個	倪太守	你也	于心
教衆人	小孩子	莘盤	○	○	○	○	○	○	果酒	○	○	○	繇他	絆著	床上	○	○	○	只是	○	饑寒	○	○	有志	○	○	○	於心
○	小孩子	莘盤	○	又很	○	○	○	頑要	果酒	○	○	○	繇他	絆著	椅上	○	不能	○	只是	照顧	饑寒	○	叫	有志	一	那倪太守	也	於心
○	小孩子	莘盤	○	又很	○	○	○	頑要	果酒	○	○	○	繇他	絆著	椅上	○	不能	○	只是	照顧	饑寒	○	叫	有志	一	那倪太守	也	於心
○	小孩子	莘盤	○	又很	○	○	○	頑要	果酒	○	○	○	繇他	絆著	椅上	○	不能	○	只是	照顧	饑寒	○	叫	有志	一	那倪太守	也	於心
○	小孩子	莘盤	○	又很	○	○	○	頑要	果酒	○	○	○	繇他	絆著	椅上	○	不能	○	只是	照顧	饑寒	○	叫	有志	一	那倪太守	也	於心
○	小孩子	莘盤	○	又很	○	○	○	頑要	果酒	○	○	○	繇他	絆著	椅上	○	不能	○	只是	照顧	饑寒	○	叫	有志	一	那倪太守	也	於心
○	小孩子	莘盤	○	又很	○	○	○	頑要	果酒	○	○	○	繇他	絆著	椅上	○	不能	○	只是	照顧	饑寒	○	叫	有志	一	那倪太守	也	於心
○	小孩子	莘盤	○	又很	○	○	○	頑要	果酒	○	太令郎	○	繇他	絆著	椅上	○	不能	○	只是	照顧	饑寒	○	叫	有志	一	那倪太守	也	於心
○	小孩子	莘盤	○	又很	○	○	○	頑要	果酒	○	太令郎	○	繇他	絆著	椅上	○	不能	○	只是	照顧	饑寒	○	叫	有志	一	那倪太守	也	於心
○	小孩子	莘盤	○	又很	不明日	當時	固年	頑要	果酒	○	○	方	繇他	絆著	椅上	麾木	不能	玄	只是	照顧	饑寒	○	叫	有志	一	那倪太守	也	於心
教衆人	小孩子	莘盤	陪客	○	○	○	○	○	好酒	教慣了	○	○	繇他	絆著	床上	○	○	○	只是	○	饑寒	重涙	○	有志	○	○	○	於心

異同番号	異同箇所	古今小説	宝翰楼	東大	上海	金谷園	文盛堂	同文堂a	崇文堂	文徳堂	国家	会成堂	同文堂b
56	9b10	自然	○	他自然	他自然	他自然	他自然	他自然	他自然	他自然	他自然	他自然	○
57	10a4	何由	何繇	何繇	何繇	何繇	何繇	何繇	何繇	何繇	何繇	何繇	何繇
58	10a5	匙鑰	○	○	○	○	○	○	○	○	○	逃鑰	○
59	10a7	丫鬟	○	了鬟	了鬟	了鬟	了鬟	了鬟	了鬟	了鬟	了鬟	了鬟	了鬟
60	10a8	跑來	○	○	○	○	○	○	○	○	○	跪來	○
61	10b2	七中	○	○	○	○	○	○	○	○	○	○	七日
62	10b4	收去了	○	○	○	○	○	○	○	○	○	○	他收去
63	10b5	穿舊衣	○	○	○	○	○	○	○	○	○	○	舊衣
64	10b6	教	○	叫	叫	叫	叫	叫	叫	叫	叫	叫	○
65	10b6	檢看	撿看	○	○	○	○	○	○	○	○	○	撿看
66	11a3	丫鬟	○	了鬟	了鬟	了鬟	了鬟	了鬟	了鬟	了鬟	了鬟	了鬟	了鬟
67	11a9	教妻子	○	叫妻子	叫妻子	叫妻子	叫妻子	叫妻子	叫妻子	叫妻子	叫妻子	叫妻子	○
68	11a9	嫁人	○	出嫁	出嫁	出嫁	出嫁	出嫁	出嫁	出嫁	出嫁	出嫁	○
69	11b1	兕狼	○	○	○	○	○	○	○	○	○	兕狼	○
70	11b4	哇子	娃子	娃子	娃子	娃子	娃子	娃子	娃子	娃子	娃子	娃子	娃子
71	11b9	索討	○	要去	要去	要去	要去	要去	要去	要去	要去	要去	○
72	12a1	太	大	大	大	大	大	大	大	大	大	大	大
73	12a6	油瓶	○	○	○	○	○	○	○	油砜	油砜	○	○
74	12a9	不是	○	○	○	○	○	○	○	○	○	○	不
75	12a10	逕到	○	到	到	到	到	到	到	到	到	到	○
76	12a10	作揖	○	作個揖	作個揖	作個揖	作個揖	作個揖	作個揖	作個揖	作個揖	作個揖	○
77	12b5	教	○	叫	叫	叫	叫	叫	叫	叫	叫	叫	○
78	12b9	干你	○	與你	與你	與你	與你	與你	與你	與你	與你	與你	○
79	12b10	教	○	叫	叫	叫	叫	叫	叫	叫	叫	叫	○
80	13a5	走出	○	走脫	走脫	走脫	走脫	走脫	走脫	走脫	走脫	走脫	○
81	13a5	哀哀的哭	○	○	○	○	○	○	○	○	○	○	哀哀慟哭
82	13a7	教你	○	叫你	叫你	叫你	叫你	叫你	叫你	叫你	叫你	叫你	○
83	14a4	男子	○	男兒	男兒	男兒	男兒	男兒	男兒	男兒	男兒	男兒	○

84	14a6	掙持得	○	○	○	○	○	○	○	○	○	○	掙時得
85	14a9	生口	○	牲口	牲口	牲口	牲口	牲口	牲口	牲口	牲口	牲口	○
86	14a10	屋瓦	○	瓦屋	瓦屋	瓦屋	瓦屋	瓦屋	瓦屋	瓦屋	瓦屋	瓦屋	○
87	14a10	稀疎	稀疎	○	○	○	○	○	○	○	○	○	稀疎
88	14b1	下濕	下溼	○	○	○	○	○	○	○	○	○	○
89	14b4	賠粮	賠糧	賠糧	賠糧	賠糧	賠糧	賠糧	賠糧	賠糧	賠糧	賠糧	賠糧
90	15a1	一軸	○	○	○	○	○	○	○	○	○	一輔	○
91	15a2	含藏	○	含藏着	含藏着	含藏着	含藏着	含藏着	含藏着	含藏着	含藏着	含藏着	○
92	15b3	脚頭	○	○	○	○	○	○	○	○	○	○	抬頭
93	15b3	又見	○	○	○	○	○	○	○	○	○	○	又只見
94	16a5	家私	○	傢伙	傢伙	傢伙	傢伙	傢伙	傢伙	傢伙	傢伙	傢伙	○
95	16a8	在獄	○	○	○	○	○	○	○	○	○	○	在嶽
96	15a6	封褁	封裏	封裏	封裏	封裏	封裏	封裏	封裏	封裏	封裏	封裏	封裏
97	16a2	浮出	浯出	浯出	浯出	浯出	浯出	浯出	浯出	浯出	浯出	浯出	浯出
98	16a9	熟審	熱審	熱審	熱審	熱審	熱審	熱審	熱審	熱審	熱審	熱審	熱審
99	16a10	大仇	深仇	深仇	深仇	深仇	深仇	深仇	深仇	深仇	深仇	深仇	深仇
100	16b3	裁縦	裁縫	裁縫	裁縫	裁縫	裁縫	裁縫	裁縫	裁縫	裁縫	裁縫	裁縫
101	16b8	就便催取	○	就便取討	就便取討	就便取討	就便取討	就便取討	就便取討	就便取討	就便取討	就便取討	便要催取
102	16b9	准折	○	○	□折	○	○	○	○	○	○	○	○
103	16b10	這七八兩	○	七八兩	七八兩	七八兩	七八兩	七八兩	七八兩	七八兩	七八兩	七八兩	○
104	17a1	教他	○	叫他	叫他	叫他	叫他	叫他	叫他	叫他	叫他	叫他	○
105	17a2	八漢	○	那八漢	那八漢	那八漢	那八漢	那八漢	那八漢	那八漢	那八漢	那八漢	○
106	17a5	教你	○	叫你	叫你	叫你	叫你	叫你	叫你	叫你	叫你	叫你	○
107	17a6	奸	○	姦	姦	姦	姦	姦	姦	姦	姦	姦	○
108	17a8	教導	○	叫導	叫導	叫導	叫導	叫導	叫導	叫導	叫導	叫導	○
109	17a10	再教	○	再叫	再叫	再叫	再叫	再叫	再叫	再叫	再叫	再叫	○
110	17a10	撈指	撈起	撈起	撈起	撈起	撈起	撈起	撈起	撈起	撈起	撈起	撈起
111	17b6	店上	○	○	○	○	○	○	○	○	○	○	店内
112	18a4	學與	○	說與	說與	說與	說與	說與	說與	說與	說與	說與	○

異同番号	異同箇所	古今小説	宝翰楼	東大	上海	金谷園	文盛堂	同文堂a	崇文堂	文徳堂	国家	会成堂	同文堂b
113	18a10	教他	○	叫他	叫他	叫他	叫他	叫他	叫他	叫他	叫他	叫他	○
114	19a2	這事	○	這	這	這	這	這	這	這	這	這	○
115	19a3	看那軸子	○	看那軸子時	看那軸子時	看那軸子時	看那軸子時	看那軸子時	看那軸子時	看那軸子時	看那軸子時	看那軸子時	看他軸子
116	19a3	丫鬟	○	○	○	○	○	○	○	○	○	○	了鬟
117	19a4	沾濕了	沾淫了	沾淫了	沾淫了	沾淫了	沾淫了	沾淫了	沾淫了	沾淫了	沾淫了	沾淫了	○
118	19a6	心疑	○	心中疑	心中疑	心中疑	心中疑	心中疑	心中疑	心中疑	心中疑	心中疑	○
119	19b6	花押	□押	□押	□押	□押	□押	□押	□押	□押	□押	□押	□押
120	20a1	獨罟	○	○	○	○	○	○	○	○	○	○	獨占
121	20a3	推阻	○	○	○	○	○	○	○	○	○	○	推托
122	21a7	贖	贈	贈	贈	贈	贈	贈	贈	贈	贈	贈	贈
123	21b2	孩子	兒子	兒子	兒子	兒子	兒子	兒子	兒子	兒子	兒子	兒子	兒子
124	21b3	自然	便知	便知	便知	便知	便知	便知	便知	便知	便知	便知	便知
125	21b3	常言道	○	○	○	○	○	○	○	○	○	○	ナシ
126	22a5	兩班	○	兩邊	兩邊	兩邊	兩邊	兩邊	兩邊	兩邊	兩邊	兩邊	○
127	22a10	衆人	○	○	○	○	○	○	○	○	○	○	家人
128	22b4	看他	○	○	○	○	○	○	○	○	○	○	見他
129	22b6	拱揖	○	○	○	○	○	○	○	○	○	○	ナシ
130	22b7	傾聽	○	顧聽	顧聽	顧聽	顧聽	顧聽	顧聽	○	○	碩聽	○
131	23b8	巧言	巧計	巧計	巧計	巧計	巧計	巧計	巧計	巧計	巧計	巧計	巧計
132	24a1	逆子	○	○	○	○	○	○	○	○	○	迎子	○
133	24a2	東偏	東邊	東邊	東邊	東邊	東邊	東邊	東邊	東邊	東邊	東邊	東邊
134	24a5	看見	看守	看守	看守	看守	看守	看守	看守	看守	看守	看守	看守
135	24a7	教我	○	叫我	叫我	叫我	叫我	叫我	叫我	叫我	叫我	叫我	○
136	24a7	何如	○	○	○	○	○	○	○	○	○	○	如何
137	24a9	好個	好做	好做	好做	好做	好做	好做	好做	好做	好做	好做	好做
138	24b1	先兒	先生	先生	先生	先生	先生	先生	先生	先生	先生	先生	先生
139	24b2	給你	給與	給與	給與	給與	給與	給與	給與	給與	給與	給與	給與
140	24b2	善述	○	善繼	善繼	善繼	善繼	善繼	善繼	善繼	善繼	善繼	善繼

141	24b8	此屋	○	○	○	○	○	○	○	○	○	○	此物
142	25a2	教手下	○	叫手下	叫手下	叫手下	叫手下	叫手下	叫手下	叫手下	叫手下	叫手下	○
143	25a5	觔	斤	○	○	○	○	○	○	○	○	○	○
144	25a7	縣主	○	○	夥主	○	○	○	○	○	○	○	○
145	25a8	教	○	叫	叫	叫	叫	叫	叫	叫	叫	叫	○
146	25a9	右壁	○	○	右壁	○	○	○	○	○	○	○	○
147	25b2	左壁	○	○	左壁	○	○	○	○	○	○	○	○
148	25b2	右壁	○	○	右壁	○	○	○	○	○	○	○	○
149	25b4	教人	○	叫人	叫人	叫人	叫人	叫人	叫人	叫人	叫人	叫人	○
150	25b4	西壁	○	○	西壁	○	○	○	○	○	○	○	○
151	25b6	都放出	盡放出	盡放出	盡放出	盡放出	盡放出	盡放出	盡放出	盡放出	盡放出	盡放出	盡放出
152	25b6	恨不得	○	○	恨恨不得	○	○	○	○	○	○	○	○
153	25b7	一字	○	○	一定	○	○	○	○	○	○	○	○
154	25b9	叩頭拜謝	○	○	叩謝	○	○	○	○	○	○	○	○
155	25b9	善繼	○	○	於他善繼	○	○	○	○	○	○	○	○
156	26a3	當然	○	○	然當	○	○	○	○	○	○	○	○
157	26a8	到縣	○	○	到縣	○	○	○	○	○	○	○	○
158	26b1	乃指	○	○	ナシ	○	○	○	○	○	○	○	○
159	26b2	連生	○	○	○	○	○	○	○	○	○	○	連中
160	26b5	里中	○	○	里巾	○	○	○	○	○	○	○	○
161	26b5	曉得	○	○	曉	○	○	○	○	○	○	○	○
162	26b5	無	無不	無不	無不	無不	無不	無不	無不	無不	無不	無不	無不
163	26b7	太癡	○	○	大癡	○	○	○	○	○	○	○	○
164	26b9	壁下	○	○	壁下	○	○	○	○	○	○	○	○
165	26b9	屬有司	○	○	蜀有司	○	○	○	○	○	○	○	○
166	26b10	不興	○	○	不與	○	○	○	○	○	○	○	○

【表2】『今古奇観』巻二十七「銭秀才錯占鳳凰儔」

異同番号	異同箇所	醒世恒言	宝翰楼	東大	上海	金谷園	文盛堂	同文堂a	崇文堂	文徳堂	国家	会成堂	同文堂b
1	1a3	漁船	漁舡	漁舡	漁舡	漁舡	漁舡	漁舡	漁舡	漁舡	漁舡	漁舡	漁舡
2	1a3	□笛	短笛	短笛	短笛	短笛	短笛	短笛	短笛	短笛	短笛	短笛	短笛
3	1b3	揔是	總是	總是	總是	總是	總是	總是	總是	總是	總是	總是	總是
4	1b7	只稱	總稱	總稱	總稱	總稱	總稱	總稱	總稱	總稱	總稱	總稱	總稱
5	1b10	于	於	於	於	於	於	於	於	於	於	於	於
6	2a7	湖中	○	○	○	○	○	○	○	○	○	湖申	○
7	2a10	四路	○	回路	回路	回路	回路	回路	回路	回路	回路	回路	○
8	2b5	那秋芳反長似	年長	年長	年長	年長	年長	年長	年長	年長	年長	年長	年長
9	2b6	兒女	○	○	○	○	○	○	○	○	○	○	男女
10	2b7	自七歳讀書	○	○	○	○	○	○	○	○	○	○	自讀書七歳
11	2b9	長	○	長成	長成	長成	長成	長成	長成	長成	長成	長成	長成
12	2b10	西江月	○	○	○	○	○	○	○	○	○	○	江西月
13	3a1	黛眉清	黛眉青	黛眉青	黛眉青	黛眉青	黛眉青	黛眉青	黛眉青	黛眉青	黛眉青	黛眉青	黛眉青
14	3a3	丰韻	○	○	平韻	平韻	平韻	平韻	平韻	○	○	○	○
15	3a7	豪門	○	○	家門	家門	家門	家門	家門	○	○	○	○
16	3a7	求親的	求親	求親	求親	求親	求親	求親	求親	求親	求親	求親	求親
17	3a8	不會	○	不兮	不會	不會	不會	不會	不會	不兮	不兮	不兮	不會
18	3a9	水	大水	大水	大水	大水	大水	大水	大水	大水	大水	大水	大水
19	3a9	ナシ	乃	乃	乃	乃	乃	乃	乃	乃	乃	乃	乃
20	3b3	都	○	○	○	○	○	○	○	○	○	○	多
21	3b4	不須	○	○	○	○	○	○	○	○	○	○	不許
22	4a3	不在	○	不用	不用	不用	不用	不用	不用	不用	不用	不用	○
23	4a4	揮毫	○	○	○	○	○	○	○	○	○	○	插毫
24	4a8	日逐	○	逐日	逐日	逐日	逐日	逐日	逐日	逐日	逐日	逐日	○
25	4b1	都則	都是	都是	都是	都是	都是	都是	都是	都是	都是	都是	都是

26	4b5	好高之病	○	○	好高之疾	好高之疾	好高之疾	好高之疾	好高之疾	○	○	○	○
27	4b9	金鍍	○	金鑲	金鑲	金鑲	金鑲	金鑲	金鑲	金鑲	金鑲	金鑲	○
28	4b10	鼓鎚	鼓□	鼓垂	鼓垂	鼓垂	鼓垂	鼓垂	鼓垂	鼓垂	鼓垂	鼓垂	鼓垂
29	5a4	左湊	○	○	○	○	○	○	○	左奏	左奏	○	○
30	5a7	也	ナシ	ナシ	ナシ	ナシ	ナシ	ナシ	ナシ	ナシ	ナシ	ナシ	ナシ
31	5a9	裝做	送	送	送	送	送	送	送	送	送	送	送
32	5a9	送	獻	獻	獻	獻	獻	獻	獻	獻	獻	獻	獻
33	5b2	那裏	那里	那里	那里	那里	那里	那里	那里	那里	那里	那里	那里
34	5b7	老兄	○	老見	老見	老見	老見	老見	老見	老見	老見	老見	○
35	6a5	第二家	別家	別家	別家	別家	別家	別家	別家	別家	別家	別家	別家
36	6a5	若是	那個	那個	那個	那個	那個	那個	那個	那個	那個	那個	那個
37	6a10	東三西四	ナシ	ナシ	ナシ	ナシ	ナシ	ナシ	ナシ	ナシ	ナシ	ナシ	ナシ
38	6b2	女灼	女妁	女妁	女妁	女妁	女妁	女妁	女妁	女妁	女妁	女妁	女妁
39	6b3	摠成	總成	總成	總成	總成	總成	總成	總成	總成	總成	總成	總成
40	6b4	吃	喫	喫	喫	喫	喫	喫	喫	喫	喫	喫	喫
41	6b9	說了	說	說	說	說	說	說	說	說	說	說	說
42	7a9	人才	○	○	○	○	○	○	○	人十	人十	○	○
43	7a10	一就	○	○	○	○	○	○	○	○	○	○	便就
44	7b3	叮嚀	○	可寧	可寧	可寧	可寧	可寧	可寧	可寧	可寧	可寧	○
45	7b3	把你二十兩	把銀二十兩	謝銀二十兩	謝銀二十兩	謝銀二十兩	謝銀二十兩	謝銀二十兩	謝銀二十兩	謝銀二十兩	謝銀二十兩	謝銀二十兩	謝銀二十兩
46	7b5	教人	○	叫人	叫人	叫人	叫人	叫人	叫人	叫人	叫人	叫人	叫人
47	7b6	在床上	○	又在床上	又在床上	又在床上	又在床上	又在床上	又在床上	又在床上	又在床上	又在床上	○
48	7b6	又睡不着	○	睡不著	睡不著	睡不著	睡不著	睡不著	睡不著	睡不著	睡不著	睡不著	○
49	7b10	尤大舍	尤辰	尤辰	尤辰	尤辰	尤辰	尤辰	尤辰	尤辰	尤辰	尤辰	尤辰
50	8a1	聖廟	□廟	○	○	○	○	○	○	○	○	○	○
51	8b3	卓上	○	棹上	棹上	棹上	棹上	棹上	棹上	棹上	棹上	棹上	○
52	8b6	咿呀的	咿呀欸乃的	咿呀欸乃的	咿呀欸乃的	咿呀欸乃的	咿呀欸乃的	咿呀欸乃的	咿呀欸乃的	咿呀欸乃的	咿呀欸乃的	咿呀欸乃的	咿呀欸乃的
53	8b7	高公	○	○	○	○	○	○	○	○	○	○	高賛
54	8b9	方年	○	○	○	○	○	○	○	○	○	○	年方

異同番号	異同箇所	醒世恒言	宝翰楼	東大	上海	金谷園	文盛堂	同文堂a	崇文堂	文徳堂	国家	会成堂	同文堂b
55	9a4	縣裏	○	○	○	○	○	○	○	○	○	○	縣主
56	9a5	都	○	○	○	○	○	○	○	○	○	○	多
57	9a7	于	於	於	於	於	於	於	於	於	於	於	於
58	9b4	抱怨	○	報怨	報怨	報怨	報怨	報怨	報怨	報怨	報怨	報怨	○
59	9b5	十全	○	○	○	○	○	○	○	○	○	十呈	○
60	9b7	宅	○	○	○	○	○	○	○	○	○	○	宅上
61	9b7	却	○	○	○	○	○	○	○	○	○	○	那
62	9b9	決要	必要	必要	必要	必要	必要	必要	必要	必要	必要	必要	必要
63	9b10	動定	○	動履	動履	動履	動履	動履	動履	動履	動履	動履	動履
64	9b10	那裏	那里	那里	那里	那里	那里	那里	那里	那里	那里	那里	那里
65	9b10	教整酒肴	教准酒肴	教准酒肴	教准酒肴	教准酒肴	教准酒肴	教准酒肴	教准酒肴	教准酒肴	教准酒肴	教准酒肴	叫准酒肴
66	10a7	便道	○	○	○	○	○	○	○	○	○	○	道
67	10b4	適纔	○	○	○	○	○	○	○	○	○	○	方纔
68	10b8	烟事	○	烟事	烟事	烟事	烟事	烟事	烟事	烟事	烟事	烟事	○
69	11a2	飯酒肴	○	飲酒肴	飲酒肴	飲酒肴	飲酒肴	飲酒肴	飲酒肴	飲酒肴	飲酒肴	飲酒肴	○
70	11b5	何怕	○	○	○	○	○	○	○	○	○	○	不怕
71	11b7	百里之膈	百里之隔	百里之隔	百里之隔	百里之隔	百里之隔	百里之隔	百里之隔	百里之隔	百里之隔	百里之隔	百里之隔
72	11b7	但放心	○	○	○	○	○	○	○	○	○	○	也放心
73	12a1	撑	撐	○	○	○	○	○	○	○	○	○	挬
74	12a2	然雖	○	雖然	雖然	雖然	雖然	雖然	雖然	雖然	雖然	雖然	○
75	12a5	都是	○	○	○	○	○	○	○	○	○	○	多是
76	12a7	折了	製了	製了	製了	製了	製了	製了	製了	製了	製了	製了	製了
77	12a7	新的	○	新頭巾	新頭巾	新頭巾	新頭巾	新頭巾	新頭巾	新頭巾	新頭巾	新頭巾	新頭巾
78	12a7	又封著	○	封著	封著	封著	封著	封著	封著	封著	封著	封著	封著
79	12b2	銀子一發	銀▲▲發	○	○	○	○	○	○	○	○	○	○
80	12b8	干紀	○	○	○	○	○	○	○	○	○	○	干係
81	12b10	伏侍	伏□	○	○	○	○	○	○	○	○	○	○
82	13a2	自家	○	○	○	○	○	○	○	○	○	日家	○

83	13a3	穿着	打扮	打扮	打扮	打扮	打扮	打扮	打扮	打扮	打扮	打扮	打扮
84	13a5	標致	風雅	風雅	風雅	風雅	風雅	風雅	風雅	風雅	風雅	風雅	風雅
85	13a6	笱	○	○	○	○	○	○	○	荀	荀	○	○
86	13a10	謙遜	謙讓	謙讓	謙讓	謙讓	謙讓	謙讓	謙讓	謙讓	謙讓	謙讓	謙讓
87	13b1	特來	○	○	○	○	○	○	○	○	○	○	持來
88	13b5	椅上坐	○	○	○	○	○	○	○	○	○	○	椅坐上
89	14a1	問起	問他	問他	問他	問他	問他	問他	問他	問他	問他	問他	問他
90	14a3	如何	○	何如	何如	何如	何如	何如	何如	何如	何如	何如	○
91	14a4	分付	○	○	○	○	○	○	○	分什	分什	○	○
92	14a5	小舍	○	○	○	○	○	○	○	○	○	○	小舍人
93	14b4	分踈	分疏	分疏	分疏	分疏	分疏	分疏	分疏	分疏	分疏	分疏	分疏
94	14b4	兩个	兩個	兩個	兩個	兩個	兩個	兩個	兩個	兩惆	兩惆	兩個	兩個
95	14b6	譚天說地	談天說地	談天說地	談天說地	談天說地	談天說地	談天說地	談天說地	談天說地	談天說地	談天說地	談天說地
96	14b8	整齊	齊整	齊整	齊整	齊整	齊整	齊整	齊整	齊整	齊整	齊整	齊整
97	14b8	問言	聞言	聞言	聞言	聞言	聞言	聞言	聞言	聞言	聞言	聞言	聞言
98	15a7	那裏	那里	那里	那里	那里	那里	那里	那里	那里	那里	那里	那里
99	15b1	嗄程	○	○	○	○	○	○	○	○	○	○	下程
100	15b2	到背處	○	在背處	在背處	在背處	在背處	在背處	在背處	在背處	在背處	在背處	○
101	15b6	兩足纏	○	○	○	○	○	○	○	兩□□	兩□□	○	○
102	15b9	昨朝	○	○	○	○	○	○	○	○	○	○	昨日
103	16a10	初三日	○	○	○	○	○	○	○	○	○	○	初二日
104	16a10	勾	飽	飽	飽	飽	飽	飽	飽	飽	飽	飽	飽
105	16b2	反抱	○	反報	反報	反報	反報	反報	反報	反報	反報	反報	○
106	16b4	都是	○	○	○	○	○	○	○	○	○	○	多是
107	16b5	教錢家	○	○	○	○	○	○	○	○	○	○	叫錢家
108	17a1	那裏	那里	那里	那里	那里	那里	那里	那里	那里	那里	那里	那里
109	17a2	人從	○	從人	從人	從人	從人	從人	從人	從人	從人	從人	○
110	17b8	口道	○	只道	只道	只道	只道	只道	只道	只道	只道	只道	只道
111	18a3	親迎	○	○	○	○	○	○	○	○	○	○	迎親

異同番号	異同箇所	醒世恒言	宝翰楼	東大	上海	金谷園	文盛堂	同文堂a	崇文堂	文徳堂	国家	会成堂	同文堂b
112	18a5	今番	○	○	○	○	○	○	○	○	○	○	此番
113	18a5	親迎	○	○	○	○	○	○	○	○	○	○	迎親
114	18b6	封得停停當當	封停當	封停當	封停當	封停當	封停當	封停當	封停當	封停當	封停當	封停當	封停當
115	18b10	砲杖	炮杖	炮杖	炮杖	炮杖	炮杖	炮杖	炮杖	炮杖	炮杖	炮杖	炮杖
116	19a3	親迎	○	○	○	○	○	○	○	○	○	○	迎親
117	19a6	競來	○	竟來	竟來	竟來	竟來	竟來	竟來	竟來	竟來	竟來	○
118	19a7	熱閙	○	閙熱	閙熱	閙熱	閙熱	閙熱	閙熱	閙熱	閙熱	閙熱	○
119	19b2	門上	○	船上	船上	船上	船上	船上	船上	船上	船上	船上	船上
120	19b3	輴前	○	廳前	廳前	廳前	廳前	廳前	廳前	廳前	廳前	廳前	廳前
121	19b5	標致	俊美	俊美	俊美	俊美	俊美	俊美	俊美	俊美	俊美	俊美	俊美
122	19b5	一个个	一個個	一個個	一個個	一個個	一個個	一個個	一個個	一佪個	一佪個	一個個	一個個
123	19b5	吃了	喫了	喫了	喫了	喫了	喫了	喫了	喫了	喫了	喫了	喫了	喫了
124	19b6	尋常	○	○	○	○	○	○	○	○	○	○	徃常
125	19b9	賛	○	○	○	○	○	○	○	○	○	○	讃
126	20a1	結末	結束	結果	結果	結果	結果	結果	結果	結果	結果	結果	結果
127	20a2	我今日且落得受用	ナシ	ナシ	ナシ	ナシ	ナシ	ナシ	ナシ	ナシ	ナシ	ナシ	ナシ
128	20a4	反	ナシ	ナシ	ナシ	ナシ	ナシ	ナシ	ナシ	ナシ	ナシ	ナシ	ナシ
129	20a4	吃了	喫了	喫了	喫了	喫了	喫了	喫了	喫了	喫了	喫了	喫了	喫了
130	20a5	表兄	○	○	○	○	○	○	○	○	○	○	表弟
131	20a6	都	○	○	○	○	○	○	○	○	○	○	多
132	20a7	喫完了	吃完了	○	○	○	○	○	○	○	○	○	吃完了
133	20a8	教小乙	○	○	○	○	○	○	○	○	○	○	叫小乙
134	20a9	粧奩	○	○	○	○	○	○	○	○	○	粧奪	○
135	20a9	點撿	○	撿點	撿點	撿點	撿點	撿點	撿點	撿點	撿點	撿點	撿點
136	20a10	風大	○	大風	大風	大風	大風	大風	大風	大風	大風	大風	○
137	21a6	教他	○	○	○	○	○	○	○	○	○	○	叫他

138	22a5	却叫顔小乙	○	○	○	○	○	○	○	○	○	○	却叫了小乙
139	22a6	只教	○	○	○	○	○	○	○	○	○	○	只叫
140	22a7	其奈	○	○	○	○	○	○	○	○	○	○	無柰
141	22b2	喜筵	○	○	○	○	○	○	○	○	○	之筵	○
142	22b2	擯	賓	賓	賓	賓	賓	賓	賓	賓	賓	賓	賓
143	22b6	進房	○	○	○	○	○	○	○	○	○	○	入房
144	22b8	意故	○	○	○	○	○	○	○	○	○	○	緣故
145	22b9	丫鬟	○	了鬟	了鬟	了鬟	了鬟	了鬟	了鬟	了鬟	了鬟	了鬟	○
146	22b10	丫鬟們	○	了鬟們	了鬟們	了鬟們	了鬟們	了鬟們	了鬟們	了鬟們	了鬟們	了鬟們	○
147	23b3	由他	繇他	○	○	○	○	○	○	○	○	○	繇他
148	23b4	結親之夜	結親之後	結親之後	結親之後	結親之後	結親之後	結親之後	結親之後	結親之後	結親之後	結親之後	結親之後
149	23b5	不解	○	○	○	○	○	○	○	○	○	○	不知
150	23b6	丫鬟	○	了鬟	了鬟	了鬟	了鬟	了鬟	了鬟	了鬟	了鬟	了鬟	○
151	23b7	丫鬟	○	了鬟	了鬟	了鬟	了鬟	了鬟	了鬟	了鬟	了鬟	了鬟	○
152	23b7	解衣科帽	○	○	○	○	○	○	○	○	○	○	解衣料帽
153	24a3	好生	○	好不	好不	好不	好不	好不	好不	好不	好不	好不	○
154	24a6	到	○	至	至	至	至	至	至	至	至	至	至
155	24a7	挫了	○	錯了	錯了	錯了	錯了	錯了	錯了	錯了	錯了	錯了	錯了
156	24b3	嶽丈	○	○	○	○	○	○	○	○	○	○	嶽父
157	24b7	挫過	○	錯過	錯過	錯過	錯過	錯過	錯過	錯過	錯過	錯過	錯過
158	24b8	挫過	○	錯過	錯過	錯過	錯過	錯過	錯過	錯過	錯過	錯過	錯過
159	24b9	已替	○	○	○	○	○	○	○	○	○	○	人替
160	25a2	眠的	○	睡的	睡的	睡的	睡的	睡的	睡的	睡的	睡的	睡的	睡的
161	25a4	周金	周全	周全	周全	周全	周全	周全	周全	周全	周全	周全	周全
162	25a7	忿忿地	○	忿忿的	忿忿的	忿忿的	忿忿的	忿忿的	忿忿的	忿忿的	忿忿的	忿忿的	○
163	25a9	自反	○	○	○	○	○	○	○	○	○	目反	○
164	25a10	直氣	○	○	○	○	○	○	○	○	○	○	氣直
165	25b3	牙根	○	牙齗	牙齗	牙齗	牙齗	牙齗	牙齗	牙齗	牙齗	牙齗	○
166	25b3	狼狼的	很很的	○	○	○	○	○	○	○	○	○	○

異同番号	異同箇所	醒世恒言	宝翰楼	東大	上海	金谷園	文盛堂	同文堂a	崇文堂	文徳堂	国家	会成堂	同文堂b
167	25b6	分辯	分辨	分辨	分辨	分辨	分辨	分辨	分辨	分辨	分辨	分辨	分辨
168	25b7	那裏	那里	那里	那里	那里	那里	那里	那里	那里	那里	那里	那里
169	25b9	都	齊	齊	齊	齊	齊	齊	齊	齊	齊	齊	齊
170	25b10	走赶來	赶近前	赶近前	赶近前	赶近前	赶近前	赶近前	赶近前	赶近前	赶近前	赶近前	赶近前
171	25b10	那裏	那里	那里	那里	那里	那里	那里	那里	那里	那里	那里	那里
172	26a2	欺三瞞四	○	欺三欺四	欺三欺四	欺三欺四	欺三欺四	欺三欺四	欺三欺四	欺三欺四	欺三欺四	欺三欺四	欺三欺四
173	26a3	也	卽	卽	卽	卽	卽	卽	卽	卽	卽	卽	卽
174	26a7	紐做	扭做	扭做	扭做	扭做	扭做	扭做	扭做	扭做	扭做	扭做	扭做
175	26a8	街道	○	○	○	○	○	○	○	○	○	○	街上
176	26a10	大尹	○	○	○	○	○	○	○	○	○	○	太尹
177	26a10	于北門	○	於北門	於北門	於北門	於北門	於北門	於北門	於北門	於北門	於北門	○
178	26b1	喝教	○	○	○	○	○	○	○	○	○	○	喝叫
179	26b2	則散了	○	○	○	○	○	○	○	○	○	○	走散了
180	26b4	教	○	○	○	○	○	○	○	○	○	○	叫
181	26b7	親迎	○	○	○	○	○	○	○	○	○	○	迎親
182	27a1	姧獘	奸獘	奸獘	奸獘	奸獘	奸獘	奸獘	奸獘	奸獘	奸獘	奸獘	奸獘
183	27a1	大尹	○	○	○	○	○	○	○	○	○	○	太尹
184	27a3	大尹	○	○	○	○	○	○	○	○	○	○	太尹
185	27a3	喚	○	○	○	○	○	○	○	○	○	○	叫
186	27a9	這些	這廝	這廝	這廝	這廝	這廝	這廝	這廝	這廝	這廝	這廝	這廝
187	27b1	便教	○	○	○	○	○	○	○	○	○	○	便叫
188	27b3	大尹	○	○	○	○	○	○	○	○	○	○	太尹
189	27b4	愛他憐他	愛憐	愛憐	愛憐	愛憐	愛憐	愛憐	愛憐	愛憐	愛憐	愛憐	愛憐
190	27b7	所願	○	○	○	○	○	○	○	○	○	○	所作
191	27b8	于他家	於他家	○	○	○	○	○	○	○	○	○	於他家
192	27b9	玉成	○	○	○	○	○	○	○	○	○	王成	○
193	27b10	親迎	○	○	○	○	○	○	○	○	○	○	迎親
194	28a1	故此	○	○	○	○	○	○	○	○	○	○	過此

195	28a2	親迎	○	○	○	○	○	○	○	○	○	○	迎親
196	28a2	伱	○	○	○	○	○	○	○	○	○	○	ナシ
197	28a8	大尹	○	○	○	○	○	○	○	○	○	○	太尹
198	28b3	只教	○	○	○	○	○	○	○	○	○	○	只叫
199	28b5	便教	○	○	○	○	○	○	○	○	○	○	便叫
200	28b7	處子	處女	處女	處女	處女	處女	處女	處女	處女	處女	處女	處女
201	28b8	大尹	○	○	○	○	○	○	○	○	○	○	太尹
202	29a3	教	○	○	○	○	○	○	○	○	○	○	叫
203	29a9	遮掩	○	○	○	○	○	○	○	進掩	進掩	○	○
204	29b1	嫌疑	○	○	○	○	○	○	○	□疑	□疑	○	○
205	29b4	渡河	渡湖	渡湖	渡湖	渡湖	渡湖	渡湖	渡湖	渡湖	渡湖	渡湖	渡湖
206	29b5	雲長	○	○	○	○	○	○	○	○	○	○	高風
207	29b7	于前	○	○	○	○	○	○	○	○	○	○	於前
208	29b8	於後	于後	于後	于後	于後	于後	于後	于後	于後	于後	于後	于後
209	29b10	示儆	示警	示警	示警	示警	示警	示警	示警	示警	示警	示警	示警
210	30a1	教左右	○	○	○	○	○	○	○	○	○	○	叫左右
211	30a8	宅上	宅人	宅人	府上	○	○	○	○	宅人	宅人	○	府上
212	30a8	何人	○	○	○	○	○	○	○	○	□□	○	○
213	30a10	嶽父	○	○	○	○	○	○	○	○	○	○	嶽丈
214	30b1	宿歇	○	歇宿	歇宿	歇宿	歇宿	歇宿	歇宿	歇宿	歇宿	歇宿	○
215	30b2	新聞	○	○	○	○	○	○	○	○	○	○	新文

【表3】『今古奇観』巻三十三「唐解元玩世出奇」

異同番号	異同箇所	警世通言	宝翰楼	東大	上海	金谷園	文盛堂	同文堂a	崇文堂	文徳堂	国家	会成堂	同文堂b
1	1a9	便就	立就	立就	立就	立就	立就	立就	立就	立就	立就	立就	立就
2	1a10	于蘇郡	於蘇郡	於蘇郡	於蘇郡	於蘇郡	於蘇郡	於蘇郡	於蘇郡	於蘇郡	於蘇郡	於蘇郡	於蘇郡
3	1a10	做	○	○	○	○	○	○	○	○	○	○	作
4	1b4	特薦	○	○	○	○	○	○	○	○	○	○	持薦
5	1b6	黜沿	黜治	黜治	黜治	黜治	黜治	黜治	黜治	黜治	黜治	黜治	黜治
6	1b7	遺才之末	遺才之末	遺才之末	遺才之末	遺才之末	遺才之末	遺才之末	遺才之末	遺才之末	遺才之末	遺才之末	遺才之末
7	1b10	▲榜首	爲榜首	爲榜首	爲榜首	爲榜首	爲榜首	爲榜首	爲榜首	爲榜首	爲榜首	爲榜首	爲榜首
8	2a1	坦率	○	○	○	○	○	○	○	○	○	○	坦字
9	2a4	還鄉	歸鄉	歸鄉	歸鄉	歸鄉	歸鄉	歸鄉	歸鄉	歸鄉	歸鄉	歸鄉	歸鄉
10	2a5	悟解元	唐解元	唐解元	唐解元	唐解元	唐解元	唐解元	唐解元	唐解元	唐解元	唐解元	唐解元
11	2a6	尺幅	○	尺字	尺字	尺字	尺字	尺字	尺字	○	○	○	○
12	2a6	重寶	○	○	○	○	○	○	○	○	○	○	珍寶
13	2a7	于丹青	於丹青	於丹青	於丹青	於丹青	於丹青	於丹青	於丹青	於丹青	於丹青	於丹青	於丹青
14	2a7	爭	○	○	○	○	○	○	○	○	○	○	人爭
15	2a10	作業	造業	造業	造業	造業	造業	造業	造業	造業	造業	造業	造業
16	3a1	船	○	○	○	○	○	○	○	○	○	○	舡
17	3a1	那隻船	○	○	○	○	○	○	○	○	○	○	那隻舡
18	3a8	□	一	一	一	一	一	一	一	一	一	一	一
19	3a8	徃那里	○	○	○	○	○	○	○	○	○	○	那裏
20	3b3	那里	○	○	○	○	○	○	○	○	○	○	那裏
21	3b3	罷	○	○	○	○	○	○	○	○	○	○	辦
22	3b8	畫舫	○	○	○	○	○	○	○	○	○	○	畫船
23	3b9	到了這里	○	○	○	○	○	○	○	○	○	○	到這所在
24	3b10	停泊	○	○	○	○	○	○	○	○	○	○	停舟
25	4a2	進了	○	○	○	○	○	○	○	○	○	○	進
26	4a3	不認得	○	○	○	○	○	○	○	○	○	○	認不得

27	4b1	那里	○	○	○	○	○	○	○	○	○	○	那裏
28	4b1	教我們	○	叫我們	叫我們	叫我們	叫我們	叫我們	叫我們	叫我們	叫我們	叫我們	○
29	4b4	于夢中	於夢中	於夢中	於夢中	於夢中	於夢中	於夢中	於夢中	於夢中	於夢中	於夢中	於夢中
30	4b6	哀乞	○	○	○	○	○	○	○	○	○	○	衷乞
31	4b9	推說	○	○	○	○	○	○	○	○	○	○	說是
32	4b9	遺忘了	○	○	○	○	○	○	○	○	○	○	遺失了
33	4b10	賞了	○	○	○	○	○	○	○	○	○	○	與了
34	5a1	舊衣破帽	○	○	○	○	○	○	○	○	○	○	破衣舊帽
35	5a2	爲由	爲繇	爲繇	爲繇	爲繇	爲繇	爲繇	爲繇	爲繇	爲繇	爲繇	爲繇
36	5a4	一個	○	○	○	○	○	○	○	○	○	○	一
37	5a6	于袖中	於袖中	於袖中	於袖中	於袖中	於袖中	於袖中	於袖中	於袖中	於袖中	於袖中	於袖中
38	5a9	不似	不是	不是	不是	不是	不是	不是	不是	不是	不是	不是	不是
39	5b1	不俗	○	○	○	○	○	○	○	○	○	○	非俗
40	5b1	住居	○	○	○	○	○	○	○	○	○	○	居住
41	5b3	還都記得	○	○	○	○	○	○	○	○	○	○	都還記得
42	5b5	不缺	○	正缺	正缺	正缺	正缺	正缺	正缺	正缺	正缺	正缺	○
43	5b8	于典中	於典中	於典中	於典中	於典中	於典中	於典中	於典中	於典中	於典中	於典中	於典中
44	5b9	教華安	○	叫華安	叫華安	叫華安	叫華安	叫華安	叫華安	叫華安	叫華安	叫華安	○
45	6a5	騾進	○	○	日進	日進	日進	日進	日進	○	○	○	○
46	6a7	其由	其繇	其繇	其繇	其繇	其繇	其繇	其繇	其繇	其繇	其繇	其繇
47	6b2	書劄	○	書札	書札	書札	書札	書札	書札	書札	書札	書札	○
48	6b6	頃刻	○	一刻	一刻	一刻	一刻	一刻	一刻	一刻	一刻	一刻	○
49	6b8	閉	○	○	○	○	○	○	○	○	○	○	半開
50	7a2	鰥處	○	○	○	○	○	○	○	○	○	○	意處
51	7a2	感傷	○	○	○	○	○	○	○	○	○	○	傷感
52	7a3	意也	○	○	○	○	○	○	○	○	○	○	也
53	7b4	出納	○	○	出細	出細	出細	出細	出細	○	○	○	○
54	7b3	丫鬟	○	○	○	○	○	○	○	了鬟	了鬟	了鬟	○
55	7b4	丫鬟	○	○	○	○	○	○	○	了鬟	了鬟	了鬟	○

異同番号	異同箇所	警世通言	宝翰楼	東大	上海	金谷園	文盛堂	同文堂a	崇文堂	文徳堂	国家	会成堂	同文堂b
56	7b7	老爺說	○	○	○	○	○	○	○	○	○	○	老爺因
57	8a2	不樂	○	○	○	○	○	○	○	○	○	○	不快
58	8a3	丫頭	○	了頭	了頭	了頭	了頭	了頭	了頭	了頭	了頭	了頭	○
59	8a7	一發	○	一齊	一齊	一齊	一齊	一齊	一齊	一齊	一齊	一齊	○
60	8a7	喚出來	○	○	○	○	○	○	○	○	○	○	喚他出來
61	8b1	酒果食品	○	○	○	○	○	○	○	○	○	○	酒食果品
62	8b3	蠟炬	○	○	○	○	○	○	○	○	○	○	蠟燭
63	8b6	穿青這一位	○	○	○	○	○	○	○	○	○	○	穿青衣的這位
64	8b8	出去	○	○	○	○	○	○	○	○	○	○	去
65	9a6	引至	○	○	○	○	○	○	○	○	引之	○	○
66	9b1	于此	於此	於此	於此	於此	於此	於此	於此	於此	於此	於此	於此
67	9b3	紛求	競求	競求	競求	競求	競求	競求	競求	競求	競求	競求	競求
68	10a2	帳目	○	○	賬目	賬目	賬目	賬目	賬目	○	○	○	賬目
69	10a3	一帳	○	○	○	○	○	○	○	○	○	○	一賬
70	10a4	帳目	○	○	○	○	○	○	○	○	○	○	賬目
71	10a5	掛	○	○	○	○	○	○	○	○	○	澍	○
72	10a6	行踪	行綜	行綜	行綜	行綜	行綜	行綜	行綜	行綜	行綜	行綜	○
73	10a8	今日	今去	今去	今去	今去	今去	今去	今去	今去	今去	今去	今去
74	10a9	若問	○	○	○	○	○	○	○	○	○	○	莫問
75	10b1	連夜	○	○	○	○	○	○	○	○	○	○	連□
76	10b2	教打開	○	叫打開	叫打開	叫打開	叫打開	叫打開	叫打開	叫打開	叫打開	叫打開	○
77	10b2	床帳	○	○	○	○	○	○	○	○	○	○	床賬
78	10b3	帳目	○	○	○	○	○	○	○	○	○	○	賬目
79	10b5	府中	○	○	○	○	○	○	○	○	○	○	我家
80	10b7	兩口兒	○	○	○	○	○	○	○	○	○	○	兩口兄
81	10b8	叫家童	○	○	○	○	○	○	○	○	○	○	教家童
82	10b10	放過一邊了	○	○	○	○	○	○	○	○	○	○	放過了一邊

83	11a4	家僮	家童	家童	家童	家童	家童	家童	家童	家童	家童	家童	家童
84	11b1	回復了	○	○	○	○	○	○	○	○	○	回覆了	回覆了
85	11b4	吳趨坊	○	○	○	○	○	○	○	典趨坊	典趨坊	○	○
86	11b6	難於	難于	難于	難于	難于	難于	難于	難于	難于	難于	難于	○
87	11b6	開只	開口	開口	開口	開口	開口	開口	開口	開口	開口	開口	開口
88	11b6	解元	○	○	○	○	○	○	○	○	○	○	ナシ
89	11b7	不官	不敢	不敢	不敢	不敢	不敢	不敢	不敢	不敢	不敢	不敢	不敢
90	11b8	歎羨	○	○	○	○	○	○	○	○	○	歎美	○
91	12a1	在	○	○	○	○	○	○	○	○	○	○	ナシ
92	12a2	教他	○	叫他	叫他	叫他	叫他	叫他	叫他	叫他	叫他	叫他	○
93	12a7	頗肖	○	○	○	○	○	○	○	○	○	○	頗似
94	12a8	入内	○	○	○	○	○	○	○	人内	人内	人内	○
95	12a9	番看	飜看	飜看	飜看	飜看	飜看	飜看	飜看	飜看	飜看	飜看	飜看
96	12a10	執詩	出詩	出詩	出詩	出詩	出詩	出詩	出詩	出詩	出詩	出詩	出詩
97	12b6	學生	○	學士	學士	學士	學士	學士	學士	學士	學士	學士	○
98	12b6	止欲	○	○	○	○	○	○	○	○	○	○	只欲
99	12b8	告辭	○	○	○	○	○	○	○	○	○	○	來告辭
100	12b10	其入	共入	共入	共入	共入	共入	共入	共入	共入	共入	共入	共入
101	12b10	燈燭輝煌	燈火煌煌	燈火煌煌	燈火煌煌	燈火煌煌	燈火煌煌	燈火煌煌	燈火煌煌	燈火煌煌	燈火煌煌	燈火煌煌	燈火煌煌
102	12b10	傳呼	○	○	○	○	○	○	○	○	○	○	傳喚
103	13a1	丫鬟	○	了鬟	了鬟	了鬟	了鬟	了鬟	了鬟	了鬟	了鬟	了鬟	○
104	13a2	珠珞重遮不露嬌面	○	珠珞重遮不露嬌容	珠珞重遮不露嬌容	珠珞重遮不露嬌容	珠珞重遮不露嬌容	珠珞重遮不露嬌容	珠珞重遮不露嬌容	珠珞重遮不露嬌容	珠珞重遮不露嬌容	珠珞重遮不露嬌容	ナシ
105	13a2	惶悚	○	○	○	○	○	○	○	○	○	○	悚惶
106	13a4	丫鬟	○	○	○	○	○	○	○	了鬟	了鬟	了鬟	○
107	13a5	抱住	拖住	拖住	拖住	拖住	拖住	拖住	拖住	拖住	拖住	拖住	拖住
108	13b1	細説	○	○	○	○	○	○	○	○	○	○	細細説了
109	13b2	子壻	子婿	○	○	○	○	○	○	○	○	○	子婿
110	13b8	投葦	○	○	○	○	○	○	○	○	○	○	相向

111	14a1	無二	○	○	○	○	○	○	○	○	○	○	一般
112	14a2	雖似	雖是	雖是	雖是	雖是	雖是	雖是	雖是	雖是	雖是	雖是	雖是
113	14a4	於是	于是	于是	于是	于是	于是	于是	于是	于是	于是	于是	于是
114	14a6	把	○	○	○	○	○	○	○	○	○	○	之
115	14a9	心語	○	○	○	○	○	○	○	○	○	○	人語
116	14b7	才是	纔是	纔是	纔是	纔是	纔是	纔是	纔是	纔是	纔是	纔是	纔是

備考

7	三桂堂本「爲榜首」
10	三桂堂本「唐解元」
17	三桂堂本「一」
100	三桂堂本「共入」

【表4】『今古奇観』巻三十三「唐解元玩世出奇」（前半のみ）

異同番号	異同箇所	警世通言	宝翰楼	上海	文徳堂	会成堂	同文堂b	右経堂	維経堂	芥子園	萃精英閣
1	1a3	鼓角	○	○	○	○	○	○	○	鼓爲	鼓爲
2	1a4	舟車	○	○	○	○	○	丹車	丹車	○	○
3	1a9	便就	立就	立就	立就	立就	立就	立就	立就	立就	立就
4	1a9	不羈	○	○	○	○	○	○	○	不罵	不罵
5	1a9	傲物	○	○	○	○	○	傚物	傚物	○	○
6	1a10	于蘇郡	於蘇郡	於蘇郡	於蘇郡	於蘇郡	於蘇郡	於蘇郡	於蘇郡	於蘇郡	於蘇郡
7	1a10	做	○	○	○	○	作	○	○	○	○
8	1b2	花腄	○	○	○	○	○	○	○	花腄	花腄
9	1b4	特薦	○	○	○	○	持薦	○	○	○	○
10	1b6	黜沿	黜治	黜治	黜治	黜治	黜治	黜治	黜治	黜治	黜治
11	1b6	保救	○	○	○	○	○	保救	保救	○	○
12	1b7	遺才之末	遺才之末	遺才之末	遺才之末	遺才之末	遺才之末	遺才之末	○	○	○
13	1b10	欲訪	○	○	○	○	○	○	○	欲方	欲方
14	1b10	▲榜首	爲榜首	爲榜首	爲榜首	爲榜首	爲榜首	爲榜首	爲榜首	爲榜首	爲榜首
15	2a1	坦率	○	○	○	○	坦字	○	○	坦字	坦字
16	2a1	做會元了	○	○	○	○	○	○	○	做會元丁	做會元丁
17	2a3	関傳	○	○	○	○	○	○	○	関傳	関傳
18	2a4	還鄕	歸鄕	歸鄕	歸鄕	歸鄕	歸鄕	歸鄕	歸鄕	歸鄕	歸鄕
19	2a5	悟解元	唐解元	唐解元	唐解元	唐解元	唐解元	唐解元	唐解元	▲解元	▲解元
20	2a5	詩文字畫	○	○	○	○	○	○	○	詩文字書	詩文字書
21	2a6	尺幅	○	尺字	○	○	○	○	○	尺福	尺福
22	2a6	重寶	○	○	○	○	珍寶	重賣	重賣	○	○
23	2a6	尤其	○	○	○	○	○	○	○	九其	九其
24	2a7	于丹青	於丹青	於丹青	於丹青	於丹青	於丹青	於舟青	於舟青	於丹青	於丹青
25	2a7	爭	○	○	○	○	人爭	○	○	○	○
26	2a9	金丹	○	○	○	○	○	金舟	金舟	○	○

異同番号	異同箇所	警世通言	宝翰楼	上海	文徳堂	会成堂	同文堂b	右経堂	維経堂	芥子園	萃精英閣
27	2a10	作業	造業	造業	造業	造業	造業	造業	造業	造業	造業
28	2b2	舟車	○	○	○	○	○	○	○	舟事	舟事
29	2b2	輻輳之所	○	○	○	○	○	輻輳之地	輻輳之地	○	○
30	2b3	上下	○	○	○	○	○	○	○	上了	上了
31	2b8	眉目	○	○	○	○	○	○	眉日	○	○
32	2b9	搖過	○	○	○	○	○	○	○	搖遇	搖遇
33	3a1	船	○	○	○	○	舡	○	○	○	○
34	3a1	問舟子	○	○	○	○	○	問二小	問二小	問二小	問二小
35	3a1	那隻船	○	○	○	○	那隻舡	那船面	那船面	那船而	那船而
36	3a2	舟人	○	○	○	○	○	○	○	舟六	舟六
37	3a3	正要	○	○	○	○	○	○	○	正■	正■
38	3a4	船兒	○	○	○	○	○	船見	船見	○	○
39	3a5	沒載	○	○	○	○	○	○	○	牧載	牧載
40	3a6	這般	○	○	○	○	○	這船	這船	○	○
41	3a8	□	一	一	一	一	一	一	一	一	一
42	3a8	徃那里	○	○	○	○	那裏	○	○	○	○
43	3a9	弟	○	○	○	○	○	○	○	第	第
44	3a9	茅山	○	○	○	○	○	○	○	芧山	芧山
45	3a10	茅山	○	○	○	○	○	○	○	芽山	芽山
46	3b2	相候	○	○	○	○	○	○	○	相矦	相矦
47	3b3	到那里去	○	○	○	○	到那裏去	○	○	那里里去	那里里去
48	3b3	罷	○	○	○	○	辦	○	○	○	○
49	3b4	詩書	○	○	○	○	○	詩畫	○	○	○
50	3b4	朋友	○	○	○	○	○	○	○	■友	■友
51	3b6	撑篙	○	○	○	○	○	撑篙	撑篙	○	○
52	3b6	搖櫓	○	○	○	○	○	○	○	搖搰	搖搰
53	3b6	畫舫	○	○	○	○	○	畫船	畫船	畫船	畫船
54	3b8	畫舫	○	○	○	○	畫船	○	○	○	○

55	3b8	搖進	○	○	○	○	○	卽進	○	○	○
56	3b9	到了這里	○	○	○	○	到這所在	到了這所	到了這所	到了這所	到了這所
57	3b10	停泊	○	○	○	○	停舟	停舟	停舟	停舟	停舟
58	4a1	同雅宜	○	○	○	○	○	固雅宜	○	○	○
59	4a2	進了	○	○	○	○	進	○	○	○	○
60	4a3	又	○	○	○	○	○	○	○	及	及
61	4a3	不認得	○	○	○	○	認不得	○	○	○	○
62	4a4	大街上	○	○	○	○	○	○	○	大山土	大山土
63	4a7	女從	○	○	○	○	○	○	○	女那	女那
64	4a7	闖門	○	○	○	○	○	○	○	閔門	閔門
65	4a7	所見	○	○	○	○	○	○	○	所思	所思
66	4a8	出迎	○	○	○	○	○	○	○	出近	出近
67	4a9	適纔	○	○	○	○	○	○	○	過纔	過纔
68	4a9	轎中	○	○	○	○	○	○	○	憍中	憍中
69	4b1	那里	○	○	○	○	那裏	○	○	○	○
70	4b1	教我們	○	叫我們	叫我們	○	○	○	○	○	○
71	4b2	不耐煩	○	○	○	○	○	○	○	不耐類	不耐類
72	4b4	于夢中	於夢中	於夢中	於夢中	於夢中	於夢中	於夢中	於夢中	於夢中	於夢中
73	4b4	魘魅之狀	○	○	○	○	○	○	○	魘魅之收	魘魅之收
74	4b4	問之	○	○	○	○	○	○	○	門之	門之
75	4b5	擊我	○	○	○	○	○	○	○	天我	天我
76	4b6	哀乞	○	○	○	○	衷乞	○	○	○	○
77	4b8	小船	○	○	○	○	○	○	○	小般	小般
78	4b9	推說	○	○	○	○	說是	拾說	拾說	拾說	拾說
79	4b9	遺忘了	○	○	○	○	遺失了	意志了	意志了	○	○
80	4b10	袖中	○	○	○	○	○	○	○	神中	神中
81	4b10	賞了	○	○	○	○	與了	與了	與了	與了	與了
82	5a1	辨下	○	○	○	○	○	辨下	辨下	辨下	辨下
83	5a1	舊衣破帽	○	○	○	○	破衣舊帽	○	○	○	○

異同番号	異同箇所	警世通言	宝翰楼	上海	文徳堂	会成堂	同文堂b	右経堂	維経堂	芥子園	萃精英閣
84	5a2	爲由	爲繇	爲繇	爲繇	爲繇	爲繇	爲繇	爲繇	爲□	爲□
85	5a3	名宣	○	○	○	○	○	○	○	名宜	名宜
86	5a4	一個	○	○	○	○	一	○	○	○	○
87	5a5	欲投	○	○	○	○	○	○	○	欲頭	欲頭
88	5a6	于袖中	於袖中	於袖中	於袖中	於袖中	於袖中	於袖中	於袖中	於紬中	於紬中
89	5a7	晩間	○	○	○	○	○	晩問	○	晩問	晩問
90	5a9	不似	不是	不是	不是	不是	不是	不是	不是	不是	不是
91	5a10	明日	○	○	○	○	○	○	卽日	○	○
92	5a10	引進	○	○	○	○	○	○	引淮	○	○
93	5b1	拜見	○	○	○	○	○	○	○	开見	开見
94	5b1	不俗	○	○	○	○	非俗	○	○	○	○
95	5b1	住居	○	○	○	○	居住	○	○	○	○
96	5b2	考過	○	○	○	○	○	○	者過	○	○
97	5b2	幾遍	○	○	○	○	○	○	幾過	○	○
98	5b3	還都記得	○	○	○	○	都還記得	○	○	○	○
99	5b4	答應	○	○	○	○	○	○	○	答康	答康
100	5b5	不缺	○	正缺	正缺	正缺	○	○	○	○	○
101	5b8	于典中	於典中	於典中	於典中	於典中	於典中	於典中	於典中	於典中	於典中
102	5b8	幾件	○	○	○	○	○	○	○	幾住	幾住
103	5b8	衣服	○	○	○	○	○	○	○	衣肥	衣肥
104	5b9	教華安	○	叫華安	叫華安	叫華安	○	○	○	○	○
105	5b9	抄寫	○	○	○	○	○	○	杪寫	扶寫	扶寫
106	6a1	書本	○	○	○	○	○	○	○	書木	書木
107	6a2	不曾	○	○	○	○	○	○	○	不會	不會
108	6a3	筆	○	○	○	○	○	○	○	籍	籍
109	6a4	若	○	○	○	○	○	○	○	君	君
110	6a5	驟進	○	日進	○	○	○	○	○	膝進	膝進
111	6a5	主人	○	○	○	○	○	○	○	主若	主若

112	6a6	誇獎	○	○	○	○	○	○	○	洿□	洿□
113	6a6	學士	○	○	○	○	○	○	○	□士	□士
114	6a7	倩人	○	○	○	○	○	○	○	情人	情人
115	6a7	呼公子	○	○	○	○	○	○	呼公子	習公子	習公子
116	6a7	其由	其繇	其繇	其繇	其繇	其繇	其繇	其繇	其縣	其縣
117	6a8	改竄	○	○	○	○	○	○	改官	○	○
118	6a9	呈上	○	○	○	○	○	○	○	皇上	皇上
119	6a10	手腕	○	○	○	○	○	○	○	手脕	手脕
120	6b2	掌書記	○	○	○	○	○	○	○	堂書記	堂書記
121	6b2	書劄	○	書札	書札	書札	○	○	○	○	○
122	6b3	煩簡	○	○	○	○	○	○	○	煩筒	煩筒
123	6b4	共享	○	○	○	○	○	○	○	共事	共事
124	6b6	頃刻	○	一刻	一刻	一刻	○	○	○	○	○
125	6b8	杜鵑	○	○	○	○	○	杜鵲	杜鶕	杜鵲	杜鵲
126	6b8	青苔	○	○	○	○	○	○	○	青若	青若
127	6b8	閉	○	○	○	○	半開	開	開	半関	半関
128	6b9	半欹	○	○	○	○	○	半歌	半歌	半歌	半歌
129	6b10	天涯	○	○	○	○	○	○	天□	○	○

備考

14	三桂堂本「爲榜首」
19	三桂堂本「唐解元」
41	三桂堂本「一」

第二章　「三言」ならびに『今古奇観』の諸本と『英草紙』

『英草紙』の原話

都賀庭鐘『英草紙』（寛延二年〈一七四九〉刊）所収作品九篇のうち、以下の七篇は中国短篇白話小説集『古今小説』『警世通言』を原話としている（括弧内は原話の出典と題名）。

・第一篇「後醍醐帝《ごだいごてい》三たび藤房《ふぢふさ》の諫《いさめ》を折《くじく》話《こと》」（『警世通言』巻三「王安石三難蘇学士」）
・第二篇「馬場求馬妻《ばばもとめめ》を沈《しづめ》て樋口《ひぐち》が聟《むこ》と成話《なること》」（『古今小説』巻二十七「金玉奴棒打薄情郎」）
・第三篇「豊原兼秋音《とよはらかねあきいん》を聴《きゝ》て国《くに》の盛衰《せいすい》を知話《しること》」（『警世通言』巻一「兪伯牙摔琴謝知音」）
・第四篇「黒川源太主山《くろかはげんだぬしやま》に入《いつ》て道《みち》を得《ゑ》たる話《こと》」（『警世通言』巻二「荘子休鼓盆成大道」）
・第五篇「紀任重陰司《きのたうしげいんし》に到《いたつ》て滞獄《たいごく》を断《わく》る話《こと》」（『古今小説』巻三十一「鬧陰司司馬貌断獄」）
・第八篇「白水翁《はくすいおう》が売卜直言《まいぼくちよくげん》奇《き》を示《しめ》す話《こと》」（『警世通言』巻十三「三現身包龍図断冤」）
・第九篇「高武蔵守《かうのむさしのかみ》婢《ひ》を出《いだ》して媒《なかだち》をなす話《こと》」（『古今小説』巻九「裴晋公義還原配」）

このうち第二・三・四・九篇の原話は、『今古奇観』巻三十二・十九・二十・四にもそれぞれ収められている。このことを初めて指摘したのは青木正児であったが[1]、その後青木は岩波文庫『通俗古今奇観』（昭和七年）の解説に、庭鐘が利用したのは『今古奇観』ではなく「三言」であると記した。しかしこの結論は、『英草紙』第一・五・八篇の原話が『今古奇観』に収録されていないということのみを根拠としており、本文の検討に基づいて導き出されたものではなかった。

それに対し中村幸彦は、「三言」と『今古奇観』の本文を比較した上で、『英草紙』に『今古奇観』利用の形跡が窺えることを指摘した[2]。ただし、前章で見たように『今古奇観』には多くの異本があるにもかかわらず、その諸本間の異同にまでは注意が払われていない。そこで本章では、『英草紙』所収作品のうち原話が『今古奇観』にも収められている作品について、その本文を原話の諸本と対照することにより、中村の指摘を検証しつつ、庭鐘による白話小説利用の方法を検討したい。

「三言」ならびに『今古奇観』の諸本

前章と重複する部分もあるが、まずは『古今小説』と『警世通言』の諸本について整理しておこう。

現時点において確認されている『古今小説』の伝本には、尊経閣文庫所蔵本・法政大学図書館正岡子規文庫所蔵本・国立公文書館内閣文庫所蔵本の三種があり、尊経閣本と法大本を刊行した書肆は不明だが、内閣本は天許斎によって刊行されたことが封面から知られる。廣澤裕介によれば、これらは口絵の図柄や題辞、本文の異同等から二種の系統に分けることができ、尊経閣本を甲本系、法大本と内閣本を乙本系とすると、乙本系は甲本系を覆刻したものであり、乙本系の中でも刷りは法大本の方が早く、内閣本はその同板後印（ただし、一部に異板を利用している）であるという[3]。

なお『古今小説』は、後に一部の作品を『警世通言』『醒世恒言』所収の作品と入れ替え、『喩世明言』として刊行された。現在は衍慶堂から刊行された二十四巻本のみが残るが、廣澤は四十巻本もかつては存在していたとした上で、その復元を試みている。(4) しかし『英草紙』に利用された作品のうち、「金玉奴棒打薄情郎」は現存の二十四巻本に収められておらず、その本文について知ることはできない。したがって、本章では『喩世明言』を考察の対象外とする。

一方の『警世通言』にも複数の伝本が存するが、大塚秀高によれば、これらもまた二つの系統に大別することができるという。(5) 第一の系統は巻四十に「旌陽宮鉄樹鎮妖」を収めるもので、金陵兼善堂本に代表される。『警世通言』の原刻本はすでに失われているが、兼善堂本はその後印本を重刻したものと目されている。ただし本文の校訂は不十分で、誤刻も少なくない。伝本には名古屋市蓬左文庫所蔵本と東京大学東洋文化研究所倉石文庫所蔵本があり、早稲田大学図書館にも、兼善堂本を埋木改刻したとみられる書肆不明の刊本が存する。その他、この系統の刊本には衍慶堂から刊行された『二刻増補警世通言』と、同じく衍慶堂刊の二十四巻本がある。前者は全四十巻のうち三十六巻が本来の『警世通言』の作品で、残りの四巻には『古今小説』所収作品が収められているようであるが、現在この本は所在不明となっている（大連図書館旧蔵）。後者はその節略本である。

第二の系統は巻四十に「葉法師符石鎮妖」を収めるもので、佐伯文庫所蔵本と三桂堂本が該当する。前者はすでに失われた『警世通言』原刻本の板木を継承したものと目されるが、一部に補刻の跡があり、さらに一部には後修葉が交えられている。後者はその本文を校訂して新刻したもので、その際に眉批がすべて削除された。なお、三桂堂本には四十巻本のほか三十八巻本と三十六巻本がある。

また、『古今小説』『警世通言』諸本の本文については、すでに廣澤裕介と大塚秀高の詳細な研究が備わり、(6) 新たにつけ加えるべきことはない。したがって、以下『古今小説』と『警世通言』それぞれの諸本間における異同に言及する場合、それらはすべて両氏の研究に基づいていることをお断りしておく。

残る『今古奇観』については、すでに前章で諸本の系統を整理した。初期刊本の中で最も成立が遅いと見られる会成堂本ａの刊行が乾隆五十一年（一七八六）であり、この時点ですでに『英草紙』は刊行されているため、会成堂本ａ・ｂと後期刊本については検討対象から除外して差し支えない。また、同文堂本ｂと金谷園本ｂは封面が異なるのみで内容は同一であり、同文堂本ｃは『英草紙』と関係する箇所に関する限り同文堂本ｂとの異同が認められないので、同文堂本ｂをもってこの三種を代表させる。したがって、会成堂本ａ・ｂと同文堂本ｃ・金谷園本ｂを除く初期刊本が、本章における検討対象となる。そして前章における調査結果に従えば、それら諸本は以下のとおりⅠ～Ⅴ群に分類できる(7)。

Ⅰ群…宝翰楼本
Ⅱ群…上海本系統（上海本・金谷園本ａ・文盛堂本・同文堂本ａ・崇文堂本(8)）
Ⅲ群…東大本
Ⅳ群…国家本・文徳堂本
Ⅴ群…同文堂本ｂ

以上のとおり、『古今小説』『警世通言』ならびに『今古奇観』初期刊本における諸本の系統が整理されたところで、以下、『新編日本古典文学全集』における中村の注釈（以下「中村注」）を確認しつつ、『英草紙』と原話の本文を対照していく。

『英草紙』第二篇と原話の本文

それでは、第二篇「馬場求馬妻を沈て樋口が聟と成話」から順に見ていこう。以下の【表1〜4】は、原話の諸本間における異同のうち、『英草紙』に利用されている箇所のみを抽出し、それぞれの表現を一覧できるようにしたものである（比較すべき箇所に傍線を附した）。なお、『英草紙』の本文は国文学研究資料館所蔵本（ナ 4-654-1~5）により、左表においては読み仮名を省略した。

【表1】

	英草紙	古今小説	Ⅰ群	Ⅱ群	Ⅲ群	Ⅳ群	Ⅴ群
〈1〉	吉日をゑらみ、浄応が家に入家して	金老大擇個吉日、金家到送一套新家	金老大擇吉連姻、金家到送一套新家	金老大擇吉連姻、金家到送一套新家	金老大擇吉連姻、金家到送一套新家	金老大擇吉連姻、金家到送一套新家	金老大擇吉連姻、金家到送一套新家
〈2〉	手下の前後しらぬ乞丐を五六十人引連れ、一斉に浄応が家に来る	那金癩子領着衆丐戶、一擁而入	那金癩子領着衆丐戶、一擁而入	那金癩子領着衆丐戶、一擁而入	那金癩子領着衆丐戶、一擁而入	那金癩子領着衆丐戶、一擁而入	那金癩子領着衆丐戶、一擁而來
〈3〉	妻又賢慧にして七出の條を犯さねば、今更是を絶事もならず	妻又賢慧不犯七出之條、不好決絶得	妻又賢慧不犯七出之條、不好決絶得	妻又賢慧不犯七出之條、不好涙絶得	妻又賢慧不犯七出之條、不好涙絶得	妻又賢慧不犯七出之條、不好涙絶得	妻又賢慧不犯七出之條、不好深絶得
〈4〉	妻女の縁によりて名をなすの助となりしこと	把老婆資助成名一段功勞、	把老婆資助成名一段功勞、	把老婆資助成名一段功勞、	把老婆資助成名一段功勞、	把老婆資助成名一段功勞、	把老婆資助成名一段功勞、

	はいつしか春氷と解て	化爲春水	化爲流水	化爲氷水	化爲冰水	化爲冰水	化爲氷水
〈5〉	頭を挙て看る時、燭臺白晝のごとくかゝやき	開眼看時、畫燭輝煌	擧眼看時、畫燭輝煌	擧目看時、花燭輝煌	擧目看時、花燭輝煌	擧目看時、花燭輝煌	擧目看時、花燭輝煌
〈6〉	聲を放て嘆く	放聲而哭	放聲大哭	放聲大哭	放聲大哭	放聲大哭	放聲大哭
〈7〉	祿うすく任卑ければ、恐らくは賢婿の意に満まじ	只怕爵位不高、尚未滿賢婿之意	只恐官卑職小、尚未滿賢婿之意	只恐官卑職小、尚未滿賢婿之意	只恐官卑職小、尚未滿賢婿之意	只恐官卑職小、尚未滿賢婿之意	只恐官卑職小、尚未滿賢婿之意
〈8〉	奉養して孝を盡し、其終を送る	在任所奉養送終	在任所奉養送終	在任所奉養終身	在任所奉養終身	在任所奉養終身	在任所奉養送終

まずは右の八箇所を順に検討することから始める。

〈1〉『英草紙』は求馬が浄応の家に婿入りする場面、原話は金老大（浄応に相当）が莫稽（求馬に相当）に結納の着物を送る場面である。状況はやや異なるが、原話はこの二つの場面を一続きに描いており、庭鐘は結納の場面を省略しているだけであるので、この「吉日をゑらみ」という表現は原話を踏まえたものと考えて差し支えないであろう。ここは『古今小説』の「擇個吉日」が『英草紙』に近い。

〈2〉家に「来る」のも「入る」のも状況的にさしたる違いはないが、表現にのみ注目すれば、『英草紙』同様「来る」としているのは、『今古奇観』Ⅴ群のみである。

〈3〉『今古奇観』Ⅱ〜Ⅳ群の「涙絶」、Ⅴ群の「深絶」はいずれも熟した表現ではなく、いささか意味をとりがたい。『英草紙』の表現は『古今小説』・『今古奇観』Ⅰ群の「決絶」（訣別の意）に基づくものであろう。

〈4〉原話の表現はいずれも『英草紙』に一致しない。中村注は「『古今小説』のほうが「春氷」、『今古奇観』のほうが「春水」。これから見れば庭鐘はここでは、『古今小説』を利用したようである」とするが、【表1】のとおり『古今小説』は「春水」、『今古奇観』はⅠ群が「流水」、Ⅱ～Ⅴ群が「氷（冰）水」であり、中村の言う本文を持つ刊本を見出すことはできない。「化為春水」という表現は他に『警世通言』巻三十五「况太守断死孩児」にも見られ、ここでは氷雪に例えられた貞節の心が消えてなくなる意で用いられている（「可惜清心氷雪、化為春水向東流」）。庭鐘はその表現を改変し、さらに「睦月中旬」と続けることで、氷がとけて春になったことをも同時に示している（中村注）。

〈5〉これも原話の表現はいずれも『英草紙』と一致しないが、「挙」の字が使用されている点は『今古奇観』に近い。「画燭」「花燭」は慶事に用いる灯火で、いずれも「燭台」と訳し得る。

〈6〉『英草紙』の表現は『古今小説』をそのまま訓読したものである。

〈7〉中村注は「庭鐘の利用したのは、ここでは、『今古奇観』のようである」とする。「卑」「恐」の文字の一致や、〈名詞＋形容詞〉を二度重ねる構造が共通していることからの判断であろう。

〈8〉『英草紙』の表現は『古今小説』ならびに『今古奇観』Ⅰ・Ⅴ群と一致する。

以上の結果は、次のようにまとめることができよう。

①〈1〉〈6〉から、『古今小説』が利用されていたことはほぼ確実である。第五篇「紀任重陰司に到つて滞獄を断る話」は『古今小説』にのみ収められる作品の翻案であるので、これは当然予想された結果といえる。したがって〈3〉〈8〉も、『古今小説』に基づくものと考えてよい。

②〈5〉から、『今古奇観』も合わせて参照されていた可能性が高い。〈2〉はV群とのみ一致するが、確実にこの刊本が利用されたと断定するための根拠とは言いがたい。

つとに中村は「庭鐘は、『古今小説』『今古奇観』の両様を合せ、校本のようなものを作って利用したことと思われる」(9)と指摘していたが、右の結果を見る限り、やはりその可能性は高いと考えるべきであろう。

この問題については、他の篇においても引き続き同様の検討を行うが、第二篇に固有の問題をここで指摘しておかねばならない。それは、『古今小説』と『今古奇観』では、原話「金玉奴棒打薄情郎」の結末が異なるということである。

『古今小説』の場合、莫稽と金玉奴が再び夫婦となり、金老大ならびに許厚徳夫妻に孝養を尽くしたことを述べてめでたく終わるのだが、『今古奇観』はそうではない。こちらは、莫稽がかつて罪もない金玉奴を殺そうとした罰として、天帝に寿命を十二年減ぜられ、官位も本来達すべきものから三等下げられるのである。『英草紙』の結末は『古今小説』と共通するが、これは庭鐘が『今古奇観』の結末を採用しなかったということを意味するのであり、決して『今古奇観』を参照しなかったことを意味するわけではないということに注意を促しておきたい。

『英草紙』第三篇と原話の本文

続いて、第三篇「豊原兼秋音を聴て国の盛衰を知話」と原話「兪伯牙摔琴謝知音」の本文を対照する。

【表2】

	英草紙	警世通言	Ⅰ群	Ⅱ群	Ⅲ群	Ⅳ群	Ⅴ群
〈1〉	遙山に翠を畳み、遠水の青を積るなり	遙山疊翠、遠水澄清	遙山疊翠、遠水澄清	遙山疊翠、水遠澄清	遙山疊翠、水遠澄清	遙山疊翠、水遠澄清	遙山疊翠、遠水澄清
〈2〉	琴声忽ち変て刮刺的と響程に	指下刮刺的一聲響	指下刮刺的一聲響	指下刮刺一聲響	指下刮刺一聲響	指下刮刺一聲響	指下刮刺的一聲響
〈3〉	忽ち岸上に人の聲して	忽聽得岸上有人答應道	忽聽得岸上有人答應道	忽聽得崖上有人答應道	忽聽得崖上有人答應道	忽聽得崖上有人答應道	忽聽得岸上有人答應道
〈4〉	驟雨に値うて雨具なければ	値驟雨狂風、雨具不能遮蔽	値驟雨狂風、雨具不能遮蔽	値驟雨狂風、雨且不能遮蔽	値驟雨狂風、雨且不能遮蔽	値驟雨狂風、雨且不能遮蔽	値驟雨狂風、雨具不能遮蔽
〈5〉	蓑を被、芒鞋穿て、手に尖擔、腰に板斧あり	身披草衣、手持先擔、腰插板斧、脚踏芒鞋	身披草衣、手持先擔、腰插板斧、脚踏芒鞋	身披草衣、手持先擔、腰插板斧、脚踏芒鞋	身披草衣、手持先擔、腰插板斧、脚踏芒鞋	身披草衣、手持先擔、腰插板斧、脚踏芒鞋	身披簑衣、手持先擔、以插板斧、脚踏芒鞋
〈6〉	風順になりて月明晝のごとし	風色順了、月明如晝	風色順了、月明如晝	風色順了、明月如晝	風色順了、明月如晝	風色順了、明月如晝	風色順了、月明如晝
〈7〉	時陰いふ、こゝより遠からず	子期道、離此不遠	子期道、離此不遠	子期道、離山不遠	子期道、離山不遠	子期道、離山不遠	子期道、離此不遠
〈8〉	かならず此中秋両夜の内に、則此所に来るべし	我來仍在仲秋中五六日奉訪	我來仍在仲秋中五六日奉訪	我來仍在仲秋中五六日奉訪	我來仍在仲秋中五六日奉訪	我來仍在仲秋中五六日奉訪	我來仍在中秋中五六日奉訪
〈9〉	去歳知音こゝに逢し時、雨止で月明なり	去歳知己相逢、雨止月明	去歳知己相逢、雨止月明	去歳知己相逢、雨止明月	去歳知己相逢、雨止明月	去歳知己相逢、雨止明月	去歳知己相逢、雨止月明

〈10〉	樵径を傳ふて	行於樵徑	迤邐望馬安山而行	迤邐望馬安山而行	迤邐望馬安山而行	迤邐望馬安山而行	迤邐望馬安山而行
〈11〉	右に布包袱を携へ	右手携竹籃	右手携竹籃	右手携竹籃	右手携竹籃	右手携竹籃	右手提竹籃
〈12〉	声を放て再び泣沈みたり	放聲又哭	放聲又哭	放聲大哭	放聲大哭	放聲大哭	放聲又哭
〈13〉	見なれぬ衣冠の人、横尾が丘に参詣せしと聴て	聞得朝中大臣來祭鍾子期	聽得朝中大臣來祭鍾子期	聽得朝中大臣來祭鍾子期	聽得朝中大臣來祭鍾子期	聽得朝中大臣來祭鍾子期	聽得朝中大臣來祭鍾子期

中村注には〈1〉〈3〉〈9〉についてのみ言及があり、それぞれ「「遠水」は『警世通言』の文字。『今古奇観』には「水遠」とある」、「原話の『警世通言』では「岸上」、『今古奇観』は「崖上」」、「原話「雨止ンデ月明カナリ」。『今古奇観』は「雨止ンデ明月」」とした上で、本作は『警世通言』を底本として用いたと結論づけている。この記述によれば、中村が『警世通言』との比較に用いた『今古奇観』は、Ⅱ・Ⅲ・Ⅳ群のいずれかであったようである。しかし、この三箇所において『今古奇観』Ⅰ・Ⅴ群の本文は『警世通言』と一致しており、何度も述べているとおり、『今古奇観』の諸本を一括りにして考えるのは適切でない。また、〈2〉〈4〉〈6〉〈7〉〈12〉も同様に、『警世通言』と『今古奇観』Ⅰ・Ⅴ群は一致しており、庭鐘はそのいずれかを利用していたようである。

以下、残りの五箇所を検討しよう。

〈5〉『英草紙』の「蓑を被《き》」という表現と一致するのは『今古奇観』Ⅴ群のみで、それ以外はすべて蓑（簑）ではなく「草衣」となっている。しかし、いずれの刊本も他の箇所に「簑衣」という表現が用いられているため、これのみを根拠に『今古奇観』V群が参照されたと判断するのは早計である。また、『英草紙』の「腰に板斧あり」に相当する箇所が、『今古奇観』V群では「以挿板斧」と誤刻されているのも気にかかる。

〈8〉　厳密にいえば「仲秋」は陰暦八月、「中秋」は八月十五日のことをそれぞれ指すようであるが[10]、その使い分けの意識の有無についてはさしあたり問題としない。用字にのみ注目すれば、『英草紙』と一致するのは『今古奇観』V群のみである。【表1】の〈2〉や【表2】の〈5〉と合わせ、『英草紙』と一致する表現が『今古奇観』V群にのみ存するという箇所が複数あるのは注目される。

〈10〉　これは明らかに、『警世通言』に依拠したものである。

〈11〉　〈5〉や〈8〉とは逆に、『今古奇観』V群の表現のみが『英草紙』と一致しない。『警世通言』に依拠したと考えれば事足りる問題ではあるが、やや気にかかるところである。

〈13〉　『警世通言』の表現が独立している一方で、『今古奇観』諸本はすべて一致している。無論「聞」「聴」のいずれであっても問題ない箇所であるが、『英草紙』はあえて『今古奇観』と同様の「聴」を用いている。

以上のことを整理して導かれる結論は、第二篇の場合とほぼ同様のものである。すなわち、

①〈10〉から、『警世通言』が利用されていたことは確実である。

②〈13〉から、『今古奇観』も参照されていた可能性が高く、中でも〈5〉〈8〉にはV群とのみ一致する表現がある。

ここまでの結果を踏まえれば、庭鐘は「三言」のテキスト（『古今小説』『警世通言』）にのみ依拠していたのではなく、『今古奇観』との校合を行った上で、『英草紙』に用いる表現を決定していた可能性が高い。中でもV群の同文堂

本bとの距離が比較的近いように思われるが、結論はひとまず保留して、さらに『英草紙』と原話の本文との比較を続けたい。

ところで、本篇の原話「兪伯牙摔琴謝知音」には、一箇所だけ『警世通言』と『今古奇観』との間で大きく表現の異なる箇所がある。それは兪伯牙が鍾子期の父と出会い、子期の死を告げられる場面である。以下、この箇所における諸本の本文を『英草紙』と比較してみたい(11)。

【英草紙】

兼秋云「我尋《わがたづぬ》る人は横尾時陰《よこをときかげ》といへり。名をつゝみ世を避《さけ》たる人なれば、村中《むらなか》にては何と呼《よ》ぶやらん」。此老人《このらうじん》、時陰の二字を聴《きゝ》て、雙眼《そうがん》より涙をはらはらとこぼして、「①旅人別《りよじんべつ》の所ならば行給へ。時陰を尋《たづね》給はゞ行《ゆき》給ふな」といふ。「こは何故」ととへば、老人②声《こゑ》を放《はな》ちて大に哭《こく》し、

【警世通言】

老者道「（略）只説先生所訪之友、姓甚名誰、老夫就知他住處了」。伯牙道「學生要往鍾家莊去」。老者聞鍾家莊三字、一雙昏花眼内、撲簌簌掉下淚來道「①先生別家可去、若説鍾家莊不必去了」。伯牙驚問「却是爲何」。老者老(12)「先生到鍾家莊要訪何人」。伯牙道「要訪子期」。老者聞言、②放聲大哭道、

【今古奇観　Ⅰ・Ⅴ群(13)】

老者道「（略）只説先生所訪之友、姓甚名誰、老夫就知他住處了」。伯牙道「學生要往鍾家莊去」。老者道「先生到鍾家莊要訪何人」。伯牙道「要訪子期」。老者聞説子期二字、一雙昏花眼内撲簌簌掉下淚來、嗚嗚咽咽、②不覺失聲哭道、

【今古奇観　Ⅱ・Ⅲ群】

老者道「（略）只説先生所訪之友、姓甚名誰、老夫就知他住處了」。伯牙道「學生要往鍾家莊去」。「先生到鍾家要訪何人」。伯牙道「要訪子期」。老者聞之子期二字、一雙昏花眼内撲簌簌掉下淚來、嗚嗚咽咽、②不覺大聲哭道、

【今古奇観　Ⅳ群】

老者道「（略）只説先生所訪之友、姓甚名誰、老夫就知他住處了」。伯牙道「學生要往鍾家莊去」。老者又問先生「到鍾家要訪何人」。伯牙道「要訪子期」。老者聞之子期二字、一雙昏花眼内撲簌簌掉下淚來、嗚嗚咽咽、②不覺大聲哭道、

まずは『今古奇観』諸本間の異同のうち、主なものを確認しておこう。Ⅰ・Ⅴ群の本文は、注13に示したとおり、Ⅴ群に若干の誤刻と異体字の使用がある他はまったく同文であり、文章も整っている。一方、Ⅱ・Ⅲ群は「先生到鍾家要訪何人」の発話者が明示されていない点にやや難がある。文脈から推定可能ではあるが、その他の箇所ではほぼ例外なく発話者が示されているため、これは板刻に際して失誤があったものと考えるべきであろう。Ⅳ群は前章においても述べたとおり、Ⅱ・Ⅲ群と同様の板式を有し、おそらくⅢ群の本文を踏襲する意図のもと板刻された刊本であると思われるが、この失誤については修正を要すると判断したらしく、Ⅱ・Ⅲ群にある「先生」の文字を削除し、その二字分のスペースに小字で「老者又／問先生」と割書することで発話者を示している。

問題の『英草紙』との関係性であるが、中村注も指摘するとおり、『英草紙』の傍線①に対応する表現が、『警世通言』にある一方で『今古奇観』にはなく、傍線②も『警世通言』の本文を書き下したものであるため、この箇所が『警世通言』に依拠していることは確実であろう。ただし、庭鐘は『警世通言』の本文を直訳したわけではなく、老

人と伯牙のやりとりにおける過剰な回りくどさを簡略化するなどの工夫を施している。また、「我尋る人は横尾時陰といへり。名をつゝみ世を避たる人なれば、村中にては何と呼ぶやらん」という兼秋の台詞に相当するものは原話にはなく、時陰の出自が琵琶の名家であるという『英草紙』独自の設定を生かした表現が加えられている。

このように、『警世通言』と『英草紙』の相違点に注目すると、老人が涙を流す契機もまた異なっていることが注意される。すなわち、『警世通言』では「鍾家荘」という集落の名を聞くだけで涙をこぼすのに対し、『英草紙』では「時陰の二字」を耳にすることによって落涙しているのである。これはいずれが適切かということではなく、どちらがより老父の心情を表現し得るかという問題に対する、それぞれの作者（あるいは編者・校訂者）の判断が反映されたものと見るべきであろう。ただしひとつ看過し得ないのは、『今古奇観』もまた『英草紙』と同様に、「子期」という死んだ息子の名を聞くことで、老人が初めて涙を流していることである。前述のとおり、この箇所が『警世通言』に大きく依拠していることは疑い得ないが、細部において『今古奇観』の影響が及んでいた可能性も否定できないのではなかろうか。庭鐘が「三言」と『今古奇観』の校合を行っていたことを窺わせる痕跡が、ここにも見出されたといえよう。

『英草紙』第四・九篇と原話の本文

第四篇と第九篇については、『英草紙』と関係する箇所における原話の異同が少ないため、本節でまとめて検討したい。まずは第四篇と原話の本文を対照する。

【表3】

	英草紙	警世通言	Ⅰ群	Ⅱ群	Ⅲ群	Ⅳ群	Ⅴ群
〈1〉	虎の畫をゑがけど骨はゑがゝれず	畫龍畫虎難畫骨	畫虎畫龍難畫骨	畫虎畫龍難畫骨	畫虎畫龍難畫骨	畫虎畫龍難畫骨	畫虎畫龍難畫骨
〈2〉	你未だ其花のごときすがたにて	你這般如花似玉的年紀	你這般如花似玉的姿容	你這般如花似玉的姿容	你這般如花似玉的姿容	你這般如花似玉的姿容	你這般如花似玉的姿容
〈3〉	今申つる三ツの事は	這三件	這三件	這三件	這三件	這三件	這三件事
〈4〉	只一打に打破り	用力劈去	一斧劈去	一斧劈去	一斧劈去	一斧劈去	一斧劈去

〈1〉原話の七言絶句が『英草紙』では和歌に改められており、右表に示したのはそれぞれ転句と上の句である。中村注が「ここは『今古奇観』によったか」とするのは、おそらく『今古奇観』の方が「龍」よりも「虎」を先に挙げているためであろうが、『警世通言』にも「虎」の語は用いられており、庭鐘が依拠した本文を確定する根拠にはならない。

〈2〉『警世通言』の「年紀」は年齢、『今古奇観』の「姿容」は容貌の意であり、中村注にも指摘のあるとおり、ここは『今古奇観』によったものであろう。

〈3〉『英草紙』にある「事」の字を用いているのは、『今古奇観』Ⅴ群のみである。無論、Ⅴ群の本文によらずとも「三ツの事」という表現は可能であるが、またもⅤ群とのみ表現が完全に一致する箇所が見出されたことについては、注意を払う必要がある。

〈4〉中村注が「ここも『今古奇観』のほうによった一証である」と述べるとおり、『今古奇観』の方が『英草紙』

に近い。

続けて第九篇を検討する。この作品において問題となる原話の異同は、次の一箇所のみである。

【表4】

	英草紙	古今小説	Ⅰ群	Ⅱ群	Ⅲ群	Ⅳ群	Ⅴ群
〈1〉	すがたをやつし街上に出て、世の謡説を捜り聞	常在外面私行要子	常在外面私行體訪民情	常在外面私行體訪民情	常在外面私行體訪民情	常在外面私行體訪民情	常在外面私行體訪民情

〈1〉『古今小説』の「要子」が「遊ぶ」、『今古奇観』の「體訪民情」が「民情を探る」の意であり、語句が一致しているわけではないものの、後者の方が『英草紙』に近いのは明らかである。

以上の結果から、第四篇と第九篇の執筆に際して庭鐘が『今古奇観』を参照していたことは、ほぼ確実と言ってよい。ただし第二・三篇に『古今小説』『警世通言』利用の跡があることからすれば、第四・九篇においても『古今小説』『警世通言』が『今古奇観』と同時に参照されていた可能性は高い。すなわちこの二篇については、庭鐘が「三言」と『今古奇観』を比較対照した上で、『今古奇観』の表現を採用したと考えておくのが妥当であろう。

原話の校合が意味するもの

ここまでの検討によって、庭鐘が『英草紙』の執筆にあたり「三言」（『古今小説』『警世通言』）と『今古奇観』の双方を利用していたことが明らかになり、中村の指摘は追認されることとなった。そして『今古奇観』諸本のうち、V群の同文堂本bが最も『英草紙』の表現に近いということも確認された。ただし、このことによってただちに庭鐘が同文堂本bを利用していたと断定するわけにはいかない。その理由としては、以下の三点が挙げられる。

一点目は、『英草紙』の本文が同文堂本bとのみ完全に一致した四箇所（**【表1】**の〈2〉、**【表2】**の〈5〉〈8〉、**【表3】**の〈3〉）は、必ずしも同文堂本bの本文によらずとも表現可能なものだということである。このことは、これまでにも述べてきたので繰り返さない。

二点目は、庭鐘が同文堂本bを目睹していたことを示す資料がないことである。稲田篤信の紹介があるとおり、庭鐘は読書抄記『過目抄』（天理大学附属天理図書館所蔵）の第九冊に『今古奇観』の序文を筆写しており、その序題の下には「乾隆乙丑重鐫墨憨斎手定今古奇観植桂楼蔵板」とある。[14] これは前章において紹介した植桂楼本のことに相違ないが、この刊本は別本系諸本に属するものであり、ここに収められている『英草紙』の原話は「裴晋公義還原配」のみである。したがって、これが『英草紙』の執筆に際して用いられた『今古奇観』とは考えられない。ただし同文堂本bに限らず、植桂楼本以外に庭鐘がどの『今古奇観』を披見したことがあるかは一切知られていない。

そして三点目は、『英草紙』が刊行された寛延二年（一七四九）以前に、同文堂本bが刊行されていたという確証がないことである。これもまた同文堂本bに限ったことではなく、本章において検討対象となった『今古奇観』の諸本はすべて刊年不明であるが、同文堂本bは毎半葉あたりの文字数が他の初期刊本よりも多く（第一部第一章参照）、初期刊本の中では成立が遅い方に属するものと思われる。ただし、同文堂は康熙五年（一六六六）に『第九才子書斬鬼伝』を刊行しており、[15]『英草紙』成立の八十年ほど前には、すでに活動を開始していたようである。したがって、同文堂が『英草紙』成立以前に『今古奇観』を刊行することは十分に可能であった。

ちなみに、長崎書物改役であった向井富が編んだ『商舶載来書目』（国立国会図書館所蔵）には、享保十六年（一七三一）に「今古奇観　一部二套」が舶載されたとの記録があるが、[16]この『今古奇観』がどの書肆から刊行されたものであるかは窺い得ない。無論、『英草紙』成立以前に舶載された『今古奇観』がこの一種のみであったとは考えがたく、おそらく数種の刊本が渡来していたものと思われるが、その舶載に関する記録は確認できない。

以上のことを踏まえてひとつの結論を出すとすれば、庭鐘が『英草紙』の執筆に際して『古今小説』『警世通言』との校合に用いた『今古奇観』は確定しがたいが、最も『英草紙』と近い本文を持つのは同文堂本bである、ということになろう。前章においても述べたとおり、『今古奇観』後期刊本の本文には同文堂本bに依拠したと思われる箇所があるため、庭鐘が同文堂本bを利用していたということになれば、『今古奇観』が初期刊本から後期刊本へと移行し始めた時期についても新たな知見が得られることになるが、確たる根拠が見出されていない以上、これ以上の臆測は控えたい。

いずれにしても、庭鐘が『古今小説』『警世通言』という「三言」の本文と『今古奇観』を校合した上で『英草紙』を執筆していたのは確実である。そこで最後に、この営為が意味するところについて考えておきたい。

上田秋成『雨月物語』（安永五年〈一七七六〉刊）などに顕著なとおり、翻案小説の本文は決して原話の表現に束縛されない。庭鐘もまた、『英草紙』第一篇「後醍醐帝三たび藤房の諌を折話」などできわめて自由な翻案態度を見せてはいるが、その一方で、本章で見たように「三言」と『今古奇観』を校合した結果を作品に反映させるという、原話の表現に可能な限り密着しようとする態度を示してもいる。ここで注意しなければならないのは、これは安易に典拠に寄りかかり、ややもすれば先行作品を剽窃するだけの姿勢とは根本的に異なっているということである。

言うまでもないことではあるが、諸本間に異同が存しているがゆえに、校合という作業は意味を持つ。すなわち校合とは、「異本」を発見する営為に他ならない。庭鐘は、原話の校合を通して諸本における差異性を見出しているのである。したがって、その結果が反映された『英草紙』の本文は、原話の表現に対する庭鐘の批評が結実したものという一面をも有していよう。庭鐘を「小説家の学者」と評した『三都学士評林』（明和五年〈一七六八〉刊）は、作品の内容のみならず、執筆態度についてもその本質を言い当てているように思われる。

校合から創作へ

本章では、原話が「三言」と『今古奇観』の双方に収められている『英草紙』諸篇を対象として、原話の表現がいかに利用されているかを検討することにより、庭鐘が「三言」と『今古奇観』を校合した上で『英草紙』を執筆していたことを確認し、さらに原話の校合という営為が持つ意味について考察した。

口語を多用して書かれた白話小説は語り物の後裔であり、当時の中国においては学問の対象となり得るはずのない通俗的な文学であった。しかしここまで見てきたとおり、庭鐘はその通俗文学である「三言」と『今古奇観』の本文批判を行い、その結果を『英草紙』に反映させている。これは言うまでもなく、白話小説を学問の対象として捉えていることを意味しよう。

同様の態度は、『通俗皇明英烈伝』（宝永二年〈一七〇五〉刊）の執筆に際して、『新刻皇明開運輯略武功名世英烈伝』『新鍥龍興名世録皇明開運英武伝』『全像演義皇明英烈志伝』という、少なくとも三種の「皇明英烈伝」を校合した岡島冠山や、[17] 三桂堂本『警世通言』に「和刻三言」や『今古奇観』との校合結果を書き入れた森島中良[18]にも見られる。すなわち近世中期において、この営為自体は必ずしも特異なものではなかったといえよう。重要なのは、庭鐘の場合、それが小説の創作と不可分の関係にあったということである。

確かに白話小説の題材や構成には、従来の近世小説にはない新奇な点があった。しかし庭鐘は、それらを摂取するためにのみ白話小説を利用したのではなく、白話小説の表現に密着することを通して、ある何かを得ようとしたのである。それは「歌舞妓《かぶき》の草紙《さうし》」（『英草紙』序文）とは異なる文体であったかもしれないし、白話語彙の利用に基づく新たな表現手法であったかもしれない。その具体的な検討は今後の課題であるが、白話小説という新しい素材を得ることによって自らは何を生み出し得るかという問いに、庭鐘が自覚的であったことは確かであろう。大田南畝をして「今の都下よみ本の風はこれを学ぶに似たり」（『一話一言』巻五十四）[19]と言わしめたこの作品は、白話小説という新来の文学をいかに受容し消化するかという問題意識のもとに生み出されたものであったのである。

注

（1）青木正児「今古奇観と英草紙と蝴蝶夢」（『青木正児全集』第二巻、春秋社、昭和四十五年。初出は大正九年）。

（2）『新編日本古典文学全集　英草紙・西山物語・雨月物語・春雨物語』（小学館、平成七年。旧版は昭和四十八年刊）。

（3）廣澤裕介「『古今小説』諸版本の成立問題」（『中国古典小説研究』第十二号、平成十九年七月）。

（4）廣澤裕介「『喩世明言』四十巻本考」（『日本中国学会報』第五十二号、平成十二年十月）。

（5）大塚秀高「『警世通言』版本新考」（『日本アジア研究』第九号、平成二十四年三月）。『警世通言』の諸本に関する以下の記述は、すべてこの大塚論文に基づく。

（6）廣澤裕介「『古今小説』と『今古奇観』のテキストの文字異同一覧表」（『学林』第五十九号、平成二十六年十一月）、大塚秀高「『警世通言』版本新考」（前掲）。

（7）これらは、あくまで前章で調査した「滕大尹鬼断家私」「銭秀才錯占鳳凰儔」「唐解元玩世出奇」の本文のみに基づく分類であり、他の作品についても同様であることを必ずしも意味しない。たとえば前章注14に記したとおり、「荘子休鼓盆成大道」は上海本系統の諸本間に異同がある。しかし、その異同はすべて『英草紙』の本文とは無関係の箇所であるため、さしあたり本章においても、前章と同様に「上海本系統」としてまとめた。

（8）手書きではあるが、崇文堂本の封面には「嘉慶十七年新鐫」（嘉慶十七年は一八一二年）とある。これを信用する根拠はないが、仮に事実だとすれば、庭鐘が崇文堂本を参照した可能性はなくなる。

（9）『新編日本古典文学全集　英草紙・西山物語・雨月物語・春雨物語』（前掲）四十七頁。

（10）『日本国語大辞典』第二版（小学館、平成十五年）。

（11）読解の便を考慮し、本文には句読点ならびに鉤括弧を附した。

（12）兼善堂本以外の諸本は「老者道」。無論、こちらが適切である。

（13）V群は「撲」を「樸」に誤刻し、「莊」を異体字「庄」に作る。

（14）稲田篤信「都賀庭鐘『過目抄』考」（『日本漢文学研究』第十号、平成二十七年三月）。

（15）韓錫鐸・牟仁隆・王清原編『小説書坊録』（北京図書館出版社、二〇〇二年）二十二頁。

（16）ただし大庭脩『江戸時代における唐船持渡書の研究』（関西大学出版部、昭和四十二年）第三章「唐船持渡書の資料」第二節第二項は、本資料における年次が書物の船載された年か書物改の手続きが完了した年かは明らかでないとしている。

（17）中村綾「『通俗皇明英烈伝』の依拠テキストをめぐって」（『日本近世白話小説受容の研究』、汲古書院、平成二十三年）。

（18）徳田武「森島中良の『警世通言』書入れについて」（『日本近世小説と中国小説』、青裳堂書店、昭和六十二年）。

（19）引用・巻数はともに国立公文書館内閣文庫所蔵の南畝自筆本（212-0275）による。

第三章　上田秋成と『今古奇観』

浦島伝承と「妖」と「婬」

『日本書紀』雄略二十二年七月条に、浦島子という男が大きな亀を釣り上げたところ、亀が女に変じ、浦島はその亀と夫婦になって海中の蓬萊山に赴いたという記事がある。

秋七月、丹波国余社郡《ヨサノ》ノ管川《ツヽカハ》ノ人《ヒト》、水江浦島子《ミヅノエノウラシマノコ》、船ニ乗テ釣《ツリ》ス。遂ニ大亀《カハカメ》ヲ得タリ。便チ女《ヲトメ》ニ化為《ナ》ル。是ニ於テ浦島ノ子、感《タケ》リテ以テ婦ト為シ、相逐《シタガヒ》テ海ニ入ヌ。蓬萊山《トコヨノクニ》ニ到テ仙衆《ヒジリ》ヲ歴リ観ル。(1)

秋成は史論『遠駝延五登《おだえごと》』（享和三年〈一八〇三〉頃成）において、この記事をはじめとする浦島伝承についての考察を行っているが、その中でも特に興味深く思われるのは、浦島子を蓬萊山に誘った亀の性質を次のように解釈している点である。

さて此大亀を得て夫婦となりし事、後世の書ながら古今奇観と云聖歎外の作文に、妖亀の、少年の閑雅に婬みて美女と化し、情慾をほしきまゝにせしかば、少郎遂におとろへて死ぬべかりしを、道士に呪はれて命全く、亀は遂に亡ぼされし事をいへり。禽獣魚介も、巨魁なるは妖物となれる事、古今の物がたり多し。浦嶋子も妖に魅せ

られて蓬萊洲にいたりしと思ひしなるべし。妖魁の婬を好む事、あまた聞所也。(2)

浦島伝承に対する秋成の関心を示すものとしては、たとえば『藤簍冊子《つづらぶみ》』（文化二年〈一八〇五〉刊）巻二において「浦島子」の題で詠まれた、「古郷と思ひしものを年へてはしらぬ国にも我は来にけり」という歌を挙げることができる。しかし何よりも即座に想起されるのは、やはり『世間妾形気《せけんてかけかたぎ》』（明和四年〈一七六七〉刊）巻一の二「ヤアラめでたや元日の拾ひ子が福力」と巻一の三「織姫のぼつとり者は取て置の玉手箱」の連作であろう。そして『遠駝延五登』の記述もまた、やはりこの二篇との関連においてしばしば言及されてきた。(3) よく知られた話ではあるが、簡単にその梗概を記しておこう。

浦嶋寿斎の娘お春は、十八歳のとき入江屋甚蔵と夫婦になるが、甚蔵は腎虚火動のため十年あまりで病死する。二番目の婿の伝三郎は遭難して行方知れずとなり、按摩の六右衛門を三番目の婿に迎える。しかし三年後、中国に漂流していたという伝三郎が突然帰宅したため、お春と伝三郎は元のとおり夫婦となり、六右衛門は男妾という立場になる。その後伝三郎と六右衛門は死ぬが、お春は若さを失わず、四番目の婿として多門を迎える。多門が小染という妾を囲うと、お春の嫉妬が甚だしくなったため、多門はお春が神棚に祀っていた玉手箱を鼠に嚙らせる。するとお春はたちまち老婆となり、鼠を恨みながら死ぬ。

常識では考えられないほどの長命を保つと同時に、性の権化でもあるようなお春について、長島弘明は「一面では浦島の不老を継承しながら、もう一面では浦島を蓬萊へ導いた妖亀の淫性を受け継いでいる」(4)（傍点原文）と述べている。「浦島の不老」については容易に理解されようが、「妖亀の淫性」とは何なのか。長島によれば、それは異類婚姻譚的色彩の濃い、『丹後国風土記逸文』(5) の浦島伝承に見える亀の好色性のことであり、秋成はそれを継承しているのだという。すなわち性の権化としてお春が造型されることには、秋成の浦島伝承理解に基づく必然性があったわけである。浮世草子を執筆した三十代の秋成の認識と、『遠駝延五登』を著した晩年の秋成のそれとが一致しているか否かについては注意が必要だが、少なくとも浦島伝承における亀の淫性については、『遠駝延五登』に見られる認識の萌芽が、この時点においてすでにあったということになる。

ここで注意されるのは、『世間妾形気』ではあくまで浦島伝承の亀のモチーフとして捉えられていたはずの淫性が、『遠駝延五登』では「妖魁の婬を好む事、あまた聞所也」とあるように、「妖」なるもの一般に敷衍されているということである。では、秋成が「あまた聞」いたことがあるという類例の出処は何なのか。具体的には何も記されていないが、これが『遠駝延五登』の記述である以上、日本の古代伝承は無論そのひとつであろう。しかしそればかりではなく、中国の白話小説がその中に含まれている可能性も捨てきれないのではなかろうか。何となれば、『世間妾形気』からさほど時を経ずして書かれた『雨月物語』（安永五年〈一七七六〉刊）所収の「蛇性の婬」は、人間の女に化した妖蛇が男に執着して追い回す物語であり、秋成はその妖蛇のあり方を標題のとおり「婬」と規定しているが、周知のとおり、この作品の原話は白話小説「白娘子永鎮雷峰塔」（『警世通言』巻二十八）なのである。

古代伝承と白話小説が秋成の中でいかに関係づけられていたかという問題は非常に興味深いものであるが、それについては後述することとして、今は「妖」「婬」というふたつの概念の関連性が、『世間妾形気』や『雨月物語』を書いた壮年期の頃からすでに秋成における怪異認識の前提となっており、『遠駝延五登』の記述はその延長線上に位置するものと考えられるということを確認するに留めたい。その上で、『遠駝延五登』の本文についていま少し検討を加えてみよう。

古今奇観と云聖歎外の作文

『遠駝延五登』の記述には、ひとつ大きな問題がある。それは、「古今奇観と云聖歎外の作文」が何を指すかが今日まで不明とされており、ここに言及されている「妖亀」の「婬」の具体相が明らかになっていないということである。そしてそれは、ひとえに秋成の記述が矛盾に満ちていることに起因する。

第一に、「古今奇観」という名の書物は存在しない。ただし、これは短篇白話小説集『今古奇観』のことを指すと考えて差し支えないであろう。笑花主人の手になるこの作品の序文には「古今奇観」の文字が見え[6]（【図1】）、日本でも秋成歿後のことではあるが、次章において取り上げる『通俗古今奇観』が文化十一年（一八一四）に刊行されている。『今古奇観』が「古今奇観」とも呼ばれていた可能性は高い。

第二に、「聖歎外の作文」とあることの意味が判然としない。金聖歎の批点本を総じて「聖歎外書」と称するが、『今古奇観』はその中に含まれていないのである。しかし、『遠駝延五登』の文章とほぼ同内容の記述が『金砂剰言』（享和四年〈一八〇四〉以前成）にもあり[7]、そちらにも「墨敢《ママ》斎奇観と云聖歎外書」とあることからすれば、秋成が金聖歎と『今古奇観』に関係があると考えていたことは疑い得ない。

無論、単なる誤認である可能性も捨てきれないが、仮に何らかの根拠があるとすれば、秋成が乾隆五十一年（一七八六）に浙省会成堂から刊行された『今古奇観』を目睹していた可能性が考えられる。何となれば、数多くある『今古奇観』諸本のうち、この会成堂本の封面にのみ、「金聖歎先生評」の文字が刻されているのである（【図2】。伝本は早稲田大学図書館〈へ 21/02747/1-16〉、無窮会図書館天淵文庫〈1696〉等に存する）。この刊本を目にしたことがあるならば、秋成が『今古奇観』を聖歎外書と誤解していても不思議ではない。

以上のことから、「古今奇観と云聖歎外の作文」は会成堂本『今古奇観』のことではないかとひとまず推測されるわけだが、最大の問題は、『今古奇観』の中に秋成が述べるような亀の話が存在しないということである。これについて高田衛は、「古今奇観」が『今古奇観』の初名であったかもしれないという千田九一の説[8]を紹介した上で、次のように述べている。

覧而抱甕老人先得我心選刻
四十種名為古今奇観夫蜃楼
海市燄山火井観非不奇然非

【図１】　上海本『今古奇観』序文（『古本小説集成　今古奇観』、上海古籍出版社）

【図２】　会成堂本『今古奇観』封面（早稲田大学図書館所蔵〈へ 21/02747/1-16〉）

『古今奇観』なる書には、このような話があったのかもしれないが、それより可能性のつよいのは、『古今小説』のうちの第三十四「李公子救蛇獲称心」である。しかし、ここでも「妖亀」ではなくて、朱色の蛇である。それが、李公子に救われて、報恩のため別世界に招く。浦島伝説に似ているだけでなく、その報恩者こそ「西海群龍之長」であったというのである。／秋成の書いたような妖女の婬の行為はここにはないから、『警世通言』の「白娘子永鎮雷峰塔」をこれに混同したのではなかろうか。わたしの想像といえば、それまでだが、秋成は、この両話を一話に記憶して、書名もはっきりしないまま書きつけたのではなかろうか(9)。

高田の紹介にもあるとおり、「李公子救蛇獲称心」は子どもたちにいじめられている蛇を助けた男が龍宮（玉華宮）へ案内されるという話であり、前述のとおり蛇が男を誘惑する物語である「白娘子永鎮雷峰塔」と融合すれば、確かに秋成の述べるような話型にはなろう。しかし、やはり問題はこの二話のどこにも亀が出てこないということである。まして「白娘子永鎮雷峰塔」を原話として「蛇性の婬」を書いたことのある秋成が、蛇と亀とを混同するとは考えがたい。

次の可能性として考えられるのは、秋成が『今古奇観』と近い関係にある白話小説を、『今古奇観』所収作品と誤解していたということである。そこで『今古奇観』の原拠である「三言二拍」に目を向けると、秋成の言う亀の話に該当すると思われる作品がひとつ見出された。『警世通言』巻二十七「仮神仙大鬧華光廟」がそれである。以下、梗概を示す。

宋の時代、杭州の魏宇が一人で学問に勤しんでいると、呂洞賓と名乗る人物が訪ねてきた。この高名な道士の訪問に喜んだ魏宇は、肌を重ねなければ神気を通わせることができないという言葉を信じ、洞賓と枕をともにした。それが十日ほど続いた後、今度は何仙姑と称する美女が洞賓とともに通ってくるようになった。半年ばかり経つと魏宇は次第に痩せ衰えていき、驚いた父親は道士の裴守正に祈禱を依頼したが失敗に終わった。数日後、父や従兄弟の服道勤らが華光廟に祈ると、天帝の命によって本物の呂洞賓らが妖怪を退治し、魏宇の命は救われた。呂洞賓・何仙姑を名乗って魏宇を誑かしたのは、老いた雌雄の亀であった。

亀が人間と交わる話は、「三言二拍」全二百篇の中でこれ以外にはない。また、前述のとおり『金砂剰言』ではこの話が「墨敢《ママ》斎奇観と云聖歎外書」とされているが、『警世通言』の編者こそ、他ならぬ墨憨斎（馮夢龍）なのである。

「白娘子永鎮雷峰塔」の直前の巻に収められていることからしても、秋成が本作を目にしていた可能性は高く、『遠駝延五登』に載る亀の話はこの作品に基づくものと考えてよいであろう。

すなわち秋成は、かつて読んだ『警世通言』の「仮神仙大鬧華光廟」が『今古奇観』にも収められていたと誤って記憶しており、『今古奇観』の書名を「古今奇観」と誤認し、さらには会成堂本を目睹したために、『今古奇観』を「聖歎外書」と誤解していたものと思われる。『遠駝延五登』や『金砂剰言』の不可解な記述は、こうして生じたのであった。

秋成の著作と『今古奇観』

『今古奇観』は「三言二拍」に比して圧倒的に広く流布しており、白話小説に親しむ者にとっては、おそらく最も身近にあった作品のひとつであろう。庭鐘読本の出典考がなされている森島中良『凩草紙』（寛政四年〈一七九二〉刊）の序文には、「古今小説《こゝんしやうせつ》、今古奇観《こんこきくわん》、警世通言《けいせいつうげん》、拍案驚奇《はくあんけうき》の四部より抜萃《ぬきがき》して、英《はなぶさ》・繁《しげく》の二書とは為《なし》ぬ」[10]とあり、「三言二拍」の選集であるはずの『今古奇観』が、「三言二拍」そのものである『古今小説』『警世通言』『拍案驚奇』と同列に扱われている。当時における「三言二拍」と『今古奇観』の関係性の認識は、およそこのようなものであったと考えてよかろう。

それにもかかわらず、意外なことに秋成と『今古奇観』を明確に結びつけ得る例は、管見の限り『遠駝延五登』『金砂剰言』の記述が唯一のものである。たとえば『雨月物語』では、「菊花の約」「夢応の鯉魚」「蛇性の婬」の三作に「三言二拍」所収作品（「范巨卿鶏黍死生交」「薛録事魚服証仙」[11]「白娘子永鎮雷峰塔」）が利用されているが、それらはいずれも『今古奇観』には収められていない。

なぜ秋成は『今古奇観』所収作品を利用しなかったのであろうか。そもそもそれが意図的なものであったか否かも定かではないが、以下、この問題について検討してみたい。

『雨月物語』の場合について言えば、まず考えられるのは、見返しに「今古怪談」と刻されるとおり怪談集としての性格を持つこの作品に、『今古奇観』所収作品の内容がふさわしくなかったということである。千田九一が述べるように、『今古奇観』は「霊怪的、神鬼的な宋元旧話本をおおむね除外して」[12]おり、明らかに超現実的な設定がなされている作品は、花を愛する秋先という男の危機を「司花女」と名乗る仙女が救い、秋先もまた仙女の言葉に従って仙化するという「灌園叟晩逢仙女」（巻八）がほぼ唯一のものである。[13]怪異を描く『雨月物語』にとって、『今古奇観』がその題材になり得なかったのは当然のことであるかもしれない。

では、『雨月物語』以外の作品においてはどうか。かつて高田衛は、秋成の浮世草子『諸道聴耳世間狙』（明和三年〈一七六六〉刊）に白話小説が利用されている可能性を指摘した。[14]この指摘の正否についてはいまだ結論が出ておらず、今後の秋成研究ならびに浮世草子研究における課題となっているのだが、その問題についてはひとまず留保し、今は高田の指摘に即して話を進めたい。

高田が認定した『諸道聴耳世間狙』の白話典拠は以下のとおりである。

巻一の一「要害は間にあはぬ町人の城郭」

・「銭多財白丁横帯　運退時刺史当艄」[15]（『拍案驚奇』巻二十二、『今古奇観』巻四十）

・「鈍秀才一朝交泰」（『警世通言』巻十七、『今古奇観』巻二十二）

巻二の一「孝行は力ありたけの相撲取」

・「鈍秀才一朝交泰」　（前掲）
・「張員外義撫螟蛉子　包龍図智賺合同文」（『拍案驚奇』巻三十三）
巻二の二「宗旨は一向目の見へぬ信心者」
・「呂大郎還金完骨肉」（『警世通言』巻五、『今古奇観』巻三十一）
巻三の二「身過はあぶない軽業の口上」
・「転運漢遇巧洞庭紅　波斯胡指破鼉龍殻」（『拍案驚奇』巻一、『今古奇観』巻九）[16]

これに、巻三の一「器量は見るに煩悩の雨舎り」に「白娘子永鎮雷峰塔」が利用されているという後藤丹治の指摘[17]を合わせると、計六作（「鈍秀才一朝交泰」は重複）の白話小説が秋成の浮世草子に用いられていることになるが、そのうち四作は『今古奇観』にも収められている。しかし高田は、

『世間猿』作中から、いくつかの中国白話小説からの採取の痕跡を辿ってみたかぎりでは、たまたま、検索し得た作品は、『警世通言』と『初刻拍案驚奇』の集中のものだけであるという特徴に気づくであろう。『今古奇観』は、これらのうちから精選された説話集であるが、『今古奇観』には洩れた二話（『通言』一、『初拍』一）があることから、和訳太郎（筆者注：秋成）はおそらく『警世通言』および『初刻拍案驚奇』の二種に、かなり親近していたと思われる。

と述べており、『今古奇観』が利用された可能性についてはやや否定的である。ただし秋成は「蛇性の婬」の創作にあたり、「白娘子永鎮雷峰塔」のみならず、ほぼ同様の内容を持つ「雷峰怪蹟」（『西湖佳話』巻十五）をも利用していたことが明らかになっており[18]、浮世草子の創作においても「三言二拍」と『今古奇観』の双方を参照していた可能性がないわけではない。とはいえ『諸道聴耳世間狙』の場合、白話小説との間に表現・用字の一致が見られるわけでは

ないため、少なくとも庭鐘が『英草紙』執筆の際に行ったような（前章参照）、白話小説の厳密な校合が行われたということが考えがたいのは確かである。

いずれにしても、この議論は秋成が浮世草子に白話小説を利用していたということが前提であり、それさえ確実でない現状にあっては、これ以上の推測を重ねることにはあまり意味がないであろう。ここで確認しておきたかったのは、高田の説においてもやはり、『今古奇観』を利用した可能性が低いとされているということのみである。

しかし、それにもかかわらず、秋成が『遠駝延五登』において言及したのは、「古今奇観と云聖歎外の作文」なのである。そして、実際にはそれが「古今奇観」（『今古奇観』）ではなく『警世通言』所収の作品を指しているという事実からは、秋成が少なくとも『今古奇観』という書名には親しんでいたことが窺える。近世中期以降、『今古奇観』が広く流布していたという実態に鑑みれば、秋成にとってはこの書名が短篇白話小説集の代名詞的存在となっていた可能性も考えられよう。

秋成と白話小説

最後にひとつ考えておきたいのは、結局のところ、秋成にとって白話小説とはいかなる意味を持つものだったのかということである。古代文献における浦島伝承の考証に際し、「後世の書ながら」と断りつつも白話小説を引き合いに出すという論の展開は、やはりきわめて特異なものと言わざるを得ない。それにもかかわらず、同様の記述が『遠駝延五登』『金砂剰言』の二書において見られるという事実は、秋成の中で古代の伝承と白話小説が違和感なく結びついていたということを意味しよう。

読本作家としてのみならず、和学者としての秋成の上にも白話小説は影を落としていた。そのことが秋成の文業にいかなる意味をもたらしたのか、遺憾ながら現時点においては定かではない。しかし少なくとも、白話小説に対する秋成の関心は作品のプロットや語彙の新奇性に限られてはいなかったようであり、ここに秋成における白話小説受容のあり方の一斑を窺うことはできよう。

すなわち、日中の説話・伝承の類似性と差異性——それこそが秋成の大きな関心事であったに相違ない。「蛇性の婬」において、「白娘子永鎮雷峰塔」の白娘子が道成寺伝説の清姫に重ねられたのも、そのことを示すひとつの証左である。秋成にとって小説創作の方法と和学・国学の方法は、白話小説を媒介として確かに結びついている。

注

（1）引用は『新訂増補 国史大系』第一巻（吉川弘文館）に翻刻所収の寛文九年（一六六九）刊本により、訓点に従って書き下した。

（2）秋成の著作の引用はすべて『上田秋成全集』（中央公論社）による。

（3）高田衛「玉手箱女房説話の研究——和訳太郎の方法と技術——」（『定本 上田秋成研究序説』、国書刊行会、平成二十四年。初版は昭和四十三年）、浅野三平「世間妾形気をめぐって——諸国廻船便、歌枕染風呂敷に及ぶ——」（『上田秋成の研究』、桜楓社、昭和六十年）、長島弘明「秋成浮世草子と浦島伝承」（『秋成研究』、東京大学出版会、平成十二年）など。

（4）注3長島論文。

（5）『釈日本紀』巻十二所収。「為人《ひととなり》、姿容秀美《すがたうるは》しく、風流《みやび》なること類《たぐひ》なかりき」と称される浦嶼《うらしま》の子のもとに亀比売《かめひめ》が訪れ、「風流之士《みやびを》、独蒼海《ひとりうみ》に汎《うか》べり。近《した》しく談《かた》らはむおもひに勝《た》へず、風雲《かぜくも》の就来《むたき》つ」と誘いかける。浦嶼子が蓬山《とこよのくに》に赴くと、両者は「肩《かた》を双《なら》べ、袖《そで》を接《まじ》へ、夫婦之理《みとのまぐはひ》を成《な》し」たという（引用は『日本古典文学大系　風土記』〈岩波書店〉による）。

（6）ただし後述する会成堂本の序文には「今古奇観」とある。

（7）「さて浦嶋子が大亀にあひし奇怪の談をおもふに、墨敢《ママ》斎奇観と云聖歎外書に、妖亀の、少年の美貌を愛して、女と化して情慾をほしきまゝにす。少年遂に疲労して死べかりしを、道人に扶けられ、亀は縛せられて終に亡びし事を作りたり。亀も亦大物は妖魅の類にこそ。漁子が海に入て蓬萊洲にいたり、仙衆にあひしと云も、妖亀にや魅せられけんをしらず。すべて妖物は必婬を好む者也」。

（8）中国古典文学全集『今古奇観　上』（平凡社、昭和三十三年）解説。

（9）注3高田論文。

（10）引用は叢書江戸文庫『森島中良集』（国書刊行会）による。

（11）ただし「薛録事魚服証仙」は副次的な典拠であり、秋成が主に利用したのは『古今説海』所収の「魚服記」である。

（12）中国古典文学大系『今古奇観　上』（平凡社、昭和四十五年）解説。

（13）荘子が道術を用いて分身隠形などを行う「荘子休鼓盆成大道」（巻二十）を含めてもよいが、いずれにしても『今古奇観』所収作品中に超現実的な作品がきわめて少ないことは確かである。

（14）高田衛「「わやく」と中国白話小説——『諸道聴耳世間猿』の構造——」（『定本　上田秋成研究序説』、前掲）。

（15）題名は『拍案驚奇』による。『今古奇観』における題名は「逞銭多白丁横帯」。

（16）題名は『拍案驚奇』による。『今古奇観』における題名は「転運漢巧遇洞庭紅」。

（17）後藤丹治「秋成の旧作と雨月物語——世間猿、妾形気の再現——」（『国文学』第九号、昭和二十八年一月）。

（18）「白娘子永鎮雷峰塔」が主要典拠で「雷峰怪蹟」が副次的典拠であることを論証したのは、後藤丹治「中国の典籍と雨月物語」（『国語国文』第二十一巻十一号、昭和二十七年十二月）である。「蛇性の婬」の典拠については、それ以前にも曲亭馬琴・藤井乙男・山口剛・長澤規矩也・麻生磯次らの言及があった。

第四章　『通俗古今奇観』における訳解の方法と文体

通俗物概略

通俗物の研究に先鞭をつけた中村幸彦は、つとに通俗物にはふたつの流れがあることを指摘していた。(1)ひとつは「中国の歴史の一般的な読み物」で、『通俗三国志』(元禄四年〈一六九一〉刊)や『通俗漢楚軍談』(元禄八年〈一六九五〉刊)などがこれにあたる。もうひとつは「中国白話小説の翻訳」で、これには『通俗忠義水滸伝』(宝暦七年〈一七五七〉初篇刊)や『通俗西遊記』(宝暦八年〈一七五八〉初篇刊)などが相当する。そして長尾直茂は、両者の刊行時期が異なることをもって、前者を「前期通俗物」、後者を「後期通俗物」と名付けたのであった。(2)

これまで前期通俗物は『通俗三国志』と『通俗漢楚軍談』、後期通俗物は『通俗忠義水滸伝』を中心に研究が蓄積されてきたが、その他の作品については大きく立ち遅れていると言わざるを得ない。しかし、金昌哲による『通俗西湖佳話』の分析や、(3)中村綾による『通俗赤縄奇縁』の底本研究など、(4)後期通俗物に関する論考が近年発表されており、今後のさらなる進展が期待される。

その後期通俗物の一作として看過し得ないのが、文化十一年(一八一四)に刊行された『通俗古今奇観』である。

本作は言うまでもなく『今古奇観』を訳したもので、巻一に「荘子休鼓盆成大道」（『今古奇観』巻二十。以下「荘子休」）、巻二・三に「趙県君喬送黄柑子」（同・巻三十八。以下「趙県君」）、巻四・五に「売油郎独占花魁」（同・巻七。以下「売油郎」）を収める。『今古奇観』は日中両国において最も広く流布した短篇白話小説集であり、その通俗物である本作の検討は、近世における白話小説受容の様相を明らかにするために不可欠であろう。本作にはすでに青木正児による注釈(5)（以下「青木注」）が備わるため、それを手引きとしつつ、以下、本文の性格を確認していきたい。なお、本章における通俗物の引用はすべて『近世白話小説翻訳集』（汲古書院）所収の影印により、適宜句読点や濁点を補った。

底本をめぐって

本文の分析に入る前に、まずは『通俗古今奇観』の底本について検討したい。すでに第一部第一章で論じたように、『今古奇観』には数十種に及ぶ諸本があり、そのすべての本文を対照するのは容易ではない。しかし、乾隆年間の後期ごろに出現したと考えられる後期刊本(6)には誤刻が多く、底本としての使用に堪え得るものではないため、それらが利用されたとは考えがたい。したがって、後期刊本が底本である可能性を完全に除外するわけではないが、本章ではさしあたり初期刊本のみを検討対象とする。

その上で『今古奇観』と『通俗古今奇観』を対照しつつ読み進めていくと、ひとつの不自然な訳文に行き当たる。それは『通俗古今奇観』巻五・27ウ7にある、「朱重ハ天地ニ感謝シ神明保佑ノ徳アルコトヲ思ヒ」という一節である。

原文は「朱重感謝天地神明保佑之徳」であり、『通俗古今奇観』には原文にない「思ヒ」という表現が加えられている。これは、「朱重ハ天地神明保佑ノ徳ニ感謝シ」と書き下すべきところを誤ったため、動詞が不足したことによる強引な処置と考えられる。では、なぜこの一見単純な文が誤読されることになったのであろうか。

そこで『今古奇観』諸本の本文を確認したところ、**【図１】**のとおり、句読を示す傍点が「地」の横に打たれている刊本が複数見出された。すなわち『通俗古今奇観』の「誤訳」は、この誤った傍点に基づく書き下しによって生じたものと考えられるのである。そしてこの傍点を有する初期刊本には、以下の九種が確認された。

①上海本：上海図書館所蔵。『古本小説集成』（上海古籍出版社）に影印所収。
②金谷園本ａ：九州大学文系合同図書室所蔵（文文/37B/11）。
③文盛堂本：北京大学図書館所蔵（MX/813.26/40484）。
④同文堂本ａ：北京大学図書館所蔵（MX/813.26/40481）。
⑤崇文堂本：京都大学文学研究科図書館所蔵（D/VIa/9-3）。
⑥東大本：東京大学総合図書館所蔵（A00-5950）。
⑦文徳堂本：国立国会図書館所蔵（100.23）。
⑧国家本：中国国家図書館所蔵（18217）。
⑨会成堂本ａ：早稲田大学図書館所蔵（へ 21/02747/1-16）。

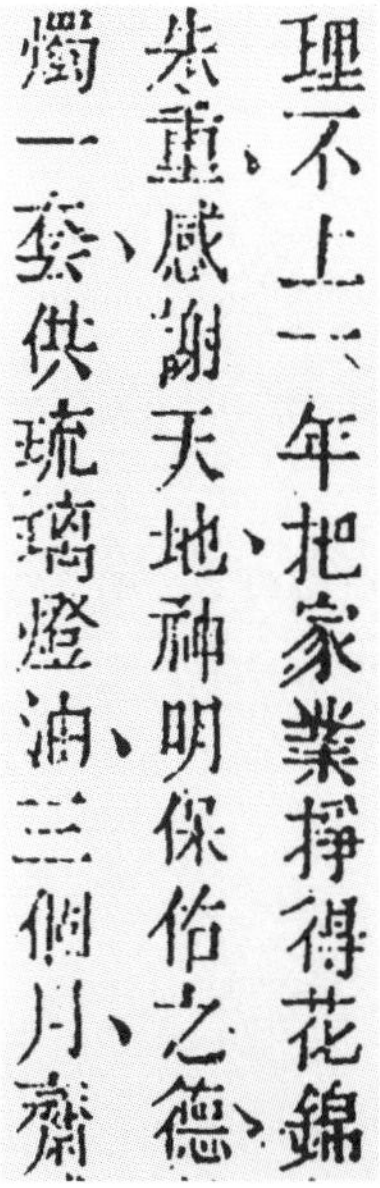
理不上二年把家業掙得花錦
秦重、感謝天地、神明保佑之德、
燭一盞、供琉璃燈油、三個月、齋

【図１】　上海本『今古奇観』巻七・41ウ７（『古本小説集成』、上海古籍出版社）

ただしこのうち、⑨会成堂本ａは比較的誤刻の多い刊本であり、本文中には意味のとりがたい箇所が少なからず存する。また、

〈１〉**【通俗】**　婆娘心ニ知ル　（巻一・13オ４）

【①～⑧】婆娘心知　（巻二十・9ウ4）
【⑨】婆娘心想　（巻二十・9ウ4）

〈2〉
【通俗】我弔伊兮慰《スルニ》レ伊《ヲ》以《テス》二歌詞《ヲ》一　（巻一・15オ4）
【①～⑧】我弔伊兮慰伊以歌詞　（巻二十・10ウ11）
【⑨】我弔伊兮慰伊以歌講　（巻二十・10ウ11）

などの例（いずれも「荘子休鼓盆成大道」）に鑑みても、底本であるとは考えがたい。

残るは①～⑧であるが、これら諸本の系統については第一部第一章において、巻三・二十七・三十三の本文に基づいて検討した。その結果、この三巻に限れば、①～⑤は上海本に一部改刻や異板の挿入が見られるものの、それ以外の箇所に異同はないことが確認された。ただし、その章の注14に記したとおり、他の巻においては、少なくとも上海本・金谷園本a・崇文堂本の間にわずかな異同が見られる。したがって、本章ではこれら三種の本文をいずれも検討対象とする。文盛堂本および同文堂本aについては、『通俗古今奇観』に利用された巻の本文調査がかなわなかったため、遺憾ながら検討対象から除外せざるを得ない。また、⑦と⑧については同板の可能性が高いことをすでに指摘したとおりであるので（第一部第一章）、ここでは文徳堂本をもって代表させる。

以上のことを踏まえて、①②⑤⑥⑦の本文を『通俗古今奇観』と対照した結果が左の表である。ちなみに文徳堂本には誤字のレベルに留まる単純な誤刻が散見するが、それらによる異同は掲出しなかった。

【表1】 荘子休鼓盆成大道

	通俗古今奇観	上海本	金谷園本a	崇文堂本	東大本	文徳堂本
〈1〉	一人ノ供ヲツレ	帶著去個老蒼頭	帶著一個老蒼頭	帶著一個老蒼頭	帶著一個老蒼頭	帶著一個老蒼頭
〈2〉	コレヲ鼓シテ歌ヲ成ス。其歌ニ云、	鼓之成韻倚棺而歌	鼓之成韻倚棺而作歌、歌曰	鼓之成韻倚棺而歌	鼓之成韻倚棺而作歌、歌曰	鼓之成韻倚棺而作歌、歌曰

【表2】 趙県君喬送黄柑子

	通俗古今奇観	上海本	金谷園本a	崇文堂本	東大本	文徳堂本
〈1〉	簾ノ内ヲ見テ居タル處へ	看著簾内	着著簾内	看著簾内	着著簾内	着著簾内
〈2〉	酒メグルコト数遍ニスギ	酒行數巡	酒行數過	酒行數巡	酒行數過	酒行數過
〈3〉	自ラ立テ云フ	自立起身道	自立起身道	自立起身道	自立起身道	烏立起身道
〈4〉	西珠一顆ヲ以テ	將西珠十顆	將西珠一顆	將西珠十顆	將西珠一顆	將西珠一顆

【表3】 売油郎独占花魁

	通俗古今奇観	上海本	金谷園本a	崇文堂本	東大本	文徳堂本
〈1〉	你ヲ取テ水ノ中へ投タラバ	把你掉在水裏	把你料在水裏	把你掉在水裏	把你料在水裏	把你料在水裏
〈2〉	油ヲ持テ寺中ニ至リ	挑了油擔來寺中	挑了油擔來寺中	挑了油擔來寺中	挑了油擔來寺中	挑了油擔來襄中
〈3〉	癩蝦蟇ノドブノ内ニ居テ	癩蝦蟇在陰溝裏	癩蝦蟇在陰溝裏	癩蝦蟇在陰溝裏	癩蝦蟇在陰溝裏	一蝦蟇在陰溝二
〈4〉	過去ルコト三日ノ間	去過那三日	丟過那三日	去過那三日	丟過那三日	丟過那三日
〈5〉	湖中へ飛入ラントスルヲ	就要投水	就要投水	就要投水	就要投水	就要救水
〈6〉	オドロイテ	吃了一驚	吃了一驚	吃了一驚	吃了一驚	吃了一罵

傍線部が『通俗古今奇観』の表現と一致あるいは近似する箇所であるが、これに鑑みるに、文徳堂本が底本であった可能性はきわめて低い。そこで文徳堂本を除いた諸本と『通俗古今奇観』の一致箇所数を確認すると、上海本9・金谷園本a8・崇文堂本10・東大本8となり（**【表1〜3】**掲載箇所に限れば、金谷園本aと東大本の表現はすべて共通）、この数だけ見ると、上海本や崇文堂本が利用された可能性が高いように思われる。しかし、「趙県君」の〈1〉と「売油郎」の〈1〉は、確かに意味は一致するものの用字が異なり、「趙県君」の〈2〉と「売油郎」の〈4〉は、用字や訓は一致するが意味が異なる（『通俗古今奇観』の「メグル」「過去ル」はいずれも動詞であるが、上海本・崇文堂本の「巡」は量詞、「去過」の「過」は過去にその動作があったことを意味する助詞）。一方で、「荘子休」の〈2〉と「趙県君」の〈4〉は明らかに金谷園本aや東大本に依拠しており、一致度はむしろ金谷園本aや東大本の方が高いといえよう。

いずれにしても、現段階においては『通俗古今奇観』の依拠した本文を特定することはできず、複数の諸本が校合された可能性と、現存する初期刊本のいずれとも異なる刊本が利用された可能性とを残すことになるが、注目したいのは、以下のとおり、『通俗古今奇観』には『今古奇観』諸本のいずれとも一致しない表現が存するということである。

①**【今古】**従前了却冤家債（巻二十・10オ6）
【通俗】従來了二却《ス》冤家債《ヲ》二（巻一・14オ5）

②**【今古】**喚兩個院長相隨、到軍將橋（巻三十八・2ウ4）
【通俗】二人ノ院長ヲヨンデシタガヘ将軍橋ニ至ル（巻二・3オ10）

③**【今古】**易求無價寶（巻七・13オ6）
【通俗】易《ハ》レ得無レ價寶（巻四・17オ6）

この点に鑑みれば、やはり現存諸本のいずれでもない別の刊本が底本であった可能性を考えるべきであろうか。本章ではさしあたり金谷園本aを利用することとして、底本についてはなお調査を続けたい。

誤訳の諸相

それでは前述のとおり、青木注を参考にしつつ本文の検討を進めたい。青木注の特徴のひとつは、誤訳を細かく指摘して、適切な訳文を提示しているという点にある。そこで、まずはその指摘の中から注目すべきものをいくつか抜き出し、訳者である淡斎主人の白話読解能力を窺いたい。なお、『今古奇観』と『通俗古今奇観』については、青木注の訂正案に対応していない箇所をも合わせて引用することがあるが、その場合は該当箇所を〔　〕で括ることによって示す。以下、『今古奇観』（金谷園本a）を【今】、『通俗古今奇観』を【古】、青木注を【青】とする。

〈荘子休鼓盆成大道〉

【今】虧他還説生前相愛、若不相愛的、還要怎麽。（巻二十・3ウ3）

【古】彼生前相愛スト云。モシ相愛セザルモノナラバ、ナンゾ如レ此ナラン。（巻一・4オ5）

【青】彼が猶ほ生前相愛せりと云ふは幸なり。若し相愛せざりし仲ならば、猶ほ如何なる事をか為さんと欲すらん。（20頁）

自分の墓の土が乾いたら再婚してもよいと遺言して死んだ夫の墓を、懸命に扇いでいる婦人を見たときの荘子の感想。愛し合っていた夫婦ですらこのようなのであるから、もし愛し合っていなかったならばどのようなことになるのだろう、というのが原話における「還要怎麼」の含意である。それに対して【古】の「ナンゾ如レ此ナラン」は、誤訳というほどではないものの、意味がやや曖昧である。「さらに」の意である副詞「還」が訳出されていないことが原因であろう。

【今】有個縁故。（巻二十・9オ9）

【古】只コノワケアリ。（巻一・12ウ5）

動詞の後につく「個」は量詞で、「ひとつの」の意である。【青】は特に訂正案を示さないが、【古】がこの「個」を「此」の意味で訳出している例の多いことを指摘する。確かに同様の誤訳は、「個万福《コノゴキゲンヨイ》」（巻二一・6オ6）や「個《コノ》男」（同・7オ9）など、多く見られる。

〈趙県君喬送黄柑子〉

【今】挑逗那富家郎君、到得上了手的、其夫只做撞著、要殺要剮、直至哀求苦告、〔出財買命、饜足方休。〕（巻三十八・1ウ1）

【古】那《カ》ノ富家ノ郎君手ヲ出スニ至テ、其夫見出ス寸、只撞著《リヨグワイ》モノトヨビ、殺サントシ又ハ剮《エグ》ラントシ、イロ〳〵ニオドシケレバ、ミナミナ哀《カナシ》ミ苦ミ、（巻二一・1オ10）

【青】かの富家の子弟を挑み逗め、手に乗るに及んで其夫もんちゃく（撞著）を起し、殺すの切るのと騒げば、みな〳〵哀れみ、（35頁）

入話における美人局の場面。「其夫只做撞著」は、「富家郎君」（金持ちの息子）が女に手を出すに及んで、女の夫が突然その場に現れることを指しているが、【古】は完全に誤っている。また、「直至哀求苦告」の解釈は【古】【青】ともに不審。「直至」は「〜まで」の意で、原話は郎君が金を出すから命だけは助けてくれと言うまで女の夫が脅迫をやめないことを述べているのである。

【今】沒正經。早是沒人聽見、怎把這様説話來問。生得如何、便待怎麽。（巻三十八・8オ11）

【古】沒正経《ラチモナシ》。早ク人ノ聴クモノナシ。ナンゾコノ様ノ話ヲナシ玉フ。生レ付ヲキ、テ何ニナシ玉フゾ。（巻二・12ウ2）

【青】らちもなし、早やくも人の聴くもの無しとて何ぞこの様な話を問ひ玉ふ。生れ付が如何ならば如何にせんと欲し玉ふぞ。（46頁）

呉宣教に趙夫人の容貌を尋ねられた趙家の侍童の返事。「早是」は【古】【青】ともに「早くも」の意で解しているが、ここは「幸いにも」の意となる白話特有の用法であるので、「誰も聞いていないからよいものの」と解釈すべきであろう。

【今】我是個有柄兒的紅娘、替你傳書遞簡。（巻三十八・13ウ10）

【古】我手筋アレバ你ノタメ傳フベシ。（巻三・4ウ1）

【青】我は権柄を握れる紅娘なれば、汝の為に書を伝ふべし。（57頁）

趙夫人に手紙を渡すよう呉宣教に頼まれた際の、趙家の侍童の返事。「紅娘」は王実甫『西廂記』の登場人物で、鶯鶯と張生の恋を仲介する侍女であるが、【古】はこれを訳文に組み入れていない。「柄児」の「児」は白話の接尾辞で、ここでは事物（「柄」）を抽象化するはたらきをする。侍童が自らのことを「柄児のある紅娘」だと言っているのであるから、この「柄児」は男根の意に他ならず、【古】の「手筋」は明らかな誤訳。【青】は「柄」に「権力」の意がある（「国柄」「柄臣」など）ことに基づく解釈であろうが、この文脈にはそぐわない。

【今】你看、難道有這様齊整的賊。（巻三十八・19ウ7）

【古】你イ、ガタシ、賊人ナリトハ。（巻三・13オ10）

【青】汝看よ豈にかくの如き身なりきちんとしたる賊あらんや。（66頁）

「難道」は反語文を作る副詞であり、岡白駒は『小説精言』（寛保三年〈一七四三〉刊）巻一の「釈義」において、「ナニトシテ、イカンゾト訳ス。ナニトシテ、カクアルベシヤト尤ムル辞ナリ」と述べている。【古】は「道」を「言う」の意に解しているが、【今】9オ10の「難道我就捱住在宅裏不成」は「我ナンゾ住《トゞ》マリテ宅裏ニ在ランヤ」（巻二・14オ5）と適切に訳されており、この語彙を知らなかったわけではなさそうである。

〈売油郎独占花魁〉

【今】十三歳太早、謂之試花。（巻七・6オ6）

【古】十三歳ニテ梳弄スルヲ太早ト云。又試花トモ云。（巻四・6ウ10）

【青】十三歳は余り早し、之を試花と謂ふ。（81頁）

「太」は「はなはだ」の意の副詞であり、【古】も巻五・1オ4では原話の「太早」（23オ9）を「太ダ早クシテ」と適切に訳している。前述の「難道」も同様であるが、本作には同一の語を適切に訳している箇所と誤訳している箇所とが混在する。

【今】那一時、好不高興及至了門首、〔愧心復萌想道、〕（巻七・20ウ8）
【古】此時イマダ興ニ入ザルニ、復〔心中ニ愧ルコトアリ。〕（巻四・27ウ2）
【青】其時いたく興がりしが、門に到るに及んで復、（108頁）

秦重が妓女の美娘を買うことを決心して妓楼に向かう場面。「好不」は「はなはだ」の意で、【今】では家を出たとき気分が非常に高揚していた様子が描写されているが、【古】では「不」が「高興」を否定する語と捉えられているため、文意が逆になっている。

【今】〔秦重看美娘時、面對裏床、〕睡得正熟、把錦被壓在身下。（巻七・27オ5）
【古】〔秦重ハ美娘ヲミルニ、〕正躰ナク寝入タリ。夜具ヲトツテヨクキセ、（巻五・6オ10）
【青】正体なく寝入りて、夜着は身の下に圧へ付けたり。（114頁）

中国語は〈動詞+目的語〉の語順をとることが基本であるが、白話文では目的語となる事物に何らかの処置が加えられる場合などに、しばしば〈把+目的語+動詞〉の語順となる。【古】は「把」を「とる」の意の動詞と解釈したため、右のような誤訳が生じたのである。

以上はすべて【青】に言及されている箇所であるが、無論、【青】もすべての誤訳を指摘し得ているわけではないので、【青】の指摘に漏れた例をひとつ挙げておく。「荘子休」において、荘生が分身隠形の術を用いていたことを田氏に明かし、楚の貴公子たちの姿を現す場面は、【今】では「莊生又道、我則叫你看兩個人。莊生用手將外面一指、婆娘回頭而看。只見楚王孫和老蒼頭踱將進來」（巻二十・10ウ1）となっている。すなわち莊生が外を指さし、田氏がそちらを振り向くと楚の貴公子と老僕が歩いてくるのが見えたというのであるが、【古】の訳文は次のとおりである。

莊子又イフ、我①你ヲヨンデ二人ヲ見スルモノアリ。莊子②手ヲモテ外ヲマネキ、内ノ方ハ婆娘ヲ指ス。頭ヲカヘシテミルニ、王孫ト蒼頭トヨロ〳〵シテ進ミ来ル。（巻一・14ウ1）

傍線①は使役の「叫」を「呼ぶ」という意の動詞に誤解したもの。同様の誤訳は他の箇所にも見られ、【今】の「丁惜惜那里時常叫小二來請他走走」（巻三十八・15ウ2）という一節は、「此時丁惜惜ハツネニ小二ヲヨビ来リ、宣教ガモトヘ来ルベキヨシヲ申シ送レドモ」（巻三・6ウ9）と訳されている。この場合の「叫」もやはり使役の意であり、「小二（手代）に彼（宣教）を迎えに行かせ」と解釈せねばならない。[7] また、傍線②は原文の意味を大きく取り違えており、「内ノ方ハ婆娘ヲ指ス」が意味するところも判然としない。「将」は前述の「把」と同様のはたらきをする語であるが、その語義を正しく解釈できなかったのであろう。

これらの例から窺えるように、【古】には誤訳が少なからず存し、訳者に十分な白話の知識があったとは考えがたい。訳者の淡斎主人は従来佐羽淡斎に比定されているが、[8] 仮にそのとおりであるとすれば、やはり唐話学の専家ではない。

しかしひとつ注意しておきたいのは、確かに明らかな誤訳が散見するとはいえ、それによって物語が破綻するようなことは決してなく、大部分においては適切な訳が施されているということである。白話に関する十分な知識がなくとも当て推量で読解することを、近世の人々は「推量俗語」と称したというが、[9]「推量」であってもこれほどまでに整った訳文が作り上げられたということ、そして「推量」によってでも白話小説を訳そうとするほどの強い動機があったということを忘れてはならないだろう。

ところで【古】には、原文を正しく訳しているにもかかわらず、【青】に誤訳とみなされてしまった箇所もある。ここで簡単に指摘しておこう。

【今】院長道、男女們也試猜。（巻三十八・2ウ10）

【古】院長云、男女們《ワタシノトモガラ》亦スヰリヤウセン。（巻二・3ウ8）

【青】人々も亦推量を試むるのみ。（37頁）

【青】は「男女們」の解釈を問題として、「男女們は街上見物の男女等をさす。訳文に「わたしのともがら」と訓じあるは或は「わたり」の誤字か」と述べる。しかし、たとえば『水滸伝』第七十二回には、酔い潰れた兵士の世話を燕青に言いつけられた酒屋の給仕が「官人但請放心、男女自伏侍」（旦那様ご安心ください、私がお世話いたしますから）と答える場面があり、「男女」が一人称の謙称であることは明らかである。したがって【古】の「ワタシノトモガラ」という訓は、いささか不自然ではあるものの誤訳とまではいえない。ちなみに「院長」は使用人の意。

また、次のような例もある。

【今】劉四媽見王九媽收了這注東西、便叫亡八寫了婚書、交付與美兒。（巻七・40ウ6）

【古】四媽ハ九媽ガ東西《モノ》ヲ収《ヲサム》ルヲミテ亡八《タイコ》ノモノヲ呼テ婚書ヲカヽセテ美娘ニ与フ。（巻五・26オ4）

傍線部に対し、【青】は「亡八は王八もしくは忘八と書くものと同一なるべし、是れ人を罵るの語。然れども此には当らず。未詳。訳文の訓は何の拠り所あるかを知らず」（135頁）とする。しかし妓楼の男を「亡八」と称する用例は多く、『警世通言』巻二十四「玉堂春落難逢夫」では、廓の主人と妓女が客に金をせびる様子が「亡八淫婦、終日科派」と描写されている。また、釈顕常（大典禅師）の手になる『学語編』（明和九年〈一七七二〉刊）巻上も、「忘八」

（「亡八」と同義）に「チヤヤノテイシユ」という語釈を附す。

改変と意訳

本作の見返しには「淡斎主人訳」と刻されているが、ここに言う「訳」は、厳密な意味での逐語訳ではない。原話の詩詞が大幅に省略されているという長澤孝三の指摘(10)はそれを端的に示すものであり、他にも原文の決して難解とはいえない箇所が省略されている例がある。一例を示そう。

【今】生時與妾相愛、死不能捨、遺言教妾如要改適他人、（巻二十・3オ11）
【古】生ケル時相愛ス。死シテ遺言ニ、妾モシ他人ニ改メ嫁セント要《ホッ》セバ、（巻一・4オ1）
【青】生ける時相愛し、死して捨つる能はず。遺言すらく、……。（20頁）

原文の「不能捨」が訳出されていないため、【青】はこれを誤訳としているが、訳者が「不能捨」を訳せなかったとは考えがたく、(11)おそらく単純な省略にすぎない。無論、全体的に見れば本作は『今古奇観』の「翻訳」と称して差し支えない内容を持つのだが、その訳文が必ずしも原文と完全に一致しているわけではないということには注意が必要である。そして淡斎主人の訳解態度がそのようなものである以上、意図的な改変・意訳が存する可能性も考えられよう。以下、そうした例の有無について検討する。

はじめに取り上げるのは「荘子休」の冒頭部である。【今】では冒頭に「西江月」の詞が置かれた上で、次のように語り始められる。

這首西江月詞是個勸世之言、要人割斷迷情、逍遙自在。且如父子天性、兄弟手足、這是一木連枝、割不斷的。儒

釋道三教雖殊、總抹不得孝弟二字。至於生子生孫、就是下一輩事、十分周全不得了。（巻二十・1オ6）

これに対応する【古】の訳は以下のとおりである。

勸《スヽ》メ奉ル、世上ノ人迷情ヲ割断《キリタチ》テ逍遙自在《コヽロナグサミオモヒノマヽ》ナルべシ。父子ノ如キハ天性ナリ。兄弟ハ手足。コレハ一本ノ連枝、割テモ断エヌモノナリ。儒釋道ノ三教異ナリトイヘドモ、總テイヘバ孝悌ノ二字ニ出デズ。子子孫孫ニ至テモ又同ジコトナリ。（巻一・1オ3）

傍線部に注目すると、【古】では子や孫との関係も父子兄弟と同様であると述べられている。【今】には子や孫は下の代のことであるから十分に面倒をみることができないとあるのに対し、【古】では子や孫との関係も父子兄弟と同様であると述べられている。淡斎主人は、なぜこの一節を原文とは異なる意味に訳したのか。この直後にある一節を見てみよう。

【今】若論到夫婦、雖説是紅線纏腰、赤繩繫足、到底是剜肉粘膚、可離可合。（1オ11）

【古】若シ夫婦ノ間ヲ論ズルトキハ、紅線ハ腰ニマトヒ、赤キ縄ハ足ニカケナドイヘドモ、ツヒニハ剜レ肉粘レ膚ニ至ル。コレ離レモスル合モスルモノナリ。（1オ7）

ここでは夫婦の紐帯の脆さが述べられているのだが、問題とされているのは、血縁関係にある親子兄弟と、本来は他人であるはずの夫婦との違いに他ならない。すなわち先の引用箇所において【今】に記されていた、血縁者の中でも親子兄弟と子孫を同一視はできないという一節は、明らかに本題とは無関係の内容なのである。淡斎主人による文意の改変は、この入話の主旨を明確にするための意図的なものであったと考えられよう。そしてまた、作品の主題に言及する箇所においても両者には相違がある。

【今】如今説這莊生鼓盆的故事、不是唆人夫妻不睦、只要人辨出賢愚、參破眞假、從第一著迷處把這念頭放淡下來。（1ウ5）

【古】今コ、ニ昔ノ荘子鼓盆ノ古事ヲ説テ世上ノ夫婦ノ睦《ムツマシ》カラヌヲサトシ、又人人賢愚ヲ辨ヘ真假ヲカンガヘ、第一ニ迷ノ情ヲ放レンコトヲシルベシ。（1ウ3）

【今】の傍線部は「夫婦の仲を悪くしようとしているわけではない」の意で、誤訳が生ずるとは考えがたい単純な構文である。しかし【古】の文意は明らかにそれとは異なっており、さらに【今】の傍線部一文字目の「不」が完全に無視されていることに鑑みれば、これもまた意図的な改変であると思われる。では、その意図とはいかなるものであったのか。

【古】の傍線部はやや文意不明瞭であり、「世上の不仲な夫婦を諭し」の意にも解釈できるが、それでは直後の「迷ノ情ヲ放レンコトヲシルベシ」との間に齟齬をきたしてしまうばかりでなく、作品の内容とも整合しない（「迷ノ情」は愛欲の意）。本作が、仲睦まじく見えた荘生と田氏の心が本当は通じていなかったということを描いている点に鑑みれば、ここは若干の言葉を補い、「世間の夫婦が、（本当は）睦まじいわけではないことを（読者に）諭し」の意で解釈するのが妥当ではなかろうか。すなわち右の【古】の一節は、仲睦まじいように見える「世上ノ夫婦」も実際は「睦《ムツマシ》カラヌ」ものであるという、一種の夫婦論になっているのである。そして、「それゆえ男は女に対する迷情を断ち切らねばならぬ」という意の文を続けることで、夫婦という関係性の危うさを論ずる入話の内容は、原話に比して首尾一貫したものとなる。この例からは、より明確な記述を志向するという訳解態度の一端を窺うことができよう。

次にいささか奇妙な訳文を「売油郎」から示してみたい。以下に挙げるのは、油売りの秦重がようやく妓女の王美娘と一夜を共にしたものの、美娘が泥酔し、秦重の袖に嘔吐してしまう場面である。

【今】美娘喉間忍不住了、説時遲那時快、美娘放開喉嚨便吐。（巻七・27ウ3）

【古】美娘喉タヘカネテ放開《カットニ云》テ吐ク。（巻五・6ウ8）

【今】の傍線部が「喉を開いて」の意であるのに対し、【古】は「放開」に「カット云」の読み仮名を附している。この処置について【青】は「此訓は無理なり」（114頁）と述べており、確かにその通りなのではあるが、これを単なる誤訳とすることは躊躇される。何となれば原話の該当箇所に難解な語彙・語法は皆無であり、いかに淡斎主人が白話にあまり通じていなかったとしても、「放開《カット云》テ」が訳文として適切でないことを自覚していないはずがないからである。したがってこの訓には何らかの意図があった可能性を考えるべきであろう。そして注目すべきことに、泥酔した美娘がいったん目を覚まし、茶を二杯飲んで再び眠りにつくというこの直後の場面にも、似たような例が見られるのである。

【今】胸中雖然畧覺豪燥、身子兀自倦怠、仍舊倒下、向裏睡去了。（27ウ8）

【古】然レドモ胸中マダゴウ〳〵ト云テ再ビ睡ケル。（7オ4）

【今】の「豪燥」は珍しい語で、「三言二拍」全二百篇の中ではこの箇所にしか現れない。それゆえ【青】が「や、むなぐるしきを覚えたれど」、中国古典文学大系『今古奇観　上』（平凡社、昭和四十五年。千田九一・駒田信二訳）が「いくらかすうっとしてきたものの」、『中国語大辞典』（角川書店）が「少し渇く感じはあったが」と、いずれも異なる訳を施しているのは無理からぬことであり、この語を立項する唐話辞書もいまだ管見には入っていない。したがって淡斎主人もまたこの一節の解釈には苦心したことと推測されるが、さすがに「ゴウ〳〵ト云テ」が「豪燥」の訳として妥当であると考えていたとは思われない。すなわち「放開」→「カット云」と「豪燥」→「ゴウ〳〵ト云テ」の二例は、原文の意味をあえて捨てた上で訳出されたものと考えられるのである。

　では、訳文の擬音語・擬態語は何に基づいているのか。注目されるのは、「豪燥」と「ゴウ〳〵」の音の類似である。おそらく淡斎主人は「豪燥」の語義を理解できず、「ゴウサウ（ゴウソウ）」というその音から、「ゴウ〳〵」という擬態語を着想したのではなかろうか。それに即して考えれば、「カット云」の「カツ」もまた「開」の音に対応している可能性がある。すなわちこれは、美娘が喉を開いて嘔吐する様子を生々しく描写するのではなく、「カット云」という擬音語のみで表現するという訳者の創意なのであった。こうした原話にはない擬音語・擬態語の創出は、淡斎主人における特徴的な訳解の方法として認めてよい。

『通俗古今奇観』の文体

『通俗古今奇観』所収の三篇のうち、近世日本において最も広く受容されたのは「売油郎独占花魁」である。油売りの男がその誠実さによって妓女の心を摑むこの物語は、落語「紺屋高尾《こうやたかお》」や曲亭馬琴の合巻『敵討《かたきうち》岬《みさきの》幽壑《ほら》』（文化四年〈一八〇七〉刊）、芝屋芝叟の読本『売油郎《あぶらうり》』（文化十三年〈一八一六〉刊）などに翻案された。(12) そしてさらに特筆すべきは、『通俗古今奇観』の他、西田維則『通俗赤縄奇縁』（宝暦十一年〈一七六一〉刊）・睡雲庵主(13)『通俗繡像新裁綺史』（寛政十一年〈一七九九〉写）という二作の通俗物にも訳されているということである。

この三種の通俗物における訳解態度については、すでに岡田袈裟男による分析が備わり、『通俗繡像新裁綺史』→『通俗古今奇観』→『通俗赤縄奇縁』の順に、原文に対する忠実度が低くなっていることが指摘されている。(14) したがって、各作品における訳解のあり方については岡田の論考に譲り、ここでは『通俗古今奇観』の文体について、その特徴が那辺に存するかということを他の二作と比較しつつ検討したい。まずは、瑤琴（王美娘）のすぐれた才能が述べられる冒頭部分を見てみよう（【赤】は『通俗赤縄奇縁』、【新】は『通俗繡像新裁綺史』を指す）。

【古】十二歳ニ至テ琴棋書画《キンキショグワ》不レ通処ナシ。別シテ女工ノ一事ハ人々ノ不及所ナリ。（巻四・2オ8）

【赤】十二歳ニヲヨンデ、琴棋書画《キンギシヨグハ》通ゼザル所ナク、那《カノ》女工《コウ》《ヲンナノワザ》針線《シンセン》《ヌヒハリ》ノ事ノ如《ゴト》キハ、都《スベ》テ世人ノ及ブ所ニアラズ。（巻一・1ウ5）

【新】十二歳ニ到テ琴棋書画アマネク通ゼズト云コトナシ。女工一事《ヌイハリノイチムキ》ヲ題起《イヽタツレ》バ、針《ハリ》ヲ飛線《トバシイト》ヲ走《ハシラ》セ、出人意表《ヲモイモワケヌ》コトヲ刺出《ヌイイダ》ス。（2ウ6・第一回）(15)

まず注意したいのは、【古】の傍線部が原文の表現に施訓したのみ、あるいは訓点さえ施されないままになっていることである。こうした例は随所に見られるが、中でも否定詞「不」を残す例はきわめて多く、「情ヲ以テ情ヲ度ルトキハ不レ愛ノ理アランヤ」（巻四・1オ9）、「万一老者不レ聴《シヨウチセザル》トキハ、枉テ悪人トナルベシ」（同・18ウ7）など、枚挙に遑がない。また、それと関連して、倒置文が多く見られるということも【古】の特徴として挙げられる。例として、原文の「美娘聴得是四媽声色」（巻七・8オ7）という表現の訳文を比較してみよう。

【古】美娘聞知ル、コレ四媽ノ声ナリ。（巻四・9ウ9）

【赤】王美《ヲウビ》ハ劉四媽《リウシバ》ガ声《コヱ》ヲ聞《キヽ》、（巻一・8オ2）

【新】美娘コレ劉四媽ガコヘト聴得《キヽツケ》、（13ウ2・第三回）

【古】には他にも「自ラ称ス、楚国ノ王孫ト」（巻一・7オ2）、「世間ニオモハズ、此等ノ妙人アラントハ」（巻二・9オ5）などの例が見られるが、こうした倒置文は【赤】や【新】にはほとんど見られない。そしてこの文体が漢詩の訓読文体とよく似ていることは、即座に想起されるであろう。これもまた、訓読という方法を基調としていることの証左である。

言うまでもなく白話小説の文体は文言文と異なっており、訓読には適していない。しかし訓読以外に中国小説を読む方法を有していなかった当時の人々は、「和刻三言」をはじめとする訓訳本の訓読によって白話小説の原文に親しんだ。【古】の文体は、まさにその延長線上にあるものなのである。それは登場人物の台詞についても同様で、なら ず者の卜喬や遣手婆の王九媽の台詞にさえ、口語表現はほとんど用いられていない。

ただしその一方で、他の通俗物が訳文に反映させることのなかった白話小説のある特徴を【古】は取り入れている。それは講釈師（説話人）の口調を擬した文体である。必ずしもすべての白話小説が講談（説話）を起源に持つわけではないが、大半の作品には講釈師の語りの形式が採用されている（「話説」「却説」などの表現がそれにあたる）。特に「売油郎」は、油売りである秦重の物語と妓女となった王美娘（瑶琴）の物語が並行的に語られるため、語り手はこのふたつの物語を往還しなければならない。それは話題の転換の度合いが他の作品に比して大きいことを意味しているが、そうしたときに用いられる常套表現が「話分両頭」というものである。本作においても二度使用されているこの表現を、三作がそれぞれどのように訳出しているかを比較してみよう。

最初の例は、美娘が劉四媽に説得されて客をとるようになった場面から、秦重が朱十老の養子となって油屋で働き始める場面へと転換する箇所である。原話では、「話分兩頭、再説臨安城清波門裏、有個開油店的朱十老」（13オ7）と語り出されている。

【古】是迄ノ話《ハナシ》ノ口《クチ》ヲシバラクサシオイテ、又話ノ口ヲ説キマセウ。臨安城清波門裏ニ油屋ノ朱十老ト云人アリ。（巻四・17オ7）

【赤】コノトキ臨安城《リンアンジヤウ》清波門《セイハモン》ノ邊《ホトリ》ニ、一個《コ》ノ油店《ユテン》ヲ開《ヒラ》ケル、朱十老《シユジフラウ》ト云者アリ。（巻二・1オ3）

【新】ワケテ説《トク》、サテ臨安城清波門外個《ヒトツ》ノ開油店《アブラミセ》アリ。名ヲ朱十老ト云。（20オ6・第四回）

【新】にも話題の転換を示す表現はあるが、より講釈師の口調を意識して書かれているのが【古】の方であることは明らかだろう。

そしてもう一例、秦重が初めて美娘と一夜をともにした場面から、朱十老の店で働いていた邢権と蘭花が朱家から逐電する場面へと転換する箇所を見てみよう。原文は、「話分兩頭、再説邢權在朱十老家、與蘭花情熟」（30オ4）である。

【古】此美娘ガコトハシバラクオイテ又前ノ話《ハナシ》ヲハジメマス。那邢権、朱十老ガ家ニ在テ蘭花ト情深クナリ、（巻五・10オ8）

【赤】コノトキ那朱《カノシユ》十老《ロウ》ガ家ニハ、邢権《ケイケン》ト蘭花《ランクハ》ト相熟《ジユク》シ、（巻三・9オ8）

【新】再説、邢権朱十老ガ家ニアリテ蘭花ト深ク情熟《カタラヒ》、（54ウ7・第七回）

この箇所においても【赤】は場面の転換を示す表現を用いず、【新】も原話の「再説」をそのまま用いただけであるのに対し、【古】は講釈師による語りの口調で話題の転換を告げている。すなわち淡斎主人は、明らかに「話分両頭」という表現の背景に講釈師の存在を認め、それを訳文に反映させているのである。

ここでひとつの疑問が浮上する。白話小説が口語で記されているのは自明であるにもかかわらず、なぜ淡斎主人は作中人物の台詞にその文体を用いず、講釈師の語りにのみ口語を用いたのかということである。これは作品内部の人物と外部の人物とが明確に区別されていることを示しており、その必然性について検討することは、本作における訳解の方法を窺う上で不可欠であろう。

まず前提として押さえておかねばならないのは、日本人にとって中国の文献は訓読を用いて文語で読むのが一般的であったということであるが、この点についてはすでに述べたので繰り返さない。そしてもう一点、口語と文語の格差もまた無関係ではないだろう。日本の学問や文藝が中国の影響のもとに発展してきたことは言うまでもない。こうした文化的な上下関係は、当時の人々にとって自然と意識されるものであったはずである。それゆえに、たとえ口語で書かれた白話小説であるとはいえ、それを日本の口語で翻訳することには抵抗があったと考えることはできないだろうか。中国語の口語は日本語の口語と決して等価の文体ではなく、日本語の文語によってようやく翻訳可能なものであるという認識が、おそらく淡斎主人にはあった。

しかし、作品の外部に存在する講釈師の語りはその限りではない。彼は紛れもなく大衆の一人であり、淡斎主人と同様、市井に生きる人なのである。そうした人物を口語の台詞によって実体化することで、訳者は文語を基調とする文体を選択しつつも、原話の持つ大衆性の一端を本作に付与し得たのではなかろうか。そしてひとつ蛇足めいたことを言えば、これは白話小説が講釈師（説話人）の語りから派生したものであるという認識が、日本においてすでに浸透していたことを示すものでもある。

その他の諸問題

通俗物は研究の蓄積が決して十分とは言えないジャンルであり、その文学史的意義もまた明らかにされているとは言いがたい。現状においてはまず個々の作品の分析を積み重ねていくほかないとの認識から、本章では訳解の方法や文体を中心に、『通俗古今奇観』の性格について検討してきた。最後に、ここまでに触れることのできなかった問題を整理しておきたい。

ひとつは、なぜ本作に収録されたのが「荘子休鼓盆成大道」「趙県君喬送黄柑子」「売油郎独占花魁」の三篇であったのかということである。淡斎主人の序文には「今通俗ニシテ出トコロ、巻中アマリ長カラザルモノヨリ始ム。高ニノボルハ低《ヒクキ》ヨリスルノ意ナリ」とあるが、「趙県君」「売油郎」の二作は特に短い作品というわけではなく、実際の理由は、これとは異なるものであった可能性が高い。

そこで注目されるのが、この三篇はいずれも女性を中心として物語が展開する作品だということである。決して再嫁しないことを誓いつつも、夫が死ぬとすぐ他の男に心を寄せる「荘子休」の田氏。男の恋を受け入れたように見せかけつつ、実は美人局を仕掛けていた「趙県君」の趙夫人。そして名を世に知られた妓女となりながらも、油売りの誠実さに心を打たれ、その妻となった「売油郎」の王美娘。こうした個性的な女たちの姿に淡斎主人は心を引かれたのであり、序文の記述はそれを韜晦するためのものであったと考えることもできよう。

また、きわめて広く読まれた『今古奇観』の通俗物が、文化年間に至ってようやく成立したということの理由も気になるところではある。式亭三馬が『今古奇観』所収の四篇を翻案した遺稿『魁草紙』も文政八年（一八二五）の刊行であり、化政期における『今古奇観』受容の様相についても検討を進める必要があろう。

読本をはじめとして、近世中期以降の小説に白話小説が多大な影響を及ぼしてきたことは今さら言うまでもなく、通俗物が果たした役割も決して小さくない。近世小説を見渡す上で、このジャンルの研究は不可欠であるということを最後に強調しておきたい。

注

（1）中村幸彦「通俗物雑談——近世翻訳小説について——」（『中村幸彦著述集』第七巻、中央公論社、昭和五十九年）。

（2）長尾直茂「「前期通俗物」小考——『通俗三国志』『通俗漢楚軍談』をめぐって——」（『上智大学国文学論集』第二十四号、平成三年一月）。

（3）金昌哲「『通俗西湖佳話』の翻訳方法について」（『語文』第九十五号、平成二十二年十二月）。

（4）中村綾「『通俗赤縄奇縁』と『今古奇観』――「和刻三言」との関係から――」（『和漢語文研究』第十四号、平成二十八年十一月）。
（5）青木正児校注『通俗古今奇観　附月下清談』（岩波文庫、昭和七年）。
（6）最末期の初期刊本と考えられる会成堂本ａの刊行が乾隆五十一年（一七八六）であることからの推測。
（7）ちなみに「丁惜惜那里時常」を「此時丁惜惜ハツネニ」と訳しているのも誤り。「那里」は場所を表す語、「時常」は「しばしば」の意であるから、「丁惜惜のところではしばしば」の意に解釈するのが妥当であるが、淡斎主人はどうやら「那里時」を「此時」、「常」を「ツネニ」と解釈したようである。
（8）石崎又造「桐生の詩人佐羽淡斎事蹟（下）」（『斯文』第二十巻第一号、昭和十三年一月）以降この説が踏襲されているが、それを裏付ける資料はいまだ見出されていない。
（9）注1中村論文。
（10）『近世白話小説翻訳集』第五巻（汲古書院、昭和六十年）解題。
（11）ただし、「不能捨」の賓語（目的語）を確定できなかったという可能性は考えられなくもない。
（12）近世における本作の受容については、延広真治「廓ばなしの系譜――油屋与兵衛・紺屋高尾・幾代餅――」（『国文学　解釈と教材の研究』第二十六巻第十四号、昭和五十六年十月）に詳しい。
（13）徳田武は『近世白話小説翻訳集』第四巻（汲古書院、昭和六十年）の解題において、この人物が森島中良である可能性を指摘している。
（14）岡田袈裟男「「通俗物」白話小説と和文化の度合い――翻訳文体解析の試み――」（『江戸異言語接触――蘭語・唐話と近代日本語――』、笠間書院、平成十八年）。
（15）写本のため丁付はないが、仮に第一回の本文冒頭を一丁表としておく。

第五章　式亭三馬『魁草紙』考

三馬と白話小説

文政五年（一八二二）に世を去った式亭三馬には数篇の遺稿が存しており、『梅精奇談魁草紙』（文政八年〈一八二五〉刊）もそのひとつである。木村繁雄（暁鐘成）は序文において、刊行までの過程を以下のように記している。

惜《イ》夫、死而既《ニ》歴《タリ》二三霜《ヲ》一。如《キ》二魁草紙《ノ》一、浪華書肆某、不レ遠《セ》二千里《ヲ》一、乞《フ》二諸《ヲ》式亭子《ニ》一。既《ニ》脱《シテ》レ稿、未《ダ》レ《ズ》及《ニ》二上木《ニ》一、而式亭子帰《ス》二于黄泉《ニ》一。有レ故束《ネ》二之塵架《ニ》一、荏苒《トシテ》徒《ニ》過レ歳《ヲ》。茲歳甲申《ノ》秋、書肆已《ニ》上《ス》レ梓《ニ》。(1)

これによれば、本作は大坂の書肆（板元のひとつ河内屋太助であろう）が執筆を依頼したもので、三馬は在世中に脱稿していたが、上梓に及ばぬうちに死を迎えたようである。さらに岩本活東子編『戯作六家撰』（安政三年〈一八五六〉成）につけば、より詳細な事情を窺い得る。

文政九戌年刻成たる梅精奇談魁双紙《ママ》といへる読本五巻は、浪速の書肆文金堂河内屋太助、江戸の書賈仙鶴堂鶴屋喜右衛門とはかりて、合梓《ノリハン》にて発市に及べり。繡絵は国安ぬし画けり。いぬる文政三年辰の秋、三馬子かの草稿五巻を予に託して浄書せしむ。おのれ拙筆をもてした丶めんも本意ならねば、固辞しつれども許さず。遂にその意に随ひ毫をとりたれども、遅筆にしてやゝ、翌春におよび、辛じて落成しぬ。大人予にいへるは、原この草紙のさしゑは豊広が男豊清をして画しめたれども、彼れ不幸にして世を早うし、その画半にも至らずして、その画ざしの繍絵三五丁を出し見せらる。さて其後、国直に画かせんとて稍久しく彼方へ遣し置たれども、出来ざれば取戻したりとのはなしなりし。巳の春、予が浄書畢てより、およそ間ひとゝせを経て、戌の春、国安氏が筆にて出たり。(2)

すなわち本作の成稿は文政三年（一八二〇）のことであり、刊行が遅れたのは挿絵が完成しなかったためであったらしい。三馬は当初、歌川豊清に挿絵を描かせようとしていたが、早世により（文政三年に二十一歳で死去）完成に至らず、残りを歌川国直に依頼したものの、出来上がってこないため、最後は国安が描くことになったという。刊年を文政九年としているのは誤認。

では、その『魁草紙』とはいかなる性格の作品なのか。その内容を簡単に整理しておこう。

本作は半紙本五巻五冊。所収作品はいずれも『今古奇観』に収められる白話小説を原話に持ち、巻一「床下《せうか》の義士《ぎし》窮客《きゆうきやく》の為《ため》に剣《けん》を飛《とば》す話《こと》」と巻二「奸女《かんじよ》が舌頭《ぜつとう》に鼠平義《そへいぎ》に負話《そむくこと》」は「李汧公窮邸遇俠客」（『今古奇観』巻十六）、巻三「姦兇《かんきやう》を逞《たくましう》して頑夫《ぐわんぶ》其身《そのみ》を斃《たふ》す話《こと》」は「陳御史巧勘金釵鈿」（同・巻二十四）、巻四「淑女《しくじよ》が一箭暗《いつせんあん》に赤縄《せきぜう》を繋《つな》ぐ話《こと》」は「女秀才移花接木」（同・巻三十四）、巻五「羽束身《はつかみ》を汚《けが》して却《かへつ》て身《み》を清《すゝ》ぐ話《こと》」(3)は「蔡小姐忍辱報仇」（同・巻二十六）にそれぞれ基づいている。(4)

三馬と白話小説という取り合わせは決して意外なものではなく、三馬はジャンルにかかわらず、少なからぬ作品に白話小説を利用した。最も早い白話小説の利用例は、全体的な構想を「十五貫戯言成巧禍」（『醒世恒言』巻三十三）に依拠し、部分的にも「張淑児巧智脱楊生」（『醒世恒言』巻二十一）を用いた、黄表紙『敵討安達太郎山《かたきうちあだたらやま》』（文化三年〈一八〇六〉刊）である。[5] 次いで合巻『七福譚《しちふくものがたり》』（文化六年〈一八〇九〉刊）にも「十五貫戯言成巧禍」を利用し、[6] 翌文化七年（一八一〇）刊の合巻『親為孝太郎次第《おやのためこうたろうしだい》』には「張員外義撫螟蛉子　包龍図智賺合同文」（『拍案驚奇』巻三十三）、同じく文化七年刊の合巻『昔形福寿盃《むかしがたふくじゅのさかずき》』には「喬太守乱点鴛鴦譜」（『醒世恒言』巻八・『今古奇観』巻二十八）をそれぞれ用いている。[7]

ただし、右に挙げた白話小説はいずれも短篇白話小説の訓訳本である「和刻三言」（『小説精言』『小説奇言』『小説粋言』）に収められており、仮に白話小説の語彙・語法に通じていなくとも、その利用はさほど難しいことではなかった。それに対して、読本『阿古義物語』（文化七年刊）に利用された「李汧公窮邸遇侠客」（『醒世恒言』巻三十・『今古奇観』巻十六）には訓訳が存在せず、三馬は自力で白話小説を読みこなしたということになる。[8] これに加えて井上啓治は、文化三年までの時点ですでに稿が成っていた『阿古義物語』巻二第三齣までの部分に、同じく訓訳の存在しない[9]「小水湾天狐貽書」（『醒世恒言』巻六）が利用されていることを指摘した。[10] すなわち三馬は、はじめて白話小説を利用した『敵討安達太郎山』を刊行した年、すでに訓訳のない白話小説の読解に取り組み始めていたのである。井上はさらに、合巻『大尽舞花街始《だいじんまいくるわのはじまり》』[11]（文化六年〈一八〇九〉刊）に『五鳳吟』、遺稿の合巻『坂東太郎強盗譚《ばんどうたろうごうとうものがたり》』（文政七年〈一八二四〉初篇刊）に『杜騙新書』がそれぞれ利用されていることを突き止め、[12] この時期、三馬が白話小説に基づく作品を積極的に著していたことを明らかにした。

以上のことを踏まえると、全巻にわたって訓訳のない白話小説を利用した『魁草紙』は、こうした創作活動の集大成と位置づけられよう。本章では、その『魁草紙』がいかなる性格を有するものであるかを検討し、そこから窺える三馬の志向について考えたい。

原話改変の諸相

従来の三馬研究における『魁草紙』の評価は、ほぼ一様に「全五巻とも『今古奇観』からの忠実な翻訳で、人名地名をかえただけであった[13]」というようなものである。確かに作品の展開はほとんど原話そのままであり、このように評されるのも無理からぬことではあろう。しかしその一方で、三馬による「改変」がまったくないわけではない。まずは、それらの改変が何を目的としてなされたものかを確認することから始めたい。

手始めに、巻四「淑女が一箭暗に赤縄を繋ぐ話」の例を見てみよう。まずは原話「女秀才移花接木」の梗概を示す。

聞確の娘蜚蛾は、容姿端麗ながら男勝りの性格であり、聞確は蜚蛾を男装させ、俊卿と名を変えて塾に通わせた。俊卿には魏撰之・杜子中という二人の友人がいたが、俊卿はどちらかに嫁ぐことを望み、鴉を射てその矢を拾った方と結婚することに決めた。俊卿が矢の落ちた場所に行くと、そこで矢を持っていたのは撰之であった。それからしばらく経ち、撰之と子中は受験のため上京した。時を同じくして聞確が冤罪で収監され、俊卿は無実を訴えるため二人に後れて都に上るが、正体が女であることが露顕して子中に求婚される。蜚蛾（俊卿）は、実は最初に矢を拾っていたのが子中であることを知り、帰郷して子中と結婚した。撰之は事実を知って戸惑うが、蜚蛾は上京の際に図らずも結婚を約束した景小姐という女性を撰之に娶せた。以後、両家は付き合いを絶やすことなく、ともに繁栄した。

右に記したとおり、本作は蜚蛾・子中夫妻と撰之・景小姐夫妻の幸福な結婚を描いて幕を閉じるのだが、問題の発端となった矢は、両組の夫婦が成立したところで、撰之から蜚蛾・子中夫妻に返される。それを受け取った子中の反応は以下のとおり。

杜子中収了、与聞小姐拆開来看、方見八字之下、又有「蛩蛾記」三字。問道「蛩蛾怎麼解」。聞小姐道「此妾閨中之名也」。子中道「魏撰之錯認了令姉、就是此二《ママ》字了。若小生当時曽見此二《ママ》字、這箭如何肯便与他」(14)。

（杜子中が受け取って、聞小姐（蛩蛾）とともに開いてみると、八字の下に「蛩蛾記」の三字が見えた。「蛩蛾とは誰のことだろう」と尋ねたところ、「これは家の中での私の名ですよ」と妻が答えるので、子中は「魏撰之が姉上のことだと勘違いしたのは、この三字のためだったのか。僕もそのときこの三字を見つけていたら、この矢を彼に渡しはしなかったのに」と言った）

一方、『魁草紙』の当該箇所は次のようになっている。「采女」は子中、「三園」は蛩蛾に相当する人物である。

采女、三園《みその》と共《とも》に開《ひら》き見《み》るに、八字《はちじ》の下《した》に「三園記《さんえんき》」の三字《さんじ》ありければ、笑《わらつ》ていふ、「我当時《われそのとき》はやく此三字《このさんじ》を見《み》つけなば、なんぞ此箭《このや》を他《ひと》にわたさん」。

両者の相違点は、矢に記された三字の意を妻に尋ねる描写の有無である。この描写が『魁草紙』にないのは、采女がすでに妻の本名を知っていたからに他ならない。

采女が三園（男としての名は「左一」）の名を知ったのは、父の無実が明らかにされることを祈って彼女が書いた願文に、「河内《かはち》の国高安《くにたかやす》の里滋野《さとしげの》氏《うぢ》の女《むすめ》三園《みその》、敬《うやまつ》て八百万《やほよろづ》の御神《おんかみ》の大前《おほまへ》に申す」と記されているのを見たときであり、三園が女であることに気づくのと同時であった。それに対して、原話の願文には「成都綿竹県信女聞氏、焚香拝告関真君神前（成都綿竹県の信女聞氏、謹んで関真君の神前に願い奉る）」とあるのみで、子中はこれを見て俊卿が女であるということには気づいたものの、その名まで知ることはできなかった。

三馬の改変は、蛩蛾と子中が夫婦の契りを交わしてから少なからぬ日数が経過しているにもかかわらず、この矢の文字を見るまで妻の名を知らなかったという原話の設定が不自然に感じられたためであろう。すなわちここには、原話の違和感を解消する意図があったのである。そして三馬は、これと同種の改変を他にも数箇所において行っている。巻五「羽束身を汚して却て身を清ぐ話」から、さらにいくつか例を挙げてみよう。先ほどと同様に、原話「蔡小姐忍辱報仇」の梗概を示す。

南直隷淮南府の蔡武は湖広・荊襄方面への赴任の途中、海賊に襲われ一家皆殺しにされる。唯一助けられた瑞虹は、海賊の首領陳小四に陵辱されたうえ絞殺されるが、どうにか息を吹き返し、家族の仇を討つために生きることを決意する。彼女は恥を忍んで卞福の妾となったが、正妻に嫉妬されて女郎屋に売り飛ばされる。そこで胡悦に落籍されるものの、胡悦には本気で仇討ちを手伝う気などなかった。三人目に出会った朱源は誠実な男で、瑞虹は彼の妾となる。朱源が武昌に赴任する道中、瑞虹は雇った船の船頭が陳小四であることに気づいて仇討ちを果たす。さらに朱源に頼んで蔡家を再興させてもらうと、鋏で喉を刺して死んだ。彼女が恥を忍んで生き続けたのは復讐のためであり、それが果たせた以上、生きる理由はなくなったからである。

家族や召使いを皆殺しにされ、一人で取り残された瑞虹のもとに現れたのは卞福という男であった。卞福は「你我是個孤男寡女、往来行走、必惹外人談議。総然彼此清白、誰人肯信（あなたも私も独身ですから、互いに往来しているうちに、必ず人の噂の種となりましょう。たとえ何事もなかったとしても、誰がそれを信じるでしょうか）」と言って瑞虹と夫婦になろうとするのだが、右の梗概にも記したとおり、彼には実は妻がいた。ところが原話では、卞福の言葉が嘘であることの説明がまったくないまま妻が登場しており、唐突の感は否めない。それに対して、『魁草紙』には「元来《ぐわんらい》孤《こ》助《すけ》（筆者注：卞福に相当する人物）、鰥夫《やもを》なりといひしは虚誕《いつはり》にて、氷上《ひかみ》といふ定《さだま》れる妻《つま》あり」との記述があり、その不自然さは解消されている。

続いて、卞福の最期についても見ておきたい。傷心の瑞虹を我が物にしようとした卞福には、「卞福即懐下不良之念、用一片仮情、哄得過船、便是買売了、那里是真心肯替他申冤理枉（卞福はすぐによからぬ気持ちを起こし、優しいふりをして船に連れてくれれば儲けものだと思ったのである。心から彼女の恨みを晴らしてやろうと考えたわけではない）」と記されるとおり、瑞虹の仇討ちを手助けするつもりなど毛頭なかったが、瑞虹の気を引くために「卞福若不与小姐報仇雪恥、翻江而死（もしあなたのために仇を討ち、恥をすすぐことができなければ、河に身を投げて死にます）」と誓う。ところが卞福の知らない間に、妻が瑞虹を人買いに売ってしまった。その結果、「那卞福只因不曽与瑞虹報仇、後来果然翻江而死、応了向日之誓（卞福は瑞虹のために仇を討つことができなかったため、後に河へ身を投げて死に、かつての誓いに応えたのであった）」ということになるのだが、そもそも本気で瑞虹を助ける気などなかったのであるから、卞福が自ら命を絶つ必然性はどこにもない。

　一方の『魁草紙』においても、孤助はやはり「我《われ》もし仇《あた》を報《むく》ひ恥《はぢ》を雪《す》がずは、此海《このうみ》に陥《おちい》りて立地《たちどころ》に死《しな》ん」と言って羽束（瑞虹に相当する人物）を言いくるめるのだが、その最期は原話と異なる。

　作品の後半、原話の朱源と瑞虹が乗る船の船頭が、かつて瑞虹の家族を殺した陳小四であったのと同様に、『魁草紙』の寿太夫（朱源に相当する人物）と羽束が乗る船も、やはり羽束の家族を殺した笘蔵（本名は「灘六」）が船頭を務めていた。しかし三馬はここで、その船に別の船が衝突して口論となり、笘蔵が相手方の船の主を水中に投げ込んで死なせてしまうという、原話にはない内容を追加した。そしてこの水死した男こそ、他ならぬ孤助だったのである。孤助は「常《つね》に海上《かひしやう》に船《ふね》を泛《うかべ》て諸国《しよこく》へ交易《かうえき》しける」商人であり、ここで船の主として登場することには何の違和感もない。こうして、またも原話の不自然さは解消されることとなった。

　さらに、朱源が胡悦に美人局を仕掛けられそうになる場面を見よう。胡悦の目的は朱源から結納金を騙し取り、郷里に帰るための旅費を手にすることであった。そこで、「只説你是我的妹子、要与人為妾、倘有人来相看、你便見他一面。等哄得銀両到手、連夜悄然起身、他們那里来尋覔（お前は俺の妹で、誰かの妾にしたいということにしておくから、もし人が見に来たら、お前はその男に会ってくれ。そして金を騙し取り、夜中にこっそり逃げ出せば、やつらが追いかけてくるはずはない）」と瑞虹を説得し、片棒を担ぐことをしぶしぶ承知させる。一方、朱源は詐欺に遭うことを警戒して、朝に婚礼を挙げたら夜にはすぐ瑞虹を家に迎え入れることを条件とした。とはいえ、朝の時点ですでに結納金を支払うわけであるから、胡悦はそれを手にした時点で姿をくらまさなければおかしい。それにもかかわらず、胡悦はその晩、なぜか律儀に瑞虹を朱源のもとへ送るのである。三馬もやはりこれには不審を抱いたようで、

> 寿太笑《じゆだいわらひ》ていふ、「誠《まこと》に然《しか》り。只吾寓所《たゞわがやど》に来《きた》りて身価《みのしろ》を議《ぎ》せよ」と、光棍《わるもの》を引《ひい》て家《いへ》に帰《かへ》り、身価五十両《みのしろごじうりやう》に定《さだ》め、今夜婦人《こんやふじん》の到《いた》るを待《まち》て金《かね》をあたへんことを約《やく》す。是《これ》いかにとなれば、此地《このち》に騙局《かたりをなすもの》はなはだ多《おほ》ければ、他《かれ》が計《はかりごと》に墜《おちいら》んことを恐《おそ》る、ゆゑなり。

と、金と羽束が同時に交換されるように改めた。この設定ならば、金を得るためには必ず羽束を渡さなければならなくなり、前述の違和感は解消される。

最後にもうひとつ、巻一「床下の義士窮客の為に剣を飛す話」・巻二「奸女が舌頭に鼠平義に負話」からも例を挙げる。両巻の原話「李汧公窮邸遇侠客」の梗概を以下に示す。

> 長安の房徳は雲華禅寺で出会った盗賊に、首領になるよう説得されて了承するが、その夜、あえなく捕えられる。役人の李勉は、房徳が非凡な人物であるのを見抜いて逃亡させ、房徳は安禄山に見込まれて県令となる。その後、監督不行届で罷免された李勉は、外出先で房徳と再会する。房徳は李勉をもてなすが、妻の貝氏は報恩のための金を惜しみ、李勉を殺すよう夫をそそのかす。房徳は侠客に殺害を依頼するものの、真実が露見して逆に殺される。李勉は都で侠客と再会するが、翌日家を訪ねたところ、そこには空き家があるばかりであった。

本作の山場となるのは、真実を知った侠客が房徳を殺し李勉を救う場面であるが、その侠客はいかなる性格に造型されているのであろうか。

注意したいのは、この侠客が房徳とも李勉とも面識がなかったという点である。それにもかかわらず、房徳の話を聞けばそれを信じ、李勉の話を聞いてもまたそれを信じてしまう彼の義侠心は、いささか単純かつ直情的なものと言わざるを得ない。最終的に、真実を語っている李勉の言葉を信じはしたものの、李勉の正当性を認める根拠はおそらく何もなかったはずである。

一方『魁草紙』においては、これと異なる設定がなされている。原話の侠客が作品の後半に突如登場するのに対し、こちらではその存在が早い段階から暗示されているのである。羽咋鼠平《はぐひそへい》（房徳に相当する人物）が捕縛され、名張蔀《なばりしとみ》（李勉に相当する人物）の前に引き出される場面にある、蔀を紹介する記述の一部を以下に引く。

此時問注所《このときもんぢうしよ》の目代《もくだい》は、名張蔀《なばりしとみ》といふ者《もの》なり。是《これ》よりさき、韓木根隼太《からこねはやた》といふ人、勝《すぐ》れて義気篤《ぎきあつ》き目代《もくだい》なりしが、好《このみ》て幻術《げんじゆつ》を行《おこな》ひければ、公務《こうむ》《つとめむき》を懶《ものう》く思ひ、ねがはくは一所不住《いつしよふぢう》の身《み》となり、随意《こゝろまゝ》に術《じゆつ》を施《ほどこ》して世《よ》を玩《もてあそば》んことを思ひ、幸《さいは》ひに蔀《しとみ》が篤実《とくじつ》なるを監定《みたて》て目代《もくだい》の職《しよく》を継《つが》しめ、竟《つひ》に致仕《ちし》して後《のち》、吾家《わがいへ》をも顧《かへりみ》ず、いづくともなく出《いで》去《さ》りぬ。

すなわちこの韓木根隼太こそ後の侠客なのであるが、ここに記されているとおり、隼太は蔀の前任者であった。それゆえ鼠平に蔀の悪事を聞かされたとき、侠客は以下のような反応を見せる。

此異人《いじん》は是誰《これたれ》ぞといふに、前《さき》の目代職《もくだいしよく》にありし韓木根隼太《からこねはやた》なりければ、鼠平が語《かた》る一部始終《いちぶしじう》を細《こまか》に聞終《きゝをは》りていふ、「奸賊《かんぞく》にくむべし。元来《ぐわんらい》蔀《しとみ》虎《こ》平六が出身《しゆつしん》《みもと》は、我《われ》よく知《し》る所なり。蔀は篤行《とくかう》の君子《くんし》なるゆゑ、吾《わ》が後官《あとやく》として目代《もくだい》の職《しよく》に居《を》らしめ、虎平六は先官《せんくわん》《せんやく》某《なにがし》判断《はんだん》を誤《あやま》り、死刑《しけい》に行《おこな》ふべかりしを、我急《われきふ》に後官《あとやく》となりてより、彼《かれ》が罪《つみ》を糺明《きうめい》するに、其罪正《そのつみたゞ》しからざるゆゑ、後日証拠《ごにちしようこ》の出《いづ》るを待《まち》て是非《ぜひ》を決《けつ》すべく思ひ、永《なが》く獄中《ごくちう》に禁《いまし》め置《おき》しが、後《のち》に蔀が裁判《さいばん》によりて冤《むじつ》の事明《あきら》かに彰《あらは》れしかば、蔀が属吏《しよくり》《したやく》となせし由《よし》ほのかに聞《きけ》り。彼等《かれら》二人、かくのごとき兇悪《きようあく》の人とはしらず。我監定《われかんてい》《めきゝ》を誤《あやま》れり」と大きに怒《いか》り、（略）

自ら蔀を後任の目代に推挙したということもあり、鼠平が無実の罪に陥れられたというならば、その責任の一端は自身にある。少なくとも、すぐさま蔀の跡を追うことになる必然性が、本作には用意されているといえよう。そして原話の侠客と同様、隼太は蔀が休息する宿の床下に潜んで様子を窺い、蔀が家来の虎平六らに事情を話すのを聞いて、鼠平の話が偽りであることを知る。

隼太が蔀の言葉を信じたのは、彼が「篤行《とくかう》の君子《くんし》」であるという認識が根強くあったからに他ならない。鼠平の訴えを聞き、蔀と虎平六について「彼等《かれら》二人、かくのごとき兇悪《きようあく》の人とはしらず」と述べたのも、自らの知っている蔀の姿と、鼠平の話にあるそれとが大きく乖離していたためである。床下で聞いた蔀の話が、かつての蔀の人格と齟齬するものでない以上、隼太がいずれを信用するかは自明であろう。かくして隼太は、確信をもって妥当な判断を下し得たのである。

ここまでややくどいほどに原話改変の諸相を検討してきたが、これは三馬が原話の内容をどの程度正確に理解していたかを窺うために他ならない。そしてその結果として確認されたのは、細部にいたるまで原話の不自然な点を見抜くことができるほどに、三馬が高い白話読解能力を有していたということである。この水準に達するまでに、相当の時間と努力を要したであろうことは想像に難くない。

では、なぜ三馬はそれほど熱心に白話小説を学んだのか。そして、三馬にとって白話小説とはいかなる意味を持つものであったのか。それを考えるためには、『魁草紙』の文辞と原話の表現との関係性を確認しておく必要がある。

すでに見たとおり、本作には確かに原話を改変した箇所が存するとはいえ、それが「翻案」と呼ぶに値するものであるかどうかは、意見の分かれるところであろう。先に井上啓治が本作を「『今古奇観』からの忠実な翻訳」と評したことを紹介したが、近年においても木越俊介が「翻案とはいえない」(15)と断じている。確かに本作を原話と比較すれば三馬の創意が稀薄であることは明らかで、安易に原話に寄りかかっていると言わざるを得ない表現も少なくない。一例を示そう（【今】が上海本『今古奇観』、【魁】が『魁草紙』）。

【今】衆人無不称快。這叫做「欲図他人、翻失自己。自己羞慚、他人歓喜」。（巻二十四・3ウ）

【魁】衆人《ひと〴〵》皆《みな》快《こゝろよ》しといはざる者なし。原是《もとこれ》他人《ひと》を図《はか》らんと思ひて、翻《かへつ》て自己《おのれ》を失《うしな》ふ。自己《おのれ》は羞慚《はづかしめ》を禀《うく》れど、他人《ひと》は却《かへつ》て歓喜《よろこび》を得《え》たり。（巻三・4ウ）

これなどはほとんど原話の書き下しというほかないであろう。また、書き下しとはいえないまでも、逐語訳的な箇所はきわめて多い。そしてこうした文章の作り方をしているがゆえに、以下に示すとおり、本作には原話の語彙の意味を取り違えたとしか思われない奇妙な表現が散見する。

【今】家丁聞龍夫妻、本是苗種、多善弓馬。（巻三十四・14オ）

【魁】幸《さいはゐ》に家僕《けらい》五平《ごへい》夫婦《ふうふ》は本苗種《もとらうにん》にして、又弓馬《きうば》を能《よく》す。（巻四・6ウ）

「苗種」は中国の少数民族であるミャオ族のこと。三馬は意味もわからぬままこの語を用い、文脈に合うよう「らうにん」という読み仮名を附したのであろう。

【今】賊人已了当也、放心前去。（巻三十四・24オ）
【魁】賊人《ぞくじん》既《すで》に矢《や》に当《あた》れり。汝等《なんぢら》放心《しづかに》歩《あゆ》むべし。（巻四・17ウ）
「放心」は「安心する」の意であり、「しづかに」の訓はやや不審。あるいは「心静かに」の意であろうか。
【今】這件事做成、真愈出愈奇了。（巻三十四・27オ）
【魁】此事《このこと》いよ〳〵成就《じやうじゆ》しなば、愈出愈奇《こゝろよし》といふべし。（巻四・21オ）
「愈出愈奇」は「いよいよ奇妙なことになる」の意であり、「こゝろよし」とは大きく異なる。これも文脈によって強引な読み仮名を当てたものである。

他にも、白話特有の意味を持つ語の訳し方に不審な点がいくつかある。
【今】偶為小事纏住身子、担擱了表弟一日、休怪休怪。（巻二十四・7オ）
【魁】適《たま〳〵》聊《いさゝか》の用事《ようじ》に隙《ひま》どりて你《おんみ》の用《よう》を欠《かき》たり。ねがはくは怪《あやし》まるゝことなかれ。（巻三・12オ）
原話は、話者が偽りの謝罪をする場面。「怪」は「咎める・責める」の意であり、「怪しむ」と解釈しては文脈的に不自然である。「咎むることなかれ」などとすべきであろう。
【今】教婆子看得件件停当了、方纔移歩、径投顧僉事家来。（巻二十四・11ウ）
【魁】漸《やうや》く扮《いでた》ち得《え》て斉整《せい〳〵》《りつぱ》になりければ、纔《はつか》に進《すゝ》みて高階家《たかしなけ》に到《いた》るに、（巻三・14オ）
「方纔」は「ようやく」の意。「纔」だけでも同様の意を表す。白話小説に頻出の表現であり、三馬がこれを知らなかったとは考えがたいが、「纔《はつか》に進《すゝ》みて」では意を取りにくい。

読本の本文が、原話の用字や表現に多くを依拠すること自体は、決して珍しいものではない。都賀庭鐘『英草紙』（寛延二年〈一七四九〉刊）の文章もまたそうであることは第一部第二章に述べたとおりであるし、原話の書き下しとしかいえない表現が少なからず見られることも、第二部第二章において言及する。

では、『英草紙』と『魁草紙』の違いはどこにあるのだろうか。第一部第二章で論じたとおり、庭鐘は原話の「三言」および『今古奇観』を校合し、その上で最も適切と思われる用字・表現を『英草紙』に用いている。すなわち『英草紙』の文辞の背景には厳密な考証があるのであり、当然ながら、庭鐘はその語義を明確に理解した上で白話語彙を用いている。そして第三部第一章で詳述するように、こうした営為の上に『英草紙』独自の表現が生み出され、それは作品の主題とも直結することになるのである。庭鐘にとって原話の表現を利用することは、既存の表現に安易に依拠することと同義ではない。

一方『魁草紙』の場合、右の例を見る限り、白話語彙を使用することそれ自体が目的化されてしまっているようである。たとえば先に見た「苗種」「愈出愈奇」の例でいえば、仮に語義を理解できなかったとしても、『魁草紙』の執筆に際してこれらを「浪人」「快し」と改変することは、翻案の方法として認められないものではない。それにもかかわらず「苗種《らうにん》」「愈出愈奇《こゝろよし》」と書くところに、原話の表現に過剰なほど執着する三馬の態度が看取される。

問題は、なぜ三馬がこれほどまでに白話語彙に拘泥したのかということである。仮にこれが「翻訳」であるならば、原話の表現に可能な限り依拠するという方針は理解できる。事実、第一部第四章で詳述したとおり、白話小説の翻訳である通俗物は往々にして原話の語彙や用字を踏襲しているのである。しかし『魁草紙』は、若干とはいえ意識的な改変を施しているのみならず、作品の舞台を日本に移してもいる。井上に「翻訳」と言われ、木越に「翻案とはいえない」と評されてはいるが、三馬の意識としては、やはり「翻案」を志向していたと見るほかない。そうである以上、あくまで表面的なものではあるが、原話に対する依拠の度合いの高さが『英草紙』に近いという点を看過すべきではないだろう。では、この類似は何を意味しているのであろうか。

『魁草紙』と初期読本

そもそも黄表紙や合巻で名を挙げていた三馬が、読本にまで活動の幅を広げたのはなぜであろうか。これについて井上啓治は、『雷太郎強悪物語』（文化三年〈一八〇六〉刊）の成功でようやく黄表紙作家として大家に数えられるようになったところ、読本というジャンルが台頭し、京伝と馬琴が精力的に作品を発表し始めたことがその一因であるとした上で、次のように述べている。

かつて三馬と馬琴は、京伝の下にあってほぼ同格であった。また、和漢にわたる豊富な知識を必要とするゆえに、草双紙などよりも格が上であると目される読本に対しても意識せざるをえなかった。従ってどうしても読本作家として登場せねばならず、しかもその読本初作は成功せねばならぬ。そのためには演劇を除いて、多くのことを学ぶ必要があった。先行読本と日本の古典、そして中国の白話小説である。演劇は三馬の得意とするところであり、演劇を基礎に据えた京伝の影が薄れ、明らかにそれ以外のもの、中国小説を根本とした馬琴が勝利を得たから。そしてそれが時代の趨勢となりつつあったからである。[16]

これは読本第一作である『阿古義物語』執筆の契機に関する記述であるが、白話小説への関心という点についていえば、『魁草紙』もこうした意識の延長線上に成立した作品と言ってよいであろう。しかし、『魁草紙』が京伝や馬琴の作をはじめとする同時代の読本と決定的に異なるのは、半紙本五巻五冊の体裁で刊行されたことである。

言うまでもなくこの体裁は初期読本に多く見られるものであり、たとえば都賀庭鐘の「古今奇談」三部作（『英草紙』『繁野話』『莠句冊』）や上田秋成の『雨月物語』（安永五年〈一七七六〉刊）などはみな半紙本五巻五冊であった。『魁草紙』

が三馬歿後の刊行である以上、そこに三馬の意思がどの程度反映されていたかについては注意を払う必要があるが、この時期としては珍しい体裁が、作者の意図とはまったく無関係なところで選び取られるというのも不自然であろう。こうした点を踏まえると、巻一と巻二が同一の作品を原話に持つ連作であるにもかかわらず、それをあえて二巻に分けたのは、五巻五冊の体裁を整えるためではなかったかとも推測される(17)。

ここで、これまでに明らかにし得た『魁草紙』の特徴を整理しておこう。

一点目は、短篇白話小説の翻案だということである。同時期の読本作者である京伝や馬琴は、主に長篇作品を書いていたが、三馬はあえて、庭鐘以来の短篇という形式を選んだ。

二点目は、原話のプロットにはあまり変化を加えないということである。「翻訳」と評される所以であるが、庭鐘の作品もまた、基本的には原話の展開を大きく改変するものではなかったことを想起したい。

三点目は、白話語彙をはじめ、原話の表現に多く依拠しているということである。白話語彙の使用は読本の特徴でもあるが、本作では三馬自身が語義を理解し得なかった語彙までもが用いられている。

四点目は、半紙本五巻五冊で刊行されたということである。これは初期読本によく見られる体裁であり、庭鐘や秋成の読本も同様であった。

このようにまとめてみると、『魁草紙』の特徴が、初期読本とりわけ『英草紙』にきわめて似ていることは疑う余地がないであろう。そしてここにおいて想到するのは、『魁草紙』は『英草紙』に対する強い意識のもとに書かれた作品ではなかったかという仮説である。

読本作者としての三馬の出発は、確かに井上の述べるとおり、同時代の雄である馬琴への対抗心であったかもしれない。しかし三馬読本の終着点は、読本の嚆矢である『英草紙』の模倣、あるいは初期読本の方法への回帰であった。

では、なぜ三馬はそれを志向したのだろうか。

すでに先行研究の指摘するとおり、三馬が白話小説に関心を持ち始めたのは文化初年のことであり、その目的は読本を執筆することにあった。そして文化七年に『阿古義物語』を刊行したのであるが、それが馬琴の『鳫鞭《へいべん》』において酷評されたのは広く知られるところである。その評価が三馬にどう影響したかは定かでないが、少なくとも白話小説の学習がその後も継続されたことは、『魁草紙』における原話の理解度を窺う限り、確実と言ってよいであろう。白話学習において利用されるのは、一般的には唐話辞書・訓訳本・通俗物などであるが、三馬が白話を学ぶのは、読本を書くためである。したがって、読本を積極的に受容した初期読本もまた、学習の過程において多く参照されたことであろう。そこで三馬は、初期読本作者による白話小説利用の水準の高さを、実感として理解したのではなかろうか。

白話小説を利用することにより、『阿古義物語』という本格的な読本を初めて著したものの、その出来映えは、三馬自身も「此よみ本はづれ」（『式亭雑記』）と書かざるを得ないものであった。そうした状況にあった三馬にとって、『英草紙』をはじめとする初期読本の方法を模倣することは、読本作者として成功するための新たな挑戦だったのである。このとき初期読本は、ひとつの理想形として三馬の中に存在していた。

その結果としての『魁草紙』は、結果として『英草紙』には遠く及ばぬ水準のものに終わった。しかし三馬は、あくまで初期読本の系譜に連なるものとして『魁草紙』を書いたのである。一人の文政期読本作者の目に、初期読本の筆法がどのように映っていたかということが、この作品の中には示されている。

注

（1）引用は国立国会図書館所蔵本（190-222）による。
（2）引用は『燕石十種』第二巻（中央公論社）による。
（3）巻首の標題は「羽束身《はづかみ》を汚《けが》して却《かへり》て身《み》を清《す》ぐ話《こと》の上《かみ》」となっており、本来は二部構成にする予定であったかと思われるが、「下《しも》」はなく、この一巻で完結している。
（4）後藤丹治「読本三種考証――桜姫全伝・月氷奇縁・阿古義物語――」（『国語国文』第八巻第四号、昭和十三年四月）、本田康雄『式亭三馬の文芸』（笠間書院、昭和四十八年）第六章「式亭三馬の世界」。巻一・二・五の原話は後藤、巻三・四の原話は本田によって指摘された。
（5）鈴木重三「合巻について」（『改訂増補　絵本と浮世絵――江戸出版文化の考察――』、ぺりかん社、平成二十九年。初版は昭和五十四年）。
（6）本田康雄『式亭三馬の文芸』（前掲）第三章「合巻の量産」。なお、この作品には文言小説の「板橋三娘子」（『河東記』所収。のち『太平広記』『古今説海』等に採録）も利用されているという。
（7）『親為孝太郎次第』の典拠は暉峻康隆『江戸文学辞典』（冨山房、昭和十五年）、『昔形福寿盃』の典拠は本田康雄『式亭三馬の文芸』（前掲）第四章「戯作者生活の成立」の指摘による。
（8）注4後藤論文。
（9）『小説粋言』の沢田一斎自筆稿本には収められているが、注10井上論文の注3にもあるように、三馬がそれを披見し得たとは考えがたい。
（10）井上啓治「式亭三馬と白話小説――『阿古義物語』をめぐって――」（『近世文藝』第四十一号、昭和五十九年十一月）。
（11）棚橋正博『式亭三馬――江戸の戯作者――』（ぺりかん社、平成六年）第十七章「『七癖上戸』」は、本作を『昔唄花街始』が改題再板されたものかと推測する。
（12）前者は井上啓治「続・式亭三馬と白話小説――『大尽舞花街始』と『五鳳吟』――」（『国文学研究』第九十一号、昭和六

十二年三月)、後者は同「馬琴への対抗と黙阿弥への影響――続々式亭三馬と白話小説・『坂東太郎』『杜騙新書』と『弁天小僧』――」(『近世文藝』第四十六号、昭和六十二年六月)の指摘による。

(13) 注10井上論文。

(14) 引用は『古本小説集成　今古奇観』(上海古籍出版社)に影印所収の上海図書館所蔵本による。ただし三馬が利用したテキストは未確定。

(15) 西日本近世小説研究会編『文政期読本の基礎的研究』(科学研究費補助金基盤研究(C)研究成果報告書、平成二十八年。研究代表者:田中則雄)。

(16) 井上啓治「続・式亭三馬と白話小説――『大尽舞花街始』と『五鳳吟』――」(前掲)。

(17) 巻一・二の本文の合計は三十一丁(巻一:十二丁、巻二:十九丁)、巻三が三十丁、巻四が二十四丁、巻五が三十三丁で、巻一・二の分量が特に多いわけではない。第一冊には序文・目録・口絵が含まれてはいるが、それをすべて合わせても十九丁で収まっている。

第二部　初期読本の周辺と白話小説

第一章　『太平記演義』の作者像

――不遇者としての実像と虚像――

『太平記演義』研究の現状と課題

享保四年（一七一九）に刊行された岡島冠山『太平記演義』は、『太平記』の冒頭から巻九「山崎攻事付久我畷合戦事」の途中までを三十の章段に分け[1]、板面の上段にはその漢訳を演義小説の体裁に仕立てたもの（「太平記演義」）、下段には原文を通俗軍談の文体に改めたもの（「太平記通俗」）を、それぞれ配した作品である（以下、作品の総体を『太平記演義』、板面の上段を「太平記演義」と表記し、括弧の種類によって区別する）。ちなみに板元の松栢堂（出雲寺和泉掾）は、この前年に冠山の唐話辞書『唐話纂要』を刊行した書肆で、後には『唐音雅俗語類』（享保十一年〈一七二六〉刊）も手がけている。

本作は唐話学の第一人者である冠山が作者ということもあり、従来は使用語彙をはじめ、語学的な観点からの研究が多くなされてきた。たとえば奥村佳代子は、『太平記演義』の語彙を俯瞰することによって、文言の要素が強いことを再確認し、その文体が冠山の創作と見られる「和漢奇談」（『唐話纂要』巻六）と共通することから、「岡島冠山には、読み物や書面語の、つまりは白話のオーソドックスな形とはこういうものである、という意識があったのではないか」と指摘する。(2) また、王佳璐は本作の白話語彙と『水滸伝』のそれとを比較した上で、冠山の白話能力の高さをあらためて認めている。(3)

ただし右の両氏の論考は用例の抽出が中心であり、本格的な文体分析を行ったのはおそらく荒木達雄が最初であろう。(4)『太平記演義』の文体は『三国志演義』に倣ったものであるというのが上田美汀子以来の定説であったが、(5) 荒木は『三国志演義』に用例が少ない「恁」を使った語彙（「恁麼」「恁般」など）や、講史小説にはほとんど見られない「有詩為証」という表現が(6)本作に頻出することを指摘する。そして文言中心の文体に、こうした白話の語彙・表現を織り交ぜたのは、人々に口語を広く知らしめるためであったと結論づけるのである。

しかし、本作を唐話学の参考書であったとするこの結論には、いささか腑に落ちない点がある。何となれば、その把握では、なぜかくも長篇である必要があったのか、なぜ『太平記』が利用されたのか、なぜ「太平記通俗」が必要であったのか、などといった根本的な問いに答えることができないからである。

確かに冠山は唐話学の分野においてすぐれた業績を数多く残しており、その著作をまずは唐話学史の中に位置づけようとするのは無理からぬことと思われる。しかし、演義小説の執筆は必ずしもその枠内に収まる営為ではない。潟沼誠二(7)や中村綾(8)は、『太平記演義』に創作の要素が見られることを指摘しているが、こうした観点からの研究は、今後さらに進められる必要があろう。

本章はそれらの驥尾に付し、『太平記演義』と近世小説との関わりについて考察するものである。たとえば、中国演義小説と読本が密接な関係にあることはすでに周知のとおりであり、読本前史として本作を捉え直すことは、読本の成立を窺うためにも不可欠のことと思われる。冠山が本作を執筆した動機や叙述のあり方などを検討することにより、『太平記演義』を小説として再評価することを試みたい。

『太平記演義』の序文

元禄から享保の時期にかけて、「通俗軍談」と称される一群の書物が多く刊行された。これは中国の演義小説を平易な日本語に改めたもので、元禄四年（一六九一）刊の湖南文山『通俗三国志』を嚆矢とする。前述のとおり、『太平記』を通俗軍談化した「太平記通俗」が附されていることからして、『太平記演義』成立の背景にこれら通俗軍談の流行があったことは疑い得ない。その一方で、「太平記演義」は『太平記』の漢訳であり、こちらは言語的側面において、通俗軍談とは方向性を異にしている。なぜ「演義」と「通俗」の双方が必要であったのかということは、本作にとって重要な問題のひとつといえよう。

それを考えるための端緒として、まずは冠山が本作の執筆を試みた動機を検討したい。手がかりとなるのは、守山祐弘の手になる序文である。その冒頭を以下に示す。

夫レ演義ハ、其ノ初メ元ノ羅貫中ニ起コリテ、而シテ今ニ距リテ猶ホ盛ンニ行ハル。貫中ハ当時ノ賢才、衆ニ白眉ニシテ、而シテ功名如カズ。故ニ其ノ心平ラカナラズ。遂ニ私カニ三国志演義ト忠義水滸伝トヲ著シ、洒チ事ヲ彼ニ託シ、志ヲ己ニ舒ベテ、而シテ諸ヲ天下ノ人ニ示ス。(9)

祐弘はまず、演義小説の祖である羅貫中に言及する。それによれば、羅貫中は優れた才能を持ちながらも不遇であり、その不平を『三国志演義』と『忠義水滸伝』に仮託したのであるという。羅貫中の作品が寓言の書であるというこの認識は、おそらく以下に示す李卓吾「読忠義水滸伝序」を踏まえていよう。

施羅二公、身ハ元ニ在リテ心ハ宋ニ在リ。元ノ日ニ生マル、ト雖モ、実ハ宋ノ事ヲ憤ルナリ。是ノ故ニ、二帝ノ北狩ヲ憤リテ則チ大ニ遼ヲ破ルヲ称シ、以テ其ノ憤ヲ洩ラス。南渡ノ苟モ安ンズルヲ憤リテハ、則チ方臘ヲ滅ボスヲ称シ、以テ其ノ憤ヲ洩ラス。[10]

しかしここに記されている羅貫中の憤りは、宋が元に滅ぼされたことに対する政治的な公憤であり、自らが世に容れられないことに対する私憤が仮託されていると述べる『太平記演義』の序文とは、憤りの性格が大きく異なる。そこで、なぜこのような相違が生じたのかという点について検討せねばならないのだが、その前に確認しておく必要があるのは、そもそも羅貫中が実際に何かに対する憤りを言明したという事実はあるのかということである。

実は、羅貫中の伝記資料はほとんど存在していない。その上、出自や経歴に関して最も信頼できる資料と目されている『録鬼簿続編』をはじめ、羅貫中に関する記述のある『七修類稿』巻二十三や『西湖遊覧志余』巻二十五などにも、「読忠義水滸伝序」や『太平記演義』序文と一致する記事は確認できない[11]。すなわち両者の記述は何らかの史料に基づくものではないのである。

そのことを踏まえた上で『太平記演義』の序文に話を戻すが、ここに描き出される不遇者としての羅貫中像は、必ずしも祐弘が独自に作り出したものというわけではない。明末刊の演義小説に『東西晋演義』という作品があり、雉衡山人こと楊爾曽の手になる序文に、次のような一節が存するのである。

羅氏、生 時ニ逢ハズ、才 鬱トシテ展ブルコトヲ得ズ。始メ水滸伝ヲ作リテ以テ其ノ不平ノ鳴ヲ抒ブ[12]。

ここに見える羅貫中像は、『太平記演義』の序文に見えるそれと一致している。すなわち、楊爾曽のこの認識が何を根拠にしているのかは不明であるが、少なくとも不遇者としての羅貫中像が『太平記演義』以前に成立していたことは確かである。『東西晋演義』の舶載記録は、『商舶載来書目』に宝暦四年（一七五四）とあるのが最も早いものであるが、これは必ずしもそれ以前に日本にもたらされていなかったことを示すものではない。また、いまだ管見には入っていないが、他にも同様の記述を持つ文献が存した可能性もあろう。いずれにしても、羅貫中が不遇であったことを記す何らかの文献を祐弘が目にしていたことは十分に考えられる。

それでは、なぜ祐弘はこの決して一般的とはいえない羅貫中像を踏襲したのであろうか。序文をさらに読み進めると、次のような記述がある。

（筆者注：冠山は）訳文ト叙事トノ法ニ長ズ。毎ニ是ノ文ヲ為スニ紙筆ヲ操リテ立チドコロニ書ク。未ダ嘗テ艸ヲ起コサズ。千言万句ト雖モ卓然トシテ古ニ丐ハズシテ、一ニ諸ヲ己ニ出ス。豈ニ強記便敏ノ才ニ非ズヤ。然レドモ命薄ク運劣クシテ、未ダ始メヨリ一タビモ寸進ヲ得ズ。常ニ自ラ碌碌トシテ愚ノ如クニシテ、声利ヲ遺シ外ル、ナリ。

すなわち冠山もまた、優れた能力を有していながら、不遇にして名利を得ることは叶わなかったというのである。

そしてさらに先には、

一日先生喟然トシテ嘆ジテ曰ク、吾レ朦朧ノ際、年将ニ老イントス。今若シ貫中ガ意思ニ効ヒテ、以テ平生ノ微志ヲ畢ヘズンバ、則チ恐ラクハ必ズ復タ日有ルコト無カラン。遂ニ斎ニ入リテ毫ヲ操リ、吾ガ邦ノ名史太平記ヲ訳シテ演義ト為ス。

と記されている。ここに至れば、祐弘による序文の目的が、『太平記演義』成立の背景に冠山の不遇意識があったということを示す点にあったのは明らかであろう。祐弘は、羅貫中が『三国志演義』『水滸伝』を著した動機と、『太平記演義』を著した冠山のそれが同じであることを強調し、両者を重ね合わせようとしていたのである。

では、なぜ祐弘はそのような序文を書いたのか。ここで注意したいのは、福田安典の指摘によってすでに知られているように、『太平記演義』の伝本には冠山の関与が想定される附箋での訂正が見られ[13]、それは序文にも及んでいるということである。この附箋が実際に冠山によるものであるとすれば、字句の修正程度のこととはいえ他序に手を入れることができたのは、署名に「通家門人」とあるとおり、序者の祐弘が冠山の弟子であったために他ならないだろう。この点に鑑みれば、序文に記される冠山の姿が、単に弟子の目から見ただけのものではなく、冠山自身によって描出されたものである可能性は十分にある。この序文は、それを想定した上で読まれるべきものであろう。

不遇者としての作者

ひとつ問題となるのは、冠山自身が自らの不遇について言及した文献が他に見出されていないということである。したがって、冠山の不遇意識が何に起因するものであるのか、その可能性として考えられるものを検討しておく必要があろう。

当時における「不遇」といえば仕官が叶わぬことを指すのが一般的であろうし、本作の序文にも、「命薄ク運劣クシテ、未ダ始メヨリ一タビモ寸進ヲ得ズ」と、学問が社会的地位を確立する用に立たなかったことを嘆いているかのような記述がある。しかし、実際の冠山には二度の仕官経験があった。『先哲叢談後篇』（文政十三年〈一八三〇〉刊）巻三には「冠山始メハ訳士ヲ以テ萩侯ニ仕ヘ、其ノ月俸ヲ受ク[14]」とあり、さらにその後、「嘗テ足利侯忠囿戸田大隅守ノ聘ニ応ジテ江戸ニ来ル。幾モ無シテ致仕シ浪華ニ至ル」ということがあったとも記されているのである。

これらの仕官は、言うまでもなく冠山の唐話能力が見込まれてのことである。室鳩巣『駿台随筆』（写本。国立公文書館内閣文庫所蔵〈211-0246〉）における、「長崎の釈司《ママ》岡嶋嘉兵衛、名は援之、別号冠山、近ごろ東都に寓して時々余を訪ふ。其人放達にして学を好み、尤も唐話をよくす。（略）本邦の人、什麽、怎生、了、的などいゑる俗語に通ずるも実に此人の力なり」という記述は、冠山の語学力が広く認められていたことを端的に示していよう。

しかし、冠山がその仕官に満足していたかどうかは別の問題と言わねばならない。『先哲叢談後篇』によれば、訳士として迎えられた萩藩を冠山が致仕したのは、「賤役タルコトヲ自ラ慙ジ」たためであったというのである。『先哲叢談後篇』の記述が何に基づいているのかは明らかでなく、必ずしも全面的に信頼のおけるものではないが、東京大学総合図書館所蔵の『太平記演義』（G24-198）にもまた、以下のような識語が記されている。(15)

此書の作者は其初長崎鎮台の部下に属し、唐語の訳官たり。世々同所に在りて、姓は岡嶋名は明敬、後璞に改む。援之は其字にて、是も亦後に玉成に改め、冠山は号なり。通称を弥太夫といへり。冠山、訳士は卑官にて、彼我の通詞を役する而已にて、碌々として僅に五十年を過さんは有志の愧る所なりと、職を辞して専性理の学を修す。其名忽西海に鳴る。松平長門守吉就、冠山が高名を伝へ聞、長門の海岸は朝鮮に直径にて、同国人数回漂流し来れば、華音に達せし者を冀望する事多年、今冠山僥倖に閑散なれば、月俸を授けて聘し居らしめんとはかる。冠山一たび其聘に応ずといへども、豈計ん乎、其職儒を以てせず通訳に役せらる。冠山心中慊とせず、我苟も幕府の訳官に在るだに其職の卑しきを愧づ。況陪臣にして同じ職に役せられ、五斗米の為に腰を屈せんやと復辞し去る。戸田大隅守忠囿に聘せられ江戸に来る。

この記述が何者の手になるものかは明らかでなく、これもまたその信憑性については慎重であるべきだが、『先哲叢談後篇』と共通する内容が多く見受けられる一方で、そこにはない情報も記されていることは注目に値する。両者の影響関係については断言しかねるが、冠山の致仕をめぐるこれら二種の記述の内容に、一致している点が多いことは確かである。そして東大本『太平記演義』の識語によれば、冠山は儒学によって身を立てることを望んでいたという。

この識語の記述が事実であるならば、冠山を召し抱えた萩藩主は松平吉就《よしなり》ということになる。吉就は元禄七年（一六九四）に歿しており（『寛政重修諸家譜』巻六一六）、冠山が吉就のみに仕えたというのであれば、致仕したのはこの前後であろう。(16) しかるに『唐通事会所日録』元禄十四年（一七〇一）三月七日の条には、「南京内通事之内岡島長左衛門と申者、近年逼迫仕候而渡世成兼申候ニ付、他国江罷出商賈之経営をも仕申度奉存候間、内通事役御暇之願仕申候」(17)とあり、冠山は致仕した後に長崎へ戻り、そこで再び内通事の職に就いていたということになる。さらにその職を辞す理由は、通事をしていては生活が困難であるため他国で商売を始めたいというものであったという。ちなみに冠山が江戸へ赴いたのは、戸田忠囿《ただその》が大隅守に任ぜられた後のこととすれば、早くとも宝永三年（一七〇六）以降である。(18)

仮に冠山が一貫して儒学の徒となることを志向していたならば、萩を去った後、再び長崎で内通事として数年間を過ごしたことには忸怩たる思いがあったであろう。そしておそらくは、そうした感情が冠山を荻生徂徠との交流や林家への入門に向かわせたものと思われる。林確軒が『退省詩集』（享保二十年〈一七三五〉頃成）巻六において、「賦別岡嶋援之」と題した七律を詠んでいることからも窺えるように、(19) 林家の人々とは深い親交を結んだようである。

問題は冠山に儒者としての学識が実際に備わっていたのかということであるが、この点はいささか疑わしい。たとえば柳沢淇園は、『ひとりね』（享保九年〈一七二四〉頃成）第一一六段において次のように述べている。

岡島援之は、長崎にては長左衛門といひし者也。華音には奇なる生れなり。服元喬がいふには、和中の華客也といひしも尤なり。学才はあまりなしとかや。(20)

石崎又造は、これを服部南郭（服元喬）が冠山の唐話能力を評価していたことを示す例として挙げているが、(21) 一方で傍線部を見れば、学識についてはさほど評価していなかったことが知られよう。ただしこれには、若干の留保を必要とする。師の荻生徂徠が冠山を講師に招き、訳社という唐話の勉強会を開いていたのに対し、南郭は『南郭先生燈下書』（享保十九年〈一七三四〉刊）において、「殊更古文など御書候はんには、相かまへて俗語は入まじき事と御定め候べし」[22]と記している。[23]徂徠が唐話学に力を注ぐことに批判的であった南郭が、冠山に対して高い評価を与えないのはやむを得ないことであるかもしれない。

しかし、冠山の学識を批判していたのはひとり南郭のみではない。冠山歿後のことではあるが、唐話学者である陶山南濤も『忠義水滸伝解』（宝暦七年〈一七五七〉刊）第一回において、「如常」を注して「ツネヅネト云コトナリ。如今ノ如ト同ジ。岡島援之ノ点本ニ常ノ如キモト点ヲ付タルハ誤リナリ。[24]如今如常ト云文例ヲ知ラヌカラ、唐音バカリニテ博ク書ヲ見ザル故ナリ」[25]と述べ、さらに「慚愧」の注においても、「岡島援之長崎君舒ナド、華音ノ処ハヨケレドモ不学ユヘニ無理多シ」と記している。[26]唐話学者としての冠山の業績を知悉しているはずの南濤をしてこのように言わしめるのであるから、他の文人たちが冠山の学識にいかなる印象を抱いていたか、推して知ることができよう。

先にも述べたとおり、唐話学者として確たる地位を築きながら、冠山は儒学で身を立てることを望んでいた。しかし、その方面においては「学才はあまりなし」と評され、「唐音バカリ」の「不学」な人物とみなされていたのである。

こうした理想と現実の間で、冠山が鬱屈した思いを抱えていたであろうことは想像に難くない。ここに見られる冠山の姿と、「命薄ク運劣クシテ、未ダ始メヨリ一タビモ寸進ヲ得ズ」と記される『太平記演義』序文との距離は、さほど遠くはないであろう。冠山が不遇意識を抱いていたことを記す祐弘の序文に、右に述べたような状況が投影されている可能性はある。

しかしそれ以上に重要なのは、祐弘（あるいは冠山自身）が『太平記演義』の序文によって、不遇者としての冠山のイメージを読者に強く印象づけようとしていることである。そしてここで想起されるのは、『周易』『春秋』『国語』

『詩経』など、「賢聖」の著作はいずれも「意ニ鬱結スル所」あるがゆえの「発憤」によって書かれたとする、『史記』の「太史公自序」であろう。これら不遇者の系譜に冠山を位置づけることが序文の意図のひとつであるとすれば、本作の作者像は冠山の実像であると同時に、巧みに造型された虚像であるともいえる。すなわちこの序文は、本作に発憤の書としての性格を付与するための方法として書かれたものと考えることもできるのである。そしてこの仮説が認められるならば、本作における「発憤」のあり方もまた、同時に検討されねばならないだろう。

『太平記演義』と『参考太平記』

本作における『太平記』の演義小説化・通俗軍談化の方法について検討する際、まず確認しなければならないのは底本のテキストであるが、これについてはすでに上田美汀子の指摘があり、冠山が用いたのは『参考太平記』（元禄四年〈一六九一〉刊）であることが明らかになっている。(27) 上田の指摘は、『太平記演義』の割注の多くが『参考太平記』のそれと一致していること、そして両者がいずれも中国故事を省略していることの二点を主たる根拠としており、十分な説得力を持つ。

ここではさらに別の観点からも両者の共通性を示し、上田の指摘を補強しておきたい。次に挙げるのは、日野俊基が倒幕の計画を練ろうとするものの、多忙のためなかなか時間を確保できない状況を描写した『太平記演義』の一節である。

右少弁俊基ハ、平常公事紛然トシテ、未レ遑ダ下与ニ天下ノ英雄一、共ニ議スルニ中滅ニスノ高時ヲ一之計ゴトヲ上。　（第二回）

傍線部は、流布本(28)では「謀叛ノ計略」（巻一「中宮御産御祈事付俊基偽籠居事」）となっている。しかし『参考太平記』

は、この「謀叛」という語に対して「按ズルニ、資朝俊基等《ラ》勅ヲ奉ジテ高時ガ不臣ヲ誅センコトヲ謀ル。何ゾ謀反ト言フコトヲ得ンヤ。是レ粗妄無識、名正シカラズ、言順ナラズ、作者ノ罪甚シ(29)」と割注を附し、その不適切なることを指摘する。同様に、流布本巻一「資朝俊基関東下向事付御告文事」にある「君ノ御謀叛次第ニ隠レ無リケレバ」という表現に対しても、『参考太平記』は「本文君ノ御謀叛ニ作ル。今、今川家、金勝院、南都、天正本ニ依リテ之ヲ改ム」と注した上で傍線部を「資朝俊基ノ隠謀」と改めており、『太平記演義』もそれに従って「相模《ノ》守高時、已《ニ》探二知《シテ》資朝俊基乃《ハチ》主謀《タルコトヲ》一」（第三回）としているのである。

以上のように、『太平記演義』は流布本に用いられている「謀叛」「謀反」の語を注意深く避けている。これは一見、冠山が南朝寄りの立場で本作を著したことを示すようにも見え、実際にそうであった可能性はあるが、『参考太平記』の記述に依拠しただけというのが実情に近いのではなかろうか。問題は、なぜ冠山が『参考太平記』を利用したのかということである。

ここで、近世における『太平記』受容の様相を確認しておこう。その本文が主に整版本によって流布したことは言うまでもないが、「太平記読み」の存在もまた大きな影響力を有していたことはよく知られている。その種本として利用されていた『太平記秘伝理尽鈔』（以下『理尽鈔』）が十七世紀半ばに刊行されると、次いで『太平記大全』（万治二年〈一六五九〉刊）や『太平記綱目』（寛文十二年〈一六七二〉序刊）などの末書が編まれ、享受層が拡大した(30)。そして中村幸彦の述べるとおり、「この情勢は、『太平記』を武士の間に留めてはおかなかった。街頭へ出て、いわゆる町講釈、辻講釈として、庶民の間へ進出して(31)」いったのである。

『理尽鈔』は『太平記』の記事を項目的に掲出した上で、政道・兵法等の面から論評を加え、さらに異伝や秘話を記している。その記述は必ずしも実証的なものではなく、末書が現れるにつれ、娯楽的要素が附加されていった。これは『理尽鈔』が大衆に浸透した要因のひとつであると考えられるが、その一方で、こうした通俗的態度に反発する動きも起こるようになる。その最たるものが、元禄四年における『参考太平記』の刊行に他ならない。この書は徳川光圀の命により、今井弘済（歿後は内藤貞顕が引き継ぐ）が『太平記』の流布本と写本九種を対校し、さらに諸史料をも参照しつつ注を附したものであり、その凡例第一条において、『理尽鈔』への対抗意識を明確に打ち出している。[32]

> 近来、太平記大全有リテ世ニ行ハル。誰ノ作タルカヲ知ラズ。巻首ニ詳ラカニ太平記作者ヲ載ス。其ノ説、或ハ伝来スル所有リ。然ルニ所出ヲ詳ラカニセズ、書中ニ杜撰ナル臆度多シ。確拠ト為スニ足ラズ。（略）今、霊窟名家ヲ探リ、異本九部ヲ得、印本ト合ハセテ凡ソ十部、是ニ於イテ参考校定シ、諸実録ヲ折衷シ、集メテ一書ト為シ、観覧ニ便ナラシム。太平記評判、大全等、並ビニ論ズルニ足ラズ。故ニ取ラズ。（原漢文）

このように『参考太平記』は、『理尽鈔』やその末書の、場合によっては奔放ともいえる記述とは対照的に、文献に基づく史実の実証を志向している。こうした態度は、小林正甫《まさとし》『重編応仁記』（宝永八年〈一七一一〉刊）など後続の軍書にも踏襲されており、[33]『理尽鈔』の記述態度を批判的に捉える人々は少なからずいたようである。すなわち『太平記演義』が成立した十八世紀初頭における『太平記』受容のあり方は、秘伝書としての性格を有しつつも娯楽性を交えた記述を含む『理尽鈔』に代表される流れと、それとは対照的に実証性を重視する『参考太平記』に代表される流れとに大別できると考えてよい。

『理尽鈔』と『参考太平記』が対立関係にあったというこの点を踏まえれば、冠山は『理尽鈔』に見られる通俗性を排し、『参考太平記』の学問的態度を踏襲したということになる。では、『太平記演義』という歴史小説の執筆にあたり、なぜ冠山はこのような態度をとったのであろうか。そこで次に、演義小説の代表作『三国志演義』と、その翻訳である『通俗三国志』の場合を参考に、この問題について考えてみたい。

学問としての演義小説

『三国志演義』諸本のうち現存する最古の刊本は、弘治七年（一四九四）の「三国志通俗演義序」と嘉靖元年（一五二二）の「三国志通俗演義引」を持つ『三国志通俗演義』（以下「嘉靖本」）であると言われているが[34]、現在の通説では、これに先行する原「三国志演義」（以下「原演義」）の存在が想定されている[35]。そして上田望によれば、その原演義は正史『三国志』（および裴松之注）と『資治通鑑綱目』を利用しており、嘉靖本は、それが後に『資治通鑑』によって改訂された姿を残しているものと考えられるという[36]。この成立過程から窺えるのは、『三国志演義』は原初段階において史書への接近を志向した小説として作られていたということに他ならない。そして『通俗三国志』の底本と目されている李卓吾本や、流布本として知られる毛宗崗本もまた、嘉靖本と近い系統に属するものであるらしい[37]。

では、こうした性格を持つ中国の演義小説を、近世日本はどのように受容したのであろうか。『通俗三国志』の著者である文山は、その序文において次のように述べている。

夫レ史ハ道ヲ載セテ鑑ヲ後世ニ垂ル、所以ナリ。故ニ君臣ノ善悪、政事ノ得失、邦家ノ治乱、人才ノ可否、一トシテ焉ヲ録セズトイフコト無シ。凡ソ史ヲ読ム者、読ミテ其ノ忠ナル処ニ至リテハ、便チ自己ノ忠ト不忠トヲ思ヒ、読ミテ其ノ孝ナル処ニ至リテハ便チ自己ノ孝ト不孝トヲ思ヒテ、勧懲警懼ノ心ヲ忘レザルトキハ則チ身ヲ修ムルノ要、豈ニ焉レニ外ナランヤ[38]。

庸愚子の「三国志通俗演義序[39]」を踏まえたこの一節は、『通俗三国志』が史書の系譜に位置づけられる作品であることを主張している。これが一種の建前である可能性を考慮するとしても、少なくともこの序文において、小説（演義小説・通俗軍談）と史書の同質性が示されていることは確かである。そしてこうした意識はひとり文山のみならず、他の通俗軍談の作者にも共通するものであったらしい。

たとえば徳田武によれば、『春秋列国志伝』を原話とする清地以立『通俗列国志』（宝永二年〈一七〇五〉前篇刊、元禄十六年〈一七〇三〉後篇刊）[40]では、原話にはない記述が『春秋左氏伝』や『史記』などによって補われていることがあるという。また『全漢志伝』を原話とし、『中興伝誌』を参考にしつつ著された称好軒徽庵『通俗両漢紀事』（元禄十二年〈一六九九〉序刊）では、史実に即した記述をするために『資治通鑑』が利用された形跡も確認できるようである[41]。これらの例は、両作の訳者が原話と史書とを比較しつつ執筆していたことを示していよう。小説といえども史実はかくも重視され、緻密な考証が行われていたのである。

冠山が『太平記演義』の底本として、流布本や『理尽鈔』ではなく『参考太平記』を選んだことの意味も、こうした同時代的文脈から窺うことができるのではなかろうか。すなわち、不遇者の系譜に自らを位置づけた冠山にとって、不遇であることを慨嘆する資格が自らにあることを示すため、その学識に不足がないことを示す必要があった。そこで冠山は、『参考太平記』という注釈書を用いて演義小説を書くという方法を採った。何となれば、それは史書を用いて演義小説・通俗軍談を著すのと同様、当時においてはひとつの学問的営為に他ならなかったからである。このように見てくれば、底本の選択もまた、小説の方法として自覚的になされたものであったことが理解されよう。

『太平記演義』における原話の改変

前節で見たように、演義小説や通俗軍談の作者たちには、史実に即して記述しようとする態度が確かにあったようであるが、小説という体裁をとる以上、史実からの逸脱が皆無ということはあり得ない。当然ながら、『三国志演義』にも正史『三国志』をはじめとする史書を脚色した記述が多く存し、清代には章学誠によって、「惟ルニ三国演義ハ則チ七分ハ実事ニシテ三分ハ虚構、以テ観ル者往往ニシテ惑乱スル所ト為ルニ到ル」(42)（原漢文）と批判されている。虚構を内包することが小説にとって必然のことである以上、次に問題とすべきは、その虚構がどのように設けられているかということであろう。

『太平記演義』における物語の展開は、当然のことながら『太平記』に即している。ただし冠山は直訳を志向しているわけではなく、たとえば第四回では後醍醐天皇が東大寺・興福寺へ行幸した際に衆徒が歓喜する様子を、そして第八回では東南院の僧正が帝を笠置山へ落ち延びさせることを決意するまでの心中思惟を、それぞれ原話以上に詳細に描いている。このように、原話の記述を膨らませたり、あるいは逆に省略したりする例は少なくない。言うまでもなく、序文に「其ノ繁キ者ヲバ之ヲ芟リ、闕クル者ヲバ之ヲ補ヒ」とあるのはこれらのことを指している。

しかし、元弘の変において捕えられた日野俊基が鎌倉に護送される場面の改変は、右に示したような例とはやや趣を異にしている。まずは『参考太平記』の記述（巻二「俊基朝臣再下二向関東一事」）を示す。

承久ノ合戦ノ時、院宣書タリシ咎《トガ》ニ因テ、光親卿関東へ召下サレシガ、此ノ宿ニテ誅セラレシ時、「昔南陽県菊水、汲二下流一而延レ齢、今東海道菊河、宿二西岸一而終レ命」ト書タリシ、遠キ昔ノ筆ノ跡、今ハ我身ノ上ニナリ、哀ヤイトヾ増リケン、一首ノ歌ヲ詠ジテ、宿ノ柱ニゾ書レケル。

古ヘモ懸ルタメシヲキク川ノ同ジ流ニ身ヲヤ沈メン

俊基は、承久の乱に際して菊川で処刑された藤原光親(43)に思いを馳せて和歌を詠む。原話の記述はわずかこれだけであるが、それが『太平記演義』では以下のように改変されている。

一日宿㆒㆑歇シ菊河ノ駅店ニ㆒、忽然トシテ想ヒ㆘出シ承久年中ニ天子与㆓北条家㆒合戦ノ時、按察使光親領ジ㆒㆑了テ帝ノ命ヲ㆒書ク㆓密詔ヲ㆒。因テ㆑此被ニタメニ㆓北条家ノ㆒捉去テ、就テ㆓此ノ菊河ニ㆒見ル㆑斬。光親臨テ㆑死ニ発シ㆑感ヲ、写シ㆒㆑了ル六言四句ヲ㆒等ノ故事ヲ㆖、便チ潸然トシテ洒グ㆑泪ヲ。武夫等見テ㆑之ヲ、皆安慰シテ曰、貴人遭フ㆑難ニ、自然《シカモ》不ルコトナリ㆑得㆑不ルコトヲ㆓煩悩㆒。但古語ニ曰、天ニ有㆓不測ノ之風㆒、人ニ有リト㆓不測ノ之禍㆒。誰カ能ク常ニ保ンヤ㆓無事ヲ㆒乎。伏シテ望クハ貴人且ツ請フ収メヨ㆑泪ヲ。若只顧《ヒタスラ》作サバ㆓児女ノ態ヲ㆒、恐クハ惹カン㆓他人ノ咲話ヲ㆒。（第五回）

すなわち、涙を流す俊基を警固の武士が揃って慰撫したというのである。さらに俊基が和歌を詠むと、「見ル者ノ各各惨悽、人人嗟嘆ス」とあるとおり、周囲の人々はみな涙を流したと記されている。幕府方の武士が俊基に心を寄せるという不自然とも思われる状況を、冠山はあえて作り出しているのである。(44)

これは、敵方の武士の涙をも誘う悲劇的な人物として、俊基が造型し直されていることを意味しよう。志半ばにして死なねばならなかった俊基の無念を、冠山はこの改変によってより鮮烈に表現したのである。そして、無念の思いを原話以上に強調して描かれているのは俊基のみに限らない。小嶋（児島）高徳もまたその一人であった。

後醍醐天皇は六波羅攻略のため千種忠顕を京へ派遣したものの、幕府軍の反撃を受けて千種軍は撤退する。忠顕は陣をさらに後退させることを提案したが、高徳は勝機はまだあるとして反対した。しかし戦意を喪失してしまった忠顕は、その日の夜半過ぎに逃亡する。注目したいのは、それを聞いた高徳が激怒する様子の描写である。原話と『太平記演義』における高徳の台詞を並べて比較してみよう。

【参考太平記】

懸ル臆病ノ人ヲ、大将ト憑ケルコソ越度ナレ。サリナガラモ、直ニ事ノ様ヲ見ザランハ、後難モ有ヌベシ。

（巻八「後醍醐天皇自修㆓金輪法㆒付千種忠顕京合戦事」）

【太平記演義】

衆人皆言《フ》二忠顚《ガ》懦弱《ヲ》一。今果然《タリ》也。彼《レハ》雖下朝廷《ノ》文官、美《スルノ》二風月《ヲ》一之徒《ト》上、亦何《ンゾ》直《ニ》如レ斯害怕《シテ》以失《ハシムヤ》二三軍《ノ》之望《ヲ》一耶。吾《レ》若不《ンバ》三親眼《ニシテ》見二其《ノ》虚実《ヲ》一、日後難《ラン》二以説話《シ》一。（第二十九回）

一読して明らかなとおり、忠顚を激しく罵る『太平記演義』の傍線部に該当する内容が原話にはない。甚大な被害を出しながらも倒幕のために奮戦した意味が、一人の臆病な文官のために失われたことへの無念の思いと憤りを、冠山はこの一節を附加することによって強調しようとしたのであろう。そしてさらに、忠顚が打ち捨てた陣の跡を見て再び怒りに震える高徳の台詞にも、原話とは異なる点がある。

小嶋又驚《キ》又恨《チ》乃独言《シテ》曰、可《シ》レ知《ヌ》忠顚《ノ》走得《シテ》太慌《ダルコトヲ》也。却《テ》此《レ》等之《ノ》物《ハ》、実《ニ》為《ス》二軍中《ノ》第一緊要《ト》一。汝如何《ンゾ》便《チ》失帯《シテ》而棄《ルヤ》焉。若《キ》レ汝《ガ》廃料《ハ》、天使《シテ》レ之《ヲ》或《ハ》落《チ》レ坑《ニ》或《ハ》堕《テ》レ渓《ニ》而死《ナシメバ》、則庶《クハ》可《シ》二以王師大利《ニ》一矣《アル》。（第二十九回）

傍線部の内容はいずれも原話にないものであり、これらの台詞の附加もまた、先に見た台詞の改変と同様の効果を狙ったものといえよう。すなわち冠山は、俊基や高徳に対する強い同情と共感をもって、これらの場面を描いているのである。

この改変は、単に原話における敗者や滅びゆく者たちへの視線の延長線上にのみ位置づけられるものではない。何となれば、冠山は必ずしも朝廷側の人物すべてを細やかに描写するわけではなく、俊基や高徳といった、強い信念を抱いて理想を求めつつも、それを果たし得ない人物を特に焦点化しているからである。

何度も繰り返しているように、本作の執筆に際して、冠山は自らを不遇者の系譜に位置づけるという方法を採った。それによって、本作の性格が発憤の書として規定されたわけであるが、俊基や高徳の無念・憤りを強調するという改変のあり方は、おそらくそのことと切り離して考えるべきものではないであろう。すなわち冠山は、本作に史書としての性格を付与する一方で、不遇者としての自己を重ね合わせるかのように人物を描いているのである。そしてそれが、冠山によって明確に自覚された小説の方法であるというところに、本作における叙述のあり方の特徴が認められるのではなかろうか。

「太平記演義」の割注と「太平記通俗」の意味

ここまで『太平記演義』の叙述の方法について検討してきたが、最後に、本作が冠山にとっていかなる意味を持つものであったかを考えてみたい。

『太平記演義』を学問的営為の成果として示すために、冠山は『参考太平記』の割注を利用した。演義小説に割注が用いられることは珍しくなく、『三国志演義』の中でも嘉靖本や李卓吾本の系統にはほぼ割注があり、数は多くないものの、本作序文の羅貫中像に影響を与えた可能性が考えられる『東西晋演義』も同様である。ここでも冠山は、自覚的に演義小説の形式を踏襲しているものと思われる。

ところで、冠山が附した割注は、『参考太平記』に依拠するものと、冠山自身の手になるものとに大別される。前者は大半がほぼ引き写しであるのでここでは問題とせず、後者に該当するものをさしあたり巻一（第一〜六回）の中から抜き出してみよう（〔　〕内割注）。

①高時入道崇鑑〔剃髪者謂《ヲフ》二入道《ト》一。若三華之《ノ》謂二光頭一〕（引首）

②局娘〔吾《ガ》朝廷多有《リ》二局娘者《云ノ》一。常在《ニテ》二帝前《ノニ》一使喚《ス》〕（第一回）

③奉行〔奉行、職名〕（第二回）

④門主〔皇子為《ル》レ僧《ト》者《ノヲ》称《ス》二門主《ト》一。又称《ス》二門跡《ト》一〕（第四回）

⑤供養正事〔吾《ガ》邦古今有《リ》下官造《シテ》二寺場《ヲ》一、工畢《レバ》、上設《テ》二大法事《ヲ》一以斎《テスルコト》中満山《ノ》大衆《ヲ》上。是《レヲ》謂《フ》二供養《ト》一。有二許多《ノ》規模一。但不レ可二
殫《ク》言《フ》二〕（第四回）

⑥山門〔比叡山《ヲ》為二山門一〕（第四回）

傍線部に注目すれば理解されようが、これらの割注にはひとつの傾向が存する。たとえば③における「奉行」に対する「職名」の注は、日本人にとって不要である。そして④における「門主」の語釈や、⑥における「山門」の説明もまた、言わずもがなのことであろう。

このような割注を記した冠山の意図は、①において、「入道」をあえて「光頭」という唐話で説明していることから窺われよう。すなわちこれらは、あたかも中国人の読者を想定しているかのような態度によって書かれているのである。また、割注ではないが、「太平記演義」第四回には、

吾《ガ》国《ノ》和歌《ハ》、雖下用《テ》二三十一《ノ》和字《ヲ》一綴《テ》レ之《ヲ》、而《シテ》殆若《シト》中児戯上、然《レドモ》於《テ》二其《ノ》善《ク》為《ル》者《ノニ》一、則三十一《ノ》字中《ニ》含二蓄《シ》無尽《ノ》意思《ヲ》一、宛二転《ス》無量《ノ》句法《ヲ》一。非《ズ》下惟《ダ》能《ク》感《ジテ》二鬼神《ヲ》一常《ニ》現《シメルノミニ》中其《ノ》霊《ヲ》上、亦《タ》能《ク》感《ジテ》二悪人《ヲ》一儘改《メシム》二其《ノ》心《ヲ》一也。無乃《ロ》妙《ナランヤ》乎。

と、やはり日本人にとっては不要な、和歌についての基本的な説明が記されている。

冠山が実際に中国人を読者として想定していたかどうかはなお検討を要するが、これらの記述が意味するのは、「太平記演義」に中国演義小説との同質性を付与することを、冠山が意図していたということであろう。そして多くの中国演義小説が通俗軍談として邦訳されている状況の中、「太平記演義」にそれと同質の性格を与えるには、やはり「太平記通俗」が必要だったのである。本作における附箋訂正は大半が「太平記演義」に施されており、「太平記通俗」にはわずか一箇所しか見られない。「太平記通俗」にも少なからぬ誤刻が確認され、決して訂正が不要であったわけではないにもかかわらず、一箇所しか訂正が施されていないということは、「太平記通俗」はその内容以上に、

存在そのものが重要であったのだと考えられよう。

こうして成立した『太平記演義』は、本邦初の演義小説として刊行された。そのことは序文にも、「抑々中華ノ演義ハ貫中ニ起コリテ、而シテ貫中ヲ之ガ鼻祖ト為シ、吾ガ邦ノ演義ハ先生ニ起コリテ、而シテ先生ヲ之ガ鼻祖ト為ス」と高らかに標榜されている。すなわち冠山は『太平記演義』を書くことで、自ら日本の羅貫中たらんとしたのである。これは儒学を生業となし得なかった冠山が、自らの立脚する位置を小説の世界に定め得たということを意味していようが、それに加えて、不遇者の「発憤」がここにおいて結実させられているということを見逃すわけにはいかないだろう。『太平記演義』は作品世界のみならず、作者の実像と虚像の狭間においても、ひとつのドラマを展開させていたのである。

近世小説史の中の『太平記演義』

唐話学者としての冠山の評価は現在においてもなお高く、和刻本『忠義水滸伝』の校訂者として白話小説の流行に寄与したこともよく知られている(45)。しかしその背景には、おそらく儒学で名を成せなかったことに対する失意があった。そして、その不遇意識を小説の方法として昇華させたのが『太平記演義』なのであり、それによって冠山は、日本の演義小説の鼻祖として自らを任じ得たのである。

では、はたして冠山は文学史の上においても日本の羅貫中たり得たのであろうか。中国では『三国志演義』に続いて多くの演義小説が生み出されたが、日本では『太平記演義』に続く演義小説が現れることはなかった。すなわち演義小説の作者としての冠山は、羅貫中のように後継者を生むことはできなかったのである。演義小説となり得るほどの大きな戦乱が少なかったという事情もあろうが、いずれにしても日本の演義小説は、中国のようにひとつのジャンルとはなり得なかった。

しかし、『太平記』を演義小説の形式に再構成するという発想が、後続の作家たちに影響を与えた可能性は否定できない。たとえば読本の祖として知られる都賀庭鐘の『英草紙』（寛延二年〈一七四九〉刊）は、全九篇のうち三篇（第一・三・九篇）で『太平記』の世界を利用しており、さらに第五・七篇の二篇もまた『太平記』と大きく関わっている。当時の小説観に「史之余」という概念があったことはすでに指摘されているが[46]、読本の嚆矢における「史」がほとんど『太平記』で占められていることの必然性はどこにあるのだろうか。無論、『後太平記』（延宝五年〈一六七七〉刊）や『前太平記』（元禄五年〈一六九二〉以前刊）という作品が存在することからも窺えるとおり、『太平記』の時代を基軸として軍記・軍書が編まれていたのは確かである。しかし、『太平記』の「前」や「後」ではなく、『太平記』の時代そのものを白話小説の世界と重ね合わせようとした背景に、演義小説と『太平記』を結びつけた『太平記演義』の存在があった可能性を考えないわけにはいかないだろう。近世小説史における『太平記演義』の位置づけは、今後あらためて検討されるべき問題である。

注

（1）見返しには「今雖未得全終、辱承諸君子之徵、先梓三十回以献之、余回必当不久而続梓焉」とあり、当初は続篇も刊行される予定だったようである。

（2）奥村佳代子「『太平記演義』の言葉――『太平記』翻訳に現れた白話観――」（『関西大学中国文学会紀要』第二十四号、平成十五年三月）。

（3）王佳璐「日本近世唐話に関する基礎研究――「太平記演義」をめぐって研究問題の提起――」（『外国語学会誌』第三十九号、平成二十二年三月）。
（4）荒木達雄「岡島冠山『太平記演義』に見る「水滸伝」の影響」（『東方学』第一二一号、平成二十三年一月）。
（5）上田美汀子「岡嶋冠山と太平記――近世文学交流の先駆――」（『桃源』第四巻第二号、昭和二十四年二月）。
（6）小松謙「「有詩為証」の転変――白話小説における語りの変遷――」（『中国歴史小説研究』、汲古書院、平成十三年）。
（7）潟沼誠二「『太平記演義』の位相」（『儒学と国学――「正統」と「異端」との生成史的考察――』、桜楓社、昭和五十九年）。
（8）中村綾「『太平記演義』訳解の方針」（『日本近世白話小説受容の研究』、汲古書院、平成二十三年）。
（9）引用は近衛典子『日本近世期における中国白話小説受容についての基礎研究』（平成十九～二十二年度科学研究費補助金基盤研究（B）研究成果報告書、平成二十年）に影印所収の愛媛県立図書館所蔵本による。また、序文は底本の訓点に従い、送り仮名を適宜補いつつ書き下した。
（10）引用は和刻本『忠義水滸伝』（京都大学文学研究科図書館所蔵本）により、訓点に従い書き下した。
（11）羅貫中の伝記をめぐる問題については、金文京『三国志演義の世界 増補版』（東方選書、平成二十二年）第四章「羅貫中の謎」に詳しい。また、高島俊男は『水滸伝の世界』（ちくま文庫、平成十三年）第十一章「誰が水滸伝を書いたのか？」において、「元末に羅貫中という人がいたことはまちがいない。しかしこの人は三国演義とも水滸伝とも無関係である」とした上で、この両作の作者に比定された「羅貫中」とは、正徳・嘉靖ごろに長篇通俗小説を集団制作したグループの名であるという興味深い説を提起している。
（12）引用は、国立中央図書館（台北）編『歴史通俗演義』に影印所収の世栄堂本により、私に書き下した。
（13）福田安典「岡島冠山『太平記演義』について――愛媛県立図書館本を中心として――」（注9科研報告書）。
（14）引用は架蔵本により、訓点に従い書き下した。
（15）この識語については、すでに注7潟沼論文に紹介がある。

（16）注7潟沼論文は、諸侯が通事を召すのはしばしば行われたことであり、その期間はせいぜい二年間ほどであったとして、冠山が吉就に仕えた時期を元禄五年から七年までと推定している。
（17）引用は『大日本近世史料　唐通事会所日録（三）』（東京大学出版会）による。
（18）注7潟沼論文。戸田忠囿については、『寛政重修諸家譜』巻九〇七に記述がある。
（19）長尾直茂氏御教示。この詩集は作品が年次を追って排列されており、当該詩は享保六年（一七二一）閏七夕から八月二日までの間に詠まれたものと推定される。首聯第一句は「十一年前攬客衣」となっており、冠山と確軒の出会いが宝永七年（一七一〇）ごろであったことも窺える。
（20）引用は『日本古典文学大系　近世随想集』（岩波書店）による。
（21）石崎又造『近世日本に於ける支那俗語文学史』（清水弘文堂、昭和十五年）第三章第四節「冠山及徂徠の蘐園を中心とする支那語学（其三）」。
（22）引用は国文学研究資料館所蔵本（87-26）による。
（23）徳田武「『大東世語』論（その一）――服部南郭における世説新語――」（『東洋文学研究』第十七号、昭和四十四年三月）は、この記述に基づき、南郭にとって唐話の学習は文語文の解読と創作のためのひとつの階梯にしかすぎなかったと述べている。
（24）冠山のこの施訓は、和刻本『忠義水滸伝』第一回三丁裏七行目に見える。
（25）引用は『唐話辞書類集』第三巻（汲古書院）所収の影印による。
（26）中村幸彦「通俗物雑談――近世翻訳小説について――」（『中村幸彦著述集』第七巻、中央公論社、昭和五十九年）、高島俊男『水滸伝と日本人』（ちくま文庫、平成十八年）第一部第四章「岡島冠山と和刻本『忠義水滸伝』」。
（27）注5上田論文。
（28）古活字版ならびにそれに基づく整版本を指す。本章では、早稲田大学図書館所蔵の慶長八年（一六〇三）刊古活字版を参照した。

(29) 引用は国文学研究資料館所蔵本（タ 4-16-1~41）による。なお、『参考太平記』の割注は原漢文。
(30) 太平記読みについての詳細は、若尾政希『「太平記読み」の時代――近世政治思想史の構想――』（平凡社ライブラリー、平成二十四年）を参照されたい。
(31) 中村幸彦「太平記の講釈師たち」（『中村幸彦著述集』第十巻、中央公論社、昭和五十八年）。
(32) 兵藤裕己『太平記〈よみ〉の可能性――歴史という物語――』（講談社学術文庫、平成十七年）第七章「『大日本史』の方法」に、『大日本史』や『参考太平記』などに代表される水戸史学の方法は、口伝を多く反映させる『理尽鈔』とは対照的に、本文批判を通して史実を一義的に確定していくものであったとの指摘がある。
(33) 井上泰至「読み物的刊行軍書の展開――遠山信春の軍書制作――」（『近世刊行軍書論――教訓・娯楽・考証――』、笠間書院、平成二十六年）。
(34) ただし井口千雪『三国志演義成立史の研究』（汲古書院、平成二十八年）第一章「成立と展開――段階的成立の可能性――」によれば、嘉靖本よりも葉逢春本（嘉靖二十七年〈一五四八〉序）の方が原演義に近い本文を持つということであり、近年、定説の再検討が進められている。
(35) 金文京「『三国演義』版本試探――建安諸本を中心に――」（『集刊東洋学』第六十一号、平成元年五月）、上田望「講史小説と歴史書（1）――『三国演義』、『隋唐両朝史伝』を中心に――」（『東洋文化研究所紀要』第一三〇冊、平成八年三月）、中川諭『『三国志演義』版本の研究』（汲古書院、平成十年）第二章第一節「嘉靖本と周曰校本・夏振宇本」など。
(36) 注35上田論文。史書と原演義・嘉靖本について言及した論考は多く、その一例として、ここでは上田論文を挙げた。論者によって説に若干の相違はあるが、本章ではさしあたり、原演義や嘉靖本が史書と密接に関連していることを確認できれば十分である。
(37) 『三国志演義』の諸本については、上田望「『三国演義』版本試論――通俗小説の流伝に関する一考察――」（『東洋文化』第七十一号、平成二年十二月）や、中川諭『『三国志演義』版本の研究』（前掲）、井口千雪『三国志演義成立史の研究』（前掲）などを参照されたい。中でも中川の著書四〇〇・四〇一頁における諸本系統図は、諸本の関係性を把握するのに有用である。

（38）引用は架蔵本により、訓点に従い書き下した。

（39）その冒頭には、「夫史非独紀歴代之事、蓋欲昭往昔之盛衰、鑑君臣之善悪、載政事之得失、観人才之吉凶、知邦家之休戚、以至寒暑災祥、褒貶与奪、無一而不筆之者」とある。

（40）『通俗列国志』は、後篇の方が前篇に先んじて刊行されている。

（41）徳田武「中国講史小説と通俗軍談——読本前史——」（『日本近世小説と中国小説』、青裳堂書店、昭和六十二年）。

（42）章学誠『丙辰札記』（『聚学軒叢書』第三集第三十七冊所収）。

（43）『吾妻鏡』によれば、院宣を書いたのは光親だが、菊川で処刑されたのは藤原宗行である。

（44）この改変に関して紅林健志「仮作軍記と『本朝水滸伝』」（『国語と国文学』第九十四巻第十一号、平成二十九年十一月）は、俊基の嘆きを「個人的なものから、光親への哀悼の念という、より普遍的な、敵方の武士とも共感可能なものへと書き換え」るものだと指摘し、『太平記演義』には情的な要素を排除する傾向があると述べる。筆者はこれについて、光親を通して結局は作者が自己を嘆いているものと現時点では解釈しているが、紅林の指摘が冠山の演義小説観を窺う上で重要なものであることは動かない。今後の検討課題である。

（45）ただし中村綾「和刻本『忠義水滸伝』と『通俗忠義水滸伝』——その依拠テキストをめぐって——」（『日本近世白話小説受容の研究』、前掲）は、冠山が関与したのは和刻本ではなく『通俗忠義水滸伝』であった可能性を指摘している。

（46）中村幸彦「読本初期の小説観」（『中村幸彦著述集』第一巻、中央公論社、昭和五十七年）、徳田武「読本論」（『秋成前後の中国白話小説』、勉誠出版、平成二十四年）。

第二章　白話小説訓読考

――「和刻三言」の場合――

本章の目的

遅くとも平安時代初期にはすでに日本で行われていたという訓読は[1]、長きにわたり、漢文読解の手法として広く用いられてきた。しかし、訓読という方法はあくまでも文言文を読むための手段であり、必ずしもすべての中国語文献に適用できるものではない。たとえば、白話小説のように口語で綴られた文章を読むためには、その当時における現代中国語の学習（唐話学）が不可欠であった。

近世中期に白話小説が流行し、読本をはじめとする近世文学に多く利用されたのは周知のとおりであるが、その背景としては、唐話学を修めずとも白話小説を読むことのできる環境が整えられていったということが挙げられる。その一例が、白話小説に訓点と左訓を施した和刻本の刊行であり、それらを一般に「訓訳本」と称している。すなわち、訓読の他に中国の文献を読む手段がない以上、白話小説もやはり訓読によって享受されたのである。そこで本章では、訓訳本における施訓の方法を検討し、近世期において白話小説がいかにして読まれていたかを窺うとともに、その方法が読本の文体にいかなる影響を与えたかということについて考察したい。

「和刻三言」の性格

本章で検討の俎上に載せるのは、明末成立の短篇白話小説集「三言二拍」の訓訳本である。「三言二拍」には全二百篇が収められるが、岡白駒施訓の『小説精言』（寛保三年〈一七四三〉刊）と『小説奇言』（宝暦三年〈一七五三〉刊）、そして沢田一斎施訓の『小説粋言』（宝暦八年〈一七五八〉刊）においてそれぞれ数篇ずつが訓訳されており(2)、この三作を総称して「和刻三言」という。まずは、「和刻三言」の性格を確認するところから始めたい。

近世期における白話小説の受容形態のひとつに、「通俗物」と称される一群がある。その概略は第一部第四章ですでに述べたが、これらはいわば白話小説（ただし演義小説の中には、文言を基調とする文体のものも少なくない）の翻訳であり、歴史小説（演義小説）を対象にしたもの（『通俗三国志』『通俗漢楚軍談』など）と、歴史小説以外を対象にしたもの（『通俗忠義水滸伝』『通俗西遊記』など）とに大別される(3)。通俗物は刊行数も多く、広く受け入れられた形態であったと考えてよいが、それに比して訓訳本の数は少なく、「和刻三言」の他には、岡島冠山施訓と言われる(4)『忠義水滸伝』（享保十三年〈一七二八〉初集刊）、倚翠楼主人施訓『肉蒲団』（宝永二年〈一七〇五〉刊）(5)、清田儋叟施訓(6)『照世盃』（明和二年〈一七六五〉刊）などが存する程度である(7)。

その理由としてまず考えられるのは、訓訳本を享受することが可能な人口が、通俗物のそれに比して少なかったということであろう。通俗物が漢字片仮名混じりの平易な日本語であるのに対し、訓訳本は、訓点があるとはいえ白話小説の原文を読むものであるため、読者にも一定程度の知識が要求された。

さらに、訓訳本の執筆にあたってはきわめて高度な白話読解能力が必要とされたことも、大きな理由のひとつであると思われる。高島俊男や長尾直茂によって、通俗物の嚆矢である『通俗三国志』（元禄四年〈一六九一〉刊）の白話部分に誤訳が多いという指摘がなされているが、(8) そのことからも窺えるように、原文の解釈に誤りや曖昧な点があったとしても、通俗物は読むに堪える作品として成立し得る。それに対し、訓訳は原文そのものに施訓するものであるため、一字一句を適切に処理することが求められる。訓訳本の作者は、通俗物の作者以上にすぐれた唐話能力を有していなければならなかったのである。

その唐話学の第一人者として知られる岡島冠山は、『唐話纂要』（享保元年〈一七一六〉刊）を享保三年（一七一八）に再刊する際、自作の白話小説二篇を巻六「和漢奇談」として増補した。これは白話小説に訓点を打つことの意味を考える上で恰好の資料でもあるので、そのうちの一篇「孫八救人得福」の冒頭部分を次に挙げる。

昔《ツエ》在《ヅアイ》長《ヂヤン》崎《ギイ》有《ユウ》孫《ソヲン》八《パ》者《チエ》。膂《リユイ》力《リ》過《コウ》人《ジン》。遊《ユウ》俠《ヤ》自《ツ》得《テ》。後《ヘウ》有《ユウ》事《ス》故《ウクウ》。而《ルウ》被《ビイ》官《クハン》逐《チヨ》放《ハン》。遂《ヅイ》爲《ヲイ》干《カン》隔《ケ》澇《ラ○ウ》漢《ハアン》。而《ルウ》流《リウ》落《ロ》京《キン》師《スウ》。旅《リユイ》宿《ソ》於《イユイ》五《ウ、》條《デヤ○ウ》橋《ギヤ○ウ》邊《ペン》。賣《マイ》烟《エン》爲《ヲイ》生《スエン》。(9)

振仮名が唐音で記されていることから明らかなように、この作品は、唐音によって直読されることを想定して書かれている。それにもかかわらず訓点が打たれているのは、おそらく文法構造を読者（学習者）に示すためであろう。明治時代の英語学習が訓読によって行われた例からも知られるとおり、(10) 訓点は外国語の文法構造を把握するために有用な手段であったのである。

このことを敷衍すれば、施訓とは対象作品の文法的解釈に他ならず、「和刻三言」は唐話学という学問的営為の成果であるといえよう。白駒の講義をもとに作成された『水滸伝訳解』（写本。享保十二年〈一七二七〉跋）が、現代においても十分に通用する注釈書として高く評価されていることは、(11)「和刻三言」施訓者による白話小説研究の水準が、いかに高度なものであったかを窺うに足る。

従来、「和刻三言」は日本に短篇白話小説を広く紹介した書として、その文学史的意義が説かれてきた。無論、その側面の意義については疑うべくもないが、それと同時に、これが白駒と一斎による唐話学の重要な成果であるという側面もまた、見逃してはならないように思われる。その成果を具体的に確認するということもまた、本章の目的のひとつである。

「和刻三言」の訓読法

それでは、「和刻三言」の訓読法を具体的に見ていくことにしよう。白話文と文言文の相違点は様々あるが、中でも特徴的なものとして、ここでは助詞・介詞・方向補語の三点について検討する。なお、原則として白駒の訓読は『小説奇言』巻一「唐解元玩世出奇」から、一斎の訓読は『小説粋言』巻一「王安石三難蘇学士」から、それぞれ例を挙げる。また、底本には尾形仂編『岡白駒・沢田一斎施訓　小説三言』（ゆまに書房）所収の影印を使用し、濁点を適宜補うなど、表記を一部改めた。

①助詞

【的】

白話文において多用される助詞のひとつで、構造助詞としての機能と語気助詞としての機能を持つ。前者には他の語句に接続して名詞を修飾する用法（用法A）と、名詞句を構成する用法（用法B）がある。

まずは構造助詞・用法Aの例を示す。

a．到《リ》二那《ノ》熱鬧《ニギヤカナル》的《ノ》所《トコロ》在《ニ》一（「唐解元」4オ）
b．四不可盡的《ノ》話（「王安石」1オ）
c．也有《タ》二平下來《シル》的《ノ》時節一（同1ウ）
d．想《ヒ》二起《シ》改《ル》レ詩《ヲ》的《ノ》去《トコロ》處《ナルヲ》一（同15オ）

a・bの「的」は、直前の語句（名詞句・形容詞句）と音合符によって連結され、「熱鬧的」「四不可盡的」のように熟語化している。[12] 一方、動詞句に接続しているc・dの「的」は熟語化していない。すなわち、a・bのように「的」が名詞句や形容詞句に接続する場合は〈〇〇的〉と熟語化させ、c・dのように動詞句に接続する場合は〈連体形＋的〉のかたちで訓読するのが原則であるということになろう。なお、上記の四例すべてに附されている送り仮名「ノ」は、これらの「的」が連体修飾格であることを示している。

ただし、原文に施訓するのみならばこの処理の方法で十分であるが、書き下し文の作成や音読を想定する場合にはやや問題がある。dを例にとれば、これは「詩ヲ改ムル的ノ去處ナルヲ想ヒ起コシ」と読む他はなく、傍線部は明らかに不自然である。それゆえに、訓訳に際してこの「的」を本文から抹消しようとする動きも現れる。

その好例が、『今古奇観』から「三孝廉譲産立高名」「杜十娘怒沈百宝箱」「李汧公窮邸遇俠客」「王嬌鸞百年長恨」の四篇を選んで施訓した、服部撫松『勧懲繡像奇談』（九春社、明治十六年）である。勝山稔の紹介するところによれば、[13] 撫松は「李汧公」にある「適来雲華寺牆上画不完的禽鳥」という一節を、以下のように訓じている。

適《マ》来《テ》二雲華寺《ニ》一牆上画《キ》二不完《ノ》禽鳥《ヲ》一（適マ雲華寺ニ来テ牆上不完ノ禽鳥ヲ画キ）

勝山も指摘するとおり、「今しがた・先ほど」という意味の白話語彙「適来」を「適マ〜来テ」と訓読している点や、可能補語を用いた構文の「画不完」を「不完ノ〜ヲ画キ」としている点など誤りも目立つが、さしあたり注目したいのは、原文にある「的」が撫松の訓読文には見られないということである。原文の「的」が反映されていない箇所は他にもあり、ここに訓読困難な文字を削除しようとする意図がはたらいていたことは疑い得ない。それほどまでに、「的」は訓読において処理が困難な文字なのである。

続いて構造助詞・用法Bの例を示す。

e．文字‐中有《ハ》二字‐句不レ安《ナラ》《ヲチツカヌ》的一（「唐解元」6ウ）

f．有《ル》二勢‐力一的不レ做《サ》二好事《ヲ》一（「王安石」1ウ）

g．做《ス》二買‐賣《ヲ》一的《モノ》（同2オ）

これらは、「字句不安」「有勢力」「做買賣」という状態や動作が、「的」によって名詞句となったものである。すなわち、本来は「的」の後に置かれるべき名詞が省略されたかたちであり、一斎はgに左訓「モノ」を附すことで、その名詞が「者」であることを示している。三例とも、明らかに用法Aとは処理の方法が異なっており、白駒・一斎ともに、「的」に複数の用法があることを認識していたようである。

最後に語気助詞の用例を示す。

h．香‐燭之‐類《モ》也《タ》要《スル》レ備《ンヲ》的《モノ也》（「唐解元」3ウ）

i．幾‐時《ヨリ》放‐二下《スル》《ヤムル》書本《ヲ》一的《ソ》（同6ウ）

語気助詞とは、文末に位置して話し手の心情・態度を表す助詞である。右の例の場合、hは強調のニュアンスを含み、iは出来事が過去であることを示している。hに左訓「モノ也」が附されていることからすれば、iもおそらく「モノ」と読むのであろう。語気助詞の「的」は実体としての物や人を意味するものではなく、訳語を当てるのは困難であるため、このように抽象化して「モノ」と訓じておくのが無難と判断されたのではなかろうか。白駒が『小説精言』巻一「十五貫戯言成功禍」12オにおいて、「小人偶然問《ヒ》下起往《スキ》二那裏《イヅク》《ニ》一去的《ルゾ》《ヒト》。却獨《テ》自一個行《ヒトリ》走《スト》上」と、語気助詞「的」を「ヒト」と訓じたのも、おそらく同様の理由によるものであろう。この「的」は具体的な事物を指すものではないが、文脈的に「ヒト」以外の訓を附すことは不可能だったのである。そしてこの語気助詞の用法と、構造助詞の用法Bとがほぼ同様の方法で処理されていることに鑑みれば、このふたつの用法の差異はさほど明確に認識されていなかった可能性がある。

以上の内容を整理すれば、構造助詞の用法Aは送り仮名「ノ」を附すことで、構造助詞の用法Bと語気助詞は主に「モノ」と訓ずることで処理するのが一般的であったといえよう。すなわち三通りの用法に対して、それを処理する方法は二通りしかなかったということであり、(14) 訓読によって白話文特有の語法の語感を表現する困難さが窺われる。

【得】

動詞に接続して可能・許可を表す用法（用法A）と、動詞・形容詞に接続して結果や程度・状況を示す用法（用法B）がある。

まずは用法Aの例を示す。

a．假《モシ》如桀紂是个《レノ》平民百姓《ナラバ》還《マダ》造《テリ》三得《ンヤ》許《ノ》多悪業《ヲ》一否《ヤ》（「王安石」1ウ）

b．少《キ》三不レ得レ行二子《ヲ》壻之禮《ヲ》一（「唐解元」15オ）

c．也怪《タウラミ》三不レ得子瞻《ヲ》一（「王安石」15ウ）

「得」を「～（し）得る」と読んで可能の意を表すのは、日本語においても一般的な用法であるため、右の例のように訓読されていることに特に違和感は覚えない。aは「仮に桀王や紂王が大衆の一人であったならば、多くの悪業をなすことができたであろうか」、bは「婿に対する礼を欠くことはできない」、cは「子瞻を咎めることはできない」の意である。ただしb・cのように、否定文の場合は語順が〈動詞＋不得〉となり、否定詞「不」が動詞の後に置かれるため、施訓は困難となる。それに対し、白駒と一斎はいずれも動詞と「不」を訓合符で連結させた上で、「不レ得」と返り点を附している。白話小説を漢文訓読の規則に即して施訓するための手段として、合符が効果的に使用されているといえよう。

次に用法Bの例を示す。

d．寫《シ》得《テ》甚是《ダ》端楷《リッパ》可レ愛《ス》（「唐解元」5ウ）

e．公子見二他《ガ》改得《テ》好《ヲ》一（同6ウ）

f．這《ノ》對出《シ》得《テ》蹺蹊《アヤシ》（「王安石」19オ）

こちらは動詞や形容詞の結果や程度を示す用法であり、たとえばdは字を書いた結果が「端楷（正しい楷書）」であったこと、fは出された対句が「蹺蹊（奇妙）」なものであったことを意味している。この「得」の用法は日本語にはないが、用法Aと同様に訓読するほかなかったことが、右の三例から知られよう。「得」も「的」の場合と同様、用法の数に対して処理方法の数が不足していたようである。

【着・著】

動作が進行状態にあることや、状況が継続していることを示す。

a．一班《ムレ》仙《ノ》女簇擁《トリマハシ》二着《シ》王母娘娘《ヲ》一（「唐解元」8ウ）

b．那《ノ》秀才又和《トモニ》二着《シテ》一個同輩《ニ》一説話《ハナシ》《シ》（同12オ）

c. 和薫金朔四様ノ風配シ二著ス四時ニ一　（「王安石」6ウ）

d. 分二付《イヒツケ》シ守門官ニ一緩着些《チトユルリト》出去　（同15オ）

助詞「着（著）」は必ず動詞の後に置かれるが、動詞との連結に際して、a・dでは音合符、b・cでは訓合符が用いられている。「着」が頻出する『小説精言』巻二「喬太守乱点鴛鴦譜」を見ても、全四十六例の「着」のうち、音合符・訓合符が用いられる数はいずれも二十三で同数であった。その使い分けについては、たとえば「依着」が四例すべて訓合符である一方で、「守着」は音・訓合符がそれぞれ一例ずつ、「閉着」は音合符二例・訓合符一例であり、明確な基準は見出し得ない。処理方法が確定しなかった白話文法のひとつといえよう。

【了】

行為の完了や状態の完結などを示す。

a. 今年我定做テン二會元ト一了　（「唐解元」2オ）

b. 就チ去テ罷ン了《コノマヽユキテヨシ》　（同3ウ）

c. 叫《シメ》下主管ヲシテ於二典中ニ一尋二幾件ノ隨身ノ衣服ヲ一與テレ他ニ換ヘ了ラ上　（同6オ）

d. 只要スレ明二白ニセンヲ一了這ノ椿《ヒトシナ》ノ事迹ヲ一　（同12オ）

e. 寫便ハ寫シ了ル《カクコトハカキヌ》　（「王安石」7オ）

a・b・dのように「了」を読み飛ばす場合と、c・eのように「おはル」と読む場合がある。このように二種類の処理方法が存するのは、「了」の機能が前者と後者では異なっているという認識に起因するようで、白駒は『小説精言』巻一・22オにおいて次のように述べている。

了ノ字。ヲハルト訓ズレドモ、句ノ落脚ニアルハ、雅語ノ矣ノ字トミルベシ。ヲハルトヨマレヌ時、皆助辞也。すなわち「了」は「ヲハル」と読むべき字であるが、文末にあるものは「矣」と同様に語気助詞の働きをするというのである。文言においても語気助詞は訓読しないのが通例であるため、それに従ってbの「了」は読み飛ばされたものと推測される。a・dの「了」は、この時点ではまだ動作・状態が完了していないが、いずれ完了し得るということを想定して用いられたものである。「會元ト做リ了ラン」「明白ニシ了ルヲ」と読むことも可能であるが、未了の事柄に「おはル」を用いるのは不自然であるとの判断から読み飛ばされたのであろうか。

それ以外の処理方法としては、直前の動詞と「了」を音合符で連結し、熟語化させるというものがある。鹿児島大学附属図書館玉里文庫所蔵『金瓶梅』（以下「玉里本『金瓶梅』」。文政十年〈一八二七〉～天保三年〈一八三二〉写。玉里・海の部3番・4068）は、遠山荷塘を中心とした読書会の記録を高階正巽が筆記したものであるが、ここには「到了ス」「使了ス」「送了ス」などの例が頻出する。また、和刻本『忠義水滸伝』（京都大学文学研究科図書館所蔵。4-45/チ/1）第一回には全四十八例の「了」が見え、動詞との連結が音合符によるものは二十六例、訓合符によるものは十九例（そのうち「おはル」と読むものは七例、「了」を読み飛ばすものは十二例）であった。残りの三例には合符がない。

これらの例を見ると、白話文の「了」をいかに処理するかは、ほとんど訓訳者の裁量次第であったように思われる。『小説精言』における白駒の言及は、「了」の訓読法に基準を与えようとした試みの例として、一定の評価を与えられるべきであろう。

②介詞

名詞の前に置かれ、時間・場所・方法などを示す。前置詞の役割にほぼ相当する。

a．鎖二在《シ》一個《ノ》護書篋内《ニ》一　（「唐解元」11オ）

b．不レ知レ逃《カケヲチ》二在《スルヲ》那里《イヅク》《ニ》一　（同11ウ）

c．傳二與《シテ》後生小子恃《ミ》レ才《ヲ》誇《ル》レ己《ニ》的《ニ》一　（「王安石」3オ）

a・bの「在」は場所、cの「與」は対象を示す介詞である。白駒・一斎はこれらを直前の動詞と音合符によって連結し、熟語化させている。

介詞は白話文のみならず文言文においても見られ、そのうち最も多用されるものは「於」である。これは周知のとおり〈於＋名詞〉のかたちで前置詞構造を構成し、〈動詞＋於＋名詞〉のように直前に動詞がある場合は置き字として扱われ、〈於＋名詞＋動詞〉のように後ろに動詞がある場合は「おいテ」と読まれるのが一般的である。それに倣えば、aは「一個ノ護書篋内ニ鎖シ」、bは「那里ニ逃グルヲ知ラズ」、cは「後生小子オヲ恃ミ己ニ誇ル的《モノ》ニ傳ヘテ」などと訓読すべきであるように思われるが、白駒・一斎はそのように処理しておらず、あたかも動詞の一部であるかのように扱っている。ただし「報二與《シテ》學士《ニ》一知道《セシム》」（「唐解元」12オ）の「報與」などは、『中国語大辞典』（角川書店）などに不完全動詞として立項されており、介詞が動詞の一部になることも珍しくない点に鑑みれば、白駒らの処理が必ずしも不適切であるということではない。

では、介詞の前に動詞がない場合はどのように施訓されているであろうか。

d．兄的《ノ》船往二那里《イヅク》《ニ》一去《ル》　（「唐解元」3ウ）

e．那《カノ》四個《モ》一發喚《ニ》出《シ》來《リテ》與レ他《ニ》看看《セシメ》　（同9オ）

f．去歳在《オイテ》二王荊公府《ノ》中《ニ》一見二他《ガ》咏レ菊《ヲ》詩二一句《ヲ》一　（「王安石」10オ）

g．我在《ハオイテ》二夔州《ニ》一換レ船《ヲ》　（同12ウ）

dの「往」は方向、eの「與」とf・gの「在」は、a〜c同様それぞれ対象と場所を示す。ここで興味深いのは、一斎がfとgの「在」に「オイテ」という振仮名を附している点である。これは「在」が動詞ではなく、「王荊公府中」「夔州」という場所を示す語であると一斎が認識していたことを示すものに他ならない。時代は下るが、「在」と「於」の共通性については、曲亭馬琴が『南総里見八犬伝』第九輯下帙中巻〈天保九年〈一八三八〉刊〉第十九簡端贅言において次のように述べている。

水滸西遊《すいこせいゆう》などに、在《ざい》を於《アル》の如《いよ》く、像《ぞう》を如《じよ》のごとく似《じ》のごとく、則《そく》を唯《ゐ》のごとく読《よま》するは、其文《そのぶん》に法則《はうそく》あり。叨《みだり》に用《もちふ》るにあらず。(15)

馬琴は「在を於の如く」読む法則について特に具体例を示してはいないが、『水滸伝』『西遊記』などの白話小説において、文言文ならば「於」が置かれるべき場所に「在」が置かれる場合のあることを理解していたようである。一斎が「在」を「オイテ」と読んだのも、これと同様の認識によるものであろう。これは白話文における介詞の機能を正しく把握した上での適切な処置であったといえるが、「在」以外の介詞についてはほぼすべてが動詞として扱われている。ただしdの「往」はおそらく介詞として処理されており、施訓者が介詞の機能を認識していなかったというわけではないように思われる。動詞と区別して処理する必然性がなかったというのが、実情に近いのではなかろうか。

③方向補語

動詞に接続して、動作の向かう方向を示す。「来」と「去」の二語がある。(16)

a．穿《ヌケイデ》二出シ一一條《スジ》ノ大街上ニ一來　（「唐解元」4ウ）

b. 叫《シメテ》下徐倫《ヲシテ》取二湖廣缺官冊《ノ》籍《ヲ》一來《ラ》上看　（「王安石」8オ）

c. 東坡（略）、想《ヒ》下起《シ》荊公囑付《テウメン》《イヒツケ》要レ取《スル》二瞿《ラ》塘中峽水《ノヲ》一的話《ノヲ》上來（同11ウ）

現代中国語の文法用語で、〈動詞＋出・起などの特定の語(17)（＋目的語）＋来・去〉の構造を持つbを単純方向補語、〈動詞（＋目的語）＋来・去〉の構造を持つa・cを複合方向補語という。いずれも能動文の場合は特に施訓上の問題が生ずることはないが、複合方向補語において否定詞「不」が用いられる場合(18)、規範的な訓読法に則って施訓することができなくなる。一般的に否定詞「不」は動詞の前に置かれるが、方向補語の場合は動詞の後に置かれるため（例：想起来→想不起来）、返り点の順序に乱れが出てしまうのである。たとえば川島優子は、玉里本『金瓶梅』に次のような例が見られることを指摘している(19)。

①端《マサ》的看《ニミ》二不五出三這婆子的本事一来四。（第二回）

②西門慶促忙促急儹二造不五出三床一来四。（第八回）

①は「看出来」、②は「造出来」という複合方向補語に対し、それぞれ否定詞「不」が用いられたものである。この返り点の打ち方が訓読の規範から逸脱したものであることは明らかだが、適切な語順で読むためには右のようにせざるを得ない。

では、白駒と一斎はこの語法をどのように処理しているのだろうか。「唐解元」「王安石」の中にこの構文は見られないが、『小説精言』巻二「喬太守乱点鴛鴦譜」と『小説粋言』巻二「転運漢巧遇洞庭紅」に一例ずつ確認されるので、それらを「三言二拍」の原文(20)と並べて比較してみたい(21)。

○「喬太守乱点鴛鴦譜」

・『醒世恒言』巻八（25ウ）

氣得劉公半晌說不出話來。

氣得劉公半晌説不出話來

・『小説精言』巻二（25オ）

氣《ムネンガリ》―得《シ》劉《テ》―公半《ハントキバカリ》―晌不㆘説《キ》㆓出話《ヲ》㆒來㆖。

氣《ムネンガリ》得《シ》劉《テ》公半《ハントキバカリ》晌不㆘説《キ》㆓出話《ヲ》㆒來《ライ》㆖。

○「転運漢巧遇洞庭紅」

・『拍案驚奇』巻一（20ウ）

顛倒討不出價錢來。

顛倒討不出價錢來

・『小説粋言』巻二（23オ）

顛―倒不㆘討《モトメ》㆓―出《シ》價―錢《ヲ》㆒來《ラ》㆖。

顛―倒不㆘討《モトメ》㆓出《シ》價―錢《ヲ》㆒來《ラ》㆖

玉里本『金瓶梅』の返り点が破格であったのに対し、「和刻三言」の場合は規範どおりに施訓されている。それが可能であったのは、「三言二拍」の本文と比較すれば明らかなように、白駒と一斎が否定詞「不」の位置を、動詞の後から前へと移動させているからに他ならない。すなわち二人は、原文のままでは施訓不可能と判断し、本文を改変したのである。

では、玉里本『金瓶梅』の筆録者である高階正巽と、白駒・一斎の態度の相違は何によるものと考えればよいだろうか。川島は、玉里本『金瓶梅』には口語訳が記されず、訓読文のみが記録されていることを指摘した上で、その理由について

江戸時代には多くの白話小説が日本に輸入されたが、それでも当時の需要を十分に満たすほどではなかった。（略）そのため、まずは原文を正しく示す（写す）ということ、それ自体に大きな意味があったものと思われる。(22)

と述べている。しかしすでに見たように、白駒・一斎は施訓のために原文の語順を改変しており、さらに「喬太守乱点鴛鴦譜」においては、閨房における男女の描写が大幅に省略されていることが、尾形仂によって指摘されている。(23)この点に鑑みれば、白駒や一斎が正巽のように「原文を正しく示す」ことを重視していたとは思われない。

そもそも白話文が訓読に適していないことは、白駒・一斎の両人とも十分に理解していたはずである。それにもかかわらず訓読の試みがなされたのは、白話小説を誰もが読める形式にして示すために他ならないであろう。そして、その成果が「和刻三言」における訓訳であったとすれば、訓読不可能な文を訓読可能な語順に改めることもまた、彼らにとっては「訓訳」の範疇に入るものであったと言わねばならない。その是非についてはひとまず措くとしても、この営為によって白話小説の享受者が拡大し、次章において述べるように、吉文字屋本浮世草子や後期読本に多大な影響が及ぼされたことは、確かな事実なのである。

ここで、白話小説頻出の副詞二語についても、白駒と一斎の処理方法を簡単にまとめておく。

【還】

状態が引き続き変化しないことや、まだ一定の段階に達していないことを示す。「唐解元」「王安石」の二作には計十二例あるが、白駒らはこれをすべて「經‐書《ハ》還《テ》都《テ》記‐得《ス》」（「唐解元」6オ）などのように「かへりテ」あるいは「かへリ」と読んでいる。この読み方と語義との間にはやや隔たりがあるが、うち六例には「マダ」という左訓が附されており、語義が正しく理解されていたことは確かである。

【好】

程度が甚だしいことを示す。白駒と一斎は「好《シ》不《ンヤ》㆓暢‐快《ナラ》㆒」（「王安石」1ウ）などのように「よシ」と読むが、都賀庭鐘『通俗医王耆婆伝』（宝暦九年〈一七五九〉刊）第五回の「釈義」に「好　佳《ヨシ》ト云ニ用タルハ正面也。好《ヨ》カラヌコトヲ反語《ハンゴ》ニ好ト用タル多シ。此邦ノ俗ヨイコトケツカウナコトトウラヲ云ガ如シ。又ハナハダトモ用タリ(24)」とあるとおり、「はなはだ」の意である。白駒は『小説精言』巻二・11オにおいて、「好不」に「ハナハダ」という左訓を附し、さらに同巻35オで「好不ハ、ツヨク云辞也。大風ヲ好不大風ト云類。畢竟好《シ》不《ン》㆓歡喜《セ》㆒ト質シ語ル辞故ハナハダシキ辞也」と語釈しており、「好」もまた同義であることは理解していたであろうと思われるが、この一字を「はなはダ」と訓ずる例はない。

ここまで「和刻三言」所収の二作を例に、近世における白話小説訓読法の一端を窺ってきた(25)。白駒と一斎の訓読法は共通するところがきわめて多いが、それは白駒の『小説精言』『小説奇言』の版元が風月堂荘左衛門であり、風月堂の主人が『小説粋言』の施訓者である一斎であったことからすれば当然のことである。一斎の訓読法は、多くを白駒に倣っているといってよい。

その特徴のひとつは、あくまで文言の訓読法を規範としていることである。一見、これは当然のことのようにも思われようが、玉里本『金瓶梅』が破格の施訓を躊躇しなかったのに対し、「和刻三言」が本文を改変してまでも規範に忠実であったことは、やはり白駒・一斎の態度を示すものとして注目すべき点であろう。

そしてもうひとつ、ここまであまり触れる余裕がなかったが、白話語彙の語釈に相当する左訓を口語で附している点にも注意を払うべきであろう。白話小説はそもそも、瓦舎と呼ばれる盛り場の勾欄（演藝場）で語られた説話（講談）を源流に持つ民衆の文学であり、口語を用いることによって人々の姿を生動的に描き得た文藝である。したがって、文言を読解するための手段である訓読によって白話小説を読むことは、白話小説が本来的に有している舌耕文藝の躍動感を失うことにもなる。白話小説が訓読に適さないということは本章冒頭においても述べたが、それは必ずしも文法的な理由のみではないのである。口語の左訓は、そうした原文の特性を可能な限り保持するための処置であろう。(26)

白話小説は訓読によって読むほかないが、そのために失われるものもあるということに、当時の人々は気づいていた。近世期における白話小説の受容には、常にこの葛藤が払拭し得ぬものとしてあったのである。

『英草紙』の文体と白話小説の訓読表現

「和刻三言」の第一作『小説精言』に少し後れて、白話小説の「翻案」が現れた。いわゆる初期読本がそれであるが、その嚆矢である都賀庭鐘『英草紙』（寛延二年〈一七四九〉刊）は、全九篇のうち七篇までもが「三言二拍」を原話としており、さらに後続の『繁野話』（明和三年〈一七六六〉刊）や『莠句冊』（天明六年〈一七八六〉刊）にも、数は少ないながらも白話小説の翻案がある。また、上田秋成『雨月物語』（安永五年〈一七七六〉刊）の「菊花の約」が『古今小説』巻十六「范巨卿鶏黍死生交」、「蛇性の婬」が『警世通言』巻二十八「白娘子永鎮雷峰塔」の翻案であることもよく知られていよう。

これらは原話の翻訳を志向するものではないため、原話の文章のために表現が制約されることはない。しかしそれにもかかわらず、『英草紙』には原話をそのまま書き下した箇所が少なからず存する。その一例が、「兪伯牙捽琴謝知音」（『警世通言』巻一・『今古奇観』巻十九）を原話とする「豊原兼秋音《とよはらかねあきいん》を聴《き》て国《くに》の盛衰《せいすい》を知話《しること》」の次の一節である。

多時《たじ》ならずして風恬《かぜやめ》ば浪《なみ》も静《しづま》り、雨止《あめやみ》て雲開《くもひら》け一輪《いちりん》の明月《めいげつ》か丶やき出づ。[27]

原話の表現は「不多時風恬浪静雨止雲開現出一輪明月」[28]であり、『英草紙』の表現が原話を訓読したものであることは一読して明らかであろう。ただし、傍線部には少し注意を払う必要がある。原話の「不多時」は白話小説に頻出する表現であるのだが、それを書き下した「多時ならず」という表現は、管見の限り『英草紙』以前の小説には見出せない。『小説精言』巻二・17ウに「養ㇾ娘去テ不ニ多ㇾ時一《ホドナク》ナラ」、通俗物のひとつである『通俗隋煬帝外史』（宝暦十年〈一七六〇〉刊）巻二・1ウにも「旨《ムネ》ヲ傳《ツタ》ヘテ楊素《ヨウソ》ヲ宣《メシ》玉へバ、不多時《ホドナク》楊素《ヨウソ》朝《チヤウ》ニ入」[29]とあり、左訓や読み仮名で「ホドナク」という語義の説明がなされていることからすれば、少なくとも一般的な表現でなかったことは確かであろう。すなわち庭鐘は、これを「程なく」など馴染みのある表現に置き換えるという選択肢を捨て、あえて耳慣れない訓読表現を用いているということになる。

また、第二篇「馬場求馬妻《ばばもとめめ》を沈《しづめ》て樋口《ひぐち》が聟《むこ》と成話《なること》」には、原話「金玉奴棒打薄情郎」（『古今小説』巻二十七・『今古奇観』巻三十二）の「快開船前去」を訓読した「快《はやく》船を開《ひらく》べし」という表現が見られる。『通俗三国志』巻十八にも、『三国志演義』第四十五回の「玄徳開船」を「玄徳急《イソ》ギ舩《フネ》ヲ開《ヒライ》テ[30]」（巻十八・18オ）と翻訳している例があるが、長尾直茂の指摘するとおり、これは訳者の文山が、「開」という動詞の持つ「動かす・出発させる」という字義を把握していなかったことに起因していよう[31]。ただし庭鐘の場合、第一部第二章で論じたように、『英草紙』における執筆態度には原話の表現に密着しようとする傾向があるため、この箇所もその一例である可能性が高い[32]。

　では、なぜ庭鐘は右のような訓読表現を多用するのであろうか。その理由の一端は、『英草紙』の成立時期と関係があるように思われる。ここで当時の白話小説受容状況を確認するため、代表的な訓訳本と初期読本（白話小説の利用が確認されているもの。庭鐘・秋成・椿園の作品を中心とする）を刊行順に並べてみよう。

①享保十三年（一七二八）『忠義水滸伝』初集
②寛保三年（一七四三）『小説精言』
③寛延二年（一七四九）『英草紙』
④宝暦三年（一七五三）『小説奇言』
⑤宝暦五年（一七五五）『開巻一笑』
⑥宝暦八年（一七五八）『小説粋言』
⑦宝暦九年（一七五九）『忠義水滸伝』二集
⑧明和二年（一七六五）『照世盃』
⑨明和三年（一七六六）『繁野話』
⑩明和七年（一七七〇）『垣根草』

⑪安永四年（一七七五）『新斎夜語』
⑫安永五年（一七七六）『雨月物語』
⑬安永八年（一七七九）『両剣奇遇』
⑭安永九年（一七八〇）『唐錦』
⑮天明三年（一七八三）『女水滸伝』
⑯天明六年（一七八六）『莠句冊』

これを見れば明らかなとおり、『英草紙』の成立は本格的な白話小説受容の初期段階にあたる。無論、通俗物はすでに多く刊行されていたが、それらの多くは演義小説の翻訳であり、白話の使用頻度が必ずしも高くない作品も少なくなかった。全篇が白話で書かれた作品の受容が急激に増えるのは、一七〇〇年代の中期からなのである。

高島俊男は、「すべての白話小説が必ずこの全段階を順序よく踏んでゆくとは限らないが」と前置きした上で、白話小説は原書→和刻→翻訳→翻案の順で享受されるのが標準的であると述べている。(33)しかるに「三言二拍」の翻案である『英草紙』の成立は、訓訳本である『小説精言』が刊行された直後であり、『小説奇言』『小説粋言』がいまだ刊行されていない時期だったのである。このことを踏まえれば、訓訳による白話小説の享受がようやく始まった時期に刊行された『英草紙』に、原話の訓読表現が含まれているのはむしろ自然なことであるように思われる。訓訳本にせよ読本にせよ、白話小説受容における基本的な方法はやはり訓読であったのである。

しかし、このように推測してみたところで、『英草紙』において訓読文体が採用されたことの必然性が明らかになったわけではない。『英草紙』が全篇においてこの文体で書かれているわけではない以上、作品内部の分析から、それぞれの文体が選ばれたことの理由を考えねばならない。(34)いま言える確かなことは、『英草紙』は「和刻」による白話小説受容のさなかに成立した、早熟の「翻案」小説であったということだけである。

白話小説を訓読するということ

本章では、「和刻三言」を例として近世期における白話小説訓読法の一端を窺い、『英草紙』にも原話である白話小説の訓読表現が見られることを確認した。冒頭にも述べたとおり、訓読とは文法構造を把握するための手段である。そして言うまでもなく、文法の解釈は内容の解釈とも密接に関わっている。従来の白話小説受容に関する研究は、唐話学に関するものを除けば、語学的な側面に対してさほど注意が向けられてこなかったように思われるが、やはり文学・語学の両側面から並行的に進めていくことが不可欠であろう。

ところで、白話小説に訓点が施される例は近年ほとんど見かけない。(35) 無論、白話小説の訓読に限界があることは本章でも触れてきたとおりであり、筆者もまた口語の小説を訓読文体に改めることに特別の意義を見出してはいない。したがってそのこと自体に問題があるわけではないのだが、近世において白話小説を読むということは、唐音学習を別にすれば、訓読するということ以外の何ものでもなかったということは意識しておく必要がある。近世小説の作者の中でとりわけ高い唐話能力を有していたと見られる庭鐘さえ、唐音の直読ではなく訓読をしていたということは、『英草紙』の文体からも明らかであろう。

その意味において、鵜月洋（中村博保補筆）『雨月物語評釈』（角川書店、昭和四十四年）が、「菊花の約」の原話「范巨卿鶏黍死生交」を訓読のうえ書き下し文で収録したのは、(36) 当時の読み方を再現する試みとして意義あるものであったといえる。しかしこの訓読には誤りが多く、後に小林祥浩によって批判されることとなった。(37) そこで筆者は「范巨卿鶏黍死生交」と、さらに「蛇性の婬」の原話である「白娘子永鎮雷峰塔」の訓読を、秋成研究会編『上田秋成研究事典』（笠間書院、平成二十八年）において新たに試みた。参考までに後者から、白娘子が法海に正体を看破され、河に身を投げる場面を以下に示す。

白娘子永鎮雷峰塔

且説、方丈当中座上、坐下着一個有二徳行一的和尚上。眉清目秀、円頂方袍、看二了模様一、確是真僧。一見二許宣走過一、便叫二侍者一、「快叫二那後生進来一」。侍者看了一回、人千人万、乱滾滾的、又不レ認二得他一、回説「不レ知下他走二那辺一去了上」。和尚見レ説、持二了禅杖一、自出二方丈一来、前後尋不レ見。復身出レ寺来看。只見衆人都在二那裏一等二風浪静了一落レ船。那風浪越大了、道「去不レ得」。正看之間、只見江心裏一隻船飛也似来得快。許宣対二蔣和一道「這船大風浪過不レ得レ渡、那只船如何到来得快」。正説之間、船已将

蛇性の婬

且説《さて》、方丈の当中の座上に、一個の徳行有る和尚坐着《すわ》りたり。眉清目秀、円頂方袍、模様を看るに、確かに是れ真の僧なり。一たび許宣の走《ゆ》き過ぐるを見るや、便ち侍者を叫《よ》び、「快《はや》く那《か》の後生《わかもの》をして進み来たらしめよ」と。侍者看ること一回、人千人万、乱滾滾的、又た他《かれ》を認め得ず、回《かへ》りて説《い》はく「他 那辺《いづこ》に走《ゆ》き去《ゆ》きたるを知らず」と。和尚 説はれて禅杖を持ち、自ら方丈を出で来たり、前後尋ぬれども見えず。復《ま》た身は寺を出で来たりて看る。只だ見るに衆人都《すべ》て那裏《かしこ》に在り、風浪の静まるを等《ま》ちて船に落《の》らんとす。那の風浪 越《ますま》す大きく、道《い》はく「去き得ず」と。正に看る間、只だ見るに江心の裏より一隻の船の飛ぶが也似《ごと》くに来得《きた》ること快《はや》し。許宣 蔣和に対《むか》ひて道はく「這《こ》の船 大なる風浪過ぎて渡り得ざるに、那只の船 如何《か》で到来し得ること快《はや》からん」と。正に説ふ間、船 已に将に近づかんとす。看る時、

レ近。看時、一個穿レ白的婦人、一個穿レ青的女子来ニ到岸辺一。仔細一認、正是白娘子和青青両個。許宣這一驚非レ小。白娘子来ニ到岸辺一叫道「你如何不レ帰。快来上レ船」。許宣却欲レ上レ船、只聴得有三人在二背後一喝道「業畜、在レ此做二甚麼一」。許宣回レ頭看時、人説道「法海禅師来了」。禅師道「業畜、敢再来無礼、残ニ害生霊一。老僧為レ你特来」。白娘子見ニ了和尚一、揺開レ船、和ニ青青一把レ船一翻、両個都翻ニ下水底一去了。許宣回レ身看ニ着和尚一、便拝「告ニ尊師一、救ニ弟子一条草命一」。

一個の白きを穿《き》たる婦人と一個の青きを穿《き》たる女子 岸辺に来到す。仔細に一認すれば、正に是れ白娘子と青青の両個なり。許宣の這の一驚 小さきに非ず。白娘子 岸辺に来到し叫びて道はく「你 如何で帰らざるや。快《はや》く来たりて船に上《の》れ」と。許宣 却つて船に上らんと欲するに、只だ聴《き》得く、人の背後に在る有りて喝して道はく「業畜 此に在りて甚麼《なに》をか做《な》す」と。許宣 頭を回して看る時、人説ひて道はく「法海禅師来たり」と。禅師道はく「業畜 敢へて再び来たりて無礼にして生霊を残害せんとす。老僧 你が為に特《わざわ》ざ来たる」と。白娘子 和尚を見て揺《こ》ぎて船を開《だ》し、青青と船を把《も》て一たび翻り、両個都《み》な水底に翻下し去る。許宣 身を回し和尚を看《み》着て、便ち拝して「尊師に告ぐ、弟子の一条の草命を救へ」と。

ここでは、助詞や介詞の処理は必ずしも「和刻三言」の方法に則っていない。それは、白話小説の訓読法に規範というものがない以上、「和刻三言」の訓読法に即した処理を行うことが、必ずしも適切なものであるとは思われなかったからである。白駒には白駒の、庭鐘には庭鐘の、秋成には秋成の訓読法がそれぞれあったはずであり、文法的に明らかな誤りがない限り、白話小説の文体はそのいずれをも許容する。筆者の訓読に対してもおそらく異論は出るであろうが、拙案もまたひとつの案にすぎぬものであり、白話小説の訓読に正解があるわけではないと理解されたい。

繰り返しになるが、最後にあらためて強調しておきたいのは、訓読とはあくまで文言文を読むための手段であり、白話文を読むためのものではないということである。『上田秋成研究事典』において筆者が試みた訓読は、『雨月物語』に利用された白話小説を近世の人々がいかに読んだかという問題に対して、ひとつの可能性を示したものにすぎず、白話小説の訓読を推進しているわけでは断じてない。いま必要なのは、近世の人々が白話小説の文体といかに向き合い、その文法構造をいかに把握していたかということを、丁寧に検証していくことではなかろうか。彼らのその格闘は、まぎれもなく近世文学史における重要な一齣である。

注

（1）築島裕『平安時代の漢文訓読語につきての研究』（東京大学出版会、昭和三十八年）「緒言」。

（2）『小説奇言』には、『西湖佳話』所収作品も一篇収められている。

（3）中村幸彦「通俗物雑談——近世翻訳小説について——」（『中村幸彦著述集』第七巻、中央公論社、昭和五十九年）。なお、第一部第四章で述べたとおり、長尾直茂「「前期通俗物」小考——『通俗三国志』『通俗漢楚軍談』をめぐって——」（『上智大学国文学論集』第二十四号、平成三年一月）は、前者を「前期通俗物」、後者を「後期通俗物」と称して区別している。

（4）陶山南濤『忠義水滸伝解』凡例の、「第一回至第十回、曩者岡島援之既已読旁訳、以行于世」という記述がその根拠であるが、中村綾「和刻本『忠義水滸伝』と『通俗忠義水滸伝』——その依拠テキストをめぐって——」（『日本近世白話小説受容の研究』、汲古書院、平成二十三年）は、『通俗忠義水滸伝』に冠山が関与している可能性を指摘した上で、それとは底本の異なる和刻本（訓訳本）の施訓者について、再考の必要性を主張している。

（5）徳田武「中国講史小説と通俗軍談——読本前史——」（『日本近世小説と中国小説』、青裳堂書店、昭和六十二年）は、その注20において「『肉蒲団』はこの年の刊行とは考えられない」と述べている。また、尾形仂「近世文学と中国文学」（『尾形仂国文学論集』、角川学芸出版、平成二十三年）は、本作を「宝暦四年〈一七五四〉渡来、同七年訓訳」とする。渡来の記録は『商船載来書目』に見え、『享保以後大阪出版書籍目録』によれば確かに陶山南濤訳の『肉蒲団』が宝暦七年九月に敦賀屋九兵衛から出願されているが、これが現存の和刻本と同一であるかは不明。

（6）徳田武によって詳論された儋叟施訓者説（『清田儋叟施訓 照世盃 附中世二伝奇』、ゆまに書房、昭和五十一年）は、大塚秀高によって疑問を呈されたものの（『佐伯文庫叢刊　照世盃』、汲古書院、昭和六十二年）、後に川上陽介「『照世盃』の施訓者について」（『京都大学国文学論叢』第十一号、平成十六年三月）によって、妥当であることが確認された。

（7）小説の他には、『笑府』『訳解笑林広記』などをはじめとする、笑話の訓訳本が数種ある。

（8）高島俊男「文山は白話を訳したのか――『通俗三国志』について――」（『日本学』第十九号、平成四年五月）、長尾直茂「江戸時代元禄期における『三国志演義』翻訳の一様相――『通俗三国志』の俗語翻訳を中心として――」（『国語国文』第六十六巻第八号、平成九年八月）。

（9）引用は『唐話辞書類集』第六巻（汲古書院）所収の影印による。

（10）たとえば古田島洋介『これならわかる返り点――入門から応用まで――』（新典社新書、平成二十一年）四十二頁には『仮名附英語階梯《学カ》』が、金文京『漢文と東アジア――訓読の文化圏――』（岩波新書、平成二十二年）八十頁には『格賢勃《クワツケンボ》斯《ス》氏英文典挿訳』が、それぞれ紹介されている。

（11）高島俊男『水滸伝と日本人』（ちくま文庫、平成十八年）第一部第五章「『水滸伝』の辞書」。

（12）小林芳規「訓点における合符の変遷」（『訓点語と訓点資料』第六十二号、昭和五十四年三月）は、合符を「漢字二字又は三字以上の連結が一纏まりであることを示す働き」を持つものと定義している。本章では、音合符によって連結することを「熟語化」と称す。

（13）勝山稔「近代日本における白話小説の翻訳文体について――「三言」の事例を中心に――」（中村春作・市來津由彦・田尻雄一郎・前田勉編『続「訓読」論――東アジア漢文世界の形成――』、勉誠出版、平成二十二年）。

（14）ただし、これはあくまで「和刻三言」に限定される結論である。『唐話纂要』巻四・2オには「多曽《ク》看《テ》下来揣《スシテ》レ書《ヲ》在《テ》二懐裡《ニ》一走《リ》来走《リ》去《リ》的《キヲ》上」という例があるが、何と読むかは判然としない。

（15）引用は国文学研究資料館所蔵本（ナ 4-14-1~106）による。

（16）他に「上・下・進・出・回・過・起・到・開」の九語も方向補語となり得るが、ここでは基本の「来」「去」のみに限定して論を進める。

（17）注16の九語。

（18）方向補語の否定文では「没」が用いられるのが一般的であり、方向補語構文中において用いられる「不」は可能補語の否定文としての働きをしていると捉えるのが通例であるが、ここでは方向補語を含む構文において「不」が用いられる場合について述べているものと理解されたい。

（19）川島優子「白話小説はどう読まれたか――江戸時代の音読、和訳、訓読をめぐって――」（『続「訓読」論――東アジア漢文世界の形成――』、前掲）。

（20）『醒世恒言』は葉敬池本、『拍案驚奇』は尚友堂本によった。なお、『醒世恒言』は衍慶堂本（国立国会図書館所蔵）の該当箇所も同文であることを確認している。

（21）図版のうち、『醒世恒言』は国立公文書館内閣文庫所蔵本（附 005-0005）、『拍案驚奇』は日光山輪王寺慈眼堂所蔵本（『白話小説三言二拍　初刻拍案驚奇』〈ゆまに書房〉より転載）、『小説精言』は岐阜大学図書館所蔵本（914.5-9.1~5-25653-7）、『小説粋言』は新潟大学附属図書館佐野文庫所蔵本（佐野文庫 38/5）による。ただし『小説粋言』の該当箇所は実際には二行にわたっているため、画像処理を行っている。

（22）注19川島論文。

（23）尾形仂編『岡白駒・沢田一斎施訓　小説三言』（前掲）解説。

（24）引用は『京都大学蔵　大惣本稀書集成』第三巻（臨川書店）による。

（25）ここで、本文中では述べられなかった『小説粋言』巻一「王安石三難蘇学士」における一斎の誤読を、三箇所指摘しておく。

〇1ウ

〈誤〉不《ル》二思《ヒ》去《ラ》一時《ハ》容易、轉《ズル》時《ハ》甚難《シ》。

〈正〉不レ思《ハ》二去《ク》時《ハ》容易、轉《ズル》時《ハ》甚《ダ》難《キヲ》一。

「去時容易」と「轉時甚難」は対にならねばならない。
○17オ
〈誤〉道《イヒ》三不レ得箇《ノ》恭敬《ヲ》二不レ如レ従《ニ》レ命《ニ》了。

〈正〉道《イヒ》三不レ得箇《ノ》恭敬《ハ》不《ヲ》レ如《カ》レ従《ニ》レ命《ニ》了。

「恭敬不如従命」は慣用句。
○18オ
〈誤〉劉璽用抽《テシ》三添《ヘ》火候《ノ》工夫《ヲ》一。

〈正〉劉璽用《ヒ》二抽添《ノ》火候工夫《ヲ》一。

「抽添」は性交、「火候工夫」は技術・能力の意。一斎は「抽添」を動詞に解している。

(26) ただし、この処置は「和刻三言」に限ったことではない。白話小説の特徴がその口語性に存するという認識は、広く共有されていた。

(27) 引用は国文学研究資料館所蔵本（ナ 4-654-1~5）による。

(28) 引用は金陵兼善堂本による。

(29) 引用は『近世白話小説翻訳集』第一巻（汲古書院）による。

(30) 引用は架蔵本による。

(31) 注8長尾論文。

(32) ただし川上陽介「『開巻一笑』小考」（『京都大学国文学論叢』第二号、平成十一年六月）は、庭鐘の白話理解度が必ずしも高くなかったことを指摘する。「開船」のような単純な表現の意味を理解できなかったとは考えがたいが、その可能性を完全に捨てきることもできないことを附言しておく。

（33）高島俊男『水滸伝と日本人』（前掲）第一部第三章「四つの段階――原書、和刻、翻訳、翻案」。
（34）この試みの一例に、及川茜「都賀庭鐘『英草紙』の文体意識――中国短篇白話小説集〈三言〉との関係から――」（『言語・地域文化研究』第十四号、平成二十年三月）がある。
（35）筆者の知るところでは、金文京『鑑賞中国の古典　中国小説選』（角川書店、平成元年）において、『三国志演義』『水滸伝』などの一部が訓読される例が存する程度である。ただしこれは叢書の一冊であるため、全体の体裁に足並みを揃える必要があったことと思われる。また、著者も序において、わざわざ「中国語のできない読者のために、従来どおりの訓読をつけてある。しかし、それによっても、いわゆる漢文とは異なる口語の世界をかいまみることができるであろう」とことわっており、一般的には訓読されるべき作品ではないということが暗に示されている。
（36）中村博保の「あとがき」によれば、訓読を担当したのは沢田昌夫とのことである。
（37）小林祥浩「白話小説の珍訓――『范巨卿鶏黍死生交』のばあい――」（『樟蔭国文学』第十六号、昭和五十三年九月）。小林はさらに、『雨月物語評釈』注釈部分の「白娘子永鎮雷峰塔」の訓読にも誤りの多いことを、「白話文を訓読するなら――『白娘子永鎮雷峰塔』を例として――」（『和漢比較文学』第三号、昭和六十二年十一月）において指摘している。

第三章　吉文字屋本浮世草子と白話小説

白話物浮世草子とその作者

明和三年（一七六六）冬、浮世草子の主たる版元であった八文字屋は、所有する板木の多くを升屋大蔵に売却した。升屋は以後数年間にわたって八文字屋本の再板本を印行するが、その成果は思わしくなく、安永二年（一七七三）十一月、ついにそれらの板木を手放し始めることになる(1)。

こうした出来事の背景に、八文字屋および升屋における経営戦略の失敗があったことは否定できない。しかしそれ以上に、浮世草子の需要減少もまた大きな要因であったろう。その意味において、八文字屋本板木をめぐる書肆の動向は、確かに近世小説史における時代の転換を象徴するものであった。

ただし、八文字屋本の終焉が必ずしも浮世草子そのものの終焉を意味するわけではない。周知のとおり、明和・安永以降においてもなお、複数の書肆が新作の浮世草子を刊行しているのである。一般に「末期浮世草子」と称されるそれらの作品群は、概して高い評価を与えられてはいないが、個々の作家・作品に対してはなお検討の余地が残されていよう。手始めに、長谷川強の指摘を以下に挙げてみる。

当期の浮世草子は明和にはなほ多くの作が刊行されてゐるし、以上の如き多様な作があつた。しかし演劇の衰退により気質物が復活し、白話小説流行に乗じてはその翻案を行ひ、その流行と西鶴ら旧時の浮世草子回顧が結びついて（例へば「東雲鳥」の如き）雑話物とただ新しい拠りどころを求めての多様であつた。マンネリズムに陥つた浮世草子は自らの中に新しさを生み出す事が出来ず、ただ目先の奇を求め、他力によつてこれを成就しようとする。(2)

注目すべきは、「白話小説流行に乗じてはその翻案を行ひ」の一節である。長谷川はこれについて「目先の奇を求め」たものと否定的な評価を下しているが、白話小説の翻案という創作手法は、当時新興の初期読本に顕著なものであった。白話小説の翻案が、新たな小説ジャンルを生み出す営為であったにもかかわらず、なぜ浮世草子におけるそれはかくも否定的に捉えられているのであろうか。この問いは、「浮世草子」と「読本」の根本的な差異が那辺に存するのかという問題や、そうしたジャンル区分の有効性を問い直す議論とも深く関わるものであるが、本稿ではその前段階として、浮世草子における白話小説翻案の諸相を検討してみたい。

白話小説を翻案した浮世草子（以下「白話物浮世草子」と称する）の刊行で知られるのは、当時、大坂最大の書肆であった吉文字屋である。まずは吉文字屋本浮世草子のうち、白話小説の利用が指摘されている作品とその原話を刊行順に示しておこう（＊以下が原話(3)）。

①朧月子『時勢《いまよう》花の枝折』（宝暦十三年〈一七六三〉刊）
　＊「銭秀才錯占鳳凰儔」（『醒世恒言』巻七・『今古奇観』巻二十七）
②来義庵南峯『人間一生三世相』（明和三年〈一七六六〉刊）
　＊「盧夢仙江上尋妻」（『石点頭』巻二）

③来義庵南峯『唐土《もろこし》真話《まことばなし》』（安永三年〈一七七四〉刊）
　＊「郭挺之榜前認子」（『石点頭』巻一）
④大雅舎其鳳『滅多無性金儲形気』（安永三年〈一七七四〉刊）
　＊「転運漢巧遇洞庭紅」(4)（『拍案驚奇』巻一・『今古奇観』巻九）
⑤大雅舎其鳳『本朝三筆伝授鑑』（安永六年〈一七七七〉刊）
　＊「唐解元玩世出奇」(5)（『警世通言』巻二十六・『今古奇観』巻三十三）
⑥大雅舎其鳳『太平記秘説』（天明二年〈一七八二〉刊）
　＊「玉簫女再世玉環縁」（『石点頭』巻九）

ところで、吉文字屋本浮世草子には基本的に作者が明記されておらず、さしあたり序者を作者に比定するのを通例とする。右に記した作者名も同様であるが、その筆名についてはいささか複雑なところもあるので、ここで簡単に整理しておく。

まず大雅舎其鳳は、『名槌《めいつち》古《こ》今説《こんばなし》』『西海奇談』（ともに明和八年〈一七七一〉刊）などを著した荻坊奥路、ならびに『三千世界色修行』（安永二年〈一七七三〉刊）の作者自陀洛南無散人と同一人物であることが、濱田啓介によって指摘されている(6)。それに先んじて、奥路と南無散人が『修行金仙伝』（明和八年〈一七七一〉刊）の作者佐川了伯であることも中村幸彦によって指摘されており(7)、これらの説が正しければ、吉文字屋本浮世草子の主要作者であった其鳳・奥路・南無散人・了伯は同一人物であったということになる。さらに濱田は「一応存疑として置く必要がある」と述べつつ、来義庵南峯もまた同一人物の可能性があることを示唆していたが、それを裏付けるかのように、「来義庵其鳳」名義の浮世草子『敵討会稽錦』が近年発見され(8)、研究の進展が期待される状況にある。

朧月子については、『絵本源氏物語』（寛延四年〈一七五一〉刊）の序文に「酔雅亭朧月書」の署名が見え、奥付にも「文校　酔雅朧月」とあることから、三代目吉文字屋市兵衛の鳥飼酔雅と同一人物であるという山本秀樹の指摘がある[9]。山本はさらに、本作は酔雅一人の手によって書かれたものではなく、其鳳が下請けをしていた可能性についても言及しているが、それに対しては篠原進が慎重な態度を示している[10]。

以上のとおり、吉文字屋本浮世草子における作者については、いまだ明らかでない点が少なからず残っている。今後の研究が期待されるところであるが、本章では作者の問題にこれ以上立ち入ることなく、右に挙げた白話物浮世草子の内容と創作手法に焦点を絞って論じてみたい。

『時勢花の枝折』の趣向

吉文字屋本白話物浮世草子の中で、最も成立が早いのは『時勢花の枝折』（以下「花の枝折」）である。作者の朧月子は、その序文において本作を「人のこゝろをやはらぐる大和歌《やまとうた》の枝折《しをり》[11]」として、「恋路《こいぢ》の山のまことある礒《いそ》のかみふりにしことと」を書き集めたものであると述べているが、物語の筋は多くを白話小説「銭秀才錯占鳳凰儔」（以下「銭秀才」）に拠っている。原話の内容は、顔俊という男が容貌美麗の誉れ高い秋芳を妻にしたいと思ったものの、秋芳の父高賛が才貌兼備の婿を求めていることを知り、従弟の銭青を説得して自分の代わりに嫁迎えに行かせるが、役人の取り調べによってすべてが明らかになってしまい、結局銭青と秋芳が結ばれることになる、というものである。この作品の眼目が、自分以外の男を利用して妻を迎えようとするという奇抜な発想と、姑息な欺瞞はいずれ露見し、幸福は誠実な者のもとに訪れるという教訓にあることは明らかであろう。

問題はその翻案である『花の枝折』が、「大和歌の枝折」として書かれたということである。白話小説はいかにして和歌の手引書に紡ぎ直されたのか。まずは物語の内容を、少し丁寧に確認しておこう。

〈巻一〉大坂の吉田主水は学識があり風雅を解する男であるが、生活に困窮したため従兄の丹波屋伝左衛門のもとに身を寄せる。主水は下女の千代から恋文を送られるが、猥りがわしいことは慎まねばならないと言って拒む。千代への返事を書いた主水が居眠りをしていると、友人が梅の花見に誘いに来る。主水はその道中、一人の婦人に心を奪われる。

〈巻二〉主水は白菊という名のその婦人に恋文を送り、契りを交わす。その夜、二人は和歌に託してそれぞれの思いを語り合う。別れの朝、出雲大社の末社の神が現れ、白菊がいずれ主水の妻となることを告げたところで目が覚めて、主水はこの逢瀬が夢であったことを知る。話変わって、阿波の富田屋久右衛門は、才貌兼備の男に娘の蘭を嫁がせたいと考えていた。

〈巻三〉蘭を妻にしたいと考えた伝左衛門は、商人の大和屋長右衛門に仲人を頼む。伝左衛門は自分の代わりに顔合わせのため阿波へ行ってほしいと主水に頼み、主水はしぶしぶ承知する。久右衛門は主水の学識と人柄に惚れ込み、蘭を娶せることを決める。

〈巻四〉主水は蘭を迎えるため再び阿波へ赴く。しかし嵐のため大坂へ帰る船が出せない。やむなく久右衛門の一存によって阿波で婚礼を挙げることとなったが、主水は一度も蘭と同衾することなく三夜を過ごす。奇妙に思った蘭は和歌で主水に思いを伝える。

〈巻五〉すでに婚礼が行われたことを聞いた伝左衛門は、大坂に戻った主水を激しく打擲する。久右衛門と伝左衛門の手代同士が争い始めたとき、役人が通りかかり関係者を引き立てる。取り調べの末、主水と蘭を正式な夫婦とするという裁定が下った。伝左衛門には婚儀の費用をすべて負担することが命ぜられ、長右衛門は追放の刑に処された。

この梗概からも窺えるとおり、本作は千代・白菊・蘭という三人の女と吉田主水の恋をめぐる物語である（ただし白菊は夢中の人物）。しかし原話「銭秀才」に登場する女は、本作の蘭に対応する秋芳一人のみであり、千代と白菊の物語は作者が独自に創作したものと推測される。そこでまず考えるべきは、巻一・二の大半を占めるこの創作部分が、本作においていかなる意味を持っているかということであろう。

巻一に登場する千代は、「とし十七になりしが、すこしは歌《うた》もよみ、手跡《しゆせき》などもつたなからず、きりやうも十人にはすぐれてさいはつもの」と評されるように、比較的教養のある女である。彼女は主水を見て恋に落ち、和歌の添削依頼にかこつけて「浅《あさ》はかにもらしや染んとてもわがしのびはつべきおもひならねば」という歌を手渡す。

興味深いのは、この直後に「つく〴〵うたのこゝろを見るに、こひしのびてあれど、こがるゝこゝろのふかきに今はしのぶる事のなりがたければいひいづべし、とふかくおもひ入てよみたりし」という一文が添えられていることである。このように「うたのこゝろ」を解説する例は随所に見られ、主水の返歌「世にもれん人のためこそなげかるれたゞわれのみのうき名ならねば」にも、「もし名のたゝば、その身《み》ばかりかこなたの身《み》のうへもあしかるべし、と浮《うき》名《な》をおそれてのへん歌《か》なり」という解説が附されている。この二首はさほど難解なものとも思われないが、それにもかかわらずこうした記述がなされるのは、やはり「大和歌の枝折」であるがゆえのことであろう。

この返歌を見た千代は主水の真意を測りかね、次は恋文を渡すことにする。その文面もまた歌語が散りばめられた

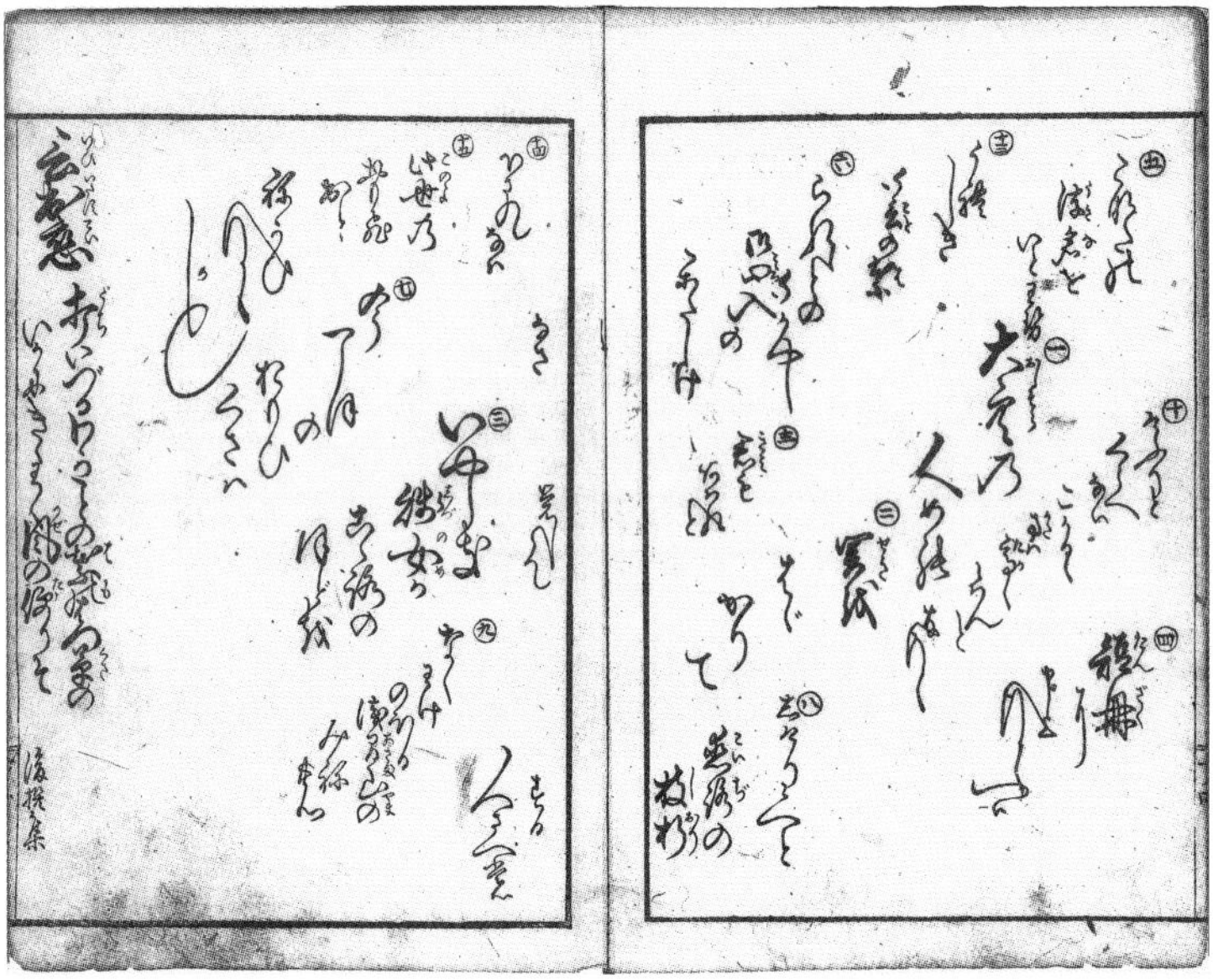

【図１】『時勢花の枝折』巻一、四丁裏・五丁表（京都大学附属図書館所蔵〈4-42/シ/1〉）

ものであるのだが、重要なのはこの手紙が【図１】のとおり散らし書きされているということである。

物語の登場人物が散らし書きの手紙を書くこと自体は特に珍しいものではないが、それはたとえば多田南嶺『勧進能舞台桜』(12)（延享三年〈一七四六〉刊）のように、「さしよりよみて見れば、おもひがけなき女筆のちらしがきにて」(13)（巻二の三）などと本文にその旨が記されるのみで、本作のごとく実際に散らし書きされた板面を持つ作品は珍しい。ここには作者・書肆による何らかの意図が込められていると見るべきであろう。

注目されるのは、この手紙の読み順が丸囲みの数字によって示されていることである。こうした処置は、伊勢貞丈『安斎随筆』巻一「女文散し書」に「近き頃は、三べん返し五へんがへし七へん返し九へんがへしなどゝて、その手本をかき、朱にてよみ様の次第のしるしに一二三の文字を付けたるあり。是れは世に拵へ出したる物にて取るにたらざる物なり。故実に非ず(14)」とあり、高井蘭山『消息調宝記』巻一にも「ちらし書の文は一二の印《しるし》を見

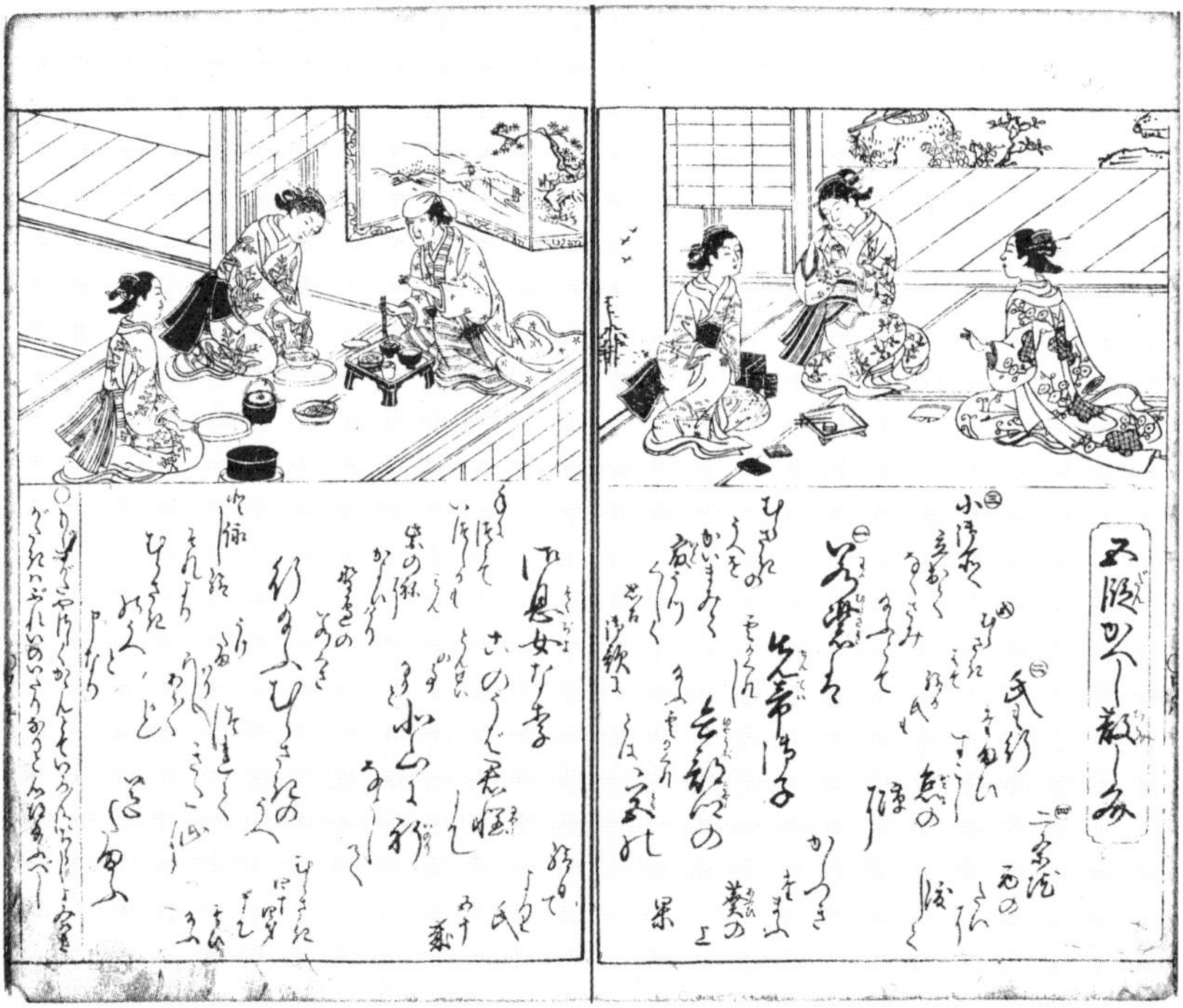

【図2】『女教文章鑑』ロノ八・ロノ九（国立国会図書館所蔵〈わ 370.9-108〉）

て心《こゝろ》得《ゑ》給ふべし。長《なが》き文《ぶん》は其間《あいだ》〳〵へわりこみいく段《だん》にも書《かく》ことなり」[15]とあることからすれば、散らし書きの「手本」においてはしばしば行われていたようであり、【図2】の『女教文章鑑』（寛保二年〈一七四二〉刊）の他、『女文字宝鑑』（正徳三年〈一七一三〉刊）など複数の女子用往来物に、『花の枝折』と同形式のものをいくつか見出すことができる。

ただしこれらはあくまで散らし書きの「手本」であり、貞丈がそれさえも苦々しく思っていることに鑑みれば、実際の手紙においてこうした処置が施されることはほぼなかったと考えてよかろう。すなわち【図1】の板面は読者に散らし書きの書法を示すためのものであり、【図2】のような女子用往来物と同様の性格を持つものといえるのである。[16]そして興味深いことに、この直後に同輩の下女が千代に代わって主水に書いた手紙はさらに分

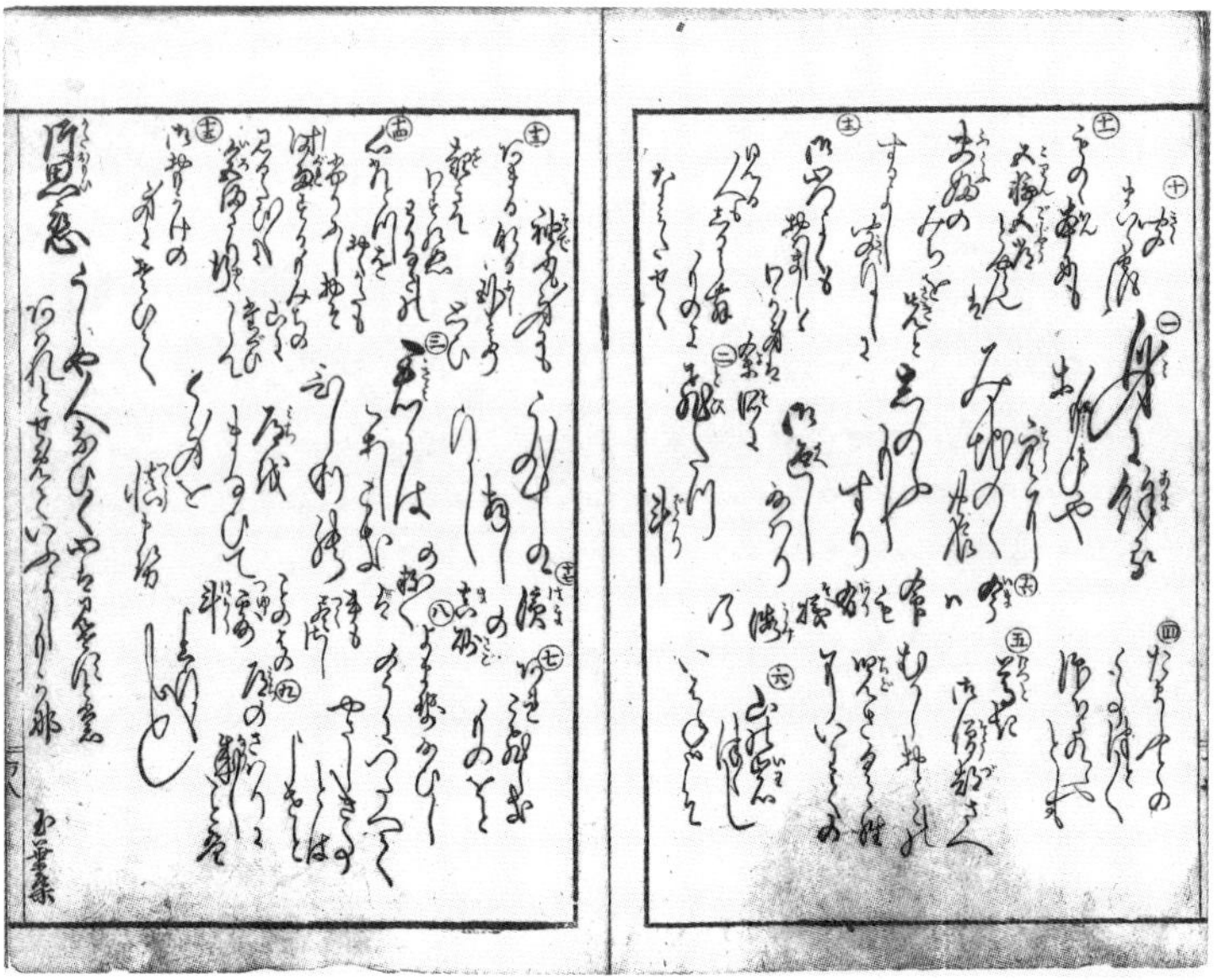

【図３】『時勢花の枝折』巻一、七丁裏・八丁表（京都大学附属図書館所蔵）

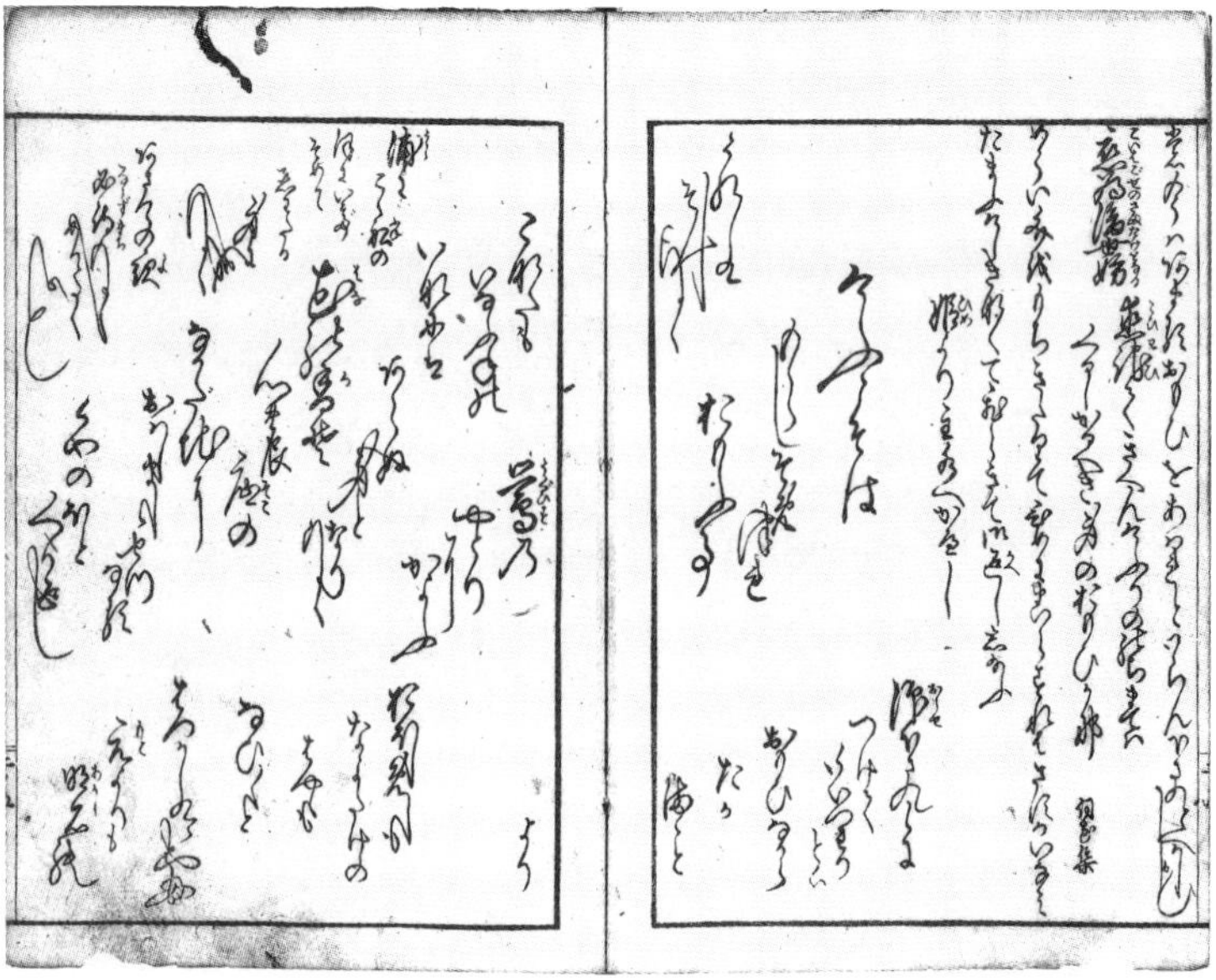

【図４】『時勢花の枝折』巻二、四丁裏・五丁表（同上）

量が増えており（【図3】）、さらに巻二において白菊が主水へ送る手紙では、もはや読み順が示されなくなる（【図4】）。このように難易度を徐々に上げていくことで、読者の読解能力向上を促しているようにも見える。

以上の検討によって導かれるのは、吉文字屋が本作の読者に女性を想定していたのではないかという仮説である。では、往来物の趣向が利用されることの必然性は何に求められるのだろうか。尾上和也によれば、吉文字屋の出版物の傾向は当主によって変化するものの、往来物に限っては初代以来変わらず定期的に刊行されており、中でも女子用消息型の出版件数が最も多いという。(17) 無論、散らし書きの文例集も『女用文章唐錦』（享保二十年〈一七三五〉刊）、『女要文章宝鑑』（明和三年〈一七六六〉刊）など多数存し、その改題本も少なくない。すなわち『花の枝折』における往来物利用は、往来物が吉文字屋本の主要商品であったことと深く関わっていると考えられるのである。

それでは次に、白菊の物語における趣向について検討しよう。主水は白菊に一目惚れして恋文を送るが、後家となっている白菊は、「女のみちをまもり候こゝろ」を理由にそれを拒む。しかし、主水が再び切なる思いを伝えると、白菊はついに「こなたもいなふねのいなにはあらぬ身となりまゐらせ候」と告げるのである。白菊のこの返事は、言うまでもなく主水の思いに応える意思を示すものだが、ここでも和歌の手引書らしく、『古今和歌集』巻二十・一〇九二の「最上川のぼればくだる稲舟のいなにはあらずこの月ばかり」がわかりやすく踏まえられている。そして約束の晩、主水が白菊のもとを訪れると、彼女はまず歌を詠みかけ、主水はそれに返歌する。さらに、契りを交わした後も二人は次々と歌を応酬し、主水が部屋を出ようとしたところで彼の夢は覚めるのである。

すなわち二人の恋の過程は、その大半が手紙あるいは和歌のやりとりによって描出されているのであり、こうした形式の先蹤としては、書簡体恋物語の『薄雪物語』が想起されよう。そして現に『絵本婚礼手引草』（明和六年〈一七六九〉刊）附載の「女可翫書目録《をんなのもてあそぶべきしよもくろく》」において、本作は「薄雪物語《うすゆきものがたり》にならふて物がたりにうたのよみかたを記す」

と紹介されているのである。[18]

では、『薄雪物語』の趣向が利用されたのはなぜであろうか。市古夏生によれば、近世初期に古活字本として成立したこの仮名草子は、整版本が刊行され流布していく過程において、次第に艶書の文範としての「実用性」が注目されるようになったという。[19]つとに松原秀江によって指摘されていた、『女世話用文章』（元禄十三年〈一七〇〇〉刊）や『女童子往来』（正徳五年〈一七一五〉刊）といった女子用往来物の頭書に『薄雪物語』の本文が刻されているという事実は、[20]それを裏付けるものであろう。すなわち、このように女性向けの実用書として享受されてきた一面を持つ『薄雪物語』は、女子用往来物としての性格をあわせ持つ『花の枝折』にとって、恰好の素材であったのである。

こうして「大和歌の枝折」として作られた本作は、作品末尾に「恋歌百題百人一首」と題して百首の恋歌を列挙するが、実はこれもまた、吉文字屋という書肆の性格と密接に関わっている。吉文字屋は往来物だけでなく、歌書の刊行にも力を入れていたのである。特に酔雅が当主であった時期には、百人一首の刊行が盛んであった。[21]宝暦十年（一七六〇）に『古今百人一首歌仙織』を刊行すると、翌年それに口絵を追加して、『風雅百人一首金花袋』ほか六種の改題本を刊行しているのは、[22]そのことを端的に示す例であり、当然「女可翫書目録」にも、多くの百人一首の広告が並んでいる。『花の枝折』における最大の趣向は、物語の中に吉文字屋主要商品の要素を盛り込んだ点にあったといえよう。

『時勢花の枝折』と白話小説

次に考えるべきは、原話「銭秀才」がいかにして和歌の手引書に変質したかということであるが、その前にもうひとつ、原話とは無関係な千代と白菊の物語がどのように蘭の物語に接続しているかということを確認しておきたい。

巻二の後半、白菊の父母が自分に会おうとしていることを聞いた主水は、事実が露見することを恐れて困惑する。そこへ出雲大社の末社の神が現れ、白菊との逢瀬は将来における「ちぎりのむすび」であり、やがてそれに思い当たる出来事が起こることを予言したところで、主水は夢から覚める。

こうした託宣がある以上、次に登場する蘭には白菊の面影が投影されており、白菊との契りが蘭と夫婦になることの予知夢であったことに主水が想到するであろうことは容易に推測できよう。しかし蘭と白菊には、容貌美麗であることと和歌に通じていること以外、共通点として特筆すべきものはない。また、二人が夫婦になった後、主水が末社の神の託宣を想起することもない。結論を言えば、蘭の物語は千代・白菊の物語から独立的に展開しているのであり、白話小説に基づく部分とそうでない部分との間には断絶があると言わざるを得ない。

ただし、本作において最も重要な「大和歌の枝折」としての性格のみは、蘭の登場以降も維持されている。たとえば巻二の後半では、男たちが蘭に贈った恋歌のうち「いと切なるやさしきもの」六首が紹介されるのだが、ここでもまた歌意の解説がなされるのである。一首のみ例を挙げよう。

不憚人目恋《ひとめをはゞからざる》　今《いま》ははや人目《ひとめ》もなにかはゞかりのせきとめがたき袖や見えまし　後撰集

おもひあまり、人めをしのぶともしのびがたき、といへるをいひかけて、そでや見へまじ《ママ》とよめり。はゞかりのせきめいしよなり。

ここでは歌意の解釈に加えて、「はゞかりのせき」が名所として知られる地であることも述べられる。言うまでもなく、『枕草子』において「たゞこえのせきは、はゞかりのせきとたとしへなくこそおぼゆれ[23]」と言及された関であり、さりげなく読者に古典の教養を伝えようとしているかのようである[24]。さらに、主水が伝左衛門の代わりに阿波へ赴く場面（巻三）、久右衛門と桃華斎（蘭の弟久之丞の学問の師）が主水の学識を賞賛する場面（巻三）、久右衛門が結納品を受け取る場面（巻四）、主水が同衾しようとしないことを蘭がいぶかしがる場面（巻四）においてもそれぞれ和歌が詠まれるが、これらに相当する描写は原話にはない。作者はこうして随所に和歌を散りばめることで、白話小説に依拠している箇所においても、和歌の手引書としての要素が損なわれないようにしたのであろう。

では、肝腎の白話小説はどのように利用されているのだろうか。結論を先に言ってしまえば、原話の地名や人名を日本のものに改めた他は、ほとんど何の改変も加えられていない。「大和歌の枝折」としての性格は、千代と白菊の物語においてすでに完成されており、蘭の物語は和歌が合間に挟み込まれることを除けば、白話小説の世界そのものでしかないのである。本作における白話小説利用とは、物語の枠組みを借りるということ以上のものではなかったと言わざるを得ず、白話小説が和歌の手引書に変質したわけではなかった[25]。千代・白菊の物語と蘭の物語との間に断絶があり、作品全体の整合性に綻びが見られるのは、ひとえにこの点に起因しよう。

それならば、作者はなぜ白話小説を利用したのであろうか。ここで確認しておきたいのは、吉文字屋は三代目酔雅の時代、ほとんど小説を刊行していないということである。『享保以後大阪出版書籍目録』を閲すれば、『花の枝折』成立以前に吉文字屋から刊行された書物のうち、小説としての体裁をとるものは『故実世語』『西播怪談実記』『世説麒麟談』『囁《ささやき》千里新語』の四作にすぎない。そのような状況の中で本作の刊行を試みた背景には、やはり何らかの契機があったと考えるべきであろう。そしてその契機こそ、おそらくは白話小説の流行であった。

『花の枝折』が成立した宝暦年間は、白話小説の受容において大きな意味を持つ時期といえる。岡白駒施訓『小説奇言』（宝暦三年〈一七五三〉刊）や沢田一斎施訓『小説粋言』（宝暦八年〈一七五八〉刊）などの訓訳本が相次いで刊行され、白話小説の読者層が大幅に拡大したのである。そして本作において利用されたのも、やはり『小説奇言』巻四所収の訓訳であった。その根拠となる例を三点ほど挙げておこう。傍線を附した箇所を比較されたい（〈花〉は『花の枝折』、〈奇〉は『小説奇言』）。

【例1】

〈花〉「また仲人のしうぎは外《ほか》にしんづべし」とねんごろに頼《たの》んで立《たち》かへり、ほどなく銀《ぎん》五両つゝみて、つかいをもつて長ゑもんにろせんとしておくりけるが、（巻三・三ウ）

〈奇〉「説得《テ》成《ル》時《ハ》、謝《セン》二銀二十両《ヲ》一。這紙《ノ》借《ノ》契《カシテガタ》、先奉《ン》レ還了《シ》。媒礼花紅《ナカフドノシウギ》在《ハリ》レ外」。尤辰道「当《コヽロエタ》得《ン》当得《ン》」。顔俊別去不《ホドナク》二多時《ナラ》一、就《チ》教《メ》下人《ヲシテ》封《シ》二上五銭《ノ》銀子《ヲ》一、送《リ》中与《ヘ》尤辰《ニ》上、（六ウ）

【例2】

〈花〉あまり此方のことをよくいわず、どちらへもつかぬへんたうなどきゝてかへりては、（巻三・四オ）

〈奇〉倘《シ》他去《ル》時、不レ尽《シテ》二其心《ヲ》一、葫蘆《ドチラツカズ》提回《ニ》二復《ヘンジ》一了《シ》我《ハニ》一、（七オ）

【例3】

〈花〉かゞみをとりて、まへから見たりよこから見たり、（巻三・四ウ）

〈奇〉取《テ》二鏡子《ヲ》一自照《シ》、側頭側脳《マヘカラミヨコカラミ》的看《ニ》了一回、（七ウ）

おそらく物語の創作に不慣れであった朧月子は、新奇な内容を持ち、かつ訓訳がすでに存在する「銭秀才」を見出すことで、それに物語の筋を借りるという着想を得たのであろう。この安直な発想が前述のごとき結果を招いたのであるが、ここで注意しておかねばならないのは、本作以前に成立した短篇白話小説の翻案作品は、都賀庭鐘『英草紙』（寛延二年〈一七四九〉刊）以外には確認されないということである。すなわち『花の枝折』は、短篇白話小説の翻案という初期読本によく見られる手法を、結果としてこの時期すでに取り入れていたということになる。その意味において、本作は白話小説受容史の中に相応の位置を与えられねばならぬであろう。

ただし、庭鐘や秋成などの初期読本作家たちは、自作の読者として白話小説に通じた人物を少なからず想定していたはずである。翻案作品には原話との比較を経てはじめて理解される主題があり、前川来太『唐土の吉野』（天明三年〈一七八三〉刊）や森島中良『凩草紙』（寛政四年〈一七九二〉刊）の序文における『英草紙』『繁野話』『雨月物語』などの出典考証は、それを理解していた文人あるいは白話小説愛好家たちの営為であった。こうした読者の存在が前提としてあるゆえに、初期読本の翻案はひとつの趣向として成立するのである。

それに対して、『花の枝折』の読者として想定されていたはずの女性たち（その教養の程度は、往来物の受容層と重なり合う）が、作品の背景に白話小説が存在することに気づき得るとは思われない。本作にとっての白話小説は読者に向かって開かれておらず、創作の手段として、作者のためにのみ存在しているものなのである。ここに本作と初期読本との径庭がある。

ところで、吉文字屋三代目当主にして本作の作者である酔雅は、本作刊行から七年後の明和七年（一七七〇）に隠居する。そして四代目の定隆が家督を継ぐと、吉文字屋は突如多くの浮世草子を刊行することになるのだが、その中に白話小説の翻案が少なからずあることは先に述べたとおりである。その素地が本作の成立にあったということは、あるいは言ってもよいかもしれない。

『滅多無性金儲形気』における翻案

いま述べたとおり、四代目定隆は積極的に浮世草子を刊行する。その際、吉文字屋の専属作者として活動した人物(26)

の一人が大雅舎其鳳であり、彼が其鳳名義で初めて著した白話物浮世草子が『滅多無性金儲形気』（以下「金儲形気」）である。この時点で庭鐘は『英草紙』に続いて『繁野話』（明和三年〈一七六六〉刊）を刊行しており、上田秋成も『雨月物語』（明和五年〈一七六八〉序、安永五年〈一七七六〉刊）の序文をすでに書いていた。こうした時期に刊行された『金儲形気』という浮世草子はいかなる性格のものであるのだろうか。

本作は白話小説「転運漢巧遇洞庭紅」（以下「転運漢」）の翻案であり、これもやはり、和刻三言のひとつ『小説粋言』所収の本文を底本としていたことが、中村幸彦によって指摘されている。[27] まずは原話の内容を確認しておこう。

財産を失い困窮していた文若虚は、近所に住む商人の張大に借りた金で洞庭紅という蜜柑を買いこみ、それを持って張大の貿易船に同船させてもらう。船は漂流して吉零国に流れ着くが、そこで洞庭紅が高値で売れ、文若虚は大きな利益を得た。帰り道、船がまたも遭難して無人島に漂着すると、文若虚は大亀の甲羅を見つけて船に運び込む。実はそれは鼉龍《だりゅう》の甲羅であり、福建に着くとペルシャ商人の瑪宝哈が銀五万両もの大金で買い取った。文若虚は瑪宝哈の勧めに従い、福建に定住して富商となり、子孫に至るまで家は栄えた。

其鳳は翻案に際し、文若虚を嘉三次、張大を四郎兵衛、瑪宝哈を眼張という人物に改めた。『金儲形気』は全五巻で、巻二以降は原話の展開をほぼ踏襲しているが、注目したいのは、嘉三次の父嘉兵衛の半生が描かれる巻一に相当する内容が、原話にはまったくないということである。そこで、巻一の内容を以下に整理しておきたい。

①沖船頭をしていた嘉兵衛は日和見立ての名人であったが、四十一歳のとき天気を見誤り難船したため、引退して故郷に帰り商売を始める。

②ある好天続きの夏、雨が降ることなど誰も予想していなかった日に、かつての経験を生かして大雨を予見し、傘や草履を捌いて利益を得る。

③嘉兵衛は諸方から古銭を買い集める。その様子を見た人々が、古銭収集が流行しているものと思いこむと、嘉兵衛は古銭手引の番付を刊行してひと儲けし、これまでに集めた古銭も高値で売却した。

④豊作が続いて米の値が下がると、嘉兵衛は大量の下米を買い集める。ある年、大飢饉が起こり人々が困窮すると、嘉兵衛はその下米を安価で施して危難を救う。

これを見れば明らかなように、巻一に描かれるのは、嘉兵衛の商才や人柄が優れていることを示すエピソードばかりである。嘉三次が主人公であるはずの本作に、其鳳はなぜこのような内容を加えなければならなかったのか。興味深いのは、原話において文若虚が貧窮に陥った理由が、次のように記されていることである（以下、原話の引用は『小説粋言』による）。

他亦自恃ミ二才能ヲ一、不三十分去テ営二求セ生産《スギハヒ》ヲ一、坐イナガラ吃スレバ山空モシ、将テ二祖上《センゾヨリ》遺シ下ス千金ノ家事《シンダイ》ヲ一、看看《ソロ〱》消《ヘラシ》シ下シ来リ、以後暁得ス家業有ヲレ限。看二見スルニ別人経商図ルレ利ヲ的《モノ》ヲ一、時常《ツネ〲》獲ルレ利ヲ幾倍モ、便チ也タ思量シテ做スノ二些生意《スギハヒ》ヲ一。却テ又百般（做）不レ着アタラ。

すなわち彼は自らの才を恃むあまり家業に精を出さず、それゆえに親の遺した財産を失ってしまったのである。同様の話型は近世小説にも多く見え、たとえば井原西鶴『日本永代蔵』（貞享五年〈一六八八〉刊）では、巻一の二「二代目に破る扇の風」をはじめ、二の三・三の二・三の五・五の三・六の一の六話において二代目が身代を傾けている。西鶴以後の作品を例にとっても、江島其磧『渡世商軍談』（正徳三年〈一七一三〉刊）巻三の三や『世間手代気質』（享保十五年〈一七三〇〉刊）巻一の三など、同種の趣向は枚挙に遑がない。また、嘉三次の零落が描かれる『金儲形気』巻二の冒頭、「長者《ちやうじや》に二代《だい》なしといへるは、いかなる人の格《かく》げんにや」[28]という一節は、其磧『商人軍配団《あきんどぐんばいうちわ》』（正徳二年〈一七一二〉刊）[29]の「人間《にんげん》の盛衰《せいすい》はあざなへる縄《なは》のごとし。誠に長者二代なし」[30]という書き出しと酷似しており、この話型が町人物浮世草子におけるひとつの典型であったことが、あらためて確認されるのである。そしてこれらの作品には、分量の多寡に差はあれど、父親が身代を築くまでの過程がしばしば描かれる。したがって、『金儲形気』において父親の描写がなされた理由のひとつは、そうした浮世草子の類型に即したものであったと考えられよう。

しかし、その上でなお問題として残るのは、なぜ作品全体の五分の一にも及ぶ分量を嘉兵衛の描写に費やさねばならなかったのかということである。作品の中心人物が嘉三次であるにもかかわらず、嘉兵衛をかくも詳細に描くことの必然性はどこにあるのか。

先に示したとおり、巻一では嘉兵衛が非の打ち所のない人物であるということが強調される。しかし実は巻二に至ると、嘉兵衛の欠点がひとつ明らかになるのである。

愛《あい》におぼるゝ、はなべてよの人のおや心なるに、ましてやひとり子の嘉三次ことなれば、あらきかぜにもあてず、衣《い》ふくはもめんをいとひ、ちよつと出るにもきぬを身《み》にまとはせ、かうじやうなるげいかたにのみせいこんをいれさせ、自余《じよ》のことはかまはせず。

すなわち嘉兵衛は嘉三次に仕事を教えることもせず、贅沢で気ままな暮らしをさせてきたというのである。それは「あきんどのくすの木といはるゝほどのあきなひ上手《じやうず》なれども、子ゆへには闇《やみ》にしらぬ山路《やまぢ》をたどれるごと」きものであり、瑕疵のないように見えた嘉兵衛でさえも子には甘くなってしまうということが、巻一の語り口とは対照的に、批判的に述べられている。すなわち嘉兵衛は、商売上手で人柄もよいという長所と、かわいさのあまり子の教育に失敗するという短所が同居する人物として描かれているのである。

前述のとおり、本作は町人物としての要素を持つ作品であるが、同時に『滅多無性金儲形気』という題名が示すように、気質物の系譜にも属している。そこで想起されるのは、気質物の実質的な嚆矢として知られる江島其磧『世間子息《むすこ》気質』（正徳五年〈一七一五〉刊）の冒頭話「木賊《とくさ》売は心を磨《みがく》正直な百姓形気」である。この作品では、息子を甘やかして育てていることについて親類から注意を受けても従わず、結局は放蕩癖のついた息子を勘当する父親の話が、神使いの小法師によって語られる。そして小法師はそれを「皆親のとがぞかし」と言い、「およそ世界《せかい》のあく人、親のしわざならずして、誰《たれ》がわざといふべき」(31)と厳しく批判するのである。

倉員正江によれば、この箇所は涼花堂斧麿『当世誰が身の上』（宝永七年〈一七一〇〉刊）を踏まえたものであり、其磧は後の『善悪身持扇』（享保十五年〈一七三〇〉刊）においても、同一箇所を利用しているという。(32)其磧が子の養育に関する教訓的言辞を複数の作品で述べているという事実は、こうした教訓性が浮世草子に求められていたことを示しており、『金儲形気』もそれに倣っているものと考えられる。

では、そのことをいま少し検証してみよう。梗概でも示したとおり、原話の文若虚は張大らとともに吉零国に赴くのだが、それは文若虚が、生活に困窮している現実から抜け出して外国の様子を見るのも無駄ではない（「一身落魄《ヲチブレ》、生計《スギハヒ》皆無シ。便チ附シ二了リ他們《フトワタリ》ノ航スルニレ海ニ、看二看スルモ海外ノ風光《ヨフス》ヲ一、也タ不レ枉《ムダニセ》ゲ二人生一世ヲ一」）と考え、自ら張大に同船させてもらえるよう頼んだために可能となったことである。しかし、嘉三次の場合はそうではない。

嘉三次がきんじよにあみや四郎兵へといふものあり。嘉三次がおや嘉兵へがせわにてしやうばい手びろく人にしらるゝやうになり、嘉兵へを父《ち》のごとくおもひうやまひたつとび、嘉兵へ死《し》てのちも其おんをわすれず、命日ごとにはおこたらずとむらふほどのことなれば、嘉三次がるらうを見すてず、大かたわが方におきてそりやくなくねんごろにみつぎたるぞたのもしきしかた也。（略）あるとき四郎兵へ嘉三次に申スは、われら同《どう》しやうばいのものどもとだんじ、十人ばかりしぐみて、此たびしな〴〵の絹《きぬ》るい、其外《そのほか》かず〴〵の代物《しろもの》をしこみ、これよりひがしふさうこくといふ所へあきなひにまかるはづ也。それにつき足下《そこ》にはとうじなすわざもなき御ことなれば、われらと一ッしよに渡海《とかい》いたされまいか、といふ。

すなわち嘉兵衛の助力によって商売を成功させることのできた四郎兵衛が、その恩義に報いるため、嘉兵衛の子である嘉三次の力になろうと同船を持ちかけるのである。現状を打開するための契機を自ら作り出そうとした文若虚とは異なり、嘉三次は嘉兵衛の余光によって四郎兵衛に手を差し伸べられたにすぎない[33]。それゆえ嘉三次が莫大な利益を得たことも、「嘉三次が父《ちゝ》嘉兵衛、正じきをもつぱらとしてかぎやうをおろそかにせず、しやうばいにぬけめなく、衆人《しゆにん》のこんきうをすくひ、取《とり》たてつかはすことあげてかぞへがたし。一生《いつしやう》がいの内つむ所のゐんとく、はたして子にむくひ、おもひよらざる大ふうきの身となれる嘉三次が心の内、うれしさいかばかりにや」と、嘉兵衛が積んだ陰徳によってもたらされたものとされるのである。これが、親の行いは子に報うという教訓となっていることは言うまでもなかろう。ちなみに文若虚は、「存《スル》レ心《ヲ》忠厚《コヽロダテリチギ》、所以該《ニベシ》レ有二此富貴一」（正直で情に厚いからこそ、この利益が舞い込んだのだ）と仲間たちから評されており、嘉三次に対する評価とは大きく異なる。

このように見てくると、『金儲形気』は嘉三次の諸国遍歴と経済的成功を描きながらも、最終的にはすべて嘉兵衛の話に収斂すると言ってよい。嘉兵衛が甘やかしたからこそ嘉三次は零落したのであり、嘉兵衛が陰徳を積んだからこそ嘉三次は豪商になれたのである。すなわち本作は親たる者の心構えを説く教訓的な作品であり、誠実さと行動力を兼ね備えた青年が航海の果てに成功を摑むという点を主眼とする原話とは、主題を異にしているといえよう。其鳳は白話小説という新しい素材を、浮世草子という既存の類型にはめ込んだのであった。

そして、このことと関連して想起されるのは、和訳太郎こと上田秋成の『諸道聴耳世間狙』（明和三年〈一七六六〉刊。以下「世間狙」）巻三の二「身過はあぶない軽業の口上」に「転運漢」が利用されているという高田衛の指摘である[34]。高田はさらに、『世間狙』巻一の一・二の一・二の二も白話小説の翻案であるとの主張を展開するが[35]、その妥当性についての検証はあまりなされてこなかった。それはおそらく、高田が秋成浮世草子にとっての白話小説を、「典拠」としてではなく、先行作品の類型とは異なる独自的な主題の発想を導く「媒介」として捉えていることに起因しよう。プロットや文辞の一致を重視する従来の典拠論とは異なる観点からなされたこの指摘は、実証がきわめて困難なのである。

本稿もまた、高田の論の当否を論ずるものではない。しかし『金儲形気』を論ずる以上、「転運漢」を利用した可能性のある浮世草子について言及しないわけにはいかないだろう。

「身過はあぶない軽業の口上」は次のような話である。

大津の竹田周益が営んでいた薬店は、打身薬「勝劣散」が評判となったものの、周益には商売気がなく、貧窮のまま夫婦ともに歿した。女と駆け落ちしていた息子の三平は口が上手く、軽業の口上師として評判を呼ぶ。しかし見世物師として失敗をおかし、大坂へ下ろうとしていたところ、人相見に医師か薬屋になるのがよいと言われて故郷へ戻る。そして勝劣散を得意の口上で売り歩くと、次第に評判が広まって繁盛し、名を大津屋四茂八と改めた。

この三平のモデルが、かつて「四郎八」の名で竹田からくりの口上師をし、その後「一平」として幇間となり、さらに「正勢散」を売り出して評判を得た上田近江であることは、中村幸彦がつとに指摘している。(36) すなわち秋成は実在の人物を材としてこの作品を書いたわけだが、落ちぶれた主人公が商売を成功させて富豪になるという話型は確かに「転運漢」と一致しており、さらに主人公が口達者である点や、いずれ多くの富を得ることを人相見が予見している点なども共通する。高田が本作に「転運漢」の影響を看取したのは卓見であるが、ここで問題としたいのは、三平が富を得るに至った結果がいかに評されているかという点である。本作の末尾は、以下のように結ばれている。

もとよりまや薬にもあらず、呑《のん》で功を見るもの多く、日まし夜ましに売ひろめて次第に手前よろしく、古郷なれば大津八丁札の辻《つじ》に五間口の家敷をもとめて店つき花〳〵敷かざりたて、（略）此身になりても零落《おちめ》には長町の宿なし住居、四も八もくはぬとて、名を大津屋四茂八と改めて、世をうらやすに暮すのも、親の光りは七光り。大津八丁の勝劣散とて近年の仕出しなるよし。(37)

三平が商売を成功させることができたのは、商品を宣伝する口上の能力を有していたがゆえのことである。勝劣散の効能がいかに優れたものであったとしても、それだけで身代を築き得るものでないことは、父の周益が証明している。それにもかかわらず、本作の語り手は三平の商才に評価を与えず、「世をうらやすに暮すのも、親の光りは七光り」と、すべては親の余光であると断ずるのである。

このように、子の人生を描きながらも最後は親に焦点を当てる語り方は、『金儲形気』における翻案の方法と通じていないだろうか。参考までに、同じ作者が書いた初期読本『雨月物語』に視点を転じてみよう。たとえば「吉備津の釜」における磯良と正太郎の悲劇は、磯良の父が御釜祓の結果に従わなかったことに端を発し、「蛇性の婬」の豊雄が真女子に翻弄される憂き目に遭うのは、父が彼を「なすまゝに生《おふ》し立《たて》」、放任していたことに起因すると読むこともできる。しかし『雨月物語』の語り手は、これら諸篇をあくまで彼ら自身の物語として最後まで語り抜くのである。これが『世間狙』や『金儲形気』の語りのあり方と異なっていることは明らかだろう。

ここで浮世草子や初期読本の語りの類型にまで話を広げるつもりはない。重要なのは、『金儲形気』と『世間狙』との間に類似性が認められたことにより、其鳳が白話小説の浮世草子化を志向していたことがあらためて確認された点にある。これは『花の枝折』の場合とは異なり、白話小説の翻案が創作の方法論として明確に意識されていたことを意味しよう。

其鳳による白話小説の利用は、すでに見たとおり必ずしも肯定的な評価を与えられてはいない。それはおそらく、白話小説の翻案を主たる創作手法のひとつとした初期読本が興っていたにもかかわらず、同様の方法を採りながらも浮世草子の枠組みから脱却できなかったことによるのであろう。しかし其鳳にとって、白話小説の利用はあくまで浮世草子を書くための方法として選び取られたものに他ならず、自作を浮世草子の系譜に連ねることを、むしろ積極的に志向していたように思われる。そうである以上、其鳳の営為は、初期読本との比較によってではなく、末期浮世草子における独自的な試みとして、一定の評価を与えられるべきであろう。

白話小説の受容層再考

最後に注目しておきたいのは、吉文字屋本白話物浮世草子の中に、『石点頭』の翻案が三作含まれていることである。ここまで検討してきた『花の枝折』と『金儲形気』の原話は、訓訳本『小説奇言』『小説粋言』にそれぞれ収められており、唐話学を学んだことがなくとも内容を把握することはできる。しかし『石点頭』は訓訳本が刊行されておらず、この作品を読むためには唐本に直接あたる必要があった。本章を閉じるにあたり、このことの意味について考えておきたい。

例として取り上げるのは、『石点頭』巻二「玉簫女再世玉環縁」を其鳳が翻案した『太平記秘説』（天明二年〈一七八二〉刊）である。内容は以下のとおり。

唐の時代、成都の韋皐は張延賞の娘芳淑と結婚したが、延賞との折合が悪くなったため家を出る。韋皐は父の友人であった姜使君のもとに身を寄せ、その息子の荊宝と兄弟のように親しく交わる。ある日、韋皐は荊宝の乳母の娘である玉簫に出会って恋に落ち、玉簫の扇に自らの思いを綴った詩を書く。それを見た荊宝は韋皐の意図を察し、玉簫を韋皋に与える。二人は睦まじく暮らすが、父から帰郷を促す手紙を受け取った韋皋は、七年以内の帰参を約束し、誓いの指輪を玉簫に渡す。しかし生家に戻った韋皋は科挙に落第して出奔し、李抱玉のもとで記室参軍となる。そして七年が経ち、韋皋が帰ってこないことを覚った玉簫は、失意のうちに絶食して死ぬ。一方の韋皋は武功を挙げ、不仲であった舅の延賞に代わって西川節度使となり溜飲を下げ、妻の芳淑と再会する。その後、韋皋は玉簫の死を知るが、あるとき夢に玉簫が現れ、十二年後に再び仕えると告げる。はたして十二年後、指に指輪の形の跡がある「玉簫」という美女が現れた。韋皋が死んだ玉簫の墓を訪れ棺を開けると、そこには韋皋が渡した指輪だけが入っていた。その瞬間、今の玉簫の指にあった跡が消え、遺品の指輪はその指にぴたりとはまった。

この作品は范攄撰『雲渓友議』所収の「玉簫化」を原拠とし、その後、元代に人気を博した雑劇『両世姻縁』などに基づくものである。其鳳は翻案に際して舞台を南北朝時代に設定し、韋皋を和田新吾、張延賞を長野弾正、芳淑を松尾、姜使君を高橋民部、荊宝を雅楽介、玉簫を玉笛という人名に置き換えた。原話の指輪は守袋に改められ、科挙に落第するくだりも畠山義喬との戦闘に敗れるという内容に改変されるなど、中国的要素は除かれているが、その他はほぼ原話を踏襲している。すなわち、其鳳は訓訳本のない白話小説の内容を正しく理解した上で、『太平記秘説』を著したのである。其鳳が自ら白話小説を読みこなしたのか、あるいは唐話学を修めた人物の助力を得ていたのかは定かでないが、浮世草子が生み出される文化圏に、白話小説を原文で受容することのできる素地があったことは確かであろう。

こうした白話小説受容のあり方は、初期読本作者のそれときわめて近い。『英草紙』『繁野話』や『雨月物語』に収められる作品の多くが、訓訳本の存在しない白話小説の翻案であることはよく知られていようし、南北朝時代の争乱を舞台とする発想もまた読本との共通点といえる。また、漢字を多用した和漢混淆文によって書かれる文体も、従来の其鳳の作品とは趣を異にしている。

千古《せんこ》の事跡《じせき》をたづねんとほつせば、つねに万巻《まんぐはん》の書楼《しよろう》にともなへと、今《いま》も知己《ちき》の友《とも》だち、和漢世《わかんよ》〱の紀伝軍《きでんぐん》史《し》をもちよりに回読《くはいどく》して、春《はる》の日のねぶりをのぞく中《なか》に、南朝秘紀《なんちやうひき》といへる書《しよ》に一《ッ》の奇怪《きくはい》の事跡《じせき》をのす。(38)

右は『太平記秘説』冒頭の一節だが、すでに示した『金儲形気』の表記・文体と比較すれば、その違いは明らかだろう。

しかしその一方で、各巻章題の左脇に小字で内容を説明する目録の形式や、挿絵にいちいち教訓的言辞を附している点は、従来の吉文字屋本浮世草子と変わらない。つまり其鳳は、必ずしも浮世草子からの脱却を企図していたわけではないのである。

浮世草子と読本のいずれをも書いた人物として即座に想起されるのは上田秋成であるが、かつて長島弘明は、秋成が著した両ジャンルは地続きのところにあるとした上で、その読者層も大部分において重なっていると指摘した(39)。近世中期の大坂文化壇において、「雅」の文化と「俗」の文化が未分化的であったという考え方は中村幸彦以来のものであり(40)、長島の説はそれを浮世草子と読本の読者層に適用したものといえよう。そしてその「読者層」の問題を、「白話小説の受容層」の問題に置き換えて考えてみることはできないかというのが、本章における最後の問題提起である。

浮世草子も読本も、小説である以上「俗」の領域に属すものであるが、文体や題材に鑑みて、浮世草子が大衆的であるのに対し、読本は高踏的であると一般には認識されている。そして白話小説を読みこなし、それを翻案して近世小説に仕立て上げるという手法は、文人たる読本作者の営為であると従来考えられてきた。すなわちこの点において、浮世草子作者と読本作者の間には断絶があるというのである。

しかし、浮世草子作者である其鳳が訓訳本のない『石点頭』を翻案しているという事実は、少なくともそうした認識の妥当性を再考するための契機となろう。また、正確な年次は不明だが、これと近い時期に和学者の富士谷成章が『石点頭』巻十三「唐玄宗恩賜纊衣縁」を翻案して、『白菊奇談』を書いていることも思い合わされる。(41) 白話小説の利用は、決して読本作者の専売特許ではないのである。

白話小説と読本の密接な結びつきは、すでに文学史の常識となり、そしておそらくそれゆえに、読本以外のジャンルと白話小説の関係性については、曖昧な認識しかなされないまま現在に至っている。この現状から脱却するには、初期読本が隆盛を迎えた近世中期における白話小説受容のあり方を、あえて読本中心ではない視点で、一度捉え直してみることが必要なのではなかろうか。本章はそのひとつの試みであり、それを積み重ねることで、白話小説が近世文学にもたらしたものの本質も、少しずつ見えてくるはずである。

注

（1）　中村幸彦「八文字屋本版木行方」（『中村幸彦著述集』第五巻、中央公論社、昭和五十七年）、山本卓「升屋の蔵版目録と出版――浮世草子末期における書肆升屋の動向（三）――」（『国文学』第六十二号、昭和六十一年二月）。

（2）　長谷川強『浮世草子の研究――八文字屋本を中心とする――』（桜楓社、昭和四十四年）第四章第三節「浮世草子衰滅期（明和四年―天明三年）」。

（3）　①は長谷川強『浮世草子の研究――八文字屋本を中心とする――』（前掲）、②③④⑥は中村幸彦「読本発生に関する諸問題」（『中村幸彦著述集』第五巻、前掲）、⑤は濱田啓介「吉文字屋本の作者に関する研究――奥路・其鳳同一人の説など――」（『国語国文』第三十六巻第十一号、昭和四十二年十一月）による指摘。

（4）題名は『今古奇観』による。『拍案驚奇』における題名は「転運漢遇巧洞庭紅　波斯胡指破鼉龍殻」。

（5）題名は『今古奇観』による。『警世通言』における題名は「唐解元一笑姻縁」。

（6）注3濱田論文。

（7）中村幸彦「安永天明期小説界に於ける西鶴復興」（『中村幸彦著述集』第五巻、前掲）。『修行金仙伝』の改題本が『三千世界色修行』である。

（8）菊池庸介「翻刻『敵討会稽錦』（一）」（『雅俗』第十二号、平成二十五年七月）。

（9）『京都大学蔵　大惣本稀書集成』第一巻（臨川書店、平成六年）解題。また、それに先んじて、神谷勝広「吉文字屋本の挿絵板木流用」（『名古屋大学国語国文学』第六十四号、平成元年七月）にも「この（筆者注：『絵本盤手山』の）序のうたい文句を書いている朧月は、版元の吉文字屋市兵衛自身である」との指摘がある。

（10）篠原進「「怪を談ずるの」ユートピア――荻坊奥路の位置――」（『青山語文』第三十九号、平成二十一年三月）。

（11）引用は『京都大学蔵　大惣本稀書集成』第一巻（前掲）による。

（12）刊本には八文字自笑・其笑が作者であると記されているが、中村幸彦「多田南嶺の小説」（『中村幸彦著述集』第六巻、中央公論社、昭和五十七年）は、本作を「南嶺の代表作の一つ」としている。

（13）引用は『八文字屋本全集』第十八巻（汲古書院）による。

（14）引用は『改訂増補　故実叢書』第八巻（明治図書出版）による。

（15）引用は『重宝記資料集成』第九巻（臨川書店）所収の影印による。

（16）女筆手本においてしばしば散らし書きの指南がなされることは、小泉吉永「近世刊行の女筆手本について」（『江戸期おんな考』第七号、平成八年九月）に指摘がある。

（17）尾上和也「大坂書肆の往来物出版活動――吉文字屋・塩屋一族を中心に――」（日下幸男編『文庫及び書肆の研究』、龍谷大学文学部日下研究室、平成二十年）。

（18）注9解題。

(19)　市古夏生「仮名草子の読者をめぐる問題――『薄雪物語』『可笑記』『烏籠物語』――」(『国文学研究』第一四五号、平成十七年三月)。
(20)　松原秀江「『薄雪物語』版本考」(『薄雪物語と御伽草子・仮名草子』、和泉書院、平成九年)。
(21)　注17尾上論文。
(22)　『享保以後大阪出版書籍目録』による。ちなみにこの時期における吉文字屋の出版物を確認するには、飯倉洋一・岡田純平・片山拓朗・衣笠泉編「享保以後大阪出版書籍目録による吉文字屋市兵衛刊行年表稿(享保から安永まで)」(飯倉洋一『「奇談」書を手がかりとする近世中期上方仮名読物史の構築』、二〇〇四～二〇〇六年度科学研究費補助金基盤研究(C)研究成果報告書、平成十九年)が有用である。
(23)　引用は早稲田大学図書館所蔵『枕草子春曙抄』(文庫30/E0094)による。
(24)　ただし歌の後に示される出典は不正確で、ここに挙げた「今ははや」の歌は『新明題和歌集』(宝永七年〈一七一〇〉刊)から採られたものである。本作における和歌の出典表記に関しては様々な問題があり、別稿を期したい。
(25)　ただし、東京大学総合図書館所蔵の後修本(E24-628)では、蘭と主水(埋木により人名は「五郎作」と改められる)が同衾しなかったことの証明に二人が詠み交わした和歌の短冊が用いられている(注9解題)。この改変後の本文では、白話小説に基づく部分においても多少は和歌が効果的に利用されているといえよう。
(26)　注1中村論文。
(27)　注3中村論文。
(28)　引用は『京都大学蔵　大惣本稀書集成』第一巻(前掲)による。
(29)　中村幸彦「自笑其磧確執時代」(『中村幸彦著述集』第五巻、前掲)の考証による。
(30)　引用は『八文字屋本全集』第三巻(汲古書院)による。
(31)　引用は『八文字屋本全集』第六巻(汲古書院)による。
(32)　倉員正江「浮世草子と教訓――其磧の気質物・町人物と『当世誰が身の上』――」(『雅俗』第五号、平成十年一月)。

(33) 嘉三次が文若虚のように「しらぬくにのやうすを一期《いちご》の思ひ出《で》、こうがくのためともなるべし。そのうへぶらり三のひとりずみ、米《こめ》たきゞのせわをとうぶんのがる、もくはつけいの一つ、くつきやうのこと也」と考えるのは、四郎兵衛に話を持ちかけられてからのことである。

(34) 高田衛「「わやく」と中国白話小説――『諸道聴耳世間猿』の構造――」(『定本 上田秋成研究序説』、国書刊行会、平成二十四年。初版は昭和四十三年)。

(35) ここにいう「翻案」は、『雨月物語』における翻案とは性格を異にするものであり、高田はそれを「例えば『英草紙』、『繁野話』のごとき、翻案臭のペダンチシズムを、みずから露化するものではなく、その逆に、できるだけ、それを秘めようとするものである」と述べている。

(36) 中村幸彦「秋成に描かれた人々」(『中村幸彦著述集』第六巻、前掲)。

(37) 秋成作品の引用は『上田秋成全集』(中央公論社)による。

(38) 引用は国立国会図書館所蔵本(201-122)による。

(39) 長島弘明「『雨月物語』における作者・書肆・絵師・読者」(『秋成研究』、東京大学出版会、平成十二年)。

(40) 中村幸彦「宝暦明和の大阪騒壇――『列仙伝』の人びと――」(『中村幸彦著述集』第六巻、前掲)。

(41) 中村幸彦「白菊奇談と石点頭」(『中村幸彦著述集』第七巻、中央公論社、昭和五十九年)。

第三部　初期読本作品論

第一章　方法としての二人称

――読本における「你」の用法をめぐって――

小説の中の二人称表現

清田儋叟『孔雀楼筆記』（明和五年〈一七六八〉刊）巻一に、次のような一節がある。

吾国唐土トモニ、辞《コトバ》ニ古今アリ、参互考推《サンゴカウスイ》スベシ。（略）延天以来ノ武弁《ベン》ノ語、同輩相称シテ殿《トノ》トイフ。其後和殿トイフ。太平記ノ頃ハ御辺《ゴヘン》トイフ。其後、其許貴様ナドノ語トナル[1]。

ここでは、二人称の変遷の過程が武士階級の場合を例に述べられている。言葉が時代とともに変化するものである以上、人称詞も当然その例に漏れない。しかし書物に現れる人称詞の用法は、時代性のみならず文章の性格や文体とも不可分の関係にある。一例として、成立にわずか十年あまりの開きしかない、上田秋成の『諸道聴耳世間狙』（明和三年〈一七六六〉刊）と『雨月物語』（安永五年〈一七七六〉刊）を例に[2]、両者に現れる二人称を比較してみよう（括弧内は出現数）。

【諸道聴耳世間狙】

こなた（13）　そなた・其方（10）　あなた（9）　そこもと・其元（7）　おまへ（6）　汝・なんぢ（5）

貴様（5）　そち（2）　おのれ（2）　貴殿（1）　うぬ（1）　そもじ（1）　御手前（1）

【雨月物語】

君（23）[3]　汝（15）　你《なんぢ》（10）　足下《そこ》・そこ（7）　士（5）　公《きみ》（4）　御許《おもと》（4）　吾主《わぬし》（3）　主（1）

このように、同じ作者がさほど時期を隔てず書いた作品においても、使用している二人称表現の種類は大きく異なっている。口語的文体を多用する浮世草子（『諸道聴耳世間狙』）と、和漢混淆文で記述される読本（『雨月物語』）との違いが、顕著に表れているといえるであろう。すなわちこの相違から窺えるのは、近世小説における二人称表現が、文体やジャンルによって異なる体系を形成していたということである。そしてまた、同じジャンルに属する作品であっても、作者によって用法が異なる場合もある。本章では、主に読本における二人称表現の用法に焦点を当て、それが作品の中でいかに機能しているかを検討したい。

「你」という二人称

読本の表現を検討するに際しては、その背景にある白話小説の影響について触れないわけにはいかない。そこでまずは、「三言」（『古今小説』『警世通言』『醒世恒言』）の二人称表現を確認しておこう。本来ならば、各四十篇を数える所収作品のすべてを精査すべきであるが、今はさしあたり、それぞれの巻一〜三において用いられる、主要な二人称の種類と出現数を示しておく[4]。

	你	汝	君	足下
古今小説	274	1	2	0
警世通言	55	0	4	3
醒世恒言	238	8	7	0

一見して、「三言」における最も一般的な二人称が「你」であることは明らかであろう。この「你」は口語の二人称であり、(5)文言小説には見られない。逆に、文言小説に多用される(6)「汝」が白話小説ではほとんど使用されないことも、この表からは窺えよう。すなわち「你」と「汝」の二語は、作品の文体によって棲み分けがなされていると考えてよい。

「你」と「汝」が同義の関係にあることは、近世日本においても正しく認識されており、たとえば三好似山『広益助語辞集例』（元禄七年〈一六九四〉刊）は、「你」に対して「汝也」という語釈を附す。また、岡島冠山『唐話纂要』（享保元年〈一七一六〉刊）は、「聴信你説」を「汝ノ云コトヲ信ズル」（巻二）、「你不要打牌」を「汝カルタヲ打ツナ」（巻三）と訳すなど、ほぼ例外なく「你」の訳語に「汝」をあてている。

同様の例は、通俗軍談の嚆矢である『通俗三国志』（元禄四年〈一六九一〉刊）にも見える。(7)

①張飛→呂布

【三国志演義】（第十三回）

我哥哥做賢弟、你来、我和你闘三百合。

【通俗三国志】（巻五）

ナンゾヤ我兄ヲ賢弟《ケンテイ》トハ申ゾ。ワレ汝ト快《コヽロヨ》ク三百合《ガフ》戦ン。

②張飛→厳顔

【三国志演義】（第六十三回）

若拏住你這老匹夫、我親自食你肉。

【通俗三国志】（巻二十六）

若《モシ》汝ヲ生取バ我《ワレ》自ラ其肉《ニク》ヲ啖《クハ》ンモノヲ。

ただし『三国志演義』第四十一回、張飛から趙雲への「不是箇雍先来報、我見你時、那得干休也」という台詞の中に見える「你」は、『通俗三国志』では「御辺」と訳されており（巻十七）、「你」と「汝」は必ずしも一対一対応の関係にあるわけではない。「汝」が基本的な訳語であるという原則はあったようだが、文脈に応じて他の語をあてる場合もあったらしい。

いずれにしてもこれらの例が示しているのは、当時において「你」は翻訳される必要のある語であったということである。『通俗南北朝梁武帝軍談』（宝永二年〈一七〇五〉刊）には、原話『梁武帝西来演義』の「你」を「儞」に改めただけの例もあるが(8)、これは「你」の字体をそのまま使用することに対する訳者の違和感を示すものであり、やはり一種の翻訳といってよいであろう。

こうした状況からの変化を促したのは、和刻本『忠義水滸伝』（享保十三年〈一七二八〉初集刊）や「和刻三言」（『小説精言』『小説奇言』『小説粋言』）に代表される、いわゆる訓訳本ではなかったろうか。これらの刊行により、人々が白話小説の原文に接する機会は大幅に増加し、特に「和刻三言」は、豊富な読み仮名・左訓と訓点を附すことによって、白話小説の享受層を拡大させた。

その最初の作品である岡白駒施訓『小説精言』（寛保三年〈一七四三〉刊）には、二六七例の「你」がある。そのうち二五四例には読み仮名・左訓ともに附されていないが、残りの十三例の中に、「你来趕我」《ソチカラシカケタ》「不是我。便是你」《コチカラハシカケヌ　ソチカラシカケタ》「不干你事」《ソチユエデハナイ》のように左訓「ソチ」が四例確認され、「你《チ》」（「ナンヂ」と読ませるつもりであろうが、「ソチ」の可能性も完全には捨てきれない）という表記も九例見られる。数こそ多くはないものの、「你」の字体を残したまま左訓や送り仮名を附すこれらの例は、「你」を近世小説の舞台に上げるために必要な階梯のひとつであったかもしれない。

そして『小説精言』に後れること六年、都賀庭鐘『英草紙』（寛延二年〈一七四九〉刊）が刊行される。この作品の特徴のひとつに数えられるのは、最も使用頻度の高い二人称が「你」であるということであり、この傾向は後年の『繁野話』（明和三年〈一七六六〉刊）や『莠句冊』（天明六年〈一七八六〉刊）においても変わらなかった。すなわち庭鐘は、生涯にわたって「你」を最も一般的な二人称として使い続けたのである。では、庭鐘による「你」の用法はいかなるものであったのか。以下、『英草紙』を例に検討する。

『英草紙』における「你」の用法

詳細については次節で述べるが、「你」は原則として立場が上の者から下の者に対して用いられる二人称である。庭鐘はこれに「なんぢ」の読み仮名を附しているが、「なんぢ」にもまた敬意が含まれないことは山崎久之に指摘があり[9]、「你」と「なんぢ」の語義は対応していると言ってよい。そして『英草紙』の「你《なんぢ》」は、その規範的用法に忠実である。たとえば第一篇「後醍醐帝《ごだいごてい》三たび藤房《ふぢふさ》の諫《いさめ》を折話《くじくこと》」において、後醍醐天皇は臣下の藤房を「你《なんぢ》」と呼ぶが、その逆は決してあり得ない。また、女の方が身分が高い場合を除けば、男から女に対する二人称も基本的に「你《なんぢ》」

である。

しかし女が男を「你《なんぢ》」と呼ぶ例については、まったく見出されないわけではない。『英草紙』に見える用例をすべて挙げてみよう。(10)

①薄情《はくじやう》《まことなき》の人、われを水に沈《しづ》めたれども、天の憐《あはれみ》ありて今の恩人《おんじん》に救《すく》ひあげられ、養《やしな》ふて義女《ぎぢよ》《むすめぶん》とす。今日何《こんにちなに》の顔《かんばせ》あつて你《なんぢ》に見《まみ》へん。（第二篇・幸→馬場求馬）

②你《なんぢ》世《よ》を広《ひろ》くなるとも、此後再《このゝちふたゝ》び我家《わがいへ》に来《く》ることなかれ。千回来《ちたびく》るとも你《なんぢ》に対面《たいめん》せず。你闘傷《なんぢとうじやう》の場《ば》に匹夫《ひつぷ》の雑《ざう》言《ごん》を忍《しの》ぶことあたはず、却《かへつ》て故《ゆへ》なき売女《ばいじよ》に身《み》を隠《かく》されて、其恥《そのはぢ》を想はざるはいかに。（第六篇・鄙路→安達東蔵）

③你《なんぢ》霊《れい》《たましい》あらば能聞《よくき》け。我一生人《われいつしやうひと》に身《み》を許《ゆるし》たることなければ、夫《おつと》の仇《あた》を報《ほう》ずるにもあらず。（第六篇・鄙路→三上五郎太夫）

④我《われ》、你《なんぢ》に問《と》ふ事有《ことあり》。平四郎、夜前三上《やぜんみかみ》が手にかゝりて此川に切沈《しづめ》らる。你しらざることあるまじ。実《じつ》に告《つ》げばゆるさん。しからずば你をなぶり殺《ごろし》にせん。（第六篇・鄙路→勘平）

⑤你《なんじ》、船に讐《あた》人をのせて渡《わた》る人をうかゞはせ、你《なんぢ》が船中《ちう》にして是を殺《ころ》させ、夜明《よあけ》、夜《よ》に入れども官府《くわんぶ》《つかさどころ》にも申出ずして尚《なを》你にあづかることなしと思《おも》ふや。（同右）

⑥你既《なんじすで》に実《じつ》を吐《はく》。再《ふたゝ》び你に聞《きく》ことなし。（同右）

一読して明らかなとおり、これらはすべて女から男に対して激しい怒りが向けられているという点において共通する。①は自分を殺そうとした前夫に再会したときの妻の言葉、②は刃傷事件を起こして逃げ込んできた客の無恥を罵る遊女の言葉、そして③〜⑥は、自分の恋人を殺害した犯人やその共謀者を面罵・詰問する際の言葉である。すなわち、怒りによって敬語を用いる精神的余裕を失ったとき、あるいはその必要性を認めないときに、女は男を「你《なんぢ》」と呼ぶ。
このように、庭鐘は女の憤りを「你《なんぢ》」という二人称で表現しているのだが、これとまったく同様の用法が白話小説にも確認される。たとえば『警世通言』巻二「荘子休鼓盆成大道」の田氏という女性は、「荘生是個有道之士、夫妻之間亦称為先生（荘生は学問を修めた人物であるため、夫婦の間でも先生と呼ぶ）」とあるとおり、夫の荘子を普段「先生」と呼んでいる。しかし、夫が死んでも自らは女の操を守ると誓った言葉を疑われると、田氏は次のように荘子を罵る。

似你這般没仁没義的、死了一個又討一個、出了一個又納一個、只道別人也是一般見識。（略）你如今又不死、直恁枉殺了人。

（あなたのような仁義のない人は、一人死ねば一人娶り、一人追い出せば一人貰うなどしているから、他の人も同じだと思っているのでしょう。（略）あなたはいま死ぬわけでもないのに、私のことは罪を着せて殺そうとするのね）

庭鐘はこの作品を『英草紙』第四篇に翻案しており、①〜⑥の用法はここから学んだものかもしれない。いずれにしても、庭鐘が「你」の用法を正しく理解していたことは右の例から窺えよう。では、この新来の二人称表現は、『英草紙』においていかに効果的に用いられているのであろうか。

「你」と「足下」――『英草紙』第三篇――

『英草紙』第三篇「豊原兼秋音《とよはらかねあきいん》を聴《き》ゝて国《くに》の盛衰《せいすい》を知話《しること》」は、「兪伯牙摔琴謝知音」（『警世通言』巻一・『今古奇観』巻十九）を原話に持つ。原話は兪伯牙と鍾子期の音楽を通じた交流を描く物語であるが、庭鐘はその舞台を『太平記』の時代に移し替え、豊原兼秋と横尾時陰の物語に改めた。

後醍醐天皇の勅使として伊予に赴いた兼秋は、その帰途、讃岐国屛風が浦に船を停めて琴を弾く。すると不意に絃が切れ、兼秋は誰かが秘曲を盗み聴いていたことを覚り、従者に調べさせようとした。そのとき目の前に現れたのが、樵夫の時陰であった。兼秋は樵夫に音楽を解せるはずがないと考え、「你《なんぢ》誠《まこと》の樵夫《きこり》にあらじ。察《さつす》るに盗賊《とうぞく》の張本《ちやうぼん》なるべし」と問い詰める。二人の物語は、兼秋が時陰を「你《なんぢ》」と呼ぶ関係から始まるのである。ちなみに原話の当該箇所に二人称表現は使用されていないが、伯牙は子期を船の中に呼び寄せた際、「你且坐了（まあ座りなさい）」と呼びかけており、こちらも伯牙が子期を「你」と呼んでいる。興味深いのは、原話では伯牙のこの台詞の後に、「你我之称、怠慢可知（「你」という語から、相手を見下していることがわかる）」という説明めいた一文が置かれていることである。先ほど、『英草紙』における「你」の用法が白話小説のそれに即していることを確認したが、それならば庭鐘がこの一節にも注意を払ったであろうことは想像に難くない。

時陰を船に呼び入れた兼秋は、「崖《きし》の上《うへ》にて琴《きん》を聴《きゝ》しは其方《そのほう》にてありしや。你《なんぢ》、琴《きん》の由来《ゆらい》する所を知るや」と、琴に関する知識を問う。これは原話の「適纔崖上聴琴的、就是你麼。（略）我且問你、既来聴琴必知琴之出処」をほぼ直訳したものであり、「你」を使用している点も一致する。しかし、この問いに対する回答を聞いた後の反応が、伯牙と兼秋では異なっている。

伯牙は、子期の回答が適切であることを承けて、「就是記問之学、也虧他了。我再試他一試（耳学問だとしても大したものだ。もう一度試してみよう）」と考え、さらに「仮如下官撫琴、心中有思念、足下能聞而知之否（私が琴を弾いたら、私の心中をあなたは聴き取ることができますか）」と問いかける。単なる耳学問である可能性を疑いつつも、子期が正しい知識を持っていることを評価して、二人称を「足下」に改めるのである。これに対して語り手は、また「此時以不似在先你我之称了（このときには先ほどのように「你」とは言わなかった）」という説明を加え、伯牙の態度が変化していることへの注意を読者に促す。本作において、二人称表現は登場人物の心情を表すものとして機能しているのである。

一方の兼秋は、「等閑《なをざり》の者《もの》にあらず。雅楽《ががく》の大概《たいがい》を知《し》るものか。恐《おそ》らくは是記聞《きゝおぼへ》の耳学問《みゝがくもん》なるも知《し》るべからず」と、時陰の答えが優れていることを認めながらも、耳学問の疑いがあることを気にかける。伯牙とは異なり、兼秋は耳学問を認めようとはしないのである。それゆえ「我今《われいま》思ふ所あらば、你琴音《なんぢきんいん》を聞《きゝ》て是を知るや否《いな》や」と、なおも「你《なんぢ》」を用いて次の難題を問う。兼秋が態度を改めるのは、時陰が見事に琴音から兼秋の心情を読み取った後であり、そこでようやく「足下《そこ》のごとく音《いん》を識《しる》人ありてこそ、我琴《わがきん》の甲斐もあるべし」と、時陰に対する二人称が「足下《そこ》」となる。「足下《そこ》」は『英草紙』において、敬語を伴って用いられることの多い二人称である。

では、なぜ伯牙と兼秋とでは、二人称を「你」から「足下」に改める契機が異なるのであろうか。

兼秋はここで、時陰のことを「音《いん》を識《しる》人」と称している。これは原話の題名にある「知音」を踏まえた表現であり、兼秋はまさに時陰が〈音を知る〉人物であることを確認したところで、時陰の才能を認めたということになる。これは、子期が知識を開陳しただけで一定の評価を与えた伯牙に比して、はるかに音楽に厳しい人物として兼秋が造型されていることを意味する。この相違は、伯牙が単なる「風流才子」であるのに対し、兼秋が「楽人」であることに起因するものと思われるが、問題はその設定がいかなる意味を持っているかということである。『太平記』巻二「天下怪異事」に「楽人豊原兼秋」とあり、楽書『體源鈔』巻十三の豊原氏系図にもその名が見えることからすれば、兼秋が楽人であったという設定が史実に即したものであることは疑い得ない。しかしそれとは別に、本作において兼秋が楽人であることの意味は、やはり問われなければならないだろう。

兼秋は楽人であるがゆえの矜持を有しており、それは時陰が樵夫であることを知った直後の、「山中柴《さんちうしば》を打《うつ》の人、我琴《わがきん》を聴得《きゝう》る事あらんや」という台詞からも窺える。しかしその一年後、時陰の墓前で鎮魂の曲を弾じた兼秋は、それを聴いていた村人たちが曲の趣を理解しなかったことを知り、次のように嘆くのである。

今の曲《きよく》さへかくのごとし。誠《まこと》の琴《きん》の秘曲《ひぎよく》は猶さら馬耳風《ばにふう》ならん。賤《しづ》山がつにても興ありと思ふにあらずんば、此曲　衰《おとろふ》るもむべなり。

ここに、かつての傲岸な兼秋の姿はなく、むしろ自らの琴が他者に理解されることを求めている。それは言うまでもなく、「音《いん》を識《しる》人ありてこそ、我琴《わがきん》の甲斐もある」ことを、時陰との出会いによって知ったからである。しかし時陰の死によって、琴を理解する者はいなくなってしまった。絶望した兼秋は自ら琴を打ち砕くのだが、それは楽人としての人生からの脱却を意味する。楽人として琴を奏する意味さえも、もはや兼秋にはない。何となれば、主君の後醍醐天皇もまた、〈音を知る〉人物ではなかったからである。

主上御位《みくらゐ》に復《ふく》し給ひてより、仮初《かりそめ》の御遊《ぎよゆう》に琵琶箏《びはさう》など弾じさせ給ふにも、燕《えん》なる曲《きよく》のみ造《つく》らんと望《のぞ》ませ給ひて、ことしげき世を治《をさ》め給ふべき君にあらず。是、古へより伝《つた》へいふ、桑間濮上《さうかんぼくじやう》の音起《こへおこ》りて、国亡《くにほろ》びしといふも此心なり。久しからずして、都も又一変《いつぺん》すべし。

兼秋にとって「燕なる曲のみ造らんと望」む後醍醐天皇は、為政者たる資質を有する人物ではない。右の台詞には『礼記』楽記篇の「桑間濮上ノ音ハ亡国ノ音ナリ。其ノ政散ジ其ノ民流ス」(11)が引用されているが、それによれば、音楽の衰退は政治の乱れと直結するものなのである。兼秋はすでに、「亡国」のきざしを看取していた。

庭鐘作品における後醍醐天皇批判は『英草紙』第一篇にも見え、そこには『徂徠先生答問書』（享保十二年〈一七二七〉刊）など、荻生徂徠の著作の影響があることが指摘されている。(12)『徂徠先生可成談』（元文元年〈一七三六〉刊）に序を寄せた庭鐘が徂徠の思想に親しんでいたことは疑い得ず、徂徠もまた『弁道』（享保二年〈一七一七〉刊）において、「礼楽刑政を離れて別に所謂道なる者有るに非ざるなり」(13)（傍点筆者）と断じている。ここに言う「道」とは、無論「天下を安んずるの道」（『弁道』）である。(14)

いずれにしても、こうした音楽論から政治論への展開は原話にはない。原話の琴を媒介とした友情の物語に、庭鐘は政治的話題を附加したのである。その方法として選ばれたのが、「知音」という語に政治的な意味を持たせることであり、それゆえ本作において〈音を知る〉ということは、友情の証である一方で、為政者の条件でもあった。

そして、〈音を知る〉人物を判断するのが兼秋の役割である以上、彼は音楽に厳格な楽人でなければならなかった。時陰との関係に話を戻せば、兼秋にとって重要なことは時陰が豊富な音楽の知識を有していることではなく、時陰が真に〈音を知る〉人物であるか否かということに他ならない。それゆえに兼秋は、時陰に〈音を知る〉能力があることを認めるまで、二人称を「你《なんぢ》」から「足下《そこ》」に改めることはできなかったのである。

「你《きみ》」という表記――『英草紙』第六篇――

第六篇「三人《さんにん》の妓女《ぎぢよ》趣《おもむき》を異《こと》にして各《おの〳〵》名《な》を成話《なすこと》」にもまた、興味深い「你」の用法が見られる。本作は明代の類書『緑窓女史』巻十二「青楼」に収められた「王幼玉記」(15)と「馬湘蘭伝」を典拠に持つ、(16)都産《みやづと》・檜《ひ》垣《がき》・鄙路《ひなじ》という性格の異なる三人の遊女姉妹を主人公とする物語である。中でも、遊女であることを拒み続ける都産と、徹底的に遊女であろうとする檜垣という対照的な二人の姉に挟まれて、末妹の鄙路はやや特異な位置にいる。そして鄙路が用いる二人称もまた、一般的な用法から外れたものが多い。一例を示そう。

ある日、以前の客であった安達東蔵が喧嘩で人を殺し、自らも顔に傷を受けて鄙路の店に逃げ込んでくる。ひと月ばかり後、匿ってもらったことへの感謝を東蔵が述べると、鄙路は次のように言い放つ。

足下《そこ》をかこひ養《やしなひ》しは、我父母《わがふぼ》なく姉妹《しまい》なく、心易《こゝろやす》き身《み》の上《うへ》なれば、一時《いちじ》の俠《けう》をなす也。你世《なんぢよ》を広《ひろ》くなるとも、此後《このゝち》再《ふたゝ》び我家《わがいへ》に来《く》ることなかれ。千回《ちたびく》来るとも你《なんぢ》に対面《たいめん》せず。你闘傷《なんぢとうじやう》の場《ば》に匹夫《ひつぷ》の雑言《ざうごん》を忍《しの》ぶことあたはず、却《かへつ》て故《ゆへ》なき売女《ばいじよ》に身《み》を隠《かく》されて、其恥《そのはぢ》を想はざるはいかに。

この場面での「你《なんぢ》」の用法については先にも触れたが、ここでは引用文冒頭の「足下《そこ》」を問題とする。前述のとおり「足下《そこ》」は敬称であり、鄙路もかつての客に対し、最初は一応、敬意を払ったようである。しかし女がこの二人称を用いる例は非常に少なく、『英草紙』においては全十六例の「足下」の用例のうち、話し手が女であるのは、鄙路の例を除けば一例しかない。(17)『繁野話』や『莠句冊』、そして秋成の『雨月物語』などにもこの二人称は見られるが、話し手はすべて男である。すなわち、「足下《そこ》」は男性語として使用される二人称であり、(18)鄙路がこれを用いているのは例外的な用法といえる。東蔵を痛罵して店から追い出し、人々に「男子《だんし》に勝《まさ》れり」と評された鄙路の性格は、二人称の用法にすでに暗示されていたのである。(19)

この鄙路には、安那平四郎という恋人がいる。国守の扶持人の子である平四郎は、一度鄙路の客となってからはすっかり彼女に惚れ込み、鄙路もまた平四郎の物柔らかな性格を愛していた。しかし平四郎に結婚を申し込まれると、鄙路は微笑みながら次のように語り、その申し出を退ける。

年月《とし》旧《ふるき》を送《をく》り新《あたらしき》を迎《むか》へ、片刻《へんこく》《かたとき》の偶《ぐう》《ふうふ》をなすもの幾人《いくたり》ぞや。此国に名《な》ある人、我一歓《わがいつくわん》《はだふれる》をなさゞるはなし。我此身商人の婦《ふ》となるも、なを醜聞《しうぶん》《よからぬきこへ》に堪《た》へず。況《いはんや》武家の室《しつ》とならば、生立《をひさき》ある你《きみ》を恥《はづか》しむるなり。再《ふたゝ》び此事をいふことなかれ。左《さ》あらばとて、此後你《のちきみ》に対《たい》して疎《うと》きことなし。

ここで注目したいのは、鄙路が平四郎に対して用いた「你《きみ》」という二人称である。「你」を「きみ」と読む例は、これ以外にはいまだ管見に入っておらず、きわめて珍しい用法であると思われる。

ただしそれは、「你」に「なんぢ」以外の読みを当てる例が珍しいということではない。『小説精言』に「ソチ」という左訓が附された例は先にも見たが、他にも『英草紙』より成立は下るものの、西田維則『通俗金翹伝』（宝暦十三年〈一七六三〉刊）には、「ナニトテ你《ソナタ》一人《ヒトリ》ヲ漂泊《ヒヤウハク》サセ(20)」「誰《タレ》カ你《ソナタ》ヲ可怜《フビン》ト思《ヲモ》フ者《モノ》アラン」（いずれも第五回）などのように「ソナタ」と読む例が見える。また、『水滸伝』の語彙辞典として名高い陶山南濤『忠義水滸伝解』（宝暦七年〈一七五七〉刊）は、「你」をいちいち訳出しない場合が大半であるが、第十四回の「干你甚事」という表現に対しては、「ソノ方ニ何ノアヅカリカマフコトガアルゾ」という訳を当てている。このように、「你」の訳語は必ずしも「なんぢ」ばかりではないのだが、ここに挙げた「ソチ」「ソナタ」「ソノ方」は、いずれも基本的に立場が下の相手に対して用いられる二人称であり(21)、「你」の訳語として違和感のあるものではない。それに対し、「きみ」は相手への敬意を伴って用いられる二人称であるため(22)、鄙路が平四郎に対して用いる「你《きみ》」は、明らかに漢字と読み仮名に齟齬をきたしている。

長姉の都産も次姉の檜垣も、客に対する二人称は例外なく「君」である。なぜ、鄙路から平四郎への呼びかけのみが「你《きみ》」でなければならなかったのだろうか。

先にも述べたとおり、この二人称が用いられるのは鄙路が平四郎の求婚を断る場面である。自分のような遊女が妻となっては平四郎の恥となる、と鄙路はその理由を語っていたが、おそらく理由はそればかりではない。彼女は遊女としての理想的なあり方について、次のように語っていた。

遊女《ゆうぢよ》の終《おわ》りは跡《あと》を隠《かく》すを以《もつ》て高《たか》しとす。鄙路《ひなじ》とかやいひしは、今誰《たれ》が妻《め》となるなどいはれて、其丈夫《そのぢやうぶ》の富貴《ふうき》と人物《ひとがら》とに着《じやく》せしか、或《あるい》は日《ひ》影西《かげにし》に傾《かたぶ》きて(1)さそふ雲水《くもみづ》に随《したが》ふかなど、或《あるい》は仮初《かりそめ》に俊聡《かしこき》に愛《めで》ても、其人尋常《そのひとよのつね》の人柄《ひとがら》ならば、是又我見識《これまたわがけんしき》のかぎり知《し》れて口惜《くちをし》からん。夫《それ》さへあるに、後々《のちく〳〵》子《こ》あり孫《まご》あり、膝《ひざ》のしたより祖母《そぼ》と称《しよう》ぜられんもうとましく、又は老《をひ》はつるまで志《こゝろざし》を得《え》ず、②水汲《みづくむ》きはになりて人《ひと》に見られんよりは、行衛《ゆくゑ》なくならんはなんばう本意《ほい》ならん。

遊女は世間から身を隠して消えていくのがよいと鄙路は言う。その理由は、人の妻となることで世人の口に上り、自らの見識が露見してしまうのが口惜しいということがひとつ。そしてもうひとつは、老いた姿を人に見られるのが不本意だということである。しかし、なぜ鄙路はこれらのことを厭うのであろうか。

右に引用した彼女の言葉を検討すれば、そこにはおのずと二人の女の姿が浮かび上がる。まず傍線①の「さそふ雲水に随ふ」という一節は、三河掾となった文屋康秀から県見《あがたみ》に誘われ、「わびぬれば身を浮草のねをたえてさそふ水あらばいなんとぞ思ふ」[23]（『古今集』巻十八・九三八）と答えた小野小町を髣髴とさせる。若かりし頃に多くの浮き名を流しながらも、老いて零落したとされる彼女の悲哀を象徴するかのような歌である。また、傍線②の「水汲きはになりて」を、従来の注釈書は「「みづはぐむ」の誤りか」としていたが[24]、これは『檜垣嫗集』に見える、

老いにきはまりて住どころもなくなりて、手づから水くむきはになりて、おけひきさげていづるにしも、国の守《かみ》神拝に出でらるゝ道に差しあひたれば（略）、いかでかくなりしぞ、あはれなどあれば、

老いはてゝかしらのかみも白河のみつわぐむまでなりにけるかな[25]

を踏まえていると見るべきであろう。檜垣嫗の伝記は未詳であるが、『十訓抄』の享保六年（一七二一）刊本第十の三十五[26]には「肥後国の遊君」とあり、刊本『檜垣嫗集』（『檜垣家集』）においても「遊女」とされている。こうした認識が一般的であったとすれば、「水汲きは」とは老いた遊女のなれの果てを指す表現に他ならない。

これらのことを踏まえれば、鄙路は遊女としての自らの行く末を、小野小町と檜垣嫗の哀れな姿に重ねていたよう

に思われる。そうした未来を拒むために鄙路は隠遁を望むのだが、そうである以上、彼女が平四郎の求婚に応じないのは当然であろう。平四郎の妻となることは小町や檜垣媼の生き方をたどることと同義であると、彼女は考えていたのである。その意味において鄙路にとっての平四郎は、愛しい存在でありながら、自らの理想とする生き方を阻む存在でもあった。彼女が平四郎に対して抱いていた、この相反するふたつの感情を、庭鐘は「你《きみ》」という表記によって示していたのである。

後続の読本における「你」

ここまで『英草紙』第三篇と第六篇において、「你」という二人称がいかに用いられているかを検討してきた。『英草紙』に白話語彙が多用されているのは周知のとおりであり、「你」もまたそのひとつである。しかし、庭鐘が単に新奇性のみを企図してこの語を用いたわけではないことは、すでに明らかであろう。「你」という白話小説の二人称を用いることによって可能となる新しい表現の方法を、庭鐘は試みていたのである。

それでは、『英草紙』以降の読本はこの二人称をいかに利用したのであろうか。たとえば本章冒頭にも示したとおり、『雨月物語』にも「你」は使用されている。ただし、『英草紙』のように専ら「你」ばかりが用いられるのではなく、「汝」と併用されている点が特徴的である。そこで「汝」と「你」の用例の分布を示すと、以下のようになる（括弧内は出現数）。

【汝】

白峯（4）　菊花の約（6）　仏法僧（1）　青頭巾（4）

【你】

仏法僧（1）　蛇性の婬（7）　貧福論（2）

これを見ると、基本的にこの二つの二人称は作品によって使い分けられているようであるが、唯一の例外である「仏法僧」では、幽霊として現れた法橋の紹巴から旅僧の夢然に対しては「汝」、夢然から子の作之治に対しては「你」が用いられている。木村秀次は、夢然・作之治と同様に親子の関係でありながら、「菊花の約」の左門が母から「汝」と呼ばれていることなどを根拠に、

「汝」の使われる場合の方が、話し手と受け手との人物関係に、概してある固さが伴い、改まった感じを帯びる。それに比べて、「你」の場合は、くだけた、あるいはややぞんざいな、また時には、より見下した呼びかけといった傾向が強いように思われる。(27)（傍点原文）

と述べている。この主張は確かに、感覚的に理解できるものではあるのだが、一方では単なる印象でしかないとの批判は免れないであろう。そこで、中国小説における「汝」と「你」が文体によって使い分けられていたように、『雨月物語』にもそれに類する基準がないかを検討したい。

『雨月物語』の会話文には、たとえば「帝位《ていゐ》は人の極《きはみ》なり。若人道上《もしにんだうかみ》より乱《みだ》す則《とき》は、天の命《めい》に応《おう》じ、民《たみ》の望《のぞみ》に順《したが》ふて是を伐《うつ》」(28)（白峯）のように漢文訓読調に近い文体のものと、「都のものにてもあらず、此近き所に年来《としごろ》住こし侍《はべ》るが、けふなんよき日とて那智《なち》に詣《まうで》侍るを、暴《にはか》なる雨の恐《おそろ》しさに、やどらせ給ふともしらでわりなくも立よりて侍る」（蛇性の婬）のような和文調のものとがある。

一般的に漢文訓読調の文体は動詞によって文を終結させ、過去・完了等の助動詞は用いない。そこで各篇の会話文を、「汝」が用いられる人間関係と、「你」が用いられる人間関係とに分類し、動詞によって文が終結する比率をそれ

ぞれ算出した結果を以下に示す（小数点第二位を四捨五入した）。ただし、受身・使役の助動詞と打消助動詞「ず」は動詞と同様に扱い、「あり」と敬語の補助動詞は分母にのみ算入した。[29]

【「汝」が用いられる場合[30]】

・白峯　三九・〇（％）

・菊花の約　三〇・四

・仏法僧　三七・五

・青頭巾　一四・三

【「你」が用いられる場合[31]】

・仏法僧　一八・二

・蛇性の婬　一〇・一

・貧福論　二三・五

この結果が示すのは、「汝」が用いられる関係性における会話文は、動詞で終結する比率が高いということである。例外的に「青頭巾」の比率が低いのは、話者である快庵禅師が、院主を教化するまでは一貫して敬語を用いているため、文末が「給ふ」となる回数が多いことによる。「汝」が使用され始めてから後の会話文に限定すれば、動詞終結率は三三・三％となり、他の作品と有意の差はない。すなわち『雨月物語』には、漢文訓読調の会話文では「汝」、和文調の会話文では「你」が用いられるという傾向が存するのである。「汝」と「你」の使い分けは文体と密接に関連しており、さらにその文体が、登場人物どうしの関係性と相関関係を有していると考えるべきであろう。その意味では『雨月物語』においてもまた、「你」が使用される必然性はあったといえる。

しかし、庭鐘・秋成以降のいわゆる後期読本においては、「你」が用いられる意味を作品の内容から見出すことが難しくなる。その一例として、後期読本の祖に位置づけられている『忠臣水滸伝』（寛政十一年〈一七九九〉前篇刊）前篇巻一第一回における、足利直義から家臣の氏家重国に対する台詞を見てみよう。

你《なんぢ》宜《よろしく》拝《はい》を休《やめ》てちかくすゝむべし。我且《われまづ》汝《なんぢ》に命《めい》ずる旨《むね》あり。(32)

すなわちひとつの台詞の中に、「你」と「汝」が混在しているのである。同様の例は他にも見られ、前篇巻五第六回では、早野勘平が妻の義母である夜叉老婆《やしやかか》を「你《なんぢ》が悪事《あくじ》人の告《つぐ》るにより、我《われ》つぶさにこれを知《し》れり。さりながら汝《なんぢ》が口より招承《はくじやう》するを聞《きか》ざれば事分明《ことふんみやう》ならず」と責め立てている。これらの「你」と「汝」には、単なる表記上の相違しかないと言わざるを得ない。

京伝がわざわざ「你」の文字を用いたのは、白話小説の趣を作品に残すためであろう。周知のとおり、本作の背景にあるのは浄瑠璃『仮名手本忠臣蔵』と白話小説『水滸伝』の世界であるが、京伝は浄瑠璃の文体である七五調を採用せず、白話語彙を多用した漢文訓読調でこの作品を書いている。佐藤藍子によれば、京伝が読本作品において七五調を用いていないのは『忠臣水滸伝』のみであるらしく(33)、少なくとも文体の面においては、白話小説の要素が濃厚に存しているといってよい。「你」もまた、その要素のひとつであったのである。(34)

このことは、「你」が白話小説に由来する二人称であるという意識が、この時期になっても強く残っていたことを意味している。それゆえに、『桜姫全伝曙草紙』（文化二年〈一八〇五〉刊）や『昔話《むかしがたり》稲妻表紙』（文化三年〈一八〇六〉刊）など、白話小説からの影響が稀薄な作品においては、「你」が一度も使用されないのである。「你」は、白話小説との関係性を示すひとつの指標であったといえる。

最後に、「你」に対する当時の認識を示す興味深い例をひとつ挙げておこう。医師であり蘭学者でもあった宇田川

玄随が、『蘭訳弁髦』（寛政五年〈一七九三〉写）巻二に記した一節である。(35)

gij. u. uwe. コレ所謂第二人ヲ称スル詞ナリ。（略）サレドモ和漢トモニコノ類ノ称呼ニ概シテ充ツベキ詞ナキガユヘニ、姑ク且ヅ漢ノ俗話ニ多用ル所ノ你ノ字ヲ仮テコレニ対ス。(36)

蘭語の二人称にあてる適切な訳語がないために、さしあたり「你」を用いるというのである。このように「你」が蘭語と日本語をつなぐ役割を果たし得たのは、漢字でありながらも外国語らしさを備えていたからに他ならない。そして、この認識や感覚が当時の人々に通有のものであったために、『忠臣水滸伝』の「你」は文飾としての意味を持ち、そしてそれ以上の意味を持たなかったのである。

二人称という方法

本章では「你」という一語に注目して、読本前史から初期読本、そして後期読本までをも概観してきた。最後にあらためて確認しておきたいのは、『英草紙』における「你」が、単に「汝」の同義語として用いられただけでなく、「你」でなければならない必然性を有していたということである。

第三篇において、兼秋から時陰への二人称が「你《なんぢ》」から「足下《そこ》」へと変化する契機に重要な意味があることは、おそらく原話との比較によらなければ想到し得ない。原話における二人称の語感に対する注記が、庭鐘による改変の意図を読み解く手がかりとなっているからである。それゆえに、本作に用いられる二人称は、原話と同一の「你」と「足下」でなければならなかった。

鄙路が平四郎に対して抱くふたつの感情を二人称によって表現するという第六篇の方法も、「你」という新来の人称詞を用いることで可能となったものである。すでに日本において使い古され、「なんぢ」という読みが定着してしまっていた「汝」や「爾」では、同様の手法をとることは困難であったろう。

二人称表現は、単に相手を指し示す記号であるだけでなく、その相手に対する自らの認識を示すものでもある。そして庭鐘は「你」という白話語彙を用いることで、小説における対人認識の新たな表現方法を発見した。江島其磧『浮世親仁形気』（享保五年〈一七二〇〉刊）にも、二人称の変化によって感情の変化が示される例のあることが指摘されているが(37)、庭鐘の方法はそれとも異なるものである。

そうした表現方法が可能であったのは、庭鐘にとって、白話小説が単なる趣向に留まるものではなかったからであろう。第一部第二章においても述べたように、白話小説をいかにして近世小説に取り入れるかということに庭鐘は腐心しており、原話の校合や白話語彙の研究はそのために不可欠な営為であった。「你」という〈方法〉の発見は、その営為の結果としてあったものに他ならない。京伝は白話小説の利用に際してそうした過程を経ず、日本語に翻訳された通俗物を利用していたというが(38)、それを思えば、その作品において「你」の持つ意味が自覚されなかったのは当然のことである。

ただし、これを単に庭鐘と京伝の資質の違いとのみ断ずることはできない。それぞれの時代によって、白話小説の受容の方法は異なるものであったからである。『通俗三国志』が刊行された元禄の時代から、『忠臣水滸伝』が成立した寛政期までに、およそ百年の時が経過している。近世文学における白話小説の位置づけが、この間にいかに変化したかを跡づける白話小説受容史を、あらためて構築しなければならないだろう。そして『英草紙』が刊行された寛延二年（一七四九）が、この百年のほぼ中間点に位置しているという事実は、一七〇〇年代という時代と白話小説との関係性を、実に象徴的に示しているように思われる。

注

（1）引用は『日本古典文学大系　近世随想集』（岩波書店）による。

（2）しかも『雨月物語』の序文は明和五年（一七六八）に書かれており、高田衛「『雨月物語』成立の一問題」（『完本　上田秋成年譜考説』、ぺりかん社、平成二十五年）をはじめ、この頃にはすでに成稿していたとの説もある。

（3）一般名詞としての「君」（「主君」の意）や、和歌の中に現れるもの、対象に直接呼びかけたのではないもの、その他「吾《わが》君」「あるじの君」など、「君」が単独で用いられていないものは除いた。

（4）『古今小説』は天許斎本、『警世通言』は金陵兼善堂本、『醒世恒言』は金閶葉敬池本をそれぞれ用いた。

（5）香坂順一『白話語彙の研究』（光生館、昭和五十八年）三頁。

（6）たとえば『剪燈新話』や『剪燈余話』においては、「你」が一例もない一方で、「汝」の用例数はいずれも五十を超える。

（7）引用は、『三国志演義』は『対訳中国歴史小説選集』（ゆまに書房）に影印所収の名古屋市蓬左文庫所蔵『李卓吾先生批評三国志』、『通俗三国志』は架蔵本による。

（8）たとえば第六回「魏主逼鍾離」では、原話の「你可仍領先鋒之職」を、「爾ヂ今日ヨリ先鋒ノ職ヲツトムベシ」と訳している。

（9）山崎久之『増補補訂版　国語待遇表現体系の研究　近世編』（武蔵野書院、平成十六年）第一編第十二章第三節「武士ことば」。

（10）引用は国文学研究資料館所蔵本（ナ　4-654-1~5）により、適宜校訂した。

（11）引用は早稲田大学図書館所蔵の和刻本『礼記集説』（文庫19/F0010）により、訓点に従って書き下した。

（12）日野龍夫「〝謀叛人〟荻生徂徠」（『江戸人とユートピア』、岩波現代文庫、平成十六年）。

（13）引用は『荻生徂徠全集』第一巻（河出書房新社）による。

（14）その他、石破洋「都賀庭鐘の翻案態度――『英草紙』第三篇における琴を中心に――」（『東方学』第五十五号、昭和五十三年一月）は、『琴史』や『琴操』の序文を例に、琴と政治の関係を論じている。

（15）本来は劉斧『青瑣高議』前集巻十所収の作品だが、庭鐘が利用したのは『緑窗女史』であるという（注16劉論文）。

（16）劉菲菲「『英草紙』第六篇「三人の妓女趣を異にして各名を成す話」典拠考」（『近世文藝』第百号、平成二十六年七月）。

（17）第四篇の深谷が、二万道竜に対して「足下《そこ》にも養生《やうじやう》の道を授《さづ》かり給へども」と話しかけている。亡夫の弟子に対する台詞のため、やや硬い表現を用いたものか。

（18）たとえば小枝繁『催馬楽奇談』（文化八年〈一八一一〉刊）には四十三例の「足下」があるが（読み仮名は「おんみ」「ごへん」「そこ」の三種類）、うち四十二例の話者が男である。唯一の例外も神人が女に姿を変えていたものであり、人間の女の台詞ではない。ちなみにこの作品において、女の用いる二人称は「おんみ」のように平仮名表記されている場合が多い。また、後で取り上げる『忠臣水滸伝』にも、女が「足下」を用いる例はない。洒落本『道中粋語録《すごろく》』の序文冒頭にある「学《がく》者《しや》の足下《そつか》、藩中《おやしき》の貴殿《きでん》、侠者《きやん》のおみさん、通《つう》のぬし。何《いづ》れもきさまはきさまなり」という一節も、当時の学者がほぼ男であったことに鑑みれば、「足下」が男性語であることの傍証となろうか。

（19）後に鄙路が三上五郎太夫という武士を斬った様子は「女とは思はれ」ぬものであったと描写され、他にも語り手が彼女のことを「生得《しやうとく》に侠気《けうき》《ひかぬき》ありて、志《こゝろざし》男子《なんし》に勝《まさ》れり」と評している箇所がある。本作において、彼女の男性性は繰り返し強調されているといえよう。

（20）引用は『近世白話小説翻訳集』第二巻（汲古書院）所収の影印による。

（21）山崎久之『増補補訂版　国語待遇表現体系の研究　近世編』（前掲）第一編第二章第三節「待遇語の体系内の位置」。「ソナタ」「ソノ方」は対等の相手に対して用いられる場合もあるが、立場が上の相手に対して用いられることはない。

（22）たとえば『英草紙』第三篇で、兼秋は時陰への態度を改めた後に「君」と「足下《そこ》」を併用している。なお『英草紙』をはじめ、初期読本において女は男を「君」と呼ぶことが多い。『雨月物語』においても、宮木から勝四郎（「浅茅が宿」）、真女子から豊雄（「蛇性の婬」）への呼びかけは基本的に「君」である。

（23）引用は早稲田大学図書館所蔵『八代集抄』（イ 04/03163/0104）により、濁点を補った。

(24)『新編日本古典文学全集　英草紙・西山物語・雨月物語・春雨物語』（小学館、平成七年。『英草紙』は中村幸彦校注）。

(25)引用は刈谷市中央図書館村上文庫所蔵の宝永四年（一七〇七）跋刊本『檜垣家集』（W2124）による。

(26)国立国会図書館所蔵本（118-34）を披見。章段番号は刊本の校訂者によって附されたものである。ちなみに『新編日本古典文学全集　十訓抄』（小学館）は、檜垣嫗に言及する章段を「十ノ五十」としている。

(27)木村秀次「『雨月物語』の人称代名詞――同訓異表記の語の語気と役割――」（『小松英雄博士退官記念　日本語学論集』、三省堂、平成五年）。

(28)引用は『上田秋成全集』第七巻（中央公論社）による。

(29)この算出方法は、濱田啓介「雨月春雨の文体に関する二三の問題」（『近世文学・伝達と様式に関する私見』、京都大学学術出版会、平成二十二年）に概ね倣った。

(30)「白峯」：崇徳院→西行、「菊花の約」：左門の母→左門、左門→丹治、「仏法僧」：紹巴→夢然、「青頭巾」：快庵→院主。

(31)「仏法僧」：夢然→作之治、「蛇性の婬」：豊雄→真女子、真女子→豊雄、文室広之→豊雄、当麻の酒人→豊雄、「貧福論」：左内→下男、左内→精霊。

(32)引用は読本善本叢刊『忠臣水滸伝』（和泉書院）所収の影印による。

(33)佐藤藍子「京伝の読本文体」（『東京大学国文学論集』第三号、平成二十年五月）。

(34)第一部第五章で取り上げた式亭三馬『魁草紙』では、一部の例外を除いて「汝」に「なんぢ」、「你」に「おんみ」の読み仮名を附して両者を使い分けているが、これは「你」の語義を無視した用法であり、語義に忠実でありつつ工夫を凝らした庭鐘や秋成とは、やはり意識が異なっている。ここにおける「你」もまた、白話小説的要素を残すためのものであろう。

(35)服部隆氏御教示。

(36)引用は近世蘭語学資料第四期『和蘭文法書集成』第十巻（ゆまに書房）所収の影印による。

(37)佐伯孝弘「其磧気質物の文章」（『江島其磧と気質物』、若草書房、平成十六年）。

(38)中村幸彦「通俗物雑談――近世翻訳小説について――」（『中村幸彦著述集』第七巻、中央公論社、昭和五十九年）、長尾

直茂「山東京伝の中国通俗小説受容――「通俗物」の介在を論ず――」（『国語国文』第六十四巻第十二号、平成七年十二月）、高島俊男『水滸伝と日本人』（ちくま文庫、平成十八年）第一部第九章「『水滸伝』影響下の江戸の小説」。

第二章　庭鐘読本の男と女
――白話小説との比較を通して――

白話小説と「情」

明清時代における中国の特徴のひとつとして、「理」を重んじる主知主義的文化から「情」を重んじる主情主義的文化への転換を指摘し、文学の側面からそれを詳細に論じたのは合山究であった。そして合山は、その「情」を基調とする明清の文学において最も関心が寄せられたのは「女性」であったとも述べている(1)。口語体小説、すなわち白話小説の全盛期ともいえるこの時期にこうした変化が起こったのは、決して偶然ではないだろう。たとえば白話小説愛好家として知られる俳人勝部青魚は、その著『剪燈随筆』(天明五年〈一七八五〉頃成)において次のように指摘する。

雅言にて実情を委く云うつす事はかたし。和歌にて俳諧のごとく日用の事は云取がたしと見ゆる也。云得たれば至て妙所也。中華にて俗語小説ものには委細に情がうつり易し(2)。（巻三）

すなわち雅語ではなく日常の言葉で書かれているからこそ、白話小説には人間の「実情」が描き出されているのだという。合山の指摘を併せ考えれば、短篇白話小説の代表作「三言」(『喩世明言(3)』『警世通言』『醒世恒言』の総称)に男女の情愛を描く作品が多く収められ、その編者馮夢龍に、「情」を主題とする小説を集成した『情史類略』という編著のあることは、故なきことではなかったといえよう。白話小説、あるいは馮夢龍の著作の読者にとって、男女の「情」を描く作品はきわめて身近なものであった。そして読本の祖として知られる都賀庭鐘もまた、そうした文学を受容した人物である。

庭鐘読本については、「後醍醐帝三たび藤房の諫を折話《くじくこと》」（『英草紙』第一篇）や「豊原兼秋音《いん》を聴て国の盛衰を知話《しること》」（同第三篇）に見られるごとく、衒学的とも言い得る知的要素の多いことが主たる特徴として認識されている。(4) そのためか、白話小説に多く描かれる男女の物語の受容に関しては、従来あまり正面から論じられてこなかった。そこで本章では、庭鐘読本の中でも特に白話小説の影響が色濃い『英草紙』（寛延二年〈一七四九〉刊）と『繁野話』（明和三年〈一七六六〉刊）を例にとり、男と女がいかなる位相のもとに描かれているかを検討することで、庭鐘による白話小説受容のあり方をあらためて考えてみたい。

『英草紙』第四篇をめぐって

庭鐘読本に描かれる印象的な女の一人に、『英草紙』第四篇「黒川源太主山に入て道を得たる話《こと》」の深谷《みたに》がいる。彼女は何があっても決して再嫁することはないと誓ったが、夫が死ぬとすぐに二万道竜《にまのどうりゆう》という男に心惹かれるようになる。そして道竜との新婚初夜、持病の発作を起こした新しい夫を助けるために、彼女は前夫黒川源太主の頭を叩き割って脳髄を取り出そうとするのである。源太主との誓いをあっさり放棄してしまう点もさることながら、前夫の肉体を破壊しようとする過激さは、従来の近世小説の女にはまず見られないものであった。中村幸彦はこの深谷の造型について、次のように述べている。

これも翻案で、そのよりどころは『警世通言』という白話小説の中に出てきます荘子とその細君とのことを書いたのですが、これは初めから終わりまで、女というのはいかに悪人であるかということを書いた小説であります。（略）それをそのまま取り入れないで、もっと念を入れて、この篇の女性はいかに好色であるか、表はみえ張りで、虚飾で覆っておるけれども、中身を割ってみると好色である、酷薄である、残忍である、虚偽に満ちている、恥知らずであるというようなことを、原話よりも厳しく表現してあります。[5]

中村の述べるとおり、本作の原話は『警世通言』巻二（または『今古奇観』巻二十）所収の「荘子休鼓盆成大道」であり、源太主・深谷・道竜にはそれぞれ荘子・田氏・楚の貴公子が対応する。まずは、庭鐘が女の通弊を原話以上に強調しているとする中村の指摘について、その解釈の妥当性を検討しておきたい。原話の正文は、再婚するなら墓の土が乾いてからにせよという夫の遺言を承け、早く土が乾くようにと団扇で墓を扇ぐ女を見て荘子が嘆息する場面から始まるのだが、その直前には以下のような語り手の口上がある。

如今説這荘生鼓盆的故事、不是唆人夫妻不睦、只要人辨出賢愚、参破真仮、従第一着迷処、把這念頭放淡下来。

（今から「荘生、盆を鼓く」という話をしますが、別に夫婦を不仲にしようというわけではなく、賢愚を見分け、真贋を見破り、第一の迷いどころから心を解き放っていただきたいだけなのです）

ここに示されているように、女とは不実なものであるという認識を語り手が持っていることに、まずは注意しておく必要がある。中里見敬の分析が示すとおり、明代の話本は概して道徳的であり、[6]語り手はあくまで規範の側に立っている。そして本作もまた例外ではなく、語り手は操を守らぬ女に対して皮肉な視線を向けているのである。

確認のため、田氏同様に守貞の誓いを果たせなかった女の例を見てみよう。『警世通言』巻三十五「况太守断死孩児」の邵氏は若くして夫を亡くし、十年の間貞操を守り続けた。しかし下男の得貴が全裸で寝ているのを見て欲情し、ついに操を破ってしまう。やがて妊娠・出産した邵氏は露見を恐れて嬰児を溺死させ、その死骸を捨ててくるよう得貴に命じる。得貴が無頼漢の支助に死骸を渡すと、支助は邵氏を脅して自分と関係を持つよう迫る。得貴と支助が共謀していたことを知った邵氏は、得貴を殺し、彼女自身も縊死して果てた。

悲劇の端緒は、再嫁しないことを邵氏が強く誓った点にある。両親や親族は若い彼女を憐れんでたびたび再婚を勧めたものの、彼女自身がそれを拒んでいたのである。

邵氏のみならず、明代の女性の多くは強い貞操観念を持っていた。合山によれば、『古今図書集成』（雍正六年〈一七二八〉刊）に記録されている「節婦節女」「烈婦烈女」の伝記の数は、元代以前に比して明清時代のものが圧倒的に多いという。(7)該書の成立時期に鑑みれば当然のことともいえようが、たとえば元代では四四八人であった節婦節女が明代では二六四八九人に上るというのは、あくまで記録上のこととはいえ、驚くべき増加率であろう。それほどまでに、女性に守貞を要求する空気が社会全体において醸成されていたのである。そして多くの節婦節女・烈婦烈女が賞揚されることにより、その生き方は社会通有の倫理となる。合山は、『呻吟語』治道篇や『二刻拍案驚奇』巻十一「満少卿飢附飽颺　焦文姫生讎死報」などに守貞の強要を批判する言説が見られることも指摘するが、そうした主張は少数派に属していた。このような時代の中にあってみれば、女たちが再嫁を拒むのは無理からぬことであったろう。そしてその誓いが破られたとき、彼女たちは断罪されるのである。邵氏の悲惨な最期は、それを象徴するものといってよい。

以上のことを念頭に置きつつ、『英草紙』第四篇の検討に移りたい。庭鐘は翻案に際し、原話の展開をほぼ忠実に踏襲しているが、深谷の造型については細かな改変を加えている。問題はその改変のあり方に対して、対照的な見解が示されていることである。先述のとおり、中村幸彦は深谷を否定的に捉えているが、まずはその具体的な根拠を確認したい。(8)

道竜が自らに思いを寄せていることを知った深谷は、自らもまた道竜を慕っていることを告げようとする。しかし翌日には道竜が別の女性に結納の品を贈ることになっていると聞き、「よし左《さ》あるとも、いまだ呼《よび》むかへざるうち也。ことにわらはに心ありしと聞《きけ》ば、今宵《こよひ》立帰りて、いそぎ此事を告《つげ》てくれよ」(9)と道竜の家僕九郎に依頼する。この言動について、中村は「このところ、女性の法界悋気と、少し美しい女性の変な自信という通性を諷刺したところ」と手厳しい。また、深谷が道竜に求婚する際、源太主の生前の言動を非難するのみならず、前夫の遺品がすべて道竜のものになると述べている点についても、「自ら亡夫に背き、父兄をまで辱しめる行動に出ようとしながら、自己本位に、他をあしざまに言う。のみならず道竜の返事もないのに、これもひとり合点で、自分の希望のかなうものと思い、その亡夫の遺品はそっくり貰おうというけち臭いところ、ことごとく、女性の欠点をついている」とする。これらを女性の通弊として述べている点に違和感は覚えるが、深谷個人についての論としては確かにあり得る解釈であろう。

しかしその一方で、徳田武は深谷が田氏に比して理性的な女に造型されていると指摘する。(10)たとえば田氏が楚の貴公子の容貌を見て一目惚れするのに対し、深谷は道竜が頼りになる男であることから次第に恋い慕うようになってお り、その感情には必然性があるという。また、田氏が貴公子を部屋に引き込んで抱き合いたいと考えるのに対して深谷にはそのような好色性が見られないことや、田氏が理由なく再婚を急ぐのに対して深谷には急がなければ道竜が他の女と結婚してしまうという切迫した事情があることなども、その根拠として挙げられている。

紙幅の都合のためか、中村が原話との詳細な比較を行っていないのが遺憾であるが、この見解の対立を見る限り、田氏と深谷のいずれが女の悪性を強く体現しているかという議論は、彼女たちの描写のみに着目する限り完全には決着しないように思われる。それにもかかわらずその点ばかりが注目されてきたのは、本作が悪女を描いた女性批判の作品であるという先入観によるところが大きいのではなかろうか。確かに彼女たちは誓いを破り再嫁を望んだ。しかし本当の問題は、なぜ貞節を貫こうとした彼女たちがそうなってしまったのかという点にこそある。

原話はその冒頭において、親子・兄弟と夫婦との根本的な相違を語る。親子や兄弟は同じ幹から出た枝であるため断ち切ることはできないが、夫婦は別々の人間が結びついたものであるから離れることもあるというのである。夫婦という単位を問題にする以上、妻ばかりでなく夫のあり方についても問題とせねばならないだろう。

田氏の新しい夫となった楚の貴公子は、実は荘子が分身隠形の法によって姿を変えた存在であった。荘子はあえて田氏の心を揺さぶり、守貞の誓いを守れるか否かを試していたのである。そしてそうした調戯の結果として、田氏は死に追いやられている。田氏を不貞に走らせたのが他ならぬ荘子自身であるにもかかわらず、女の軽薄さのみを断罪する語り手の姿勢に、原話の女性観が示されていよう。

では、庭鐘の場合はどうなのか。作品の導入部には次のような一節がある。

夫婦《ふうふ》の間《あいだ》は是（注：父子兄弟の関係）にかはり、天合《てんがう》にあらず義合《ぎがう》にて、他人《たにん》と他人がわたくしに約束《やくそく》して寄集《よりあつま》りしものなれば、義理《ぎり》と信《まこと》をのけては何も無《なき》もの也。（略）此故《このゆへ》に、義理《ぎり》にも親《したし》ふせねばならぬものにて、ことに女は両夫《りやうふ》に見《まみ》へぬ貞教《ていけう》ありて、夫《おつと》に後《をく》れては鬼妻《きさい》ともいふは、亡者《もうじや》の妻《め》といふ心也。しかれば此所を思ひて、夫《おつと》も一入憐《あはれむ》べき事也。しかれども女は生活《すぎはひ》の業《わざ》を知《し》らねば、或《あるひ》は親《おや》の志《こゝろ》に従《したが》ひ、又は子の不便《ふびん》さに引れて、心の外に両夫に見《まみ》ゆるもあり。

こちらの語り手もまた、女は貞節を守るべきことを前提としている。ただし原話と大きく異なるのは、場合によっては再嫁もやむを得ないとの認識が示されている点である。近世期に広く読まれた『近思録』の巻六には、「餓死事極小、失節事極大」という程頤の言が引かれるが、これに比すれば、本作の語り手がいかに女に寛容であるかが知られよう。

そして何よりも重要なのは、傍線部のとおり、夫婦間における夫の責任への言及が見られる点である。一方的に女の罪を述べ立てる原話の語り手との最大の相違は、この点にあるといってよい。田氏の場合と同様、深谷の失節もまた源太主の分身隠形の術による誘惑に起因するのだが、こうした罠を仕掛ける源太主に、深谷に対する「義理と信」は備わっていたといえるのだろうか。

庭鐘は『繁野話』第三篇「紀の関守が霊弓《たつかゆみ》一旦《ひとたび》白鳥に化する話《こと》」において、「むかしは婦節《ふせつ》重《おも》からぬやうなるに(11)」と記している。これは『五雑組』巻八の「古ハ婦節甚ダ重カラザルニ似タリ（原漢文）」によるのだが(12)、注目すべきは『五雑組』当該条の直後に「古ハ軽ガルシク其ノ妻ヲ出ス。故ニ夫婦ノ恩薄クシテ一ニ従フノ節微ナリ」という一節があることである。女の失節は「夫婦ノ恩」の薄さによるという『五雑組』の記述が、『英草紙』執筆時の庭鐘に示唆を与えていた可能性は否定できまい。また、『千字文』の注釈として著名な李暹『千字文注』は、「上和下睦」という本文に対し、「夫信アレバ妻貞ナリ」と注している。書家として名を成し(13)、新興蒙所『篆千文』（宝暦六年〈一七五六〉跋刊）の跋文を書いた庭鐘が、これを意識していなかったとは考えがたい。

以上のことを踏まえた上で、夫は「両夫に見へぬ貞教」を背負わされている妻を思いやるべきだという一節に立ち戻れば、源太主による倫理の強要はそれに反するものとして描かれていると言わざるを得ない。本作は、決して原話と主題を一にしてはいないのである。

しかし、死という罰を受けたのは妻の深谷のみであり、源太主は夫としての罪に無自覚なまま山中深く消えていく。すなわち語り手の思想と物語の展開との間に齟齬が生じているのだが、ここで想起されるのは、稲田篤信による以下の指摘である。

荘子と源太主は再嫁の日に妻の前に姿を変えて現れ、妻の貞操を試す。妻には夫の姿が見分けられない。この話型は、夫と妻を入れ替えることが可能である。妻が夫を識別できないのは、夫が妻を識別できないのと同じである。「黒川源太主」においては、妻を信じられないのと、夫の分身隠行《ママ》が見抜けないのは、お互いを識別できないという意味において同じである。違うのは、ふざけて試す、すなわち調戯する男性の立場と調戯される女性の立場であり、ジェンダーの位相は入れ替えることができない(14)。

この「ジェンダーの位相」は、本作のみならず近世社会全体における前提でもある。そしてその枠組みがある以上、断罪する男と断罪される女という図式も固定化されている。庭鐘はその上で、断罪される女への同情・共感と断罪する男への非難を表明しているのであり、中村の述べるように、決して一方的に女を糾弾してはいない。

許される男たち

源太主はおそらく自らも気付かぬままに妻への「義理と信」を失っていたのだが、庭鐘の作品にはあからさまに女を傷つける男も現れる。その一例として、『英草紙』第二篇「馬場求馬妻《もとめめ》を沈て樋口が聟と成話《なること》」を取り上げたい。以下にその梗概を示す。

貧しい書生であった馬場求馬は、乞食頭の娘である幸《さい》と結婚して援助を得る。しかし仕官が叶うと、妻の出自が卑しいことを恥じるようになり、任地へ向かう途中、幸を殺害しようと船から突き落とす。求馬は任地で樋口三郎左衛門という上役の娘と結婚することになるが、婚礼の日、新妻として求馬の前に現れたのは幸であった。彼女は溺れているところを樋口の船に助けられ、養女となっていたのである。幸は求馬の薄情を責めるが、樋口に取りなされて二人は再び夫婦となった。

本作は白話小説「金玉奴棒打薄情郎」（『古今小説』巻二十七・『今古奇観』巻三十二）の翻案で、求馬・幸・樋口はそれぞれ原話の莫稽・金玉奴・許厚徳に対応している。

求馬が幸を殺そうとしたのは、彼女が「世上《せじやう》にいやしまる、娼家技優《しやうかぎいう》《けいせいやかぶき》の類《たぐい》にさへ入られ」ぬ乞食の娘であったからである。松田修は本作の主題を「差別とその戦い」と断じたが[15]、確かに求馬の行為には当時の身分意識が如実に反映されており、庭鐘はそこに見られるあからさまな差別意識を批判した。しかしそれはそれとして、本作は庭鐘読本における男女のあり方を考える上でも注目すべき一面を有している。何となれば、夫婦の復縁によってめでたく団円を迎えるという本作の結末には、原話と異なる点が存するのである。原話は『古今小説』と『今古奇観』の両書に収められているが、そのうち『今古奇観』の末尾は以下のようになっている。

莫稽年至五十餘、先玉奴而卒。其将死数日前、夢神人対他説「汝寿本不止此。為汝昔日無故殺妻、滅倫賊義上干神怒、減寿一紀減禄三秩。

（莫稽は五十歳あまりで玉奴に先んじて歿した。死の数日前、夢で神人が彼に向かって言った。「お前の寿命は本来これで終わりではなかった。昔、お前は理由なく妻を殺そうとし、その人倫に悖る行為が神の怒りに触れたので、寿命を十二年削られ、位階も三級下げられたのだ」）

庭鐘は『英草紙』の執筆にあたり「三言」と『今古奇観』の校合を行っており、本作の執筆に際しても、『古今小説』と『今古奇観』の双方が参照されていた可能性は高い（第一部第二章参照）。すなわち庭鐘は、莫稽に天罰が下るという『今古奇観』の結末を知りながら、あえてそれを採らなかったのである。先に見た源太主の例と同様、やはり男に罰は与えられていない。

よく似た例は、『繁野話』第八篇「江口の遊女薄情を恨て珠玉を沈る話《こと》」にも見える。本作は白話小説「杜十娘怒沈百宝箱」(『警世通言』巻三十二・『今古奇観』巻五)の翻案で、その概略は以下のとおりである。

遊女の白妙と馴染みになった小太郎は妓楼に通いつめて財を失うが、友人の援助もあって白妙を身請けした。小太郎は廓遊びによる浪費で父の怒りを買っているため、実家に戻らず白妙と仮住まいを始める。すると白妙を見初めた浪人の柴江原縄《もとつな》が、白妙を譲ってくれれば小太郎が失った金品や先祖伝来の武具を取り戻してやろうと持ちかけ、小太郎はそれに同意する。取引の日、白妙は以前から貯えていた多くの宝石をことごとく海に投げ捨てた。彼女は小太郎との将来のため、ぬかりなく備えをしていたのである。そして小太郎と原縄への恨みを述べると、海の中へ身を投げた。

右の梗概に示した内容に関しては原話もほぼ同様であり、庭鐘は比較的忠実に原話を翻案しているといえる。しかし、自己の身勝手な考えにより女を死なせることになった男の結末だけは、両者で大きく異なっている。まずは原話を確認しよう。小太郎・白妙・原縄に対応する人物名は、それぞれ李甲・杜十娘・孫富である。

李甲在舟中看了千金、転憶十娘、終日愧悔、郁成狂疾、終身不痊。

(李甲は船中で千両の金を眺めては十娘のことを思い出し、一日中後悔し続けて気が違ってしまい、一生治らなかった)

杜十娘は李甲の目の前で数千両に相当する宝石を水中へ放り投げた。李甲のもとには孫富から受け取った千両が残るのみで、彼はその数倍にも上る財産と、それを自分のために用意してくれていた恋人とを失ったのである。李甲の狂疾はそれを知ったときの絶望感に起因するが、白話小説の論理に即せば、それは杜十娘の真情に対する裏切りへの報いということになる。王嬌鸞との婚約を破棄して他の女と結婚したため、嬌鸞による恨みの詩を読んだ知事によって処刑される「王嬌鸞百年長恨」（『警世通言』巻三十四・『今古奇観』巻三十五）の周廷章や、独身を貫くことを亡妻鄭意娘の霊に誓ったにもかかわらず、再婚したため意娘の亡霊によって水中に引き込まれて殺される「楊思温燕山逢故人」（『古今小説』巻二十四）の韓思厚をはじめとして、「三言二拍」において女を裏切った男の多くは何らかの罰を受けている。『古今小説』の莫稽が何の報いも受けないのは例外的であるが、前述のとおり『今古奇観』に採録される際には罰が加えられている。これは、『今古奇観』の編者にとって原話の結末が納得できるものではなかったからに他ならない。

一方の小太郎は、白妙の死を見て以下のような思いを抱く。

女が深情《しんじやう》にそむきたるは残念なれども、彼《かれ》は浮花《ふくは》の身のうへ、我も若年の浮気放蕩《ふきほうとう》、彼は彼が侠《けう》《いきぢたて》に死し、我はわが儇《さとき》にかへる。しりて惑《まど》ふは我ばかりかは。今さら遁世《とんせい》などせばいよ〳〵人に笑われん。父の不興《ふけう》を侘《わび》て家にかへるべし。

こうしてこれまでの生き方を反省した彼は家に戻る。すると父は息子の放蕩を責めないばかりか、「上国《かみがた》の人になれて俗情《ぞくじやう》に疎《うと》からぬを悦び、やがて家務《かむ》をゆづり司《つかさ》を知らし」めるのである。こうして小太郎もまた、何の罰を受けることもなく許されてしまう。

では、なぜ彼らは許されるのか。この問いについては田中則雄の分析が参考になる。田中は『英草紙』第二篇について、樋口が求馬に語りかける台詞に「たゞ貴賤《きせん》の字を論《ろん》ぜず、英雄《えいいう》の志《こゝろ》を以て交《まじは》るべし」という原話にはない一言が加えられたことなどに注目し、原話は夫の薄情を譴責する点が眼目であったが、庭鐘の翻案では馬場と樋口の信義のあり方へと重点が転換されていると指摘した(16)。そして『繁野話』第八篇に関しては、原話が杜十娘への賞賛と李甲への非難を主眼としているのに対し、庭鐘は家門を継承するという儒家的名分論の方が妓女との愛情よりも重いことを示そうとしたという徳田武の分析[17]を踏まえた上で、「結果の如何を顧慮せずして心情、動機を絶対化すること」を批判する点に本作の寓意があったことを論じている[18]。

これらの解釈に共通するのは、一度道を踏み外した男が再び自らの本分に立ち戻ることを肯定的に描いた庭鐘の意図を汲み取ろうとする視点である。確かに求馬や小太郎の改心は名分論的教訓となり得ており、そこに両作の主題が存することは否定できない。しかし、それを認めた上で本章が問題とするのは、彼らのために傷つけられた女たちを庭鐘がいかに遇しているかということである。男たちが許されることは彼女たちにとっていかなる意味を有しているか、と言い換えてもよい。

まずは幸の場合を検討しよう。着目するのは、彼女が求馬との再婚を受け入れた理由である。原話の金玉奴は再婚の話があることを聞かされると、「奴家雖出寒門、頗知礼教。既与莫郎結髪、従一而終。雖然莫郎嫌貧棄賤、忍心害理、奴家各尽其道。豈肯改嫁、以傷婦節（私は賤しい出自の者ですが、礼と道はわきまえております。ひとたび莫稽と夫婦になった以上、再嫁はいたしません。莫稽が貧賤を嫌って無道なことをいたしましても、私は婦道を貫きます。どうして再嫁して貞節を破るようなことができましょうか）」と言い、儒教的倫理観に基づいて拒絶する。それゆえ彼女は相手が前夫の莫稽であると聞くと、一転して婚礼の準備を始めるのである。それに対して、幸は再嫁の是非を問題とはしていない。彼女が求馬との再婚を受け入れたのは、「原《もと》より幸が恨み罵《の、しる》本心《ほんしん》、夫《おっと》を捨《すつ》る心にあらねば」とあるように、夫に対する愛情が消えていなかったからである。守貞の倫理に従うばかりの金玉奴と再婚した莫稽が寿命を削られ、夫婦の情によって幸に許された求馬にその罰が与えられなかったのは、庭鐘がこの倫理観に対して懐疑的であったことをあらためて示唆すると同時に、求馬との復縁を自らの意思で選んだ幸への慰藉ともなっているのではなかろうか。

白妙の場合については、ある台詞に注目して考えてみたい。入水の直前、彼女は「我《わが》箱の中に玉あれども情人《じやうにん》の眼中《がんちう》に珠《たま》なし」と述べている。これは「妾櫝中有玉、恨郎眼内無珠」という杜十娘の台詞の直訳であり、言うまでもなく小太郎や李甲の浅はかさを非難したものである。しかし、そのような男を選んだのが他ならぬ彼女たちである以上、この辛辣な台詞は彼女たち自身にはね返ってくるのではなかろうか。事実、李甲は杜十娘を死に追いやり、その死を見て狂疾となるだけの「碌碌蠢才（平凡で愚かな者）」であった。それゆえ「眼内無珠」という言葉は、李甲を愛した彼女自身のことにも当てはまってしまう。一方、小太郎は白妙の死を自らのあるべき生き方の糧とした。それが肯定的に描かれている以上、そうした資質を持つ男を選んだ白妙を「眼中に珠なし」と評することはできないだろう。小太郎の改心は、彼女を瑕疵なき人物として描くために必要な要素でもあったのである。また、それによって彼女の死が無意味に堕することを免れている点も看過できない。

このように求馬や小太郎が許されることは、幸が幸福な夫婦生活を手に入れ、白妙の死に意味が与えられることと密接に関わっている。作品の眼目が改心によって免罪される男たちの姿にあるのは確かだが、それは決して女たちを突き放すことと同義ではない。庭鐘読本における男女の位相は、こうした微妙な均衡の上に成り立っているのである。

鄙路の造型

ここまで取り上げてきた作品に共通して見られるのは、暴力的ともいえるほどの、女に対する男の論理の独善性である。その中で庭鐘が男と女をいかに描いているかを検討してきたのだが、最後に俎上に載せる『英草紙』第六篇「三人の妓女趣を異にして各《おの〳〵》名を成話《なすこと》」の鄙路は、やや趣が異なっている。遊女三姉妹の末妹である彼女は、語り手に「生得《しやうとく》に侠気《けうき》《ひかぬき》ありて、志《こゝろざし》男子《なんし》に勝《まさ》れり。（略）義《ぎ》によつて命《いのち》をかへりみず」と評されるように、男性的な要素を多く付与されている。女でありながらも男性的であるという彼女の造型を論ぜずして、庭鐘が描いた男女の位相を明らかにすることはできない。

右の引用からも窺えるとおり、鄙路の生き方は「義」に基づいている。庭鐘の言う「義」は必ずしも一義的でなく、「何らかの倫理性思想性を具えた寓意を総体的に指すもの」と捉えるべきだという田中則雄の指摘があるが(19)、これが語孟の語句である以上、その原義は押さえておく必要があろう。『孟子』公孫丑章句上には次のようにある。

羞悪ノ心無キハ人ニ非ザルナリ。（略）羞悪ノ心ハ義ノ端ナリ。

朱熹『孟子集注』はこれに「羞ハ己ガ不善ヲ恥ヂ、悪ハ人ノ不善ヲ憎ムナリ(20)」と注を附す。すなわち「義」と自らの不善を恥じる心は不可分ということになるが、鄙路という人物を考える上でも、「恥」はきわめて重要な概念である。

たとえば、以前の客であった安達東蔵が口論の相手を斬り殺し、自身も傷を負って鄙路のもとに逃げ込んでくると、彼女は「頼《たの》むをいなむは勇《いさみ》なきに似《に》たり」と考えて匿う。無論これは『論語』為政篇の「義ヲ見テ為ザルハ勇無キナリ」を踏まえたものであり、「義」に基づく行動であったことが理解されるのだが、ひと月ほど経ち、東蔵が鄙路に礼を述べると、彼女は「你闘傷《なんぢとうじやう》の場《ば》に匹夫《ひつぷ》の雑言《ざうごん》を忍《しの》ぶことあたはず、却《かへつ》て故《ゆへ》なき売女《ばいぢよ》に身《み》を隠《かく》されて、其恥《そのはぢ》を想《をも》はざるはいかに」と言って追い出す。男でありながら恥をわきまえぬ東蔵を、彼女は許さないのである。また、恋人の安那平四郎が三上五郎太夫に殺害されると、彼女は平四郎の遺品の刀によって、三上を一刀のもとに斬り殺す。その際、鄙路が三上の亡骸に向かって放った言葉は次のようなものであった。

你《なんぢ》霊《れい》《たましい》あらば能聞《よくき》け。我一生人《われいつしやうひと》に身《み》を許《ゆる》したることなければ、夫《おつと》の仇《あた》を報《ほう》ずるにもあらず。余所《よそ》に見てもすむべきなれど、我故《われゆへ》に命《いのち》を失《うしなひ》しを知《し》りながら外《よそ》ごとにもてなさんは、我心に恥《はづ》る所《ところ》あればなり。

鄙路自身が述べるように、これは夫の仇討ちではない。また、平四郎に対する同情や憐憫があったわけでもない。平四郎の死を「余所に見」るのは恥ずべきこと、すなわち「義」に悖ることであるという信念が、彼女をこの行動に向かわせたのである。長島弘明は、妻による夫の仇討ちの例がほぼ皆無であることや、そもそも鄙路が平四郎の妻であったわけではないことを踏まえた上で、「庭鐘がここで描いたのは、社会的な規範の次元にある「義」ではなく、それを超えて個の中で（あるいは個と個の関係の中で）絶対化され純化された「義」の姿に他ならない(21)」と指摘しており、首肯すべきと思われるが、先述のとおり鄙路が男性的に造型されている以上、ここにいう「義」の性格には注意を払う必要がある。

　庭鐘の作品においては、女性的な「義」と男性的な「義」が区別されて描かれる(22)。たとえば前出の『繁野話』第三篇に「むかしは婦節重《ふせつおも》からぬやうなるに、後世義気《こうせいぎき》にはげまされて、おの〳〵天とし戴《いたゞ》ける丈夫《おつと》ありて、あはでの浦のみるをだに心にまかせず」とある「義気」とは貞節を守る心のことであり、『繁野話』第八篇の小太郎に対する白妙の様子を「恩愛《おんあひ》を海にくらべては恩の底《そこ》をしらず、情義《じやうぎ》を山に譬《たと》ふれば義尚《なを》高し」と評するときの「義」もまたそれと同様であろう(23)。これに対し、『莠句冊』（天明六年〈一七八六〉刊）第七篇「大高何某義を励し影の石に賊を射る話《こと》」の大高助五郎が、主君を殺害されたにもかかわらず、後に禍の降りかかることを恐れて賊を討とうとしない者たちを「きたなし伱ら。明日《あす》は明日の義あり。今日《こんにち》は今日の義《ぎ》あり。眼《ま》のあたり見るに忍んや(24)」と罵るときの「義」は、男の重んじるべき行動規範に他ならない。そして三上を討った鄙路の「義」が、後者のものであることは明白だろう。すなわち本作は、男の論理を身に纏った女が、「義」も「恥」もない男たちを断罪していく物語といえるのである。

　庭鐘読本の女たちは、男の論理の前に傷つけられてきた。それは庭鐘の作品に限らず近世文学における共通の傾向であるのだが、そうした多くの例と比較してみれば、鄙路の存在が異彩を放っているのは明らかである。

しかし、鄙路のような女が造型されるために必要とされたのは何であったろうか。それは男性的要素、すなわち男の論理を彼女に引き受けさせることであった。彼女は決して女の論理によって男を断罪し得たわけではなく、あくまで男の論理によって男を指弾しているのである。本作においてもやはり、本質的な意味において男女の位相が逆転することはなかったと言わねばならない。鄙路という女の強さは、男に対抗し得る論理を持ち得なかった女という立場の弱さを、逆説的に示すことになっている。

「情」の描かれ方

近世において男女の地位や立場に厳然たる差が存していたことは自明であり、強者による弱者の抑圧が常態的にあったことも、ことさら言い立てる必要はない。しかし、それらが文学として描かれたとき、そこには作者の認識や思想が投影されているはずである。そこで本章では、作品の分析を通して都賀庭鐘という文人作家の男女観を窺うことを試みた。

庭鐘読本の特徴は中国白話小説の影響を多分に受けていることであるが、女が弱い立場にあったのは明清の中国においても同様であり、肉体的にも精神的にも女はしばしば蹂躙される。そのようなとき、白話小説の女たちはどうするのか。男に復讐するのである。孫富を呪い殺したとされる杜十娘をはじめ、先述の王嬌鸞や鄭意娘も例に漏れず、自らを裏切った男を死なしめている。しかし、庭鐘読本の女たちはそうではない。男の論理がいかに理不尽であろうとも、すべてを受け入れてその犠牲になるのである。そして彼女たちが無抵抗を貫くことで、男の免罪は保証される。男たちを許しているのは、彼らに傷つけられた女たちなのである。それゆえに、男に抵抗する例外的な女である鄙路は、女ではなく男の論理を背負わされることになる。

このことが示すのは、往々にして命の奪い合いになるほど濃密な白話小説の男女の「情」が、庭鐘読本では稀釈されているということである。馮夢龍が試みた主情主義の小説は、日本におけるその最大の享受者である庭鐘によって揺り戻しがなされている。一方、庭鐘の後継者たる上田秋成は、庭鐘読本とはまた異なる方向性を志向して、「吉備津の釜」（『雨月物語』）において磯良に夫への復讐を遂げさせた。白話小説ならびに初期読本の諸作における男女の描かれ方の差異は、その作者・編者たる文人たちの、「情」をめぐる思想の差異ともいえるのである。

注

（1）合山究『明清時代の女性と文学』（汲古書院、平成十八年）。

（2）引用は『随筆百花苑』第六巻（中央公論社）による。

（3）『喩世明言』は完本未発見のため、その原型である『古今小説』を「三言」に加えることもある。

（4）たとえば木越治「近世物語の方向――白話の受容と秋成――」（原道生・林達也編『日本文芸史　第四巻・近世』、河出書房新社、昭和六十三年）では、庭鐘が「知識人の読むに耐える小説」を創始しようとしたことや、「知それ自体を好み積極的に作品中に取り込もうと」したことなどが強調されている。

（5）中村幸彦「都賀庭鐘の中国趣味」（『中村幸彦著述集』第十一巻、中央公論社、昭和五十七年）。

（6）中里見敬「〈三言〉における悲劇的作品の考察」（『集刊東洋学』第六十二号、平成元年十一月）。

（7）合山究「節婦烈女――明清時代の女性の生き方――」（『明清時代の女性と文学』、前掲）。

（8）中村の指摘は、『新編日本古典文学全集　英草紙・西山物語・雨月物語・春雨物語』（小学館、平成七年）の頭注による。

（9）引用は国文学研究資料館所蔵本（ナ 4-654-1~5）による。

（10）徳田武「初期読本における寓意性と文芸性」（『秋成前後の中国白話小説』、勉誠出版、平成二十四年）。

（11）引用は『新日本古典文学大系　繁野話・曲亭伝奇花釵児・催馬楽奇談・鳥辺山調綫』（岩波書店）による。
（12）注11脚注。
（13）安永四年（一七七五）版『浪華郷友録』には「書家」、安永六年（一七七七）版『難波丸綱目』には「筆道者」という肩書が記されている。
（14）稲田篤信「調戯の主題——都賀庭鐘『英草紙』・『雨月物語』・曲亭馬琴『八犬伝』——」（『名分と命禄——上田秋成と同時代の人々——』、ぺりかん社、平成十八年）。
（15）松田修「異端者の社会——英草子《ママ》・橋本左内をよすがに——」（『国文学　解釈と鑑賞』第二十九巻第九号、昭和三十九年八月）。
（16）田中則雄「庭鐘から秋成へ——「信義」の主題の展開——」（『読本研究』第五輯上套、平成三年七月）。
（17）徳田武「都賀庭鐘　遊戯の方法——『英草紙』『繁野話』と唐代小説・三言——」（『日本近世小説と中国小説』、青裳堂書店、昭和六十二年）。
（18）田中則雄「都賀庭鐘の読本と寓意——「義」「人情」をめぐって——」（『国語国文』第五十九巻第一号、平成二年一月）。
（19）注18田中論文。
（20）早稲田大学図書館所蔵『四書集注』（ロ 12/01914）の訓点に従って書き下した。
（21）長島弘明「『雨月物語』『春雨物語』と『英草紙』——主題の継承について——」（『秋成研究』、東京大学出版会、平成十二年）。
（22）ここでは特に問題としないが、歴史をわかりやすく語るという意の「演義」という語も、『莠句冊』第五篇「絶間池の演義強頸《つよくび》の勇衣子《ころもこ》の智ありし話《こと》」の題名などに見られる。
（23）この直後に「只両人が中に風流《ふうりう》を卓《わがもの》にして、其余巨室大賈《よきよしつたいこ》白妙を見んとすれども得ず」とあり、白妙が妓女でありながらも小太郎以外を相手にしなかったことが記される。
（24）引用は『江戸怪異綺想文芸大系　都賀庭鐘・伊丹椿園集』（国書刊行会）による。

第三章　『垣根草』第六篇の構想

『垣根草』の作者をめぐって

『垣根草』の作者に関する議論が再燃している。

本作については、木村默老『京摂戯作者考』以来、都賀庭鐘を作者とする説が一時期までは定説であった。しかし、それに対して森銑三が疑問を呈し[1]、中村幸彦[2]や徳田武[3]も森に同調して以降、庭鐘作者説はほとんど唱えられなくなっていた。ところが近年、劉菲菲によって再び以前の定説に光が当てられるようになったのである[4]。いま『垣根草』を論ずるにあたり、この問題について私見を述べることから始めたい。

劉の主張の特徴は、『垣根草』の語彙や表現を、確実に庭鐘の手になるものといえる作品と比較しつつ検討している点にある。たとえば、かつて徳田武は『垣根草』の措辞に『英草紙』や『繁野話』と共通する点のあることをもって、本作を後人の手になる模倣作と断じたのであるが、劉はその事実を追認した上で、『英草紙』『繁野話』『通俗医王耆婆伝』『義経盤石伝』など庭鐘作品の間にも同様の事例が見られることを明らかにし、「庭鐘は馴染んだ表現を自分の他の作品に用いる癖を持っている」と指摘した。また、『垣根草』に見える白話語彙が他の庭鐘作品にも使用されているとの指摘においては、「火把」とあるべき語を「把火」と誤る庭鐘の特徴が『垣根草』にも見られるという、興味深い報告がなされている。

劉自身も述べるとおり、これらは確かに反論の余地を残しはするが、従来注目されていなかった観点からの、きわめて重要な指摘であることは疑い得ない。さらに、『宣室志』『三国志演義』『五朝小説』『丹鉛総録』などの典拠を新たに見出し、それらの書名の多くが庭鐘の読書筆記『過目抄』に見えることを明らかにしたのも、今後の『垣根草』研究において看過し得ないものである。これらはいずれも状況証拠に留まるものではあるが、こうした調査や考証が、作者の実態を明らかにするために不可欠であることは言うまでもない。

しかし結論から言えば、それでもやはり、『垣根草』の作者を庭鐘であると認めることはできない。

この問題を考えるにあたって言及しなければならないのは、『莠句冊』（天明六年〈一七八六〉刊）序文の「古今奇談三十種は近路の翁延亨の初に稿成《かきなし》たる」という一節であるが、劉はここに言う「三十種」を、『英草紙』『繁野話』『垣根草』のことであると主張する。しかし、この一節をそのように解釈することは不可能である。冒頭部分を以下に引く。

古今奇談三十種は、近路の翁延亨の初に稿成《かきなし》たるを、頃《このごろ》に至りて其梓《あづさ》を数《かず》に充《みて》なむと計《はか》るよしを聞て、むかしの春は英《はなぶさ》と虚称《そらほめ》し、ふりぬる秋にはしげ〳〵と荒《すさ》ましかりて、尚其梢《すゑ》は況《まし》て如何《いか》にと予に聞へさする。(5)

「頃《このごろ》に至りて其梓《あづさ》を数《かず》に充《みて》なむと計《はか》る」とは、近刊の作品によって「延亨の初」に書いた三十作をすべて世に出そうと考えている、の意であり、すでに『垣根草』でそれが達せられていては矛盾が生じる。また、仮に劉の指摘のとおりであれば、「むかしの春は英《はなぶさ》と虚称《そらほめ》し、ふりぬる秋にはしげ〳〵と荒《すさ》ましかりて」と、『英草紙』『繁野話』の二作を暗示する一節がある一方で、『垣根草』について何の言及もないのは不自然であろう。

　また、『英草紙』『繁野話』『莠句冊』においては、「後醍醐帝《ごだいごてい》三たび藤房《ふぢふさ》の諫《いさめ》を折話《くじくこと》」(『英草紙』)、「雲魂雲情《うんこんうんじやう》を告《つげ》て太平を誓《ちか》ふ話《こと》」(『繁野話』)、「八百比丘尼人魚《はつぴやくびくににんぎよ》を放生《ほうじやう》して寿《ことぶき》を益《ま》す話《こと》」(『莠句冊』)などと、各篇題名(6)末尾の「こと」には「話」の字が用いられているのに対し、『垣根草』では「深草《ふかくさ》の翁《をきな》相字《さうじ》の術《じゆつ》蛇妖《じやよう》を知《し》る事」のように、「事」が使用されている。この不一致もまた、『垣根草』を庭鐘作と認めることを躊躇させるものである。

　さらに、福田安典は『垣根草』初板刊行時に調製されたとみられる見返しの存在を紹介し、その角書に「席上奇観」とあることを報告している。(7) 従来知られていた見返しは、「古今奇談」の角書を有する再板本のもののみであったが、福田の発見により、『垣根草』の作者が「席上奇観」の角書にこだわりを持っていたことがあらためて確認された(初板本の外題および序題・目録題・内題・尾題はいずれも同様の角書を有する)。『英草紙』『繁野話』『莠句冊』の角書はいずれも「古今奇談」であり、これもまた、庭鐘が『垣根草』の作者ではないことを示すものといえよう。(8)

　では『垣根草』の作者は誰なのか。序文に相当する「巻首」には「洛西隠士某」および「菅翁某」なる人物の名が見えるが、この両者と作者の関係性は定かではない。また、再板本の見返しには「草官散人　纂述／十八公子　訂校」とあるが、これらの筆名を持つ人物にもいまだ逢着していない(以下、さしあたり「草官散人」を作者の名として用いる)。したがって、結局のところは議論が振り出しに戻ったにすぎないのだが、当然ながら、作者がわからなければ作品を論ずることができないというわけではない。以下、白話小説を典拠に持つ一篇の検討を通して、『垣根草』における翻案の方法を窺うこととする。その上で、作品の性格を庭鐘作品のそれと比較し、さらには初期読本における白話小説利用の意味について論じてみたい。

『垣根草』第六篇の典拠

『垣根草』第六篇「鞆晴宗《ともはるむね》夫婦《ふうふ》再生《さいしやう》の縁《えん》を結《むす》ぶ事」（以下「鞆晴宗」）は、白話小説「崔俊臣巧合芙蓉屏」(9)（『拍案驚奇』巻二十七・『今古奇観』巻三十七。以下「崔俊臣」）の翻案である(10)。まずは、原話「崔俊臣」の梗概を以下に記す。

真州の崔俊臣は永嘉県への赴任の途中、財宝に目をつけた船頭の顧阿秀によって使用人ともども殺される。阿秀は俊臣の妻王氏を次男に娶せるため生かしておくが、王氏は隙を見て逃げ出し、尼寺に身を寄せ慧円と名乗る。ある日、その寺に俊臣が描いた芙蓉の絵がもたらされた。慧円が庵主に事情を聞くと、檀越の阿秀が喜捨したのだという。慧円はその絵に夫との再会を願う詞を書きつけた。後にその絵は高納麟の所有となり、偶然そこに書を売るため訪れた俊臣の目にとまる。俊臣は阿秀によって海に突き落とされたものの、泳ぎが達者であったため死を免れていたのである。事情を聞いた納麟は監察御史に依頼して阿秀を捕縛・処刑した上で、俊臣と慧円を引き合わせ、再び夫婦の縁を結ばせた。

「鞆晴宗」では、崔俊臣・王氏（慧円）・高納麟に対応する人物の名が、それぞれ鞆晴宗・初瀬・藤原道信となっており、こちらもやはり、互いに死んだと思っていた夫婦が苦難の末に再会する奇跡を軸として物語が展開する。

ところで原話の「崔俊臣」は、『剪燈余話』巻四「芙蓉屏記」を白話小説化したものであり、「芙蓉屏記」は浅井了意『伽婢子』巻三「梅花屏風」にも翻案されている(11)。このことは従来ほとんど問題とされてこなかったが、『垣根草』第四篇「在原《ありはら》業平《なりひら》文海《ぶんかい》に託《たく》して冤《ゑん》を訴《うつた》ふる事」は『剪燈余話』巻一「長安夜行録」、第七篇「宇野《うの》六郎《らう》廃寺《はいじ》の怪《くはい》に逢《あ》ふ事」は『剪燈余話』巻三「武平霊怪録」をそれぞれ典拠としており(12)、『剪燈余話』が草官散人のよく利用する書であったこと、そして『伽婢子』が後続の小説に多大な影響を与えた作品であることに鑑みれば、「鞆晴宗」に「芙蓉屏記」と「梅花屏風」が利用された可能性についても検討しておく必要があろう。試みに、海賊に海に突き落とされた夫の造型を比較してみよう。

【芙蓉屏記】

真州有崔生名英者、家極富。(13)

（真州に崔英という者がおり、きわめて裕福であった）

【崔俊臣】

当時本州有個官人、姓崔名英、字俊臣。家道富厚、自幼聡明、写字作画、工絶一時。(14)

（その頃、この州に一人の役人がおり、姓を崔、名を英、字を俊臣といった。裕福な家に生まれ、幼い頃から聡明で、書画は当時随一の腕前だった）

【梅花屏風】

中納言藤原基頼《もとより》卿は謀《はかりごと》たくましく、しかも諸藝《しよげい》に渡り、絵《ゑ》よく書給ひ、手跡《しゆせき》・歌の道にかしこきのみならず、武道を心にかけ、馬にのりて手綱《たづな》の曲《きよく》をきはめ、水練《すいれん》にその術《じゆつ》をつたへ、半日ばかりは水底にありても物とも思はず、又よく水をよぎくゞる事魚《うを》のごとし。(15)

【鞆晴宗】

次男《じなん》小次郎晴宗《はるむね》とて、生《むま》れ清《きよ》げに心《こゝろ》ざま優《ゆう》にやさしく、幼《いとけなき》より詩歌《しいか》管絃《くはんげん》の外書画《ほかしよぐは》の工《たくみ》なる、鄙《ひな》には類《たぐ》ひまれなる才《さえ》なりと、人みなもてはやしけり。(16)

これを見れば、「鞆晴宗」に最も近いのが「崔俊臣」であることは即座に理解されよう。晴宗に「詩歌管絃」の才能が付与されているのは、原話では芙蓉の絵が夫婦再会のきっかけとなるのに対し、こちらは琵琶がその役割を果たすためであるが、いずれにしても藝術の才にすぐれているというのが、何より重要な要素である。「梅花屏風」は陶晴賢が大内義隆を討った大寧寺の変を作品の背景としているため、武道の才をも強調せざるを得ないのだろうが、この要素はまったく晴宗に受け継がれていない。また、「水練にその術をつたへ」以下は、後にその能力によって一命を取り留めることの伏線であるが、「鞆晴宗」はそうした記述の方法をとっていない。また、「芙蓉屛記」はきわめて簡潔な記述に留まっており、「鞆晴宗」への直接的な影響は、管見の限り確認することはできない。

四者の関係は万事がこの調子であり、「鞆晴宗」と「崔俊臣」の一致度はきわめて高い。したがって、草官散人が翻案に際して依拠したのが「崔俊臣」であるという通説はそのまま認めて差し支えないのだが、「梅花屏風」については、まったく参照されなかったわけでもなさそうである。それを示すために、「鞆晴宗」の初瀬が海賊に拐かされて家に連れて行かれた後の場面を、「梅花屏風」と比較してみよう。

【鞆晴宗】

賊主妻《ぞくしゆつま》とてもなく、唯乳母《たゞうば》なる老婆《らうば》一人のみにして、其余《そのよ》はみな海賊《かいぞく》の者《もの》どもあつまり居《ゐ》るなり。嫡子《ちやくし》といふは此《この》ほど風《かぜ》の心地《こゝち》にて引籠《ひきこも》りゐたるに、すこしは心ゆるして日を経《ふ》るうち、賊主《ぞくしゆ》もそのけはゐの外心《ほかごゝろ》なきに安堵《ど》して家事《かじ》をゆだねぬ。

【梅花屏風】

（海賊は北の方を捕えて、次男の妻にするつもりであることを告げ）舟を出し、能地《のうち》の家にかへり、財宝《ざいほう》・小袖やうの物出しうりけり。北の方、「心地すこしあしければ、よくならんまで待給へ。次郎殿と夫婦《ふうふ》になり侍べらん」とありしに、舟人うれしげなり。

右のとおり「鞆晴宗」には、海賊の息子が風邪をひいて寝込んでおり、それによって婚儀が延期されたためか、初瀬が「すこしは心ゆるして」日を送るという描写がある。一方の「梅花屏風」では、基頼（晴宗に相当）の北の方（初瀬に相当）が「心地すこしあしければ、よくならんまで待給へ。次郎殿と夫婦《ふうふ》になり侍べらん」と言い、自ら婚礼の延引を要求している。おそらく後者の体調不良は虚言であり、さらに体調を崩す人物が異なってはいるものの、婚儀延引の理由が酷似していることは確かである。「崔俊臣」にこのような場面がないことに鑑みれば、草官散人は「梅花屏風」の設定から着想を得た可能性が高い。

また、海賊の家を逃げ出した初瀬が「玉《たま》ぼこ（筆者注：足の意）もあけになりて」倒れるという描写も、それに相当する記述が「崔俊臣」にはない一方で、「梅花屏風」には北の方が「足は千しほのくれなゐのごとく」なりながら逃げる場面が描かれている。そして何より、「鞆晴宗」という主人公の名は、「梅花屏風」の基頼が鞆の浦まで落ち延びて山名玄蕃頭に仕え、それが夫婦再会を可能にしたという設定から着想されたものではなかろうか。「鞆晴宗」の原話が「崔俊臣」であるという点は動かないが、細部に「梅花屏風」が利用されていた可能性は高い。

「崔俊臣」と「梅花屏風」の双方が利用されているという事実は、両作が同根の物語であることを、草官散人が正しく認識していたことを意味しよう。草官散人が何者であるかは不明だが、少なくとも中国小説とその翻案たる近世小説の関係性について豊富な知識を持っていた人物であることは、どうやら確かなようである。

「鞆晴宗」の主題

前節で述べたとおり、「鞆晴宗」は「崔俊臣」を原話としつつ、部分的に『伽婢子』の「梅花屏風」を利用した作品であるが、さらに「蔡小姐忍辱報仇」[17]（『醒世恒言』巻三十六・『今古奇観』巻二十六。以下「蔡小姐」）の趣向も取り入れられている。[18]この作品は、海賊に一家を皆殺しにされた瑞虹という女が、辛苦を耐え忍びながらも信頼できる男とめぐり逢い、その男の助力を得てついに仇討ちを成し遂げるという物語である。[19]すなわち、一家が海賊に襲われるという物語の発端が「崔俊臣」ときわめて似ているのであり、草官散人もその点に着目したのであろう。[20]

それでは具体的に、「鞆晴宗」における「蔡小姐」の利用法を検討したい。海賊に襲われる場面以降の展開について、三作を比較してみる。

前述のとおり、海賊に襲われるものの一人の女だけが助けられるという①の場面は三者ほぼ共通するが、②において「蔡小姐」の海賊は瑞虹を自分の妻にしようとしており、「鞆晴宗」「崔俊臣」と異なる。③を見ても、「鞆晴宗」が「崔俊臣」に依拠しているのは明らかである。しかし、海賊のもとを逃げ出した④において、「崔俊臣」の王氏が尼寺に無事保護される一方、「鞆晴宗」の初瀬と「蔡小姐」の瑞虹はさらなる苦難に見舞われる。繰り返し悲劇に見舞われるというこの設定は、明らかに「蔡小姐」に基づいていよう。「鞆晴宗」の船主が⑤において初瀬を遊郭に売るのも、「蔡小姐」の卞福の妻が謀略によって瑞虹を売り飛ばす設定に依拠したものである。そして⑥で瑞虹が胡悦という男に売り渡され、初瀬が白拍子として座敷に出るようになったところで、両者はそれぞれ異なる展開を見せ始め、⑦以降は再び「鞆晴宗」と「崔俊臣」の距離が近くなる。[21]

こうして整理してみると、「蔡小姐」が利用されたことにより、初瀬には度重なる不幸が訪れることになったといえよう。しかしその一方で、「鞆晴宗」が必ずしも「蔡小姐」の展開を忠実に踏襲しているわけではないことにも注意を払う必要がある。「蔡小姐」の瑞虹が卞福・胡悦という二人の男の妾となっているのに対し、「鞆晴宗」の初瀬は一度もそうした境遇に身を置いていないのである。そしてこの改変のあり方は、初瀬が決して他の男に体を許すこと

	鞆晴宗	崔俊臣	蔡小姐
①	深夜、海賊が晴宗たちの乗っている船に乗り込み、晴宗を海に投げ落とす。従者も同様に海に落とされるが、初瀬だけは助けられる。	俊臣たちの乗っている船の船頭が、俊臣を長江に投げ落とす。下男や召使いたちも殺されるが、王氏だけは助けられる。	蔡武たちの乗っている船の船頭が、蔡武一家を河に投げ落とす。下男や召使いたちも殺されるが、瑞虹だけは助けられる。
②	海賊は、初瀬を長男の妻にしようとする。	海賊は、王氏を次男の妻にしようとする。	海賊は、瑞虹を自分の妻にしようとする。
③	海賊の家にいること十日にして、初瀬は海賊たちが稼業に出かけた隙を突いて逃げ出す。	海賊の船にいることひと月にして、王氏は海賊たちが酔い潰れた隙を突いて逃げ出す。	瑞虹は海賊に犯された挙句、首を絞めて殺されるが、後に蘇生する。
④	初瀬は商船に助けを求めるが、実はそれは人商人の船であった。	王氏は尼寺に逃げ込み、無事に保護され、剃髪して慧円と名乗る。	瑞虹は通りがかった船に助けられるが、船主の卞福は瑞虹を騙して妾にする。
⑤	初瀬は宮島の遊郭に売られる。		瑞虹は嫉妬深い卞福の妻によって人買いに売られ、さらに女郎屋に売り飛ばされる。
⑥	初瀬は他の遊女の勧めにより、白拍子として客の前に出る。		瑞虹は胡悦に落籍され、妾となる。
⑦	国司の藤原道信に召された初瀬は、床に置かれている琵琶が晴宗の物であることに気づく。	慧円は寺に喜捨された芙蓉の絵が俊臣の手になるものであることに気づき、そこに詞を書きつける。	
⑧	生き延びていた晴宗が、画工として道信の屋敷に来る。	芙蓉の絵は高納麟の手に渡る。そこに、生き延びていた俊臣が書を売りに来る。	

のないように物語を展開させる意図が、作者にあったことを示している。

たとえば作品の冒頭で海賊が初瀬を生かしておいたのは、息子の妻にするためであった。これは確かに「崔俊臣」を踏襲したものにすぎないが、もうひとつの典拠である「蔡小姐」では海賊自身が瑞虹を犯しているという点に鑑みれば、「崔俊臣」の設定が利用されたことの意味をあらためて考える必要があろう。

また、海賊の家に連れて行かれたものの、夫となるはずの海賊の息子が風邪をひいて臥せっていたという設定も注目される。これによって初瀬は「すこしは心ゆるして日を経《ふ》る」ことができているが、これは先にも述べたとおり、息子の病のため婚礼が延期され、貞節を汚さずに済んだためと考えられる。原話ではひと月後に海賊のもとから逃げ出すことになっているが、それが十日後に改変されているのも、ひと月も経てば息子の体調が回復してしまうからであろう。

さらに、遊郭では頑なに客を迎えようとしなかった初瀬であるが、同僚の綾戸に、白拍子になれば客と枕を共にしなくてもよいと諭されると、「身《み》をも汚《けが》さで高貴《かうき》の家《いへ》に近《ちか》づくこそ願《ねが》ふところなれ」と考え、翌日から藝事の稽古に励む。そしてその腕前を評価され、国司の藤原道信のもとに留められるのである。そして操を守り続けたまま、初瀬はめでたく晴宗と再会するのであるが、その際も道信は「初瀬《はつせ》が貞操《ていさう》なる」ことを称揚している。

このように見てくると、作品末尾の「誠《まこと》に物《もの》の離合《りがう》《はなれあふ》みな其《その》数《すう》《さだまり》ありて、其縁尽《そのえんつき》ざれば胡越《こえつ》も遠《とを》からずといへども、か丶る類《たぐ》ひも又ためしすくなく覚《をぼ》へ侍《はんべ》る」という一文も、単に夫婦再会のめでたさのみを述べているのではなく、海賊に拐かされ、遊郭に売られるという危機があったにもかかわらず、貞節を汚すことのないまま夫に再会したということを讃えているものと捉えるべきではなかろうか。「蔡小姐」を利用することで初瀬に多くの苦難を与えたのは、この再会の「美しさ」を強調するために他ならない。

ここで冒頭の問題に戻るが、庭鐘とははたしてこのような「美しさ」を求める作家であろうか。第三部第二章において論じたとおり、庭鐘は「或《あるひ》は親《おや》の志《こゝろ》に従《したが》ひ、又は子の不便《ふびん》さに引れて、心の外に両夫に見《まみ》ゆる」女を決して否定していない（『英草紙』第四篇「黒川源太主山に入て道を得たる話《こと》」）。また、『義経盤石伝』（文化三年〈一八〇六〉刊）巻二においては、老いた母や幼い子を守るため平清盛の寵に応じた常磐について、その選択を肯定的に描いている。(22) 無論こうした言説は、身体的な貞節を守るという美徳を否定するものではない。しかし、親や子など大切なものを守るために心ならずも体を許すことを不貞と言わない庭鐘が、「あはれ敵《かたき》をとりて怨《あた》を報《むく》ひ、夫《をつと》にも手向《たむけ》ばや」と願い、苦しみながらも生き延びることを決意したにもかかわらず、煙花に落ちると泣き暮らし、運良く操を失わないまま夫と再会しただけの初瀬のことを、手放しに美談とするとは思われないのである。

一方「蔡小姐」の瑞虹は、夫の仇を討つという目的のために、耐えがたい苦痛をしのびながら男に体を許す。それを自ら罪として背負い、目的を達した後に自害するあたりは、明代中国の貞女観が如実に反映されているように思われるが、その生き方は「節」を全うしたものとして顕彰され、皇帝から旌表を賜っている。この価値観は、おそらく草官散人には理解できるものではなかった。それゆえに、単に初瀬の苦難を増幅させるためにのみ「蔡小姐」を用い、瑞虹の悲しみと苦しみを何も初瀬に投影することなく、めでたく美しい結末を用意したのである。そうした志向の是非をここで論ずるわけではないが、少なくともそれはやはり、庭鐘作品の方向性とは異なっているのではなかろうか。

芙蓉の絵と琵琶

原話の改変に関してもうひとつ検討しておかなければならないのは、夫婦の再会が何を契機としてもたらされているかということである。先の梗概でも示したとおり、原話では俊臣の描いた芙蓉の絵が慧円の寺に喜捨され、それに慧円が詞を書きつけたものが高納麟の手に渡ることで事態は展開する。それは「崔俊臣」の原型である「芙蓉屛記」も同様で(23)、その翻案である了意の「梅花屛風」においても、芙蓉ではなく梅ではあるが、やはり絵が再会のきっかけとなっている。しかし「鞆晴宗」においてその役割を果たすのは、絵ではなく琵琶である。この改変は何を意図したものであろうか。

遊郭に売られ、日夜泣き暮らしている初瀬の様子は、次のように記されている。

> まことや王昭君《わうせうくん》が胡地《こち》に嫁《か》せし漢宮万里《かんきうばんり》月前腸《つきのまへのもの思ひ》、楊貴妃《ようきひ》が驪山《りざん》の旧宴《きうえん》をおもひて梨花一枝春帯雨《りくはいっしはるあめをおぶ》といひけんもかくやとおもはれ、誠《まこと》に天然《てんねん》の国色《こくしょく》、悩《なやめ》る西施《せいし》泣《なけ》る虞氏《ぐし》、せまらば玉《たま》をや砕《くだ》きなんと、（略）

ここに挙げられている王昭君・楊貴妃・西施・虞氏（虞美人）の四人は、いずれも悲劇に見舞われた中国の女性である。ちなみに言えば、「漢宮万里月前腸」は『和漢朗詠集』巻下に「王昭君」の題で収められた大江朝綱の詩の一節、「梨花一枝春帯雨」は白居易「長恨歌」、「悩る西施」は胸を痛めて顔をしかめている西施の様子を醜婦がまねたという『荘子』天運篇の逸話、「泣る虞氏」は四面楚歌となった項羽が「虞兮虞兮奈若何」と詠んだという『史記』項羽本紀の記述をそれぞれ踏まえている。注目したいのはこの四人のうち、王昭君と楊貴妃には琵琶にまつわる逸話が残っているということである。

王昭君が琵琶を弾くという記事は、『漢書』匈奴伝や『後漢書』南匈奴伝、そして彼女の逸話を広く流布せしめた『西京雑記』には見えない。しかし山本敏雄によれば、唐代にはすでに、董思恭「昭君怨」（『全唐詩』巻六十三）や李商隠「王昭君」（『全唐詩』巻五四〇）など、胡地へ向かう王昭君が琵琶を弾いている様子を詠んだと解釈し得る詩があるという。王昭君のそのイメージは、王安石「明妃曲」第二首（『全宋詩』巻五四一）や欧陽脩「明妃曲和介甫」第一

首（『全宋詩』巻二八九）など、宋詩においてより明確になるらしい。(24)

日本文学に目を転じると、『唐物語』『浜松中納言物語』『曽我物語』など王昭君に言及する作品は少なくないが、それらはいずれも『西京雑記』を踏まえたもので、琵琶に関する記述はない。謡曲「昭君」には「されども供奉の官人ども、旅泊の道の慰めに、絃管の数を奏しつゝ、馬上に琵琶を弾くことも、この時よりと聞くものを」(25)とあるが、これは同行の者が王昭君を慰めるために琵琶を弾いているのであり、同様の情景を描く石崇「王明君詞序」（『文選』巻二十七）を踏まえたものと思われる。しかし、『太平記』巻二十七「上杉畠山流罪死刑事」には「日来ヨリ翫ビシ事ナレバ、旅ノ思ヲ慰メント一面ノ琵琶ヲ馬ノ鞍ニカケ、旅館ノ月ニ弾ジ給ヘバ、王昭君ガ胡角一声霜後夢、漢宮万里月前腸ト、胡国ノ旅ヲ悲シミシモ角ヤト思ヒ知ラレタリ」(26)とあり、これはおそらく王昭君自身が琵琶を弾くイメージに基づいていよう。そして近世初期に、久隅守景やその娘である清原雪信が描いた「王昭君図」は、いずれも馬上に琵琶を抱える王昭君の姿を描いており、この時期にはすでにそのイメージが定着していたと見てよい。

一方、楊貴妃と琵琶の関係については、宦官の白秀貞から献上された琵琶を楊貴妃が梨園で弾じたという『太平広記』巻二〇五の記述や、玄宗皇帝の手になる曲を合奏する際、楊貴妃が琵琶を担当したという『楊太真外伝』の逸話がよく知られていよう。また、楽琵琶の秘曲の一に数えられる「楊真操」が楊貴妃の作であるという伝承もある。小林加代子によれば、この伝承は大江匡房作と伝えられる「琵琶銘幷序」や、楽書『胡琴教録』に端を発するものらしく、前者は『太平広記』、後者は『楊太真外伝』にそれぞれ依拠しているという。(27)すなわち平安時代末期から鎌倉時代初期にはすでに、日本でも琵琶奏者あるいは作曲者としての楊貴妃像が完成していたと考えられよう。

さらにいえば右の『太平広記』の記述は、以下に示すとおり、中村昂然『通俗唐玄宗軍談』（宝永二年〈一七〇五〉刊）にも利用されている。

爰《コヽ》ニ中官白秀貞《ハクシウテイ》ト云者《ノ》アリ。蜀国《シヨクコク》ニ使《ツカヒ》シテ廻《カヘ》リシガ、琵琶《ビハ》ヲ得ケレバ帝ニ献《ケン》ジケリ。其《ノ》琵琶桫壇《サダン》ヲ以《ツ》テ作為《ツクリナセ》リ。温潤《ヲンジユン》ニシテ玉光ノ耀《カヽヤ》ケルガ如ク鑑《カンガミ》ツベシ。金ヲ縷《チリバ》メ、紅《クレナヒ》ノ文《モン》アリテ、影《カゲ》ニ双《ナラベ》ル鳳凰《ホウワウミヘ》見タリ。帝貴妃ニ給ヒケレバ、貴妃毎《ツネ》ニ是《コ》ノ琵琶ヲ抱《イダ》ケリ。時《トキ》ニ梨園《リエン》ノ弟子ノ中《ナカ》ニ於《ヲイ》テ奏《カナデ》シカバ、音韻凄清《ヲンインセイ〳〵》トシテ、飄《ヒヤウ》タルコト雲外《ウングワイ》ノ如《ゴト》シ。帝御感更《ギヨカンサラ》ニ浅《アサ》カラズ。諸王貴戚《キセキ》モ此《ノ》音声ニ驚《ヲドロ》キ、飛鳥《ヒチヤウ》モ地《チ》ニ落《ヲチ》、走獣《ソウジウ》モ留《トヾマ》リツベク見《ヘ》テケレバ、皆競《キソツ》テ貴妃ノ琵琶ノ弟子ト為《ナリ》給ヒケル(28)。

（巻八「華清宮」）

こうした例のあることに鑑みれば、近世期においてもやはり、楊貴妃と琵琶は密接に結びついていたといえよう。このように見てくれば、「崔俊臣」における芙蓉の絵が「鞆晴宗」において琵琶に改められたのは、王昭君や楊貴妃といった悲劇の女性の系譜に、初瀬を連ねるためであったと考えてよいであろう。しかし、生涯を胡地に終えた王昭君や、安史の乱によって死を余儀なくされた楊貴妃とは異なり、初瀬の後半生は幸福であった。この意外な展開を演出するためには、悲劇の女性を暗示する琵琶の象徴性を、反転させなければならないはずである。

初瀬と晴信を再会させた道信は、初瀬に名を「瀧川」と改めるように言う。これは「われてもつゐに逢《あひ》みる月の盃《さかづき》を晴宗《はるむね》に与《あた》ふべし」という道信の言葉が示すとおり、初瀬の「瀬」から崇徳院の「せをはやみいはにせかるるたきがはのわれてもすゑにあはむとぞ思ふ」（『詞花集』巻七・二二九）(29)を連想したことによるもので、一度は引き裂かれても再びめぐり逢った二人の関係を象徴的に表す名である。そして道信は、さらに次のように続ける。

彼裂帛《かのさきぎぬ》の琵琶《びわ》もかえしあたえむなれども、枉《まげ》て我《われ》にあたへよ。裂帛《さきゞぬ》の名も哀怨《あいえん》《かなしみうらみ》に出《いで》たれば、今《いま》より有明《ありあけ》と名《な》づけて秘蔵《ひざう》すべし。

二人の再会を演出した琵琶は「裂帛」という名であったのだが、それを「有明」と改めた上で、自分が秘蔵したいというのである。牧野悟資の指摘するとおり(30)、「裂帛」という語から想起されるのは、白居易「琵琶行」における次の一節であろう。

曲終《ヲハッテ》 抽《ヲサヘテ》レ撥《バチヲアテ、ヌキンデ、》 当レ心《ムネニカク》画《ヤム》
四絃一声《イッセイ》如《シ》レ裂《サクガ》レ帛《ヲ》[31]

さらに「哀怨」の語もまた「琵琶行」序文末尾の一節「其《レ》抑揚頓挫《ヨクヤウトンザ》流離《リウリ》沈鬱《チンウツ》之《ノ》態《タイ》《ワザ》、雖《ドモ》二千歳之《ノ》下《シモ》一、宛然《エンタルコト》　琵琶哀《アイ》怨之《エンノ》声也《ナリ》」に見え、初瀬が弾じた琵琶の音を描写する「大絃小絃嘈々切々《たいげんせうげんさう〳〵せつ〳〵》として雨《あめ》のごとく語《かた》るがごとく」という表現も、「琵琶行」の一節「大絃嘈々《ハサウトシテ》　如《ク》二急雨《ムラサメノ》一、小絃切々《ハセツトシテ》　如《シ》二私語《サヽメゴトノ》一」を踏まえている。そして周知のとおり「琵琶行」は、妓女として世を謳歌したものの年老いて淪落し、商人の妻となって孤独な日々を送る悲しい女を詠んだ詩である。

では、この「裂帛」はなぜ「有明」という名に改められるのか。牧野は「夫婦再会後の有明への改名にはプラスイメージが付されるべきである。だが、和歌に見える有明はマイナスイメージの場合が多い。或いは日と月が一緒になるということにプラスのイメージ（夫婦再会）を見出したか。もっとも、有明もマイナスイメージにとって、漢詩由来の裂帛から和歌由来の有明に改名したという見方もできる」と、解釈の可能性をいくつか示した上で、結局は「意味の分かりにくい改名である」と述べるに留めている。

牧野の試案のうち最も蓋然性が高いと思われるのは、この改名を漢詩的表現から和歌的表現への改変と捉える説である。晴宗は幼い頃から「詩歌管絃」に優れた人物として造型されており、琵琶に「裂帛」という漢詩由来の名をつけることに不自然さはない。一方の道信は中古三十六歌仙の一人で、『大鏡』に「いみじき和歌上手」[32]と評されるとおり、和歌の名手として知られる人物である。本作の道信には実在の道信の事績と合致しない点が多くあり、必ずしも史実と結びつけて考える必要はないが、「藤原道信」という名である以上、歌人としてのイメージはおのずと付与

されよう。

その道信は、先にも引いたとおり「われてもつゐに逢《あひ》みる月の盃《さかづき》を晴宗《はるむね》に与《あた》ふべし」と述べている。「逢みる」から「月」の語が導かれるのは、「恋ひ恋ひてあひみる夜はのうれしきに日ごろのうさはいはじとぞ思ふ」（『玉葉集』巻十・一四二九）のように、男女が「逢みる」のは夜であり、その夜を象徴するのが月であるからだろう。もっとも「あきくさにおくしらつゆのあかずのみあひみるものをつきをしまたむ」（『万葉集』巻二十・四三三六）のように、「逢みる」と「月」が同時に詠み込まれている歌もないわけではない。そして、「逢みる」ことを終えた男女が見る「月」は、夜が明けてもなお空に残っている「有明の月」である。これでようやく「有明」の語にたどり着いたわけであるが、「有あけのつれなく見えし別より暁ばかりうき物はなし」（『古今集』巻十三・六二五）などを引くまでもなく、有明の月は男女の別れを暗示する。すなわち「有明」の語は、本質的な意味において「裂帛」と同義のものなのである。

では、夫婦が再び結ばれるという場において、なぜそのような改名がなされるのか。その答えは、「彼裂帛《かのさきぎぬ》の琵琶《びわ》もかえしあたえむなれども、枉《まげ》て我《われ》にあたへよ」という道信の言葉の中にある。これは、琵琶は本来の持ち主である晴宗に返すのが妥当であるが、「裂帛」というあたかも夫婦の別離を暗示する名を持つものであるゆえ、自分がそれを預かることにするという意に他ならず、二人を引き裂くものを再び二人のもとには戻さないという、道信の温かな心遣いが示されている台詞である。そして歌人である道信の所有となるがゆえに、琵琶の銘は「有明」に改められることになる。

道信のこの提案は、言うまでもなく、今後の二人の人生が穏やかであることを予祝するものに他ならない。悲劇の夫婦の物語は、こうしてめでたく団円を迎えることになるのである。

初期読本と白話小説

ここまで原話の白話小説との比較を通して、「鞆晴宗」という一篇について論じてきた。それにより、「崔俊臣」「蔡小姐」という二作の白話小説を取り合わせる手法や、琵琶にまつわる様々な逸話を想起させる改変のあり方など、草官散人の創意のいくつかは確認できたものと思われる。

ところで、初期読本と白話小説の密接な関係性はすでに文学史の常識となっている。しかし、初期読本作家が白話小説をいかなる態度で受容したかという問題は、いまだ明らかにされているとは言いがたい。たとえば第三部第二章に見たように、庭鐘は原話に内包されている思想を批判的に受容し、翻案によって自らの思想を韜晦的に示している。それに対して「鞆晴宗」は、複数の白話小説を絡み合わせてひとつの物語に仕立て上げるという手法・技巧にこそ、見るべき点があるように思われる。このように、一口に「初期読本」と呼んではみても、それぞれの作品における白話小説との関係性は、決して一概に言い得るものではない。

そこで今あらためて考えておかねばならないのは、初期読本というジャンル全体において、白話小説とはいかなる意味を持つものであったかということである。

初期読本の嚆矢である『英草紙』は、全九篇のうち七篇が短篇白話小説の翻案であり、残る二篇にも白話小説利用の形跡が見える。そのため、白話小説の翻案という方法論によって初期読本が誕生したと説かれるようになり、その通説は現在にまで受け継がれている。そして、それ自体は決して間違っていない。

しかしその一方で、初期読本と呼ばれる作品に収められる個々の短篇がすべて白話小説の存在を前提としているわけではない。確かに『英草紙』は白話小説なくして成立し得なかったであろうが、『繁野話』『莠句冊』には白話小説と無関係の作品も多い。上田秋成の『雨月物語』もまた、「菊花の約」や「蛇性の婬」など全面的に白話小説を翻案した作品がある一方で、「白峯」「仏法僧」「青頭巾」「貧福論」などには白話小説の影響が稀薄である。そして本章において取り上げた『垣根草』にも、白話小説の翻案作品は数えるほどしかない。

そこで近年注目されつつあるのが、「奇談」という概念である。「奇談」とは『新増書籍目録』（宝暦四年〈一七五四〉刊）において新設された書籍分類項目のひとつであり、飯倉洋一はそれを「教訓・啓蒙・弁惑を目的としておもしろく語られる読み物」と定義する。(33) 近年、飯倉によってこの概念を視座とした文学史の再構築が試みられており、浮世草子・談義本・初期読本などといったジャンル区分の基準や、そうした区分そのものの有効性が問い直されつつある。(34) そしてそれによって、白話小説の関係性からだけでは見えてこなかった初期読本の性格が、確実に明らかになってきている。

では、なぜ初期読本と白話小説は、常に不可分のものとして語られ続けてきたのだろうか。

それはひとえに、作者たち自身が白話小説との関係性を手放そうとしなかったからに他ならない。『垣根草』に関していえば、第九篇「山村《むら》が子孫《しそん》九世《せ》同居忍《どうきよにん》の字《じ》を守《まも》る事」には「懐私怨狠僕告主」(35)（『拍案驚奇』巻十一・『今古奇観』巻二十九）、第十三篇「環人《たまきひと》見《み》春澄《はるずみ》を激《げき》して家《いへ》を興《をこ》さしむる事」には「白玉嬢忍苦成夫」（『醒世恒言』巻十九）がそれぞれ利用されている。(36) また、「奇談」書に多く見られる「寓言」という方法論(37)を積極的に用いた梅朧館主人こと三橋成烈の『新斎夜語』（安永四年〈一七七五〉刊）にも、白話小説を利用した作品のあることが先ごろ明らかにされた。(38) さらに前川来太『唐土の吉野』（天明三年〈一七八三〉刊）や森島中良『凩草紙』（寛政四年〈一七九二〉刊）は、その序文において庭鐘や秋成が用いた白話小説を指摘している。特に『唐土の吉野』は白話語彙を多用する点などからして、庭鐘や秋成の系譜に連なろうとしていたことが顕著に窺われるという[39]。

以上の点に鑑みれば、実際に白話小説をどの程度使用するかはともかくとして、白話小説の後裔に自らの作品を位置づけようとするのが、彼らのスタイルだったということになる。それは白話小説そのものへの愛着とともに、白話小説を見事に翻案してみせた庭鐘たちへの憧憬を示すものでもあろう。

このような文学的態度が成立した時期――本書ではそれを「白話小説の時代」と呼んだのである。

注

（1）森銑三「上田秋成雑記」（『森銑三著作集』第二巻、昭和四十六年。初出は昭和九年）。
（2）中村幸彦「都賀庭鐘伝攷」（『中村幸彦著述集』第十一巻、中央公論社、昭和五十七年。初出は昭和二十八年）。
（3）『日本古典文学大辞典』第一巻（岩波書店、昭和五十八年）「垣根草」の項。
（4）劉菲菲「『垣根草』新論」（『近世文藝』第一〇三号、平成二十八年一月）。
（5）引用は『江戸怪異綺想文芸大系　都賀庭鐘・伊丹椿園集』（国書刊行会）による。
（6）それぞれ第一篇の題名を、目録によって示した。
（7）福田安典「『垣根草』諸本考」（『読本研究新集』第十集、平成三十年六月）。
（8）劉論文への反論には、他に木越秀子「『垣根草』の作者は都賀庭鐘？・」（『近世部会誌』第十二号、平成三十年三月）がある。
（9）題名は『今古奇観』による。『拍案驚奇』における題名は「顧阿秀喜捨檀那物　崔俊臣巧会芙蓉屛」。
（10）宇佐美喜三八「垣根草と支那小説」（『国語と国文学』第十巻第五号、昭和八年五月）。
（11）注10宇佐美論文。
（12）麻生磯次『江戸文学と中国文学』（三省堂、昭和二十一年）第二章「読本の発生と支那文学の影響」。

(13) 引用は早稲田大学図書館所蔵本（ヘ 21/02800）による。

(14) 引用は『古本小説集成』（上海古籍出版社）に影印所収の、上海図書館所蔵本『今古奇観』による。

(15) 引用は『新日本古典文学大系　伽婢子』（岩波書店）による。

(16) 引用は国立国会図書館所蔵本（188-215）による。

(17) 題名は『今古奇観』による。『醒世恒言』における題名は「蔡瑞虹忍辱報仇」。

(18) 注12麻生論文。

(19) この作品は式亭三馬『魁草紙』巻五の原話でもある。より詳細な梗概は第一部第五章を参照されたい。

(20) ちなみに曲亭馬琴は『南総里見八犬伝』第九輯下帙中巻（天保九年〈一八三八〉刊）第十九簡端贅言において、村田春海『竺志船物語』の原話が「蔡小姐」であることを指摘した上で、「拍案《はくあん》驚《きやう》奇《き》にも此《これ》と相似《あひに》たる物語《ものがたり》ありて、その文《ぶん》同《おな》じからず。蓋《けだし》別話《べつわ》也」と記している。これが「崔俊臣」を指していることは疑い得ず、馬琴もまた両作の共通性に気づいていたことになる。

(21) ただし、瑞虹が船中で海賊を見出す場面が、面通しによって初瀬が賊主を見顕すという設定に利用されるなど、これ以降も「蔡小姐」の影響は部分的に見られる。

(22) 田中則雄「都賀庭鐘の読本と寓意――「義」「人情」をめぐって――」（『国語国文』第五十九巻第一号、平成二年一月）。

(23) ただしこちらの慧円は、詞ではなく詩を書きつけている。

(24) 山本敏雄「王昭君説話と琵琶」（『愛知教育大学研究報告（人文・社会科学編）』第五十三号、平成十六年三月）。

(25) 引用は『日本古典文学大系　謡曲集（上）』（岩波書店）による。

(26) 引用は『日本古典文学大系　太平記（三）』（岩波書店）による。

(27) 小林加代子「楊貴妃と琵琶――楽琵琶の三曲の一つ「楊真操」と院政期の漢籍受容――」（大橋直義・藤巻和宏・高橋悠介編『中世寺社の空間・テクスト・技芸』、勉誠出版、平成二十六年）。

(28) 引用は新潟大学附属図書館佐野文庫所蔵本（佐野文庫 33/22）による。

(29) 和歌の引用および歌番号は、すべて『新編国歌大観』（角川書店）による。
(30) 牧野悟資「『垣根草』三之巻を読む」（『近世部会誌』第三号、平成二十年十二月）。
(31) 引用は『和刻本漢詩集成』第十輯（汲古書院）所収の影印による。
(32) 引用は『日本古典文学大系　大鏡』（岩波書店）による。
(33) 飯倉洋一「奇談から読本へ」（『日本の近世』第十二巻、中央公論社、平成五年）。
(34) 飯倉洋一「「奇談」の場」（『語文』第七十八輯、平成十四年五月）、同「「奇談」史の一齣」（伊井春樹先生御退官記念論集刊行会編『日本古典文学史の課題と方法』、和泉書院、平成十六年）、同「浮世草子から読本へ」（『国文学 解釈と教材の研究』第五十巻第六号、平成十七年六月）、同「怪異と寓言——浮世草子・談義本・初期読本——」（『西鶴と浮世草子研究』第二号、平成十九年十一月）、同「近世文学の一領域としての「奇談」」（『日本文学』第六十一巻第十号、平成二十四年十月）など。
(35) 題名は『今古奇観』による。『拍案驚奇』は「悪船家計賺仮屍銀　狠僕人誤投真命状」。
(36) 注10宇佐美論文、注12麻生論文。ちなみに第十三篇の原話について、宇佐美は「張淑児巧智脱楊生」（『醒世恒言』巻二十一）を挙げ、『日本古典文学大辞典』第一巻（前掲）、『江戸怪談文芸名作選　前期読本怪談集』（国書刊行会、平成二十九年。有澤知世解説執筆）などもそれを踏襲するが、誤りである。注12麻生論文の指摘が正しい。
(37) 飯倉洋一「上方の「奇談」書と寓言——『垣根草』第四話に即して——」（『上方文藝研究』第一号、平成十六年五月）、同「大江文坡と源氏物語秘伝——〈学説寓言〉としての『怪談とのゐ袋』冒頭話——」（『語文』第八十四・八十五輯、平成十八年二月）、同「王昭君詩と大石良雄——『新斎夜語』第一話の「名利」説をめぐって——」（『語文』第一〇五輯、平成二十七年十二月）などに詳しい。
(38) 中村綾「『新斎夜語』第七話考——「室の妓女松風が任侠幸を迎ふ」翻案の様相をめぐって——」（『読本研究新集』第八集、平成二十八年六月）。
(39) 井上啓治「前期読本（所謂短編白話小説系奇談）の創作態度——『唐土の吉野』、椿園諸作品と義端二『玉』について

――」（『読本研究』第二輯上套、昭和六十三年六月）。

終章

異文化との交流は文化の更新を促す。それは、異文化を通して従来の文化を相対化する視点を獲得するということでもある。

近世中期の日本における白話小説の流行は、その具体的な事例のひとつとして挙げ得るものであろう。短篇白話小説の翻案を基本的な創作手法として成立した都賀庭鐘『英草紙』（寛延二年〈一七四九〉刊）の序文は、方正先生と十千閣主人の対話形式をとっているが、十千閣主人は本作の作者と校正者に擬された近路行者と千里浪子について以下のように述べている。

此《この》二《に》人《にん》生《うまれ》て滑稽《こつけい》の道《みち》を弁《わきま》へねば、聞《き》を悦《よろこば》すべきなけれども、風雅《ふうが》の詞《ことば》に疎《うとき》が故《ゆへ》に、其文俗《ぶんぞく》に遠《とほ》からず。草沢《さうたく》に人となれば、市街《しがい》の通言《つうげん》をしらず。幸《さいわひ》にして歌舞妓《かぶき》の草子《さうし》に似《に》ず。[1]

ここに言う「歌舞妓の草子」については、「八文字屋本の芝居物」[2]あるいは「時代物浮世草子」[3]などと解釈されるが、いずれにしても当時流行の浮世草子を指していることに変わりはない。そして庭鐘は、その当代の文学を一歩引いた視点から見つめているのである。

そうした視点を獲得し得た理由を考えるときに注目されるのは、右の引用文中にある「風雅の言葉に疎が故に、其文俗に遠からず」の一節である。一見これは単なる謙辞のようだが、おそらく庭鐘の本意はそうではない。『英草紙』

よりも成立は下るが、清田儋叟は『藝苑談』（明和五年〈一七六八〉刊）において、

仮名書の書を撰するに、通俗の言葉を用ふるがよろしきは上にいひしとほりぞ(4)。通ぞくのことばの中にも、賤しくふつゝかなること葉は、なるたけははぶくべけれど、それよりは慧便けいはくのことばを禁ずべし(5)。

と述べて「通俗」と「軽薄」を明確に区別し、さらに「風雅は尚ぶべし。仮の風雅は賤むべし。風雅を仮飾して却て風雅を失ふ事、宋以来の詩文に多し」と、風雅を装った文飾を糾弾する。また、第三部第二章にも引いたように、勝部青魚は『剪燈随筆』（天明五年〈一七八五〉頃成）巻三において

雅言にて実情を委く云うつす事はかたし。和歌にて俳諧のごとく日用の事は云取がたしと見ゆる也。云得たれば至て妙所也。中華にて俗語小説ものには委細に情がうつり易し(6)。

と述べ、白話小説は俗語を用いているがゆえに、「雅」の文体では表現できない「実情」を描き得ていると論じた。

こうした認識が当時醸成されつつあったことに鑑みれば、少なくとも庭鐘は「俗に遠から」ぬ文体を選んだことに積極的な意味を見出していたはずである。そして白話小説の語彙や表現を大いに利用したその文体は、当然ながら「市街の通言」とは一線を画すものともなった。

『英草紙』によって読本というジャンルが発生し、その影響が近世後期あるいは近代以降に至るまで及んだことはよく知られていよう。白話小説という異文化によって、近世小説のあり方は確かに更新されたのである。そこで本書では、『英草紙』が生み出され、白話小説の受容が最も積極的になされた十八世紀を「白話小説の時代」と位置づけ、この「異文化」を視座として、当時の文学の諸相を論じることを試みた。不十分な点の多く存することは承知しているが、一方ではいくつか新見を提示し得たこともあったかと思う。その確認の意も込めて、本書の内容を以下に整理しておくこととする。

第一部では、「三言二拍」の選集である『今古奇観』について、諸本の整理および近世日本における受容の様相に関する考察を行った。『今古奇観』の諸本は初期刊本と後期刊本に大別することができ、伝本のうち最も成立が早いのは、フランス国立図書館所蔵の宝翰楼本である。それに次いで東大本や上海本をはじめとする初期刊本が成立し、おそらくは東大本を祖本として文徳堂本や国家本などが作られた。そして同文堂が制作と販売を担った刊本が現れると、それが広く流布することとなり、雑多な後期刊本の発生につながったのである（第一章）。その『今古奇観』や「三言」を翻案することで、都賀庭鐘『英草紙』は成立した。庭鐘が利用した『今古奇観』の刊本を特定するのは困難だが、諸本の中で『英草紙』に最も近い表現を有しているのは、流布本ともいうべき同文堂本であった。しかしそれ以上に重要なのは、庭鐘が『英草紙』の執筆に際して白話小説の校合を行っていたということである。すなわちこの作品の表現は原話の本文批判の上に成立しているのであり、初期読本成立の背景には、白話小説を学問の対象として捉えようとする作家の意識があったことが確認された（第二章）。庭鐘に続く読本作家の上田秋成も『今古奇観』を目睹していたようで、史論『遠駝延五登』において浦島伝承について述べる際、「古今奇観と云聖歎外の作文」に収められているという亀の話に言及している。しかし、『今古奇観』に秋成の言うような亀の話はなく、これはおそらく『警世通言』巻二十七「仮神仙大閙華光廟」のことを指しているものと思われる。『今古奇観』を「聖歎外の作文」と言ったのは、封面に「金聖歎先生評」とある会成堂本を目にしたためであろうか。そして何より、秋成の中で日本の古代伝承と中国の白話小説が結びつけられたという点は、きわめて興味深いことである（第三章）。『今古奇観』の受容は近世後期になってもなお積極的に行われ、文化十一年（一八一四）には『通俗古今奇観』が刊行された。これは『今古奇観』所収の三篇を翻訳したものだが、訳者の淡斎主人はおそらく白話に通暁していた人物ではなかったと推測される。それにもかかわらず、表現の改変や意訳によって独自性を出している点は注目すべきことであるが、それ以上に、文化年間に至ってもなお、白話小説の専家でない人物がこうした作品を著しているという事実に、「白話小説の時代」の名残が見える（第四章）。式亭三馬『魁草紙』も、唐話学を修めたわけではない戯作者による白話小説受容の事例として注目される。翻案作品として高い水準にあるとは言えないが、短篇白話小説の全面的な利用、原話の用字・表現への依拠、半紙本という体裁での刊行などからは、初期読本を強く意識した作品であることが窺える。白話小説受容の全盛期であった時代の初期読本に対する、近世後期の作家による捉え方が知られるという点においても、興味深い作品である（第五章）。

第二部では、つとに研究の盛んであった初期読本のみならず、その周辺領域における白話小説受容について検討した。岡島冠山は自らを不遇者の系譜に位置づけ、発憤の書として『太平記演義』を著したが、それは自己を中国演義小説の祖である羅貫中に重ね合わせるための方法であった。そして、こうした方法論が意識されているということこそ、本作の大きな特徴のひとつなのである。『太平記演義』に続く演義小説が日本で生まれることはなく、冠山が日本の羅貫中と称されることもなかったが、作者としての自己の実像と虚像を使い分け、それを作品に投影するという文学の方法は、注目すべき試みであろう（第一章）。『太平記演義』が演義小説の形式を踏襲したように、白話小説受容のあり方は種々存するが、そのうち和刻という方法によったものが訓訳本である。訓訳本は左訓や訓点によって白話語彙の語義や白話文の文法構造を示すことで、白話小説の享受層を唐話学の学習者以外にも拡大した。そして注目すべきことに、訓訳本における訓読文体は『英草紙』の文体ときわめて近い。これは、庭鐘にとっても訓読が白話小説受容のための基本的な方法であったことを示すものである（第二章）。『英草紙』に顕著なとおり、白話小説の翻案は初期読本に多く見られる創作手法のひとつであったが、同様の傾向は一部の吉文字屋本浮世草子にも見られる。特に『時勢花の枝折』と『滅多無性金儲形気』の二作は、短篇白話小説を全面的に翻案したものである。前者は吉文字屋の主要商品である女子用往来物や百人一首の要素を作品に取り入れたもので、書肆の性格が作品に強く反映されている。そして後者は、白話小説のプロットを浮世草子の枠組みにはめ込んだ作品であった。さらにその他にも、訓本の存在しない『石点頭』の翻案が数作存する。こうした事例は、読本以外のジャンルにおける白話小説受容のあり方をあらためて検討することの必要性を示していよう（第三章）。

第三部では、初期読本の作品論的な分析を行った。白話小説の最も一般的な二人称表現は「你」であるが、近世小説において最もこれを多用したのが庭鐘であった。しかも庭鐘は、決して単に新来の二人称表現を用いただけでなく、その語義・用法を的確に理解した上で効果的に使用していたのである。また、秋成は『雨月物語』において「你」と「汝」を明確に使い分けており、両者の語感の違いが意識されていたことは疑い得ない。「你」という二人称によって、近世小説の表現に新たな方法がもたらされたといえよう（第一章）。また、庭鐘は男女の物語を少なからず描いたが、その筆法は白話小説と趣を異にするものであった。白話小説においては女の貞節の重要性が説かれ、一方で女を裏切った男は罰を受けるという因果応報の論理が確立していたのに対し、庭鐘読本では女に対する同情と共感が明確に示される一方で、男の論理が常に優越しているのである。庭鐘読本の特徴は、男女の位相がこの微妙な均衡の上に成り立っているところにあるのだが、これは白話小説におけるきわめて濃密な男女の「情」が、翻案を通して稀釈されるという結果をもたらしてもいる（第二章）。そして庭鐘が開拓した短篇白話小説の翻案という方法は、後続の読本においても踏襲された。そのひとつが『垣根草』である。特に第六篇「鞆晴宗夫婦再生の縁を結ぶ事」は、「崔俊臣巧合芙蓉屛」「蔡小姐忍辱報仇」という二作の白話小説を巧みに絡ませながら、独自の主題を作り上げた作品といえよう。『垣根草』は、全体的に見れば必ずしも白話小説を積極的に利用しているわけではないが、第六篇の存在がいみじくも示しているように、白話小説と何らかの関係性を有していることこそが初期読本にとっては重要なのであり、そのようなジャンルが成立した十八世紀という時代は、まさに「白話小説の時代」であったといえるのである（第三章）。

本書の内容をこうして整理してみると、論じきれなかった問題がなお多く残っていることにあらためて気づかされる。中でも白話小説受容の基盤となる唐話学に関しては、その重要性を認識していながらも、十分に取り上げることができなかった。たとえば『唐話纂要』『唐音雅俗語類』『俗語解』『小説字彙』などをはじめとする唐話辞書が創作の場においていかに利用されたかということは、いまだ明らかにされていない。また、冠山は蘐園・古義堂の双方と深い関係を有しており、そうした人的交流を総合的に検討することで、唐話学と文学の相互関連性や、白話小説をめぐる文化的状況の一端を明らかにすることも可能となると思われる。他にも雨森芳洲をはじめ、松室松峡・朝枝玖珂・田中大観など唐話学の重要人物は多くおり、(7)彼らの文業の検討を通して、唐話学の隆盛と近世小説の展開を有機的に結びつける試みが今後は必要となろう。語学研究と文藝創作は、決して切り離して考えられるべきものではない。

その他、日本人の手になる白話文の検討や、(8)清田儋叟・勝部青魚などによる文藝理論の分析なども、(9)今後の近世小説研究には不可欠であろう。前者については、そもそもなぜ白話で文章を書こうとする気運が高まったのかということから議論を始めなければならない。たとえばこの時期、和学者が意識的に（すなわち、新たな表現方法を模索した結果として）和文を綴るようになり、それがひとつのジャンルともなったことは、すでに風間誠史の説くところであるが、(10)和文のようにジャンルに昇華したとは言いがたいとしても、白話の場合もそれと同じ次元で捉えてよいものなのか、あるいは単なる趣味的次元に留まるものなのか、丁寧に検証される必要があろう。また、いずれにしても白話文を綴る人々の視線が中国に向けられていることは確かであり、白話小説を通して彼らが見ていた中国とはどのようなものであったかを検討することも、近世の人々の文化認識を考える上で意義あることと思われる。そして後者については、そうした理論が当時の文藝に及ぼした具体的な影響や、理論と実作の関連性などが議論されなければならない。さらに、彼らの理論が必ずしも白話小説を読むことによってのみ導き出されたものではなく、『源氏物語』をはじめとする古典の教養や、浮世草子・演劇等の同時代的文藝への造詣の深さとも関係していることに鑑みれば、それは白話小説と日本文学の共通性と差異性をあらためて考えるためにも有用であろう。これらの問題は、今後の大きな課題である。

近世文学全体を俯瞰したとき、白話小説の受容史という研究対象はきわめて狭い範囲の問題として捉えられるかもしれない。しかし、唐話学の流行に始まり、通俗物・訓訳本の登場を経て、初期読本というひとつの達成に至るまでの過程は、間違いなく近世小説史における本流のひとつであろうし、それが後期読本へと結びついていくことは、あらためて述べるまでもないだろう。そして白話小説が影響を及ぼしたジャンルは、決して読本に限られてはいない。

その一例として、本書では吉文字屋本浮世草子を取り上げたが、他にも『新鑑草』（宝永八年〈一七一一〉序刊）という重要な教訓説話集がある。作者が都の錦であるか否かという点で議論の続く作品であるが[11]、白話語彙を随所に散りばめ、さらに各篇の末尾に「西湖小説」「古今佳話」などの白話小説めいた出典名を記すこの作品が、宝永年間に刊行されていることは注目に値する。本作に示される出典の多くが偽りであることはすでに指摘されており[12]、作者の白話小説に関する教養がどの程度のものであったかは判然としないが、少なくとも白話小説を利用することが作品の価値を高めることに結びついていたのは確かであろう。すなわち初期読本成立以前の散文に、白話小説はすでに影を落としていたのである。

さらに浄瑠璃に目を転じれば、近松門左衛門『国性爺合戦』（正徳五年〈一七一五〉大坂竹本座初演）に「帰去来《きこらい》〳〵。びんくはんたさつ。ぶおん〳〵」(13)という意味不明の唐音を「了簡もなき唐人ども」が発する場面が想起される。そして竹田外記（二代目出雲）・三好松洛・近松半二・中邑閏助・吉田冠子合作『世話言《せわことば》漢楚軍談』（宝暦二年〈一七五二〉大坂竹本座初演）に至っては、冒頭がいきなり唐音で語り起こされる。こうした趣向は、唐話学や白話小説の流行と軌を一にするものであろう。

また、和学者・国学者が白話小説を素材として作品をものした事例も知られている。村田春海は「蔡瑞虹忍辱報仇」(14)（『醒世恒言』巻三十六・『今古奇観』巻二十六）を翻案して『竺志船物語』（文化十一年〈一八一四〉刊）を書き、(15)富士谷成章は「唐玄宗恩賜紘衣縁」（『石点頭』巻十三）を翻案して『白菊奇談』を著した。(16)

その他の例を挙げれば枚挙に遑がないが、近代に入っても白話小説の受容が続いたことは述べておかねばならないだろう。(17)第二部第二章でも触れた服部撫松『勧懲繡像奇談』（九春社、明治十六年）は訓訳本の流れを引き継ぐものであるし、序章でも言及した幸田露伴「露団々」（『露団々』、金港堂、明治二十三年。初出は『都の花』第九〜十四・十七・十九・二十号、明治二十二年）は舞台をアメリカに設定して、「銭秀才錯占鳳凰儔」（『醒世恒言』巻七、『今古奇観』巻二十七）を翻案したものである。(18)そして佐藤春夫が、ラフカディオ・ハーン（小泉八雲）*Some Chinese Ghosts* (Boston, Robert Brothers, 1887) 所収の "The Story of Ming-Y"（『二刻拍案驚奇』巻十七・『今古奇観』巻三十四所収「女秀才移花接木」のフランス語訳をさらに英語訳したもの）を利用して「孟沂の話」（『美しき町』、天佑社、大正九年。初出は『解放』第二号、大正八年七月）を著したのを皮切りに、「花と風」（『玉簪花』、新潮社、大正十二年。初出は『女性改造』創刊号、大正十一年十月）や「百花村物語」（『玉簪花』、前掲。初出は『改造』第四巻第十・十一号、大正十一年十・十一月）(19)、『支那文学大観』第十一巻（支那文学大観刊行会、大正十五年）などにおいて『今古奇観』の翻訳・翻案を行ったことはよく知られていよう。

以上のように近世中期以降の日本文学は、主に散文において様々な方法で白話小説を取り入れながら近代を迎えた。すなわちこの時期の文学史は、白話小説の受容を視座として再構築し得るものなのである。そしてそれは、朝鮮をも含めた東アジア漢字文化圏の文学を総体的に捉えるための第一歩でもあろう。朝鮮における白話小説受容の研究も、日本におけるそれと同様、多くの課題を残しているが、金萬重《キムマンジュン》『九雲夢《グーウンモン》』（十七世紀成立の長篇小説）に白話小説の影響があった可能性が指摘されるなど、近年はこの分野の研究も進展してきているという。[20] 朝鮮文学の研究は、白話小説受容という視座を得ることによって、ひとつの画期を迎えつつあるようである。いずれ日本・中国・朝鮮のすべてを視野に収めた文学史の構築が試みられるときは、各国における白話小説の位置づけが重要な論点となるに相違ない。

本書で論じ残した事柄を確認しておくつもりが、少し話を飛躍させすぎたかもしれない。しかし白話小説受容の研究が、近世文学研究や日本文学研究に留まらない、大きな可能性を持っていることは確かであろう。その可能性を開くために取り組まねばならない課題は多いが、今は少しずつ歩を進めていくほかない。

注

（1）引用は国文学研究資料館所蔵本（ナ 4-654-1~5）による。

（2）『新編日本古典文学全集　英草紙・西山物語・雨月物語・春雨物語』（小学館、平成七年）頭注。

（3）宮本祐規子『時代物浮世草子論――江島其磧とその周縁――』（笠間書院、平成二十八年）第三章「時代物浮世草子の消長――演劇と江島其磧への視座から――」の導入文。

（4）この前の箇所に、「吾国のかな文は、われはまだ学ばず。唯達意ばかりにする仮名がきの書は、通ぞくのことばにて書くがよし」とある。

（5）引用は『日本儒林叢書』第一巻（鳳出版）による。

（6）引用は『随筆百花苑』第六巻（中央公論社）による。
（7）これらの人物に関しては、宗政五十緒「近世中期における京都の白話小説家たち」（『日本近世文苑の研究』、未来社、昭和五十二年）や、中村幸彦「古義堂の小説家達」（『中村幸彦著述集』第七巻、中央公論社、昭和五十九年）などの先駆的な研究がある。
（8）中村幸彦「日本人作白話文の解説」（『中村幸彦著述集』第七巻、前掲）が参考になる。
（9）先行研究には、中村幸彦「隠れたる批評家――清田儋叟の批評的業績――」「読本初期の小説観」（ともに『中村幸彦著述集』第一巻、中央公論社、昭和五十七年）や、田中則雄「京坂における白話小説の流行――『剪燈随筆』のことなど――」（高田衛編『共同研究 秋成とその時代』、勉誠社、平成六年）などがある。
（10）風間誠史『近世和文の世界――蒿蹊・綾足・秋成――』（森話社、平成十年）。
（11）野間光辰「都の錦獄中獄外」（『近世作家伝攷』、中央公論社、昭和六十年）、藤原英城「都の錦と『新鑑草』」（『国語国文』第七十二巻第二号、平成十五年二月）。
（12）田中伸「都の錦『新鑑草』をめぐって」（『近世小説論攷』、桜楓社、昭和六十年）。その後、本作の出典に関して、倉員正江「「陰徳延命」説話の展開――中国説話と浮世草子・舌耕文芸の影響関係に及ぶ――」（長谷川強編『近世文学俯瞰』、汲古書院、平成九年）、黄昭淵「『新鑑草』論――その典拠二、三と善書的要素を中心に――」（『近世文芸 研究と評論』第五十三号、平成九年十一月）、徳田武「都の錦と中国小説――『新鑑草』の検討を通して出牢の時期に及ぶ――」（『近世近代小説と中国白話文学』、汲古書院、平成十六年）などの論考が発表されている。
（13）引用は『近松全集』第九巻（岩波書店）による。
（14）『今古奇観』における題名は「蔡小姐忍辱報仇」。
（15）麻生磯次『江戸文学と中国文学』（三省堂、昭和二十一年）第二章第三節「雅文小説に於ける支那文学の影響」。なお、馬琴も『南総里見八犬伝』第九輯巻之十九簡端贅言において、つとにそのことを指摘している。
（16）中村幸彦「白菊奇談と石点頭」（『中村幸彦著述集』第七巻、前掲）。

（17）この分野については、勝山稔「近代日本に於ける中国白話小説「三言」所収篇の受容について――明治時代から大正時代までの翻訳事業を中心として――」（『国際文化研究科論集』第十四号、平成十八年十二月）をはじめとする、同題（副題は異なる）の一連の論考に詳しい。
（18）山口剛校訂『明治文学名著全集』第二篇（東京堂、大正十五年）解説、二瓶愛蔵「露伴小説の中国原話考」（『文学・語学』第六十号、昭和四十六年六月）。
（19）前者は『今古奇観』巻八「灌園叟晩逢仙女」の入話、後者は同作の正文。
（20）「文信座談会　韓国の古典小説、その魅力と源泉」（染谷智幸・鄭炳説編『韓国の古典小説』、ぺりかん社、平成二十年）における野崎充彦の発言。

初出一覧

各章の初出と原題を以下に示す。既発表論文については、本書への収録にあたり、いずれも加筆・修正を行った。

序章　書き下ろし。

第一部　日本近世文学と『今古奇観』

第一章　『今古奇観』諸本考

『和漢語文研究』第十一号（平成二十六年十一月）所収の同題論文と、『上智大学国文学論集』第四十九号（平成二十八年一月）所収の「『今古奇観』の初期刊本――宝翰楼本から同文堂本まで――」を合わせて一章とした。

第二章　「三言」ならびに『今古奇観』の諸本と『英草紙』

『近世文藝』第九十七号（平成二十五年一月）。

第三章　上田秋成と『今古奇観』

『近世部会誌』第九号（平成二十七年三月）。原題「「古今奇観と云聖歎外の作文」――秋成と白話小説・序説――」。

第四章　『通俗古今奇観』における訳解の方法と文体

『読本研究新集』第九集（平成二十九年六月）。

第五章　式亭三馬『魁草紙』考

書き下ろし。

第二部　初期読本の周辺と白話小説

第一章　『太平記演義』の作者像――不遇者としての実像と虚像――

『近世文藝』第一〇三号（平成二十八年一月）。原題「『太平記演義』成立の背景――冠山の不遇意識を視座に――」。

第二章　白話小説訓読考――「和刻三言」の場合――

『読本研究新集』第六集（平成二十六年六月）。

第三章　吉文字屋本浮世草子と白話小説

『雅俗』第十七号（平成三十年七月）。

第三部　初期読本作品論

第一章　方法としての二人称――読本における「你」の用法をめぐって――

『読本研究新集』第七集（平成二十七年六月）。

第二章　庭鐘読本の男と女――白話小説との比較を通して――

『国語と国文学』第九十四巻第十一号（平成二十九年十一月）。

第三章　『垣根草』第六篇の構想

書き下ろし。

終章　書き下ろし。

あとがき

金沢大学大学院の博士前期課程に入学する直前のことであるから、平成二十一年の、たしか二月であったろうか。指導教員の木越治先生から突然電話がかかってきて、二重学位制度を利用して一年間中国に行ってこないか、と言われた。今後の近世文学研究には白話を読む能力が絶対に必要になるから、とのことであった。私は卒業論文を『雨月物語』の「蛇性の婬」で書いた。その原話は確かに「白娘子永鎮雷峰塔」という白話小説であるが、不勉強であった当時は白話文学の重要性などまったく認識しておらず、読本の題材のひとつにすぎないとさえ思っていた。それに中国語は読むことも話すこともできず、そして何より、研究者になろうなどと考えたことは一度もなかったから、先生のご提案はその場ですぐにお断りした。

それでも先生は、その後何度も私を部屋に呼び、留学することの意義を説いてくださった。やはりそのときは深意を理解することができなかったが、結局よくわからないまま中国に行き、その結果、それからずっと白話小説と関わりながら、私は研究を続けている。不思議なものだとつくづく思う。あの電話がなかったら私はきっと、今とはまったく異なる人生を歩んでいたはずである。

本書は、平成二十八年度に上智大学へ提出した博士学位請求論文『近世中期文学と白話小説――初期読本成立史の再構築――』に基づき、内容を一部変更したものである。学位論文執筆の際には、初期読本を読み解くための基盤を整理するために白話小説受容の研究をしているようなつもりでいたが、近世の文化・文学に対する白話小説の影響は、そうした限定的な範囲の中でのみ把握されるべきものではないと考えるに至り、公刊に際し、書名を『白話小説の時代――日本近世中期文学の研究――』とした。

日本における白話小説の受容は、何も「近世中期」に限るものではない。『水滸伝』や『三国志演義』は近世初期の時点ですでに舶載されていたし、近世後期に至れば多くの小説から白話小説的な要素を抽出することができる。しかし近世中期は、白話小説を媒介としてひとつの文学思潮が発生したという点において、白話小説の文学史的位置づけが他の時期とは異なっている。そしてその背景には、文学における新しい創作や表現のあり方を模索する気運の高まりがあった。多くの作家や文人が唐話を学び、それぞれの創意によって白話小説を日本文学の中に取り入れたのは、おそらくそれゆえのことであろう。

そうした営為の跡をたどることで、この時代の文学の一側面を描き出すことを試みたのが本書である。その目論見がどの程度果たされたかは、本書をお読みくださった方々の評価に委ねるほかないが、課題がなお山積していることだけは、私にもはっきりわかっている。その意味において、本書はひとつの通過点にすぎない。しかし、私にとっては大事な通過点である。以下、私を今日まで導いてくださった方々へのお礼を申し上げたい。

博士前期課程一年次、中国語と白話小説の勉強を始めたばかりの私に、基本的なことを一から教えてくださったのは上田望先生である。いきなりお邪魔した大学院の授業では、『二刻拍案驚奇』巻二十八「程朝奉単遇無頭婦　王通判双雪不明冤」を読んだ。初めて触れる白話小説の原文の難しさに、私はすぐに絶望しかけたが、それでもどうにかついていくことができたのは、先生の温かいご指導があったからに他ならない。留学中も私は事あるごとに質問のメールをお送りし、先生はその都度ご丁寧にお答えくださった。私の『今古奇観』研究を最初に評価してくださったのも先生で、それがとても嬉しかったことを覚えている。

北京師範大学での指導教員は王志松先生であった。日本近代文学・比較文学をご専門とする先生は、いつも私の研究に新しい視点を与えてくださった。謝天振『訳介学導論』（北京大学出版社、二〇〇七年）をテキストとして学んだ翻訳理論の授業のことは、通俗物の「訳」や初期読本の「翻案」について考えるとき、常に脳裏に蘇る。私の研究の方向性を先生にお認めいただけたことが、その後の大きな励みとなった。

留学中は王先生にお書きいただいた紹介状を携えて、北京市内の図書館を回った。どの図書館も親切にご対応くださったが、中でも首都図書館古籍部の方々のことは忘れがたい。『今古奇観』の諸本を見に通い続けていると、ある日を境に、私が何も言わずとも『今古奇観』を出してくださるようになったのである。慣れない中国の図書館で不安を覚えながら調査をしていた私にとって、この心遣いがどれだけありがたかったことか。また、大学院の友人である徐文輝さんは、中国語の会話練習に付き合ってくれたばかりでなく、日常生活においてもいつも手助けしてくれた。徐さんのおかげで、私は充実した留学生活を送れたのである。

帰国したとき、木越先生はすでに上智大学に転任なさっており、金沢大学での最後の一年間は一戸渉先生にお世話になった。木越先生も一戸先生も上田秋成をご専門とされていたが、そのアプローチの仕方は大きく異なるものであり、その双方の方法論を身近に学べたことは本当に幸運だったと思う。一戸先生のご指導によって、私は自身の研究手法に幅を持たせることができた。

その後、私は木越先生のいらっしゃる上智大学大学院博士後期課程に進学したが、残念ながら先生のご在職中に学位論文を提出することはかなわなかった。審査にあたってくださったのは、長尾直茂先生と福井辰彦先生、そして京都府立大学の小松謙先生である。

長尾先生には木越先生ご退職後の指導教員をお願いしたばかりでなく、演習の授業においてもずっとマンツーマンでご指導いただいた。それにもかかわらず、怠惰な私は中途半端な発表資料を作ってばかりで、思い返すたびに申し訳なさで胸が痛くなる。しかし先生は、おそらく呆れながらも不出来な院生を見捨てることなく、いつも議論に付き合ってくださった。私がこのような書名の本を出すことができたのは、長尾先生のご指導あってこそのことである。

福井先生にご指導をいただく場は、ほぼ例外なく酒席であった。終電がなくなってもお付き合いくださる先生には何でも話せるような気がして、研究のこともそうでないことも、しばしば相談に乗っていただいた。多くの院生の例に漏れず、私も自分の将来に様々な不安を抱いていたが、先生のお言葉に何度も何度も救われた。

小松先生に初めてお会いしたのは平成二十五年のことだった。『今古奇観』の諸本について調べながらも、発表の場がないことに困っていたら、愛知学院大学の中村綾さんが小松先生に引き合わせてくださったのである。先生は京都府立大学とは何の関わりもなかった私を、府立大の国中文学会に入れてくださり、学会誌『和漢語文研究』に論文を掲載してくださった。その小松先生に学位論文の審査をお願いできたのは実に光栄なことであったが、中国文学をご専門とする先生の目から見れば、私の白話小説理解には不十分な点が多くあったことと思う。そのときご指摘いただいた多くの不備を、本書においてどれだけ解消できているか心もとないところはあるが、今後の精進をここにお誓いして、これまでのご高配に対するお礼に代えたい。

大学院修了後、日本学術振興会特別研究員として私を受け入れてくださったのは、東京大学の長島弘明先生である。私は一年で特別研究員を辞したため、残念ながら先生の教えを直接受ける機会は多くなかった。しかし、参加させていただいた大学院の演習は常に身の引き締まるものであり、そのたびに私は学問に対する自分の姿勢を見つめ直した。

そして何よりも先生に感謝しなければならないのは、本書の出版を何度も繰り返し勧めてくださったことである。先生のご慫慂がなければ、私はいつまでも二の足を踏んでいたことだろう。

その他にも、多くの方々から温かい励ましとご指導を頂戴してきた。特に金沢大学日本語学日本文学コース・北京師範大学日語語言文学系・上智大学国文学科の先生方には、どれだけ感謝を申し上げても足りない。また、所属する学会・研究会における議論は、私にとって常に刺激的なものであった。ここにすべての方のお名前を挙げ得ない非礼をお詫びすると同時に、今後の研究によってこれまでの学恩を少しずつお返ししていくことをお約束したい。

そして何より私が幸せだったのは、素晴らしい学友に恵まれたことである。たとえば学部時代、私の近くには文学について、言葉について、学問について語り合える友人たちが多くいた。当時はそれを当たり前のように思っていたが、彼らのような仲間がいたことは奇跡的なことだったのだと今ならわかる。彼らとともに楽しく勉強できたからこそ、私は今も研究を続けていられるのだろう。

大学入学以来、私を育ててくださった木越治先生は、平成二十五年度をもって上智大学を退職され、翌年度には特別契約教授の任も退かれた。しかし、私が平成二十八年度に学位論文を提出すると、公開口頭試問の会場にわざわざお越しくださり、質問までしてくださった。私の学生・院生生活は、まさに最初から最後まで先生に見守られていたのである。

今年度（平成三十年度）、幸いにも私は岡山の就実大学に職を得た。しかし赴任の二ヶ月半ほど前、先生は突然入院された。それでも先生はいつものように明るい声で、「早く退院しないとお前の送別会ができないな」などとおっしゃっていたのだが、その機会はついに訪れず、私の方が先生をお送りすることになってしまった。無念の思いは消えないが、今はただ、先生の弟子として恥ずかしくない人間になりたいと思うばかりである。
そしていささか気恥ずかしい思いはあるが、一言だけ母にも謝意を示したい。就職せずいつまでも大学院にいる息子を、母はおそらく心配しながら見ていたことと思う。それでも何も言わず、私の好きにさせてくれたことは本当にありがたかった。忍耐強い母を持って幸せである。

最後に、本書の出版を快くお引き受けくださった汲古書院の三井久人社長と、編集をご担当いただいた飯塚美和子氏に心からのお礼を申し上げる。三井社長はこの一年の間に二度も岡山の研究室にお越しになり、力強い激励をくださった。それがどれだけ私の励みになったか知れない。また、飯塚さんには一再ならず面倒なことをお願いしたが、すべてこちらの要望以上の対応をしてくださった。特に、たいへん丁寧な校正をしていただいたことについては、何度でもお礼を申し上げたい。ありがとうございました。

平成三十年十二月

丸井貴史

【附記】 本書への図版掲載をご許可くださった各所蔵機関に、衷心よりお礼申し上げる。なお、本書の出版に際しては、独立行政法人日本学術振興会より平成三十年度科学研究費補助金（研究成果公開促進費・課題番号 18HP5038）の交付を受けた。

索　　引

人名索引

凡　　例

1．排列は姓名の五十音順とした。
2．原則として近世以前の人物を対象とした。ただし、近代以降の作家も一部採録した。
3．実在の人物であっても、文学作品の登場人物としてその名が現れる場合は対象外とした。
4．同一人物のことであっても、複数の筆名・号をそれぞれ別個に立項した場合がある。
5．章題に特定の人名が含まれる場合、当該の章については、その人名が明示されていない頁も含めて索引に採った。

【あ行】

【か行】

【さ行】

【た行】

【な行】

【は行】

【ま行】

【や行】

【ら行】

書名索引

凡　例

1．排列は現代仮名遣いに基づく五十音順とした。
2．中国文学作品および唐話学の参考書については、現代日本語の音読みに基づいて排列した。
3．原則として近世以前の書物および資料を対象とした。ただし、近代以降の文学作品も一部採録した。
4．一部、書物として独立していない資料・短篇・詩を立項した。それらについては「　」を附して示した。
5．章および節の題に特定の作品名またはその登場人物が含まれる場合、当該章・節については、その作品名が明示されていない頁も含めて索引に採った。
6．短篇小説集のうち主要なものについては、それぞれの書名の項に下位項目を設け、各篇の出現頁を示した。
7．「三言二拍」と『今古奇観』に重複して収められている作品および「和刻三言」の各篇については、当該箇所において話題とされている書物の下位項目に出現頁を示した。
8．第一部第一章において列挙した『今古奇観』別本系諸本の所収作品は、採録の対象外とした。
9．短篇小説集所収の各篇については、篇名が本文中に明記されていなくとも、巻番号・篇番号などが記されていれば採録した。また、巻番号・篇番号・篇名などが本文中に明記されていなくとも、作品の本文が異同対照表に取り上げられている場合は採録した。

【あ】

【い】

【う】

【く】

【け】

【し】

【す】

【せ】

【そ】

【た】

著者略歴

丸井 貴史（まるい たかふみ）

昭和61年（1986）、岐阜県生まれ。金沢大学文学部卒業。金沢大学大学院人間社会環境研究科博士前期課程、北京師範大学大学院外国語言文学学院修士課程、上智大学大学院文学研究科博士後期課程修了。博士（文学）。日本学術振興会特別研究員PD（東京大学）を経て、現在は就実大学人文科学部講師。著書に『上田秋成研究事典』（共著。笠間書院、平成28年）、論文に「「白蛇伝」変奏――断罪と救済のあいだ――」（木越治・勝又基編『怪異を読む・書く』、国書刊行会、平成30年）などがある。

白話小説の時代
――日本近世中期文学の研究――

平成三十一年二月十五日　発行

著者　丸井貴史
発行者　三井久人
整版印刷　富士リプロ㈱
発行所　汲古書院
〒102-0072　東京都千代田区飯田橋二-五-四
電話　〇三（三二六五）九七六四
FAX　〇三（三二二二）一八四五

ISBN978-4-7629-3641-8　C3093